LYNNE GRAHAM

OTRA OPORTUNIDAD

UNA DEUDA DE AMOR

LA NOVIA EMBARAZADA

Editado por Harlequin Ibérica.
Una división de HarperCollins Ibérica, S.A.
Núñez de Balboa, 56
28001 Madrid

© 2017 Harlequin Ibérica, una división de HarperCollins Ibérica, S.A.
N.º 1 - 30.8.17

© 1998 Lynne Graham
Otra oportunidad
Título original: The Reluctant Husband

© 1999 Lynne Graham
Una deuda de amor
Título original: The Spanish Groom

© 1999 Lynne Graham
La novia embarazada
Título original: Expectant Bride
Publicadas originalmente por Mills & Boon®, Ltd., Londres
Estos títulos fueron publicados originalmente en español en 1998, 1999 y 2000

Todos los derechos están reservados incluidos los de reproducción, total o parcial. Esta edición ha sido publicada con autorización de Harlequin Books S.A.
Esta es una obra de ficción. Nombres, caracteres, lugares, y situaciones son producto de la imaginación del autor o son utilizados ficticiamente, y cualquier parecido con personas, vivas o muertas, establecimientos de negocios (comerciales), hechos o situaciones son pura coincidencia.
® Harlequin, HQN y logotipo Harlequin son marcas registradas por Harlequin Enterprises Limited.
® y ™ son marcas registradas por Harlequin Enterprises Limited y sus filiales, utilizadas con licencia. Las marcas que lleven ® están registradas en la Oficina Española de Patentes y Marcas y en otros países.
Imagen de cubierta utilizada con permiso de Dreamstime.com.

I.S.B.N.: 978-84-687-9987-2
Depósito legal: M-16815-2017

ÍNDICE

Otra oportunidad 7

Una deuda de amor 145

La novia embarazada 283

OTRA OPORTUNIDAD

LYNNE GRAHAM

Capítulo 1

Matt Finlay escudriñó el rostro atónito de Frankie y sonrió.

–Yo creo que el viaje a Cerdeña te puede servir de terapia. Es un sitio perfecto para superar los amores...

–¡Santino ya no es el amor de mi vida! –contraatacó Frankie, con los dientes apretados y su cuerpo tenso como la cuerda de una ballesta.

Matt frunció el ceño, fingiendo concentración.

–Pues creo recordar que cada vez que has visto a ese tipo las piernas se te hacían mantequilla.

Le estaba recordando algo que a ella se le había escapado en una fiesta que dieron en la oficina, en la que bebió demasiado. En aquella fiesta, había intentado que la aceptaran como una más del grupo. Debería haberse imaginado que Matt se lo repetiría en cuanto se le presentara la ocasión.

–Pasé cinco años horribles en Cerdeña. No puedes recriminarme el que no quiera volver.

–Tampoco tienes que quedarte. Ni siquiera tienes que cambiar tu plan de vacaciones. ¿Quién más hay allí? Dan está todavía en Francia y la mujer de Marty va a dar a luz cualquier día de estos...

Frankie no quiso presionarlo. La agencia de viajes, de la cual tenía una buena parte de las acciones, se especializaba en alojamiento con autoservicio en el extranjero, y el negocio no había ido muy bien en los últimos meses.

Frankie era una mujer joven, grácil y delgada. Llevaba un traje de chaqueta negro, elegido para que no resaltaran sus formas femeninas. Tenía los ojos verde claro, pestañas negras y largas, con cejas del mismo color. El pelo, una combinación perfecta de rojo, cobre y oro, lo llevaba recogido en una coleta, sujeta por un prendedor. El prendedor era la única concesión que hacía a su condición de mujer.

–Además eres de allí –musitó Matt con satisfacción–. Esa es una ventaja.

–Yo soy inglesa –le recordó Frankie.

–Seis villas en Costa Esmeralda. Vas a verlas, firmas el contrato con el propietario, te vuelves a Italia y ya está. A lo mejor, cuando vuelvas de vacaciones te apetece celebrarlo conmigo en una romántica cena para dos –sugirió Matt, sonriendo de forma muy sugerente.

Frankie se puso colorada. Eran amigos, pero Matt había tratado de convencerla para que tuvieran una relación más íntima. Ella le había respondido, con mucha delicadeza, que no y su insistencia la estaba poniendo en una situación bastante incómoda. Después de todo, no solo trabajaban juntos, sino que además estaban viviendo bajo el mismo techo.

–Ni lo pienses –le contestó sonriendo, mientras se dirigía a la puerta de salida.

–Hay veces que odio a tu hermano –le informó Frankie a la rubia que estaba en la recepción.

Leigh se limitó a sonreír.

–¿Cerdeña?

–¿Lo sabías? –Frankie se sintió traicionada, pero también sabía que estaba demasiado sensibilizada. Ninguno de sus amigos podía saber lo que significaba para ella volver a pisar aquella isla de nuevo. Porque, al fin y al cabo, no les había contado todo lo que le había pasado allí.

–¿Por qué no me lo dijiste?

–Matt pensó que lo ibas aceptar mejor si te lo decía él. Además, te vas de vacaciones a Italia –comentó Leigh, mientras se daba la vuelta, para contestar el teléfono.

Frankie subió las escaleras del espacioso apartamento de dos habitaciones que había estado compartiendo con Matt, desde que Leigh se había casado. Hacía tres años que trabajaba con los hermanos Finlay. Con el dinero que consiguió de una póliza de seguro, compró acciones de la empresa. La agencia estaba situada en los bajos del edificio. Se sentía muy a gusto allí, porque se pasaba el tiempo viajando, viendo propiedades inmobiliarias y negociando.

El problema era que Matt había empezado a exteriorizar demasiado sus sentimientos. Sus familiaridades y requiebros no habían pasado desapercibidos para el resto de los compañeros. Los comentarios y cotilleos que se oían en la oficina la sacaban un poco de quicio. Hacía tiempo que había aprendido que las habladurías podían arruinarle a uno la vida. Al menos eso fue lo que le pasó a ella en una ocasión. Pero era mejor no acordarse de ello. ¿Se habría impuesto Matt el reto de conseguirla por cualquier medio? ¿Por qué se comportaban los hombres de esa forma?

Llamó por teléfono a su madre. Respondió la criada y le pasó la llamada.

—¿Mami? Me voy a ir de viaje antes de lo esperado –le dijo, disculpándose.

—Frankie... ¿no crees que ya estás bastante crecidita como para seguir llamándome mami? –le espetó Della, con petulancia–. Me haces sentir como si ya estuviera cobrando la pensión.

—Lo siento –Frankie se mordió el labio–. Tengo que marcharme...

—Yo también tengo que ir a la peluquería dentro de una hora –interrumpió Della–. Te llamaré el mes que viene.

Frankie colgó el teléfono, temblándole un poco la mano. A pesar de la frecuencia, le seguía doliendo aquella respuesta de su madre. Recordaba todas y cada una de las excusas que le había dado a lo largo del tiempo. No era una persona que le gustara demostrar sus sentimientos. Todos los años que había pasado separada de ella, cuando Frankie estuvo viviendo en Cerdeña, habían dañado la relación. El problema era que, en el fondo, temía que de no haber vuelto jamás, su madre ni se hubiera preocupado. No obstante, se avergonzó por pensar de esa manera.

Los ojos de Frankie echaban chispas de desesperación. La tarde no había hecho más que empezar y ya estaba harta. Se suponía que, en esos momentos, debía estar en el transbordador con destino a Génova, Italia. ¿Dónde estaba? Metida en un Fiat ruidoso y pequeñísimo, viajando por las sinuosas carreteras de Cerdeña, a paso de tortuga. ¿Por qué? El señor Megras, el dueño de las villas, no se había dignado a quedar con ella en su casa.

El viaje se estaba prolongando más de lo esperado. Bien podría haber aceptado el ofrecimiento que le hizo Pietro, uno de los empleados. Un hombre con unos ojos negros impresionantes y sexualmente muy atractivo, muy inclinado a manifestar sus sentimientos con las manos. Estaba en Cerdeña, la tierra de los machos...

Trató de no pensar en esas cosas. Debía ser el efecto de las montañas, las mismas montañas en las que había pasado cinco años inolvidables. Se le ponía la carne de gallina, al recordarlo. Pero aquello pertenecía al pasado. Ya tenía veintiún años y sabía controlar su destino.

Pero los recuerdos persistían. La conmoción cultural que supuso, a sus once años, pasar de vivir en un mundo civilizado como el de Londres, para trasladarse a una familia de campesinos analfabetos, que ni siquiera la querían, el horror que sintió cuando le dijeron que nunca más volvería a ver Londres, ni a su madre. El abandono de su padre a los pocos días, la soledad, el miedo, el aislamiento. Todos esos sentimientos estaban muy dentro de ella y sabía que nunca los iba a poder olvidar.

Su madre era modelo. Se quedó embarazada de ella cuando tenía dieciocho años, de un hombre llamado Marco Caparelli, un fotógrafo muy atractivo. Sus padres se separaron cuando ella tenía tan solo ocho años. Su padre la llamaba muy de vez en cuando, apareciendo cuando menos se lo esperaba. En un par de ocasiones había intentado volver a compartir el mismo techo con su madre. En esas ocasiones, Frankie había confiado con desesperación que sus padres se volvieran a unir.

Por eso, posiblemente, se enfadó mucho cuando su madre conoció a otro hombre y decidió solicitar el divorcio. Su padre puso el grito en el cielo, cuando se enteró. Discutieron. Un día, después de aquel incidente, Marco la fue a recoger al colegio. Le dijo que se iban de vacaciones y que no era necesario que fuese a casa a hacer las maletas, mostrándola una bolsa en la que dijo que había metido todo lo que necesitaba para el viaje tan maravilloso que iban a hacer.

–¿Lo sabe mamá? –le preguntó ella, frunciendo el ceño.

Marco le contó un secreto que a ella le pareció maravilloso. Mamá y papá iban a vivir juntos otra vez. Le dijo que su madre iría a Cerdeña a finales de esa semana.

Intentando olvidarse de aquella mentira tan cruel, Frankie tomó otra de las sinuosas curvas de la carretera y vio la señal al final de un puente que decía «La Rocca». Al fin, pensó, acelerando para llegar al pueblo, teniendo que frenar para no atropellar a una cabra y dos cerdos.

Era un pueblo en el que se respiraba pobreza y aquella sensación la hizo estremecerse. Le trajo a la mente el recuerdo de otro pueblo mucho más alejado de la civilización. A ese conjunto de casuchas le habían llamado Sienta. El lugar donde nació su abuelo paterno. Sienta era un punto en el mapa que pertenecía a otro mundo.

El silencio crispaba los nervios. ¿Dónde estaba el hotel? Confiaba en que fuera un hotel razonable, porque no tenía más remedio que pasar la noche allí. A unos diez metros, vio un bar. Cuando entró en el interior hizo un gesto de desagrado con la nariz. El hombre fornido que había detrás del mostrador la miró.

–¿Puede indicarme dónde está el hotel La Rocca? –le preguntó en italiano.

—¿*Francesca...*?

Cuando oyó su nombre en italiano, se le puso la carne de gallina. Lo dijo una voz suave, melosa, con las sílabas aterciopeladas y fluidas como la miel, pero tan vigorizantes como la sirena de un coche de policía justo detrás de ella.

Muy lentamente empezó a girar sus pies. Su cuerpo delgado se puso en tensión, intentando superar su estado de desorientación, no queriendo aceptar que había reconocido aquella voz.

Santino Vitale levantó su cuerpo y surgió de entre las sombras. Frankie sintió la lengua pegada al paladar. Las manos le sudaban. Por un momento, incluso llegó a dudar de su estado de salud mental. Vestido con un traje gris plateado, con una gabardina sobre sus hombros, Santino era un elemento exótico en aquel escenario de mesas desvencijadas y grasientas paredes.

—¿Te apetece tomar algo conmigo? —unos ojos negros y brillantes recorrieron su cuerpo. Agarró su mano de forma muy suave—. Tienes frío —Santino suspiró, mientras se quitaba la gabardina y se la ponía sobre los hombros de ella.

Frankie permaneció inmóvil, como una figura de cera, sin saber qué decir. Tampoco podía apartar la mirada de él. Era mucho más alto que ella, a pesar de que ella no se la podía considerar baja. Un hombre muy atractivo y viril. Sin poderlo evitar, de pronto se sintió humillada y palideció. Todo lo que durante los últimos cinco años Frankie había tratado de olvidar, le vino de pronto a su mente.

—Este es el hotel La Rocca —murmuró Santino.

—¿Esto? —repitió Frankie con una voz un poco chillona.

—¿Has venido a ver al señor Megras?

—¿Y tú cómo lo sabes? —le preguntó Frankie, medio temblando—. ¿Además, qué estás haciendo aquí?

—¿Por qué no te sientas?

—¿Sentarme? —repitió ella, mirándolo como si él fuera a desaparecer entre una nube de humo en cualquier momento.

—¿Por qué no? Por aquí no se ve al señor Megras —Santino

retiró una silla y la invitó a sentarse. El camarero se apresuró a limpiar el cenicero y se retiró con prudencia–. ¿No quieres tomar algo conmigo?

Un rayo de sol iluminó los deteriorados posters en la pared y el gastado suelo de piedra. La reacción natural de Frankie fue la de salir corriendo. Casi sin darse cuenta estaba abriendo la puerta del bar.

–¿Es que te doy miedo?

Frankie se detuvo, se puso rígida y se apoderó de ella una terrible confusión. Por un momento se sentía otra vez una adolescente, una muchachita de quince años que obedecía todas y cada una de las instrucciones que le daba Santino. Porque en aquel tiempo, le había asustado tanto la posibilidad de perderlo, que había hecho todo lo que le pedía. Pero Santino no la había enseñado a tener miedo de él. Ella sola había tenido que aprender a controlar las emociones que surgían de su interior, cada vez que estaba a su lado.

¿Sería culpa de Santino que ella lo odiara? La verdad, no quería decidir en aquellos momentos si estaba siendo justa o no. Se dio la vuelta para mirarlo otra vez, en parte para como respuesta a una necesidad que surgió muy dentro de ella. Y fue como salir de la oscuridad. Muy lentamente se fue hacia la mesa y se sentó en la silla.

–¿Qué estás haciendo por aquí? –le preguntó ella.

–El señor Megras no va a venir. Todas las villas son mías.

–No te creo –respondió Frankie, poniendo cara de incredulidad.

Santino dibujó una sonrisa en su boca sensual.

–Es verdad. Yo te traje aquí, porque quería verte otra vez.

–¿Por qué? –la cabeza empezó a darle vueltas.

–Porque eres mi esposa. A lo mejor he tardado mucho tiempo en recordártelo, pero has de saber que eres mi esposa –le dijo Santino.

–Nada más volver a Inglaterra solicité la anulación del matrimonio –le respondió–. ¿No recibiste los papeles?

Santino se limitó a sonreír de nuevo.

–¿Los enviaste?
–Como yo era menor de edad, mi madre se ocupó de todo...
–¿Eso es lo que te dijeron?
–¡Mira, yo sé que esa ceremonia la declararon nula!
–Pues te han engañado –le replicó.
Su cara se encendió de ira. Su insistencia la enfurecía.
–Cuando vuelva a Inglaterra, yo te los enviaré. Lo que sí te garantizo es que no estamos casados.
–La verdad es que nunca lo estuvimos, como los adultos lo están, me refiero –concedió Santino.
Frankie palideció al revivir en su memoria la última vez que había visto a Santino. Lo vio en brazos de otra mujer, una rubia muy guapa, sus uñas pintadas de color melocotón entre su pelo negro, mientras lo besaba, con su cuerpo pegado al de él. Desde entonces no lo había vuelto a ver.
–Me arrepiento de la forma en que nos separamos.
Frankie se puso rígida. Clavó sus ojos en la mesa. Casi no podía creerse que estuviera otra vez con Santino. Con renovada decisión, intentó borrar los recuerdos que se le venían a la mente.
–A lo mejor no te lo tenía que haber dicho tan pronto, pero siento que es como un muro entre nosotros –comento Santino.
Aquel comentario disparó la imaginación de Frankie otra vez. Dibujó en su cara una sonrisa de desprecio.
–Creo que te estás imaginando cosas raras –levantó el hombro con desdén–. Y ahora, si de verdad esas villas son tuyas, hablemos de negocios.
–Ya veo que has estado fuera de aquí mucho tiempo –Santino hizo una señal al camarero–. Esa no es la forma de hacer negocios aquí. Primero tomamos algo, luego hablamos y a lo mejor te invito a casa a cenar. Después de cenar, a lo mejor, podemos hablar de negocios.
–Yo no voy a ir a cenar a tu casa... –protestó.
–Espera primero a que te invite –contestó Santino.
Se sonrojó y apretó los dientes.

—Todo esto es una charada juvenil.

—Recuerdo que te gustaba lo inesperado —Santino se recostó de forma indolente en la silla, sin prestar atención a su creciente ira y frustración.

—Yo era una cría entonces...

—Sí, pero en aquel momento no te cansabas de repetir que eras mujer —le recordó Santino, con su voz aterciopelada.

Frankie se sonrojó aún más si cabe.

—Bueno, dime —le dijo, intentando cambiar de asunto—, ¿te dedicas ahora al negocio del turismo?

—Sí y no —con los ojos entornados, levantó un poco el hombro y le sonrió.

Era absurdo que ella no conociera a lo que aquel hombre se dedicaba, absurdo que supiera tan pocas cosas del hombre con el que se casó. Cuando se casó con él, todo lo que sabía era que Santino era el sobrino del cura del pueblo y que durante la semana trabajaba en un banco, en Cagliari, donde tenía también un apartamento.

Pero se dedicase a lo que se dedicase Santino en aquellos momentos, estaba claro que le iba muy bien. Llevaba un traje muy caro. Si bien había que tener en cuenta que era un hombre latino y los hombres latinos podían gastarse todo lo que tenían por un buen traje. Sin embargo, ella no estaba acostumbrada a verlo con ropa tan formal. Cuando iba a visitarla los fines de semana, siempre llevaba vaqueros y camiseta. Se había convertido en todo un hombre de negocios, muy sofisticado. Aquello la desconcertaba.

Santino la estaba observando con los ojos entrecerrados.

—Tenía mis razones al elegir un sitio tan discreto para hablar.

—¿Sí?

—Creo que estás de vacaciones y me gustaría que te hospedaras en mi casa —propuso Santino.

Frankie se lo quedó mirando con los ojos como platos y se le escapó la risa.

—¿Me estás tomando el pelo?

—¿Por qué lo iba a hacer?

—He venido solo de paso. Tengo que irme a Italia –le dijo, sin acabarse de creer que le hubiera hecho esa invitación–. Así que me temo que tendremos que hablar de negocios ahora, o nunca.

—A mí me importan un comino las villas –contestó Santino.

—Pues a mí no, porque ese es mi trabajo –aquella situación le parecía irreal. ¿Para qué quería Santino hablar con ella, después de tanto tiempo? ¿Por curiosidad? Estaba claro que había averiguado en qué trabajaba en Londres. ¿Había sido por eso, por lo que le habían ofrecido las villas a Finlay Travel? ¿Cómo habría descubierto Santino dónde trabajaba?

Mientras daba un sorbo de su vaso, lo observó. Era una persona tan fría, tan controlado, tan calculador. Sintió un cosquilleo en la espalda. Miró sus facciones agitanadas, absorbiendo la perfecta simetría de cada una de ellas. La frente ancha, la fina y arrogante nariz, la curva de su boca.

En aquellos momentos, Santino era para ella un completo extraño, con un aire de autoridad y mando que parecía algo innato en él. No era el Santino Vitale que ella recordaba. ¿O sería que lo miraba con otros ojos?

—Francesca...

—Nadie me llama así –murmuró Frankie.

Aquel encuentro se estaba convirtiendo en una pesadilla. A los dieciséis años había estado muy enamorada de Santino. Le había dicho y hecho cosas que ninguna mujer en su sano juicio le gustaría recordar en su madurez. Le había declarado su amor hasta la muerte. En aquel tiempo no era Frankie la que cerraba la puerta de su habitación, para evitar que él entrara, sino que era Santino el que cerraba la suya. Aquellos recuerdos la hicieron sentirse mal.

—Mírame... –le dijo, mientras le acariciaba la mano–. Por favor Francesca...

Sintió su mano como si le hubieran puesto un hierro al rojo vivo. Retiró la mano al instante, conmovida por la forma que reaccionó su cuerpo. Abrió los ojos y encontró su mirada. Sintió un nudo en la garganta y el corazón empezó a latirle con fuerza.

–¿Qué quieres? –le preguntó.

–Tres semanas de tu vida –admitió Santino–. Quiero que estemos juntos tres semanas.

–¡Yo no quiero estar contigo! –se levantó muy enfadada.

Santino se levantó, tomándose su tiempo, con una sonrisa en sus labios. De un solo y ágil paso, se puso a su lado, poniéndole la mano en el hombro. Frankie se quedó tan sorprendida, que no pudo hacer otra cosa que quedarse quieta, mirándolo. No podía creerse que Santino estuviera insinuándose.

–Relájate –le instó Santino, apartándole un mechón de pelo de la cara.

Cuando sintió la mano en su cara, el corazón le empezó a latir de forma violenta y se le puso un nudo en la garganta. No podía casi ni respirar. Santino inclinó la cabeza y la miró a los ojos. Aquel gesto la excitó tanto que casi se le doblan las piernas. Y de pronto, cuando estaba a punto de poder respirar otra vez, Santino la besó, obligándola a abrir sus suaves labios con la lengua, introduciéndosela en la boca.

Aquel beso fue la experiencia más erótica que Frankie había tenido en toda su vida. Los muslos se le encendieron y su cuerpo empezó a temblar de placer. De forma instintiva, acercó su cuerpo al de él. En ese momento, él levantó la cabeza y la miró.

–Todo este tiempo me he estado haciendo una pregunta... ahora ya sé la respuesta –le dijo, con marcada satisfacción.

Frankie se puso roja. Tenía sus ojos verdes clavados en los de él. Retrocedió unos pasos.

–¡Tú no me conoces! –le contestó.

Su único deseo era poder escapar cuanto antes de aquella situación. Salió fuera, a la plaza, y se quedó boquiabierta al ver que no estaba su coche.

–¡Y ahora, por tu culpa, me han robado el coche! –le gritó Frankie, cuando Santino apareció en la puerta del bar.

Se estiró el traje y se acercó a ella.

–Yo lo robé –le informó, con una descarada seguridad que la puso furiosa.

–¿Cómo has dicho?

–Que yo soy el responsable de la desaparición de tu coche.

Una furia descontrolada, que Frankie no sentía desde que superó la adolescencia, se apoderó de ella. Aquel tono en el que la hablaba, era como la parafina en una hoguera.

–¡Pues mejor será que me lo devuelvas cuanto antes! –le gritó, apretando los puños con fuerza–. No sé a qué estás jugando...

–Yo no estoy jugando a nada –replicó Santino.

–¡Quiero que me devuelvas el coche ahora mismo! –le dijo Frankie, agarrándolo por las solapas de su traje.

–La maldición de los Caparelli –comentó Santino, muy tranquilo, sin prestarle la menor atención–. Y pensar que yo creí que el rumor era exagerado. No me sorprende que tu abuelo estuviera deseando que te casaras cuanto antes.

Y era verdad. Al recordarle el apodo tan odiado por el que se la conocía en el pueblo de su abuelo, Frankie se estremeció. Cuando Santino le recordó que a él lo habían obligado a casarse con ella, no pudo evitar el insulto.

–¡Eres un cerdo! –le dijo, al tiempo que trataba de darle una patada.

Pero Santino era más rápido de lo que ella había anticipado y le agarró la pierna. Ella perdió el equilibrio y acabó en el suelo, golpeándose la cabeza. Primero sintió dolor y luego perdió el conocimiento.

Capítulo 2

Cuando se despertó, Frankie tenía un fuerte dolor de cabeza. Pero lo peor estaba por venir. Abrió los pesados párpados, enfocó la mirada y se encontró en una habitación completamente desconocida. Aquella experiencia la dejó desorientada.

¿Muros de piedra? Muebles inmensos de madera, que conservaban todo su esplendor gótico. Cuando vio las ventanas, se quedó boquiabierta. Eran iguales que las ventanas de un castillo. Tanto la habitación como la cama que había en medio eran de considerables proporciones.

Justo en ese momento le empezaron a venir a la memoria recuerdos vagos. Recordó una monja. ¿Una monja? Recordó sentirse muy enferma. Recordó que le habían dicho que tenía que permanecer despierta, cuando lo que más le apetecía era dormir, porque le dolía mucho la cabeza. Todas las piezas aparecían sin orden, pero había una imagen que se repetía de forma constante, y era la imagen de Santino.

Por el rabillo del ojo percibió un objeto en movimiento, y volvió la cabeza. Una figura masculina salió de la oscuridad y se puso en la cortina de luz que había al lado de la cama. Todo empezaba a encajar. Puso las dos manos en el colchón, debajo de ella, y se colocó en posición de sentado.

–¡Tú! –exclamó, en tono de acusación.

–Voy a llamar al médico –respondió Santino, estirando la mano, para tirar del cordón de terciopelo que había al lado de la cama.

–No te preocupes –le aseguró Frankie, con los dientes apretados, apartando la sábana, con la intención de levantarse. Todo empezó a darle vueltas.

Cuando se puso las manos en la cabeza, para ver si podía controlar aquella sensación, Santino la agarró por los hombros y la obligó a sentarse.

–¡Quítame las manos de encima! –gritó Frankie, luchando por no caer en la tentación.

–Cállate –le ordenó Santino, acercándose a ella, con una expresión de amenaza en su cara–. Por tu mal humor estás en la cama y por él podrías estar muerta.

Frankie se quedó mirándolo, con la boca abierta, sus ojos verdes saliéndosele casi de las órbitas.

–Por tus jueguecitos estoy aquí en la cama.

–Las heridas podrían haber sido mucho más graves –le dijo Santino, condenándola–. Si no llega a ser por mí, podrías haber sufrido algo más grave que un dolor de cabeza. Llevas horas inconsciente.

–¡Todo ha sido por tu culpa!

–¿Por mi culpa? –repitió Santino, incrédulo–. Pero si fuiste tú la que intentaste golpearme.

–La próxima vez, no fallaré. ¿Dónde estoy? –le preguntó, enfurecida–. Quiero irme a casa.

–Estás conmigo, así que estás en casa –respondió Santino, con un tono grave de voz.

–¡Tú estás como una cabra! –exclamó Frankie, clavando su mirada en él–. ¿Qué has hecho con mi coche?

–Como no lo vas a necesitar más, se lo he devuelto a la empresa de alquiler.

La puerta se abrió y apareció un hombre alto, de unos cincuenta años.

–Soy el doctor Orsini, señora Vitale –dejó un maletín en la cama–. ¿Qué tal se encuentra?

–Yo no soy la señora Vitale –respondió Frankie, empezando a pensar que estaba desempeñando el papel principal en una farsa.

El médico miró a Santino. Santino sonrió, levantó la mirada al cielo y se encogió de hombros.

—¿Por qué lo mira así? —preguntó Frankie—. Le puedo asegurar, doctor Orsini, que yo no soy su mujer. De hecho, no he visto a este hombre jamás en mi vida —concluyó, con convicción.

El médico la miró entrecerrando los ojos y frunciendo el ceño. Frankie miró con actitud de triunfo a Santino, pero Santino estaba levantando algo de la mesa y entregándoselo al médico.

—¿Qué es eso? ¿Qué le estás enseñando? —preguntó Frankie, muy tensa, sintiéndose un poco paranoica.

—Una de las fotografías de nuestra boda, *cara mia* —replicó Santino, mirándola de reojo, mientras le entregaba la fotografía, para que la viera.

Frankie prefirió aferrarse con las dos manos a la cama, al tiempo que la miraba. Al verla, se le puso un nudo en la garganta. Allí estaba ella, vestida de novia, a sus dieciséis años, mirando a Santino como si estuviera adorándolo.

Los ojos se le arrasaron de lágrimas. Se dio cuenta de que, aunque fuera injusto, odiaba a Santino. Nunca debió acceder a casarse con ella. Lo que tenía que haber hecho, nada más darse cuenta de la situación, era haberla enviado a casa de su madre, en Londres. No podía creerse que él no hubiera encontrado otra solución que aceptar la exigencia de su abuelo de que se tenía que casar con ella.

Cuando Frankie levantó la cabeza otra vez, el médico estaba abriendo su maletín. Miró a Santino y se aclaró la garganta.

—Este hombre estuvo una vez casado conmigo, pero ya no lo está. De hecho...

—*Cara...* —le dijo Santino, en tono indulgente.

—¡Me ha robado el coche! —le atacó Frankie, muy furiosa.

Sin mirarla, el doctor Orsini le dijo algo a Santino, en voz baja. Santino suspiró, intentando aparentar que aquella situación era un sufrimiento para él.

—¿Ha oído lo que le he dicho? —inquirió Frankie.

El médico no contestó y Santino se acercó a la cama.

—Francesca... —murmuró—. Ya sé que en estos momentos no se puede decir que sea uno de tus mejores amigos, pero todo esto está empezando a sonar un poco extraño.

Frankie se quedó boquiabierta. Se puso colorada como un tomate. Lo miró con tanta fuerza, que hubiera sido capaz de tirar un rinoceronte con la mirada. Pero a él, pareció darle igual. Por primera vez, se acordó del retorcido sentido del humor de Santino.

—*Grazie, cara...*

—He de informarle que las radiografías están bastante claras —le dijo el doctor Orsini.

Aquel hombre no había creído una palabra de lo que le había dicho.

—¿La radiografías? —murmuró Frankie.

—Anoche te hicimos unas radiografías, mientras estabas inconsciente —le informó Santino.

—¿Anoche...? —preguntó, un tanto confusa.

Santino asintió con la cabeza.

—No te has despertado hasta esta mañana.

—¿Dónde me hicieron las radiografías?

—En la enfermería del convento de Santa María.

Estoy en un convento, se dijo Frankie.

—Su marido se ha preocupado de que tomásemos todas las precauciones posibles —le explicó el médico—. Intente calmarse un poco, *signora*.

—Yo no estoy nerviosa —replicó Frankie, pero por la cara que pusieron no parecían estar muy de acuerdo con ella.

Le dolía mucho la cabeza, además de darle vueltas. Dejó que el médico la examinara e incluso le respondió a las preguntas que le formulaba, llegando a preguntarse en un momento si no estaría soñando. Pero por la conversación que mantuvo Santino con el médico, cuando lo acompañó a la puerta, dándole las gracias por las molestias y deseándole que llegara bien a casa, estaba claro que estaba despierta y bien despierta.

Cuando Santino se puso otra vez al lado de la cama, Frankie abandonó definitivamente la idea de que estaba soñando. Estiró la mano, levantó el vaso de agua que había en la mesilla de noche y dio un trago.

–¿Tienes hambre? –preguntó Santino.

Frankie negó con la cabeza. Tenía el estómago revuelto.

–Quiero que me cuentes lo que me ha pasado.

Santino la observó con un brillo dorado en su mirada, dibujando una curva muy sardónica en su boca.

–Ya es hora de que te recuerde que tienes marido.

Frankie se quedó helada.

–¡Por última vez te repito que no eres mi marido!

–¡Aun estamos casados, porque nuestro matrimonio ni fue anulado, ni disuelto por un divorcio.

–¡El matrimonio fue anulado! –gritó Frankie.

–¿De verdad lo crees? –objetó Santino, en un tono que la hizo palidecer.

–No es solo una creencia –argumentó Frankie, con vehemencia.–. ¡Es la pura verdad!

–¿Te tramitó los papeles la empresa de abogados Sweetberry and Hutchins? –preguntó Santino.

Frankie parpadeó, insegura. Solo había ido a ver a los abogados una vez, y de eso ya hacía cinco años.

–Sí, creo que era así como se llamaba. Y el hecho de que conozcas el nombre, implica que sabes que ya llevamos bastantes años separados.

–¿Sí? –Santino se fue hacia la ventana, dándose la vuelta antes de llegar–. La anulación de un matrimonio es como si ese matrimonio nunca hubiera existido. ¿Tu crees que si lo hubieran anulado hace tanto tiempo, habría dejado de tener algún tipo de obligación económica contigo?

Un tanto confusa, al no saber a dónde quería ir a parar, Frankie asintió con la cabeza.

–Claro.

–Entonces me tendrás que explicar por qué te he estado manteniendo desde que te fuiste de Cerdeña –le dijo Santino.

—¿Manteniéndome? —Frankie repitió, sin creerse lo que estaba oyendo—. ¿Tú?

—Yo esperaba que viniera a verme Diamond Lil al hotel La Rocca. Cuando vi aparecer el Fiat, me quedé sorprendido. Hubiera sido más correcto una limusina —musitó Santino.

Frankie empezó a reír.

—No sé de lo que estás hablando. Llevo tres años trabajando. Yo nunca he recibido dinero tuyo.

Santino abrió las manos, en gesto muy expresivo.

—Pues si eso es cierto, alguien ha estado cometiendo un fraude desde la última vez que nos vimos.

Frankie se quedó mirándolo.

—¿Fraude? —repitió ella. Aquella palabra la dejó un tanto asombrada—. ¿Quién ha podido cometer un fraude? ¿Cómo enviabas el dinero?

—Por medio de mi abogado.

—Pues debe ser un buen elemento —murmuró Frankie, sintiéndose más débil que nunca. ¿Santino había estado enviándole dinero todos aquellos años? Aquello la desconcertó bastante, a pesar de no haber recibido ni una peseta. Porque en definitiva, no le debía nada. Incluso se sentía humillada, ante la idea de que él hubiera considerado que tenía obligaciones con ella.

—Lo mejor será no sacar conclusiones precipitadas —murmuró Santino, a quien no parecía preocuparle que alguien le hubiera estado timando durante años.

Frankie recordó su encuentro con el señor Sweetberry en el destartalado despacho que aquel anciano abogado tenía. Un abogado que parecía sacado de una novela de Charles Dickens, al que solo le faltaban unos mitones. Cuando se enteró de que ella se había casado en el extranjero, la miró con cara de sorpresa, seguramente porque nunca se le habría ocurrido que hubiera alguien que se pudiera casar fuera de Inglaterra.

—Es posible —comentó Santino—, que el culpable sea alguien mucho más cerca de ti que tu abogado...

Alguien en Cerdeña, alguien muy cercano a él, pensó Frankie. De pronto se sintió más aliviada, al quitarse de encima el peso de la responsabilidad. Estaba muy cansada, pero sin embargo pensó que se lo tenía que repetir otra vez:

—Por nada del mundo hubiera aceptado tu dinero, Santino.

Santino sonrió.

—Te creo —respondió—. Pero tendremos que descubrir al culpable, ¿no crees?

—Claro, claro —contestó Frankie, agradeciendo que él hubiera aceptado que ella estaba diciendo la verdad, pero un poco avergonzada por toda aquella situación.

Pero de pronto, se dio cuenta de la razón por la que Santino la había querido ver. ¡Para hablar del dinero! Por mucho que odiara a su exmarido, el hecho de que la hubiera estado enviando todo aquel dinero para mantenerla, la hacía sentirse culpable.

—¿Y crees que debería caer todo el peso de la ley sobre esa persona?

—¡Nunca pensé que fueras tan alfeñique! Quien sea el culpable tendrán que juzgarlo y meterlo en prisión. No descansaré hasta no pague por lo que ha hecho.

Santino le estiró la sábana, sin que ella se diera cuenta.

—Entonces me has invitado para hablar de lo del dinero...

—Tengo que admitir que en un principio pensé que tú estabas enterada del fraude.

—Ya entiendo —respondió ella, intentando ser justa, mientras se le entornaban los ojos de cansancio—. Será mejor que me traslades a otro sitio, Santino...

—¿Por qué?

—Porque no creo que mi seguro pague por estos lujos...

—No te preocupes. No tendrás que reclamar ningún gasto.

Santino tenía una voz tan suave que no pudo evitar bostezar.

—No quiero que pagues tú la factura.

—No hay que pagar nada.

—¿Cómo dices?

—Duérmete, *cara*.

Justo antes de caer en un profundo sueño, se preguntó cómo se le habría ocurrido a Santino sacar aquella fotografía de la boda en la enfermería de un convento. Pero tampoco era tan importante, y seguro que habría alguna explicación razonable. Por lo menos, sabía la razón por la que Santino pensaba que todavía estaban casados. La persona que había cometido aquel fraude no le había comunicado que el matrimonio había sido anulado, para así seguir recibiendo el dinero.

Cuando Frankie despertó de nuevo, era casi medio día. Salió de la cama. Aparte de un ligero dolor de cabeza, se sentía mucho mejor. Se dirigió al cuarto de baño y lo miró con admiración. Era un baño muy lujoso. Era imposible que hubiera un baño de esas características en la enfermería de un convento. Seguro que estaba alojada en un hotel. Sacó el cepillo de dientes que había en la repisa y clavó la mirada en el espejo.

¿Sería aquella la habitación de Santino? ¿Se la habría cedido para que descansara? ¿Sería esa la razón por la que estaba allí aquella foto? ¿Por qué conservaba todavía Santino una fotografía enmarcada? Solo se le ocurría una explicación. Apretó tanto los labios que casi se le duermen. Seguro que la había utilizado para no comprometerse demasiado con sus amantes. Aunque si de verdad Santino seguía pensando que estaba casado con ella...

Diamond Lil... ¿Cuánto dinero habría enviado a los bolsillos de la persona que había cometido el fraude? Había gente que era despreciable. De repente sintió pena de Santino. Estaba claro que no era tan inteligente como parecía, de lo contrario habría comprobado el método de pago.

Su maleta estaba en una esquina de la habitación. Mientras se vestía, suspiró. ¿Por qué se hospedaba Santino en un hotel, cuando su casa estaba muy cerca de allí? Además un hotel de lujo. ¿Cómo podía pagar una habitación de esas características? A menos que aquello no fuera un hotel, sino su casa...

Frankie empezó a reír a carcajadas ante esa idea tan ridícula, aunque su abuelo Gino le había contado que Santino era un hombre muy rico y por tanto un buen partido. A ella, en aquel momento también le pareció que Santino era muy rico. Compró una de las casas más grandes de Sienta, una granja a las afueras de la ciudad. Un día, incluso le llevó una lavadora a casa. Ella no pudo leer las instrucciones, porque estaban en italiano, y en varias ocasiones inundó la cocina de agua. Pero no solo porque tuviera casa y coche, se podía decir que Santino fuera un hombre rico.

Aquello tenía que ser un hotel. Sin perder más el tiempo, Frankie se puso unos pantalones de algodón de color verde, y una blusa haciendo juego. Se miró al espejo y se descubrió otras dos nuevas pecas cerca del puente de la nariz. Se oyeron golpes en la puerta. Entró un hombre uniformado con la bandeja del desayuno. No esperó a que le diera propina.

Mientras comía con apetito, Frankie volvía a mirar una y otra vez la fotografía en aquel marco de plata. Al cabo de un rato, se decidió y la puso boca abajo.

¿Por qué la habría besado Santino el día anterior? ¿Lo habría hecho por curiosidad? ¿O sería porque no entendía que una mujer lo pudiera rechazar? ¿Qué creía, que seguiría sonrojándose y adulándolo como cuando era una adolescente?

Frankie se estremeció, deseando haber podido mantenerse a una prudente distancia de Santino. Porque lo que había sentido por él en la adolescencia, lo había vuelto a sentir. Durante unos segundos se sintió como si los años no hubieran transcurrido y hubiera caído víctima de emociones y deseos tan fuertes que eran difíciles de controlar.

Casi podía recordar, sin hacer el menor esfuerzo, a Santino mucho más joven. Un chico muy alto, grácil, de piel dorada, que guardaba un cierto parecido con algún dios pagano de la mitología. Uno de los días que él había ido a visitar a su tío abuelo, el padre Vassari, el sacerdote le había llevado a la casa de su abuelo, solo porque Santino hablaba inglés y nadie más en la isla lo hablaba.

En aquel tiempo, Frankie había aprendido un dialecto de raíz latina, que hablaban su abuelo y sus hermanas, Maddalena y Teresa. Después de pasar meses y meses aislada, el sonido de su lengua materna había provocado en ella un mar de emociones. Le había pedido a Santino que localizase a su padre y le preguntara cuándo iba a ir a llevársela para Inglaterra.

Santino le propuso dar un paseo.

–No voy a hablarte como si fueras una niña pequeña –recordó que le había dicho Santino–. Seré franco contigo. El padre Vassari cree que serías mucho más feliz si aceptaras este pueblo como tu hogar.

Después de observar su reacción, Santino había suspirado.

–Sabe que no estás acostumbrada a este tipo de vida y que te sientes aprisionada, pero también tienes que entender que es muy difícil que tu abuelo cambie de actitud...

–¡Lo odio! –le había respondido Frankie–. ¡Odio a todo el mundo en este pueblo!

–Pero tú tienes la sangre de tu padre en las venas, y por tanto la de tu abuelo también –le había recordado Santino–. Gino acepta ese vínculo. Si no, no estarías viviendo en esta casa. Tú formas parte de la familia...

–¡Ellos no son mi familia! –había replicado ella, casi sollozando.

–Maddalena se pondría muy triste si te oyera hablar de esa manera.

Su tímida tía abuela, una persona a la que dominaba su hermana mayor y su malhumorado hermano, había sido el único miembro de la familia que había hecho algún esfuerzo por alegrar la existencia de Frankie. Nuca le había gritado, cuando la había oído llorar por la noche. Siempre había intentado consolarla.

–Te prometo que intentaré localizar a tu padre, pero me tienes que prometer una cosa –le había informado Santino, muy serio–. Una promesa que te tendrás que pensar bien.

–¿Qué promesa?

–Que dejes de huir. Porque eso pone cada vez más furioso a tu abuelo y cree que eres una niña mal criada, en la que no se puede confiar. Es un hombre muy estricto y tus continuos desafíos provocan una respuesta muy desagradable en él...

–¿Dijo el padre Vassari que el abuelo era desagradable? –le había preguntado Frankie.

–No, no –Santino se había sonrojado–. Pero Gino Caparelli tiene fama de ser un hombre muy testarudo, que nunca da su brazo a torcer. Lo que mejor que puedes hacer es morderte la lengua y fingir que estás dispuesta a obedecerlo, aunque no quieras...

–No creo que el sacerdote te haya dicho que sea una hipócrita.

–¡Eres muy lista, para tener solo doce años! –había respondido Santino, medio riendo–. Lo único que quiero que sepas es que a tu tío abuelo no le gusta verte triste. Quería que te dijera que lo mejor que puedes hacer es obedecer a tu abuelo...

–Yo solo quiero volver a Londres –había murmurado ella, con lágrimas en los ojos–, a ver a mi mamá, a mis amigos, mi colegio...

–Pero ahora tienes que acostumbrarte a vivir con la familia que tienes en Cerdeña, *piccola mia* –le había respondido Santino.

Había sido tan claro con ella, después de todos aquellos meses de haber sido tratada como una niña impertinente, que sus palabras le habían llegado al corazón. Y había creído que él sería el que encontraría a su padre.

Pero cuando, a la vuelta de unos meses, le había comunicado la noticia de que su padre había muerto en un accidente, se había sentido desolada. A lo largo de los años, Santino se convirtió en el salvavidas de Frankie.

Cada dos meses iba a visitar a su tío abuelo, y con bastante más frecuencia, cuando la salud del anciano sacerdote se había empezado a deteriorar. Y siempre la había ido a visitar a ella también.

Frankie no tenía nada en común con la familia de su padre. Se había sentido contenta y aliviada de haber podido censurar a aquella gente delante de Santino. Él le enviaba libros en inglés y algunos periódicos. Ella había comenzado a escribirle cartas. El amor que había surgido en ella por Santino, había sido un proceso natural.

Frankie también se acordó de Gino, Maddalena y Teresa. Se puso tensa e intentó borrarlos de su imaginación. Durante los últimos cinco años, su abuelo no había contestado a ninguna de sus cartas, lo cual no era una sorpresa. Seguro que no entendía la conducta de su nieta, que había abandonado a su marido. La familia de su padre adoraba a Santino.

Frankie salió de la habitación y se encontró en un pasillo en el que se veían cuadros con escenas medievales y cubierto de preciosas alfombras. Cuando vio la escalera en forma de caracol, estuvo a punto de subir por ella, para averiguar dónde iba. Recordó que tenía que llamar a Matt. Seguramente que estaría preocupado, porque hacía tres días que no lo llamaba.

Abrió la puerta de roble macizo que encontró al final de la escalera y salió a un tejado, ¿o eran las murallas de un castillo? Se fijó en las torres cuadradas que se alzaban frente a ella, se dirigió al parapeto, miró hacia abajo y le horrorizó la altura. A continuación miró a su alrededor, contemplando las montañas nevadas y los fértiles valles.

–Parece que ya te has recuperado.

Frankie se sobresaltó al oír la voz de Santino. Casi sin aliento, se dio la vuelta. Se dirigía a ella con una actitud bastante familiar. Llevaba unos vaqueros viejos, ajustados a sus caderas y potentes piernas y una camisa blanca de algodón de manga corta, con los botones de arriba desabrochados. Parecía el rey de la jungla buscando una presa.

Muy sensual, pensó Frankie, luchando por apartar su mirada de aquel físico tan impresionante. Increíblemente sensual. Exhibía una actitud relajada, indolente, muy seguro de sí mismo. Se sentó en el borde del parapeto, sin importarle lo más mínimo a la altura a la que se encontraba.

—Te vi desde la torre. Pensé que todavía estarías en la cama —admitió él.

—Soy bastante resistente —replicó Frankie, pensando que le daba igual que pudiera caerse, aunque prefería que no se moviera.

—Veo que eres una mujer muy comprometida con tu profesión —comentó Santino, mirándola con sus ojos brillantes como el diamante—. Pensar que antes me lavabas las camisas, y me las encogías.

Frankie se sintió avergonzada al recordar la atracción que había sentido por aquel hombre en la adolescencia. Algo que no era de extrañar, porque era un hombre guapísimo. Santino podía poner en ridículo a cualquiera de los dioses griegos en comparación, porque era un hombre que poseía una fuerza y energía difícil de igualar.

—¿Hacía yo eso?

—Siempre me pregunté si las cocías —musitó Santino.

—Esas quejas tendrías que habérmelas dicho en su momento.

—Sin embargo eras una cocinera maravillosa.

—¡Me gustaba cocinar tanto como me gustaba fregar el suelo de tu cocina! —mintió. Y no se sintió a gusto mintiéndole, porque seguro que él se había dado cuenta.

Pero la verdad, lo único que sabía hacer en la adolescencia eran las labores del hogar, porque había sido educada para ser una buena esposa. Aquel era el destino que había trazado su padre para ella. Una forma de vida en la que el lugar de la mujer era la casa, haciendo los trabajos más duros y complaciendo cualquier deseo de su marido. Aquello fue lo primero que aprendió, a pesar de que ella siempre intentó mantener su identidad.

Recordó que incluso cantaba mientras fregaba el suelo de la cocina. En aquel tiempo, había pensado que lo sabía todo. Había pensado que Santino era diferente, porque le pedía las cosas por favor y le daba las gracias. Había estado dispuesta a abandonar todo, con tal de estar a su lado. Durante los seis meses que vivió con él, no la habrían sacado de Cerdeña ni a la fuerza.

–Yo intenté convencerte para que siguieras estudiando –le recordó él.

–¡Deja ya el pasado en paz. Me pones enferma! –espetó Frankie, dándose la vuelta.

Lo cierto era que él había querido que fuera a un colegio en Florencia. ¡Florencia! Los Caparellis palidecieron al oír aquello. ¿Qué clase de marido enviaría a su mujer a un colegio? Ella sabía leer, escribir y aritmética, ¿qué más podía querer? Tampoco a ella le había apetecido marcharse a una ciudad que no conocía, donde todos los demás estudiantes se iban a reír de su ignorancia, aparte de que no iba a poder estar cerca de Santino.

En su inocencia, incluso le había preguntado a Santino si se iba a marchar a Florencia con ella. Él le había contestado que solo la visitaría de vez en cuando, porque los compromisos de su trabajo se lo impedían. Aquel fue uno de los primeros intentos de Santino de poner fin a un matrimonio tan ridículo. Se había dado cuenta de que ella se había encaprichado de él y que separándose lograría una mayor independencia.

Santino no había querido herir sus sentimientos. Incluso le llegó a decir que la iba a echar mucho de menos, pero que era lo mejor para ella. Frankie le había acusado de que en realidad lo que le pasaba era que se avergonzaba de ella, y se había ido a su habitación a llorar desconsoladamente. Se pasó todo el fin de semana sin comer, llorando a lágrima viva, cada vez que él había querido hacerla entrar en razón.

–Tenemos que hablar de muchas cosas –comentó Santino.

Se respiraba tensión en el aire. Frankie la percibió y le sorprendió la frialdad con la que le hablaba Santino. Hasta ese momento, él le había estado tomando el pelo, pero de pronto se había mostrado frío y distante. No le había visto nunca con esa actitud. Aquello la desconcertó y la hizo ponerse a la defensiva.

–Yo creo que no tenemos nada de que hablar. Por mi parte, lo único que te deseo es que tengas suerte con lo del fraude –le dijo Frankie, sonriendo–. Pero si lo que quieres es que hablemos de...

–Si mencionas lo de las villas otra vez, te prometo que me voy a enfadar. Para mí no suponen nada –la interrumpió Santino, haciendo un gesto con la mano–. Ese fue el cebo para que vinieras, nada más.

–Me temo que no sé bien lo que esperas de mí, ni tampoco me voy a quedar por aquí para averiguarlo –le aseguró Frankie.

–Lo harás. Te he cortado las alas. Ya no puedes volar libre –respondió Santino–. Porque todavía estamos casados.

–¿Por qué sigues repitiéndome lo mismo? –preguntó Frankie–. ¡Eso no es verdad!

–Hace cinco años comunicaste solo tus deseos a un abogado que ahora ya se ha jubilado. Hablé con su hijo ayer. Buscó tu carpeta y me dijo que su padre te había enviado una carta en la que te comunicaba que consultaras a otro abogado con más experiencia en matrimonios. No inició ninguna otra acción –finalizó.

Frankie se quedó temblando. El tono en que le había hablado Santino era totalmente convincente.

–Si a alguien se le ha olvidado comunicártelo, lo siento, pero te prometo que yo me ocuparé de todo tan pronto vuelva a casa...

–¡No, por no haberlo consumado! –interrumpió Santino de repente.

–Por cualquier cosa, a mí me da igual –murmuró Frankie, quien todavía se estremecía al pensar que todavía pudieran estar casados.

–Hace cinco años hubiera estado dispuesto a que declararan el matrimonio nulo –Santino la miró con los ojos entrecerrados–. Porque pensaba que lo mejor para ti era vivir en libertad. Pero ya no pienso igual. Para serte sincero, Francesca, ahora quiero a la mujer por la que pagué.

–¿Qué dices? –preguntó Frankie, asustada.

—Que quiero recuperar la posesión por la que pagué un precio. Estoy en mi derecho.

Frankie se echó a reír. Después lo miró con expresión de incredulidad.

—Estás loco, o estás bromeando... Prefiero pensar que estás bromeando.

—¿Por qué? —Santino le dirigió una mirada fulminante—. Para empezar tú fuiste la que me atrapaste.

—Eso no es cierto...

—¡Cómo te atreves a negarlo! ¿Quieres que te recuerde que no te opusiste cuando te lo propuso tu abuelo? Yo nunca te había puesto la mano encima, pero tú no dijiste nada para que pensaran lo contrario.

Frankie se quedó mirando el suelo, sintiendo un nudo en la garganta, al recordar lo que había pasado. Se había enfadado mucho con Santino por haberla llevado de vuelta a Sienta.

Se había escondido en el asiento de atrás de su coche, para escaparse. Había sido un acto impulsivo, de pura desesperación.

El tío abuelo de Santino, el padre Vassari, había muerto esa misma semana. Ella había sido consciente de que Santino ya no iba a tener razón alguna para acercarse al pueblo. En aquellas circunstancias, no había sido capaz de ocultar sus sentimientos por él y en el pueblo se habían oído cotilleos, lo cual había puesto furioso a su abuelo. Por eso le había prohibido escribir más a Santino.

Santino no descubrió que ella estaba en el coche hasta que paró en una gasolinera de un pueblo de la costa. Aquella ocasión fue la única vez que ella recordaba que él había perdido los estribos. Sin escuchar sus súplicas, la había metido en el coche y la había llevado de vuelta a casa. Cuando llegaron, ya había oscurecido. Ante los ojos de Gino Caparelli, pasar una noche en compañía de un hombre arruinaba completamente su reputación, con muy pocas posibilidades de redención. En aquel mismo instante le exigió a Santino que se casara con ella.

–Mi abuelo sabía que entre nosotros no había pasado nada –empezó a decirle Frankie con voz temblorosa, intentando defenderse.

–Pero yo sabía que si no me hubiera casado contigo, no habrías podido soportar vivir en aquella casa. Dejé que mi conciencia me convenciera de que eras responsabilidad mía. ¿Y qué recibí a cambio? –le preguntó Santino–. Una mujer que se llevaba el osito de peluche a la cama a dormir. Pero te puedo decir que aquello fue más eficaz para no tener relaciones contigo, que un cinturón de castidad de los de la edad media.

–Tú dijiste que querías tener una esposa...

–Ya tengo una. También tengo la custodia del osito –le informó Santino con sarcasmo.

–¡Tú no tienes ningún derecho sobre mí!

–¿Has hecho ya las maletas? –le preguntó Santino, sin hacerla caso.

–Sí pero...

–*Bene*... Como ya no tienes que descansar, no gastaremos más tiempo aquí –Santino abrió la puerta y la miró.

Frankie sacó un poco la lengua y se humedeció los labios.

–¿Por qué haces todo esto? ¿Qué pretendes?

–La verdad, Francesca... ¿siempre eres tan lenta para comprender las cosas? –le dijo, dirigiéndole una mirada que helaba–. No deberías haberme mentido.

–¿Mentido? –repitió Frankie, cuando él le puso la mano en los hombros, para ayudarla a bajar por la escalera de caracol–. ¡Yo no te he mentido!

–Habría sido más comprensible si hubiera confesado todo cuando nos encontramos. Pero las mentiras me ponen furioso –gruñó Santino–. Cuando esta mañana supe la verdad, estuvo a punto de subir y zarandarte hasta que te hubieran sonado todos los dientes de esa pérfida cabeza que tienes.

–¿De qué diablos me hablas? –exclamó Frankie.

–De tu cuarenta y ocho por ciento en la empresa Finlay Travel –replicó Santino en un tono de acusación–. ¡Sacaste de un apuro a tu amante con mi dinero!

Frankie se quedó tan sorprendida que no supo qué decir.

–Yo no esperaba recibir a mi esposa en puro estado virginal. Ni tampoco esperaba que me recibieras con los brazos abiertos. ¡Pero lo que nunca me imaginé era que durante los últimos cinco años hayas estado en connivencia con esa zorra que te trajo a este mundo!

Capítulo 3

Frankie trató de tragar saliva, pero no pudo. Se había quedado paralizada. Santino le estaba hablando de su madre. Estaba acusando a Della de avariciosa. ¿Por qué? ¿Cómo podía hacer una cosa así, cuando ni siquiera la conocía?

Aquello no tenía sentido. Ella había comprado participaciones en Finlay Travel con el dinero que sacó de una póliza de seguros.

—Cuando pienso en todo lo que hice para protegerte, más me molesta tu conducta —abrió la puerta del dormitorio y entró a por la maleta. Salió y le puso una mano en la espalda, encaminándola hacia la escalera de caracol, que daba a un salón muy grande.

—*Dio mio*... lo que tuve que pagar a tu madre para recuperarte. Incluso tuve que sobornarla para que te acogiera en su casa cuando me abandonaste.

—¿Le pagaste a mi madre? —repitió Frankie, sin creerse lo que estaba oyendo.

Santino soltó poco a poco el aire de sus pulmones.

Tenía que haber exigido una anulación inmediata. No me tenía que haber dejado convencer de que la anulación iba a ser un trauma para ti...

—¿Un trauma...? —repitió Frankie, cuando llegó al vestíbulo. Parecía que las piernas se le iban a doblar de un momento a otro. Gotas de sudor aparecieron en el labio superior.

—Fui un imbécil —se quejó Santino—. Sin hacer ninguna pregunta pagué un montón de dinero para que terminaras tus estudios y tuvieras todas las comodidades. ¿Y qué me dan a cambio? Una esposa que no sabe más que balbucear italiano. Pero eso no es lo peor. Lo peor es que has preferido vivir con tu amante en pecado, antes que darme mi libertad.

–Santino... –murmuró Frankie.

–No me digas nada. ¡No quiero oír más mentiras! –la interrumpió Santino–. Ya me dejé engañar ayer. Incluso te pregunté si te dedicabas al negocio del turismo. ¡*Dio mio*, dame fuerzas! Lo que más me duele es que me dijeran que tenía que mandar dinero para pagar tu tratamiento. ¡Estoy seguro de que te casaste conmigo porque sabes que soy rico! ¡Solo un hombre rico puede permitirse manteneros a ti y a tu madre durante estos cinco años!

Cuando terminó, Santino abrió la puerta de su Toyota Landcruiser que estaba en el aparcamiento, mientras ella se quedó mirándolo asombrada, sin saber qué responder. La agarró en brazos, la levantó del suelo, la puso en el asiento y cerró la puerta de un portazo.

Frankie empezó a respirar como si estuviera a punto de ahogarse. Se puso las manos en las sienes.

–¡Así que no me mires con esos ojos y me digas que estoy bromeando cuando digo que quiero que me den lo que es mío, porque para eso he pagado! –continuó Santino, cuando Frankie se colocó a su lado–. ¡Una palabra más y te juro que os hundo a ti y a tu amante! Y luego denuncio a Della por todas las facturas falsas que ha presentado en tu nombre, pretendiendo que todavía seguías estudiando.

Frankie luchaba por razonar de nuevo, pero estaba tan impresionada que le parecía imposible hacerlo. No podía quitarse de la cabeza lo que le había dicho, que había pagado a su madre para que la acogiera en casa.

–¿Conoces a Della? –le preguntó con voz muy débil, mientras él ponía en marcha el coche.

–¿Por qué me haces esa pregunta tan estúpida? –le preguntó Santino, frunciendo el ceño, mirando la pálida expresión en su cara–. ¡No me digas que no te ha dicho de dónde venía todo el dinero!

–A mi madre le quedó una asignación bastante generosa de su segundo matrimonio –murmuró Frankie, con voz temblorosa, mientras intentaba calmarse un poco–. De ahí es de donde procedía el dinero. Y por lo que se refiere a mis participaciones en Finlay...

–Tu madre dejó a Giles Jensen cuando se vino abajo su nightclub. No le quedó dinero para poder pagar a nadie. Cuando tú volviste a casa de tu madre, ella tenía un montón de deudas. ¡Yo fui el que os saqué de la miseria!

–Yo no...

De pronto, le tiró una carpeta de plástico a las piernas.

–Yo soy el propietario de la casa de tu madre. A mí no me importó mantener a mi suegra, porque de esa manera sabía que tú tendrías todas las comodidades. Pero lo que más me molesta es saber que tú estabas enterada de todo.

Abrió la carpeta y vio las escrituras de la casa que su madre tenía en Kensington, en las que aparecía el nombre de Santino como propietario. Era una prueba irrefutable que dejaba sin respiración. Era algo incontestable.

–¡Si no se hubieran puesto en contacto conmigo por un asunto relacionado con la hipoteca, ahora no tendría esas escrituras para enseñártelas! –gritó Santino–. Tengo un cajón lleno de facturas en mi despacho. ¡Falsas! Dime, ¿de verdad alguna vez fuiste al colegio por el que yo pagué?

–Asistí al instituto tecnológico durante un tiempo... –le dijo Frankie, mientras iba asimilando el origen de toda aquella ira.

–*Per meraviglia...* ¿y no asististe a clases de montar a caballo, música y esquí? ¿No aprendiste idiomas? ¿No fuiste de vacaciones? Yo creo que ni siquiera has estado un solo curso en la universidad.

Frankie empezó a mover la cabeza. Todas las piezas del rompecabezas iban encajando. Della era la persona que había engañado a Santino. Su madre, su propia madre. Empezó a sentirse enferma. Della había estado llevando una vida de lujo. No trabajaba. Poseía una casa, con muebles muy caros, un ropero bastante extenso y se iba de vacaciones con bastante frecuencia. Cuando se dio cuenta de que Santino había sido el que había estado pagando todo aquello, Frankie se sintió desolada.

–Yo no sabía nada... ¡te lo juro! –le dijo.

–Muy bien. Pues siéntate y relájate, porque voy a denunciar a tu madre por gastarse el dinero que enviaba para ti.

Frankie se quedó pálida.

–Pero todavía tienes que explicarme de dónde sacaste el dinero que invertiste en Finlay Travel...

–¡Ese dinero no era tuyo! –protestó ella–. Ese dinero fue del seguro que mi padre se hizo cuando yo era niña...

–¿Marco, el jugador compulsivo, se hizo un seguro? –murmuró Santino–. Pero si a ese hombre le quemaba el dinero en el bolsillo. Si tu padre hubiera tenido un seguro, hubiera intentado recuperar el dinero al mes siguiente. No habría sido capaz de pagar las mensualidades.

Frankie trataba de concentrarse. La verdad era que no tenía constancia de que la procedencia de aquel dinero fuera de una póliza de seguro. Cuando ocurrió, tenía solo dieciocho años y no se le había pasado por la cabeza cuestionar a su madre. Della había metido el dinero en su cuenta corriente. Y a partir de ese momento, Della no le había dado nada más. ¿Qué había pretendido Della con todo ello? ¿Engañar a Santino, para que pensara que Frankie estaba enterada de todo aquel engaño? Solo de pensarlo, se le revolvía el estómago.

–Al principio pensé que me estabas diciendo la verdad. Pensé que no sabías que yo te estaba manteniendo, hasta que me enteré de que comprabas acciones de Finlay Travel. Me enfadé mucho cuando me enteré de que no habías ido a los colegios que yo había pagado, pero podía habértelo perdonado. Pero lo que no te perdono es que seas una mentirosa y una ladrona, como tu madre.

–Para el coche... quiero vomitar –Frankie se puso la mano en la boca.

Cuando salió, casi se cae del coche. Se agarró a la puerta y respiró aire fresco.

—Te has puesto enferma de verdad —le dijo Santino, saliendo del coche y acercándose a ella—. Creí que estabas fingiendo.

Frankie ni siquiera pudo levantar la cabeza para mirarlo. Tenía los nervios agarrados al estómago. Se preguntaba cuánto dinero se habría guardado Della a lo largo de aquellos cinco años. Incluso era posible que Della se hubiera vuelto tan exigente, que Santino empezara a sospechar.

—Siéntate... —la agarró con mucha suavidad por los hombros y la volvió a sentar en el asiento del coche—. Baja la cabeza, si todavía estás mareada —le indicó él, sin soltarla.

Frankie se fijo en sus zapatos hechos a mano.

—¿Estás mejor? —le preguntó Santino, soltándola.

Ella asintió, miró hacia arriba y se encontró con unos ojos negros brillantes entre unas pestañas negras largas y sensuales. Aquellos ojos tenían un efecto extraordinario en ella. La hacían sentirse débil. Sin darse cuenta, se quedó mirándolo, como si la hubiera hipnotizado. Santino se irguió y ella se quedó mirando al vacío.

¿Qué le estaba pasando? ¿Le habría hecho perder la cabeza la noticia de que su madre se había quedado con todo el dinero? Tenía que concentrarse. Santino era un hombre muy guapo, pero ella ya era lo suficientemente madura como para controlarlo.

Santino era el propietario de la casa de Della, recordó con desesperación. Era posible que todo lo demás que le había contado, fuera cierto también. Con lo cual las participaciones que tenía en Finlay Travel, también le pertenecían. Aunque le diera todas las acciones, con ello no pagaría ni una décima parte de lo que le debía. En cierto modo, ella también era responsable de lo que su madre había hecho.

Si no se hubiera creído lo que le había contado su madre sobre la anulación del matrimonio, no la habría engañado con tanta facilidad. Habrían conseguido la anulación cuando era el momento, Santino hubiera recuperado su libertad y no les habría estado enviando dinero a su madre y a ella. Pero Frankie nunca le pidió que lo hiciera. Además, no quería nada de Santino.

–Parece que piensas que te pertenezco, y ahora me doy cuenta del porqué –Santino se limitó a sonreír–. Pero siento mucho decirte que la gente no se compra...

–El amor es lo que no se compra. Comprar a la gente es muy fácil –contestó Santino–. Solo tienes que saber qué es lo que quieren.

–¿Y qué es lo que quiero yo?

–Ser querida. Me di cuenta antes de que fueras mujer. Necesitabas con desesperación ser querida. Pero eras tan cabezota, que lo buscaste en los sitios equivocados, donde no podías reconocerlo, aunque lo hubieras encontrado.

Frankie perdió el color de la cara. Le había respondido a sus ironías con seriedad, recordándole las muchas decepciones que había sufrido a lo largo de su vida.

–Por eso, ayer cuando te vi, no esperaba encontrarme con un ángel. Te has llevado muchas decepciones en tu vida. Sabía también que había perdido tu confianza, pero sí que esperaba que siguieras siendo honesta, como antes lo eras. Debí haberme imaginado que Della te estropearía...

–¡No hables así de mi madre! –gritó Frankie.

–Creo que ya es hora de que alguien lo haga. ¿Cuándo empezaste a trabajar en Finlay, a los dieciocho?

–¿Cómo te has enterado de eso? –le preguntó.

–No fue difícil. Finlay... –murmuró de nuevo–. Pero dime, cuando invertiste ese dinero en la empresa, ¿esperabas con ello ganarte su afecto?

Frankie se puso rígida.

–¿Cómo te atreves a...?

–Es una pregunta razonable. A la mayoría de los adolescentes con una considerable suma de dinero, se les ocurriría hacer un montón de cosas con él, pero a ninguno se le ocurriría invertirlo en una empresa.

Frankie apretó los labios, para no responderle con un insulto. Cuando recibió aquel dinero caído del cielo, había querido tener algo seguro. Hasta que se casó con Santino, todas las personas con las que había convivido habían pasado por dificultades económicas. Sus padres habían tenido violentas discusiones acerca del dinero. Y de allí se fue a vivir con su abuelo, que tenía lo justo para mantenerse.

—Me aconsejaron que lo hiciera —contestó Frankie.

—¿Quién te lo aconsejó, Finlay? Te lo pregunto porque ahora mismo esa inversión es poco segura. El mercado de las agencias de viaje está ya muy saturado.

—Yo estoy contenta con los intereses que me han dado...

—¿Un hueco en su cama, que no es exclusivamente tuyo? Porque sé que no eres la única mujer en su vida...

Frankie se estaba poniendo cada vez más furiosa.

—A lo mejor él no es el único hombre en la mía.

—Muy pocas mujeres quieren tener una relación abierta a tu edad. ¿Estás muy enamorada de él?

Frankie abrió sus manos, en un gesto de frustración.

—Yo no estoy enamorada de Matt. Somos amigos y yo soy el socio más joven...

—¿Entonces por qué vivís juntos?

—Tengo tanto derecho a vivir en ese apartamento como él. ¿O no te lo ha dicho eso tu espía? ¡El bloque de pisos es de Finlay Travel!

—Perdón por tener que corregirte. El banco es el propietario del edificio.

—¡Pues ahora tienes una parte de lo que el banco posee!

—Ahora entiendo por qué tu amante aparece ahora como un amigo. Pero estás loca si piensas que voy a financiarlo —le contestó Santino—. ¡Ese es un barco que se hundirá solo!

—Haz lo que quieras. Porque si es verdad que es tu dinero, puedes hacer lo que quieras con él. Pero no hagas que Matt pague por algo en lo que no tiene nada que ver —argumentó Frankie, con vehemencia—. La agencia necesita esas villas. No tendrá ningún problema para alquilarlas durante el verano. Necesitamos con urgencia casas de calidad.

Santino le dirigió una sonrisa que la dejó helada.

–Eres increíble. Me quitas hasta la piel y pretendes que te ayude.

–¡Yo no te he quitado nada! ¡Yo no sabía nada de lo del dinero! –razonó, sintiéndose cada vez más resentida–. Tú a mis espaldas llegaste a algún acuerdo con Della del que yo no tenía noticia. ¿Cómo puedes echarme ahora la culpa de todo?

–*Santo cielo...* las ratas empiezan a saltar del barco –murmuró Santino con ironía–. No te preocupes. A mí no me tiembla el pulso cuando empiezo a hacer justicia. Ya me encargaré que Della reciba lo suyo.

–¿Qué quieres decir?

–Que le voy a enviar una notificación de desahucio hoy mismo.

Frankie lo miró horrorizada. Santino frenó hasta detener el coche y salió. Frankie hizo lo mismo.

–¡No puedes hacerle eso!

–Dime por qué no.

Frankie intentó buscar una respuesta, pero no la encontraba.

Santino la miró con sus ojos dorados medio entornados, mientras sacaba una cesta y una manta del maletero del coche.

–No puedo creer que seas tan cruel –le dijo Frankie.

–Es que no me conoces bien. Yo solo he sido blando contigo, pero eso ya ha pasado –comentó Santino, mirándola con un brillo como el del hielo dorado bajo el sol–. En los negocios yo no perdono, Francesca. Y siento mucho decirte que tanto contigo, como con tu madre, mantengo ahora una relación comercial.

Frankie sacó la punta de la lengua para humedecerse los labios. No podía creerse que fuera Santino el que estuviera hablando de aquella manera. Tenía razón en todo lo que estaba diciendo. Pero era muy distinto del hombre cálido y amable que ella recordaba. Se fijó en la cesta que llevaba en la mano–. ¿Y qué vas a hacer con eso?

–Es nuestra comida –respondió Santino.

Frankie abrió la boca y la cerró de inmediato. Hasta ese momento no se había preguntado por qué se habían parado allí.

—¿La comida? —le preguntó—. Aclaremos un poco las cosas. ¿Crees que después de decirme que vas a desahuciar a mi madre, voy a irme contigo a comer al campo?

—A mí, sin embargo, pensar que la voy a desahuciar me ha abierto el apetito —confesó Santino, sin ningún tipo de remordimiento.

Frankie lo observó dirigirse hacia un prado con unos árboles que se veían al otro lado de la carretera. Apretó los dientes y se fue tras él. Santino puso la manta en un punto desde donde se veía el pueblo.

—Santino —empezó a decirle—. Mi...

—Eso es la Rocca —interrumpió—. Mi abuela nació en el bar en el que nos vimos ayer. En aquel tiempo era un hotel también. Su padre tenía aspiraciones que nunca vio cumplidas.

Frankie frunció el ceño.

—Yo...

—Calla y escucha —la atravesó con su mirada, apretando al mismo tiempo los labios—. ¿Qué más ves desde aquí?

Frankie tragó saliva y miró a su alrededor, preguntándose a qué diablos estaba jugando.

—Mi abuelo nació en esa casa en ruinas —le dijo, con deliberada paciencia—. Uno de los once niños de su familia, de los cuales solo seis llegaron a viejos. Él me trajo aquí cuando yo tenía ocho años y me dijo que este lugar era donde la familia Vitale había echado sus raíces. Unos comienzos muy humildes, de los que, aunque no te lo creas, me siento muy orgulloso.

—Ya se ve —comentó Frankie—. Pero...

—¡Tú no ves nada! —le dijo Santino con desprecio, alejándose de ella.

Frankie era incapaz de concentrarse. Estaba demasiado alterada por todo lo que estaba pasando. Las sienes le palpitaban de la tensión. Pero parecía que ella era la única que sufría, porque Santino estaba tan tranquilo descorchando la botella de vino.

–En estos momentos tiene visitas... mi madre, quiero decir –comentó Frankie, incapaz de organizar sus pensamientos–. No estoy tratando de justificarla, pero no lo ha tenido muy fácil...

–Hasta que yo aparecí...

Frankie se sonrojó.

–Podría haberse convertido en una modelo muy importante si no se hubiera quedado embarazada de mí. Luego mi padre la apartó de mi lado y no pudo encontrarme. Y terminó casándose con Giles, y él...

–Quedó en la bancarota, porque ella es una derrochona.

Frankie se puso muy tensa,

–No es eso lo que yo he oído.

–Imagino que ella no te lo contó así. Estas gastando saliva –le informó Santino–. Della es la avaricia en persona. Créeme cuando te digo que ha demostrado un talento criminal increíble en todos los fraudes que ha hecho. No trates de justificarla, porque tú también te llevaste tu buena parte.

–¿Qué intentas, llevarnos a juicio a las dos?

–¿Crees que voy a llevar a mi propia esposa a juicio? Pero a tu madre... –Santino miró sus ojos asustados y continuó–: No tengo el mayor problema en llevarla a juicio.

–¡Pero si crees que yo también soy culpable, lo más justo es que arremetas contra mí también! –protestó Frankie, a quien le horrorizaba la posibilidad de que a su madre la llevaran a los tribunales.

–¿Quieres decir que estabas enterada de todo? –preguntó Santino–. Porque me ha parecido entender que Della solo te dio un pequeño porcentaje de todo el dinero que recibió.

–Yo sabía lo que Della estaba haciendo, desde el principio –mintió, tratando que no dirigiese toda su furia contra su madre.

Santino se quedó muy quieto, mirándola con los ojos entornados.

–¿Estás cambiando tu versión, ahora?

–Yo sabía que lo que estábamos haciendo no estaba bien, pero después de verte con aquella mujer en Calgiari, te odié –lanzó Frankie, para proteger a su madre.

–Eso me lo puedo creer, pero también me dijiste una vez que preferirías morirte de hambre antes de aceptar mi dinero. Por eso enviaba el dinero en secreto. Fui muy ingenuo –Santino la miró entrecerrando los ojos, poniendo un gesto cínico en la boca–. Parece que hace cinco años no solo eras tú la que tenía que madurar.

Frankie no lo estaba escuchando.

–No le hagas eso a mi madre, por favor –suplicó–. Dale tiempo para que se vaya de la casa con dignidad...

–¿Y yo qué voy a obtener a cambio?

El silencio cayó sobre ellos como una losa. No se oía ni el aire. El calor era sofocante. El sudor mojaba su ropa. Respiró hondo y lo miró a los ojos.

–La verdad, no sé lo que quieres...

–¿No? –Santino sonrió con gesto de desprecio–. Te quiero a ti, en mi cama.

–Eso no es posible... –murmuró Frankie, muy nerviosa–. Es imposible que sea eso lo que quieras.

–¿No es lo que cualquier hombre querría hacer con una mujer tan guapa como tú?

–Yo no soy guapa...

Santino se acercó a ella, la miró con sus ojos dorados, con tal intensidad que casi sintió su piel arder. Después estiró la mano y le quitó el pasador del pelo.

–Me gustas con el pelo suelto.

Con una paciencia desconcertante, se lo fue desenredando. Frankie se quedó quieta, casi sin respirar, pero cada vez que le tocaba la piel con sus dedos, su corazón empezaba a latir con tanta fuerza que la dejaba sin sentido.

–Muy guapa y muy sensual –repitió Santino, acercándose un poco más.

No supo cómo reaccionar. El sol calentaba su cuerpo, sintió que los pechos se le hinchaban y los pezones se endurecían, empujando contra la tela de algodón que los constreñía. Cuando encontró su mirada, para ella en el mundo solo estaba su dorada mirada.

–Y tan sumisa de repente. Pero aunque te digas a ti misma que es para salvar a Della, sabes que en el fondo eso no es verdad, *piccola mia*. Porque eres una mujer que te dejas llevar por los sentimientos. Y ahora mismo lo que estás es excitada.

Frankie permaneció en silencio, sabiendo que lo que decía era verdad. Su cuerpo la delataba. Durante unos instantes le había deseado con una intensidad incontrolable. Y no había sido un recuerdo del pasado, lo que una vez sintió por él, era un sentimiento del presente.

Santino se inclinó, sacó dos vasos de la cesta y le ofreció uno.

–No me estoy quejando –murmuró él–. A mí nunca me han atraído los sacrificados. Como tampoco me atrae mucho en lo que te has convertido...

–¿Qué quieres decir?

–Que de momento creo que con tres semanas me conformo –Santino la miró con gesto de frío desprecio–. Tres semanas será suficiente.

Tres semanas era el tiempo que ella había pensado pasar de vacaciones por Italia. Le tembló la mano y se le derramó el vino de la copa.

–¿Me estás pidiendo que pase mis vacaciones contigo?

–Algo así. Después nos separamos y te concedo el divorcio. Della se va de la casa y yo le perdono lo que me debe. Es una oferta muy generosa –le aseguró.

Pero Frankie no pensaba lo mismo. Era una oferta humillante y degradante. Recordó el desprecio en su mirada y se recogió en sí misma. Cuando lo vio en el bar, Santino le había parecido un extraño, pero según fue pasando el tiempo empezó a recordarlo tal y como era. Pero en esos momentos le volvió a parecer un extraño.

–Tienes que decidir.

—No tengo otra elección —si no se quedaba, denunciaría a Della. No podía permitir que su madre sufriera de aquel modo, por mucho que se lo mereciera.

Santino sacó un teléfono móvil del bolsillo, marcó los números y empezó a hablar en italiano con alguien. Cuando terminó, se lo guardó de nuevo y le dijo:

—La orden de desahucio ha sido anulada.

Frankie se sentó en la manta y dio un trago de vino, para humedecer sus resecos labios.

Capítulo 4

Frankie abrió los ojos, cuando sintió que una mano le agitaba el hombro. El sol había cambiado su posición en el cielo.

–Ya es hora de marchar –Santino se agachó y la levantó con mucha delicadeza.

Lo último que recordaba era dejar el vaso de vino vacío en el mantel. Había logrado dormir un par de horas. Frankie se estiró un poco los pantalones y se pasó la mano por el pelo.

–¿Por qué no me has despertado antes?

–Porque pensé que era mejor que descansaras un poco –Santino dobló la manta. La cesta de la merienda ya no estaba allí.

–¿Y por qué me has traído a este sitio? –preguntó Frankie por curiosidad.

–Porque a lo mejor estaba intentando que resurgieran recuerdos de la familia que abandonaste en Italia.

–¿Cómo dices?

–Fino, Maddalena y Teresa –precisó Santino–. Aunque no me lo hayas preguntado, tu abuelo y tus tías abuelas están todavía vivos y muy bien.

Santino se dio la vuelta y empezó a caminar en dirección a la carretera. Frankie lo siguió.

–¡Escribí muchas veces a mi abuelo y él nunca contestó!

–No digas más mentiras –le aconsejó Santino con un tono frío, cuando ella se puso a su lado–. No escribiste. Si lo hubieras hecho, me habría enterado.

–¡Sí escribí! –protestó Frankie, pero de pronto se acordó de que en aquel tiempo había sido Della la que se había encargado de echar las cartas. ¿Cómo habría sido capaz su madre de hacer una cosa así? Estaba claro que veía como un peligro, la comunicación que pudiera haber entre ella y Gino Caparelli.

—¡Seguro que mi madre no echó las cartas! —exclamó Frankie.

Santino la miró, y permaneció en silencio.

Frankie giró la cabeza, consciente de que él no se había creído aquella excusa. Pero lo cierto era que había escrito varias veces a su familia. Aunque los primeros meses que pasó en Londres fue un tiempo que se sintió muy desorientada...

De vuelta otra vez al mundo del que su padre la había apartado, se sintió perdida. Se encerró en el piso de su madre, como un animal herido. Después de ver a Santino en brazos de otra mujer, se sintió desdichada. Santino había sido todo para ella, la única persona que había amado y en la que había confiado, la persona en la que se había apoyado en tiempos de crisis.

De pronto, se había dado cuenta de la realidad de su matrimonio, un matrimonio que era solo una charada. Pero a lo que no estaba dispuesta era a decirle a Santino lo destrozada que se había sentido al dejarlo y lo mucho que había tardado en recuperarse.

Frankie se metió en el cuatro por cuatro. Le había dicho que era un hombre muy rico. Vitale... el banco de Cagliari. Recordó haber visto anunciado ese banco en algunas revistas. Recordó haber leído un artículo sobre la legendaria familia de banqueros en Italia, una familia que no quería salir en las revistas, porque treinta años antes habían secuestrado a uno de los componentes de la familia.

Dos meses después de conocer a Santino, él había ido a decirle a su abuelo que su hijo, el padre de Frankie, Marco, había muerto en un accidente de automóvil.

—Cuando tu padre te contó aquello de que estaba intentando reconciliarse con tu madre, cuando te trajo aquí y te dejó con una familia que no conocías, admito que fue un acto irresponsable y egoísta, *piccola mia* –recordó que le había respondido en su momento Santino–. Pero nunca digas que te han raptado, porque tengo un tío que todavía te puede enseñar las marcas de un verdadero secuestro.

Volviendo al presente, Frankie miró a Santino, cuando encendió el motor de su potente coche.

–¿Y por qué trabajabas en ese banco de Cagliari? –le preguntó con voz temblorosa, porque todavía no se podía creer que el hombre con el que se había casado cuando tenía dieciséis años, fuera el dueño del banco.

–Era el director. Mi padre pensaba que antes de ocupar un puesto en el consejo de administración, era mejor conocer la empresa. No quiso que estuviera en la sucursal de Cerdeña. Pero no sabía la razón por la que yo prefería esa localidad...

–¿Y el castillo que hay en la isla es tuyo?

–Heredé ese castillo el año pasado –le contestó él–. Pertenecía a mi padre, que lo tenía antes alquilado.

–Nunca me contaste nada de ti...

–A mí no me gusta mentir. Te contaba solo lo que podía contarte. Además estabas tan contenta viviendo en tu mundo. Tienes que recordar que eras bastante inmadura y que nunca me preguntaste de qué vivía yo –comentó Santino–. De lo único que te quejabas era de que mi trabajo me tenía alejado de ti toda la semana.

Frankie se sonrojó.

–¿Dónde vamos? –le preguntó, cambiando de conversación–. Este no es el camino por el que hemos venido...

–Vamos a Sienta, a ver a los Caparelli –le contestó Santino.

Al oír que se dirigían a casa de su abuelo, Frankie se quedó boquiabierta,.

–¿Sienta? –repitió.

–No quiero que tu familia se entere de que has venido a Cerdeña y te has ido sin verlos...

–¡No te hagas ahora el piadoso conmigo! –le recriminó Frankie–. ¡Sabes tan bien como nadie lo desdichada que me sentí en ese pueblo! Mi abuelo podría haberle escrito a mi madre si hubiera querido y ella habría venido a buscarme de haber sabido donde estaba...

Santino detuvo el coche de nuevo. La miró con los labios apretados.

—No estoy dispuesto a decirte más mentiras, o medias verdades, para protegerte. Ya eres mayorcita para enfrentarte a la realidad. ¡Tu madre nunca intentó conseguir tu custodia!

—¿Cómo lo iba a hacer, si no sabía dónde estaba? Mi padre siempre se estaba moviendo de un sitio para otro y ella pensó que yo estaría con él.

Santino suspiró.

—Cuando se enteró de que su hijo había muerto, Gino me dio permiso para que me pusiera en contacto con tu madre...

—¡No te creo! —gritó Frankie.

—Tu abuelo me dijo que lo mejor era llamar a tu madre para que viniera a hablar con nosotros y decidir lo mejor para ti. Cuando fui a Londres, me acerqué a casa de Della y se lo dije. También le dije que estabas muy triste. Tu madre no movió un dedo.

—¡Eso no es verdad!

—Lo siento, pero sí lo es —aseguró Santino, su velada mirada encontrando sus verdes ojos, retirándola con diplomacia a continuación.

—Tu madre supo en todo momento dónde estabas, porque tu padre la llamó el día que se fue de casa, para decirle que te llevaba a vivir con su familia. Della no tiene instinto maternal. El día que fui a visitarla, estaba en una fiesta con su segundo marido. A pesar de decirle que Marco había muerto, prefirió que siguieras viviendo donde vivías.

Frankie giró la cabeza, las lágrimas le arrasaban los ojos. Santino le puso una mano sobre sus dedos y ella se la apartó con brusquedad.

—Creo que es mejor que hayas oído toda la verdad. Gino no quería que sufrieras y lo único que ha conseguido a cambio ha sido amargura y resentimiento. Cuando murió tu padre, tú le echaste la culpa por retenerte en Cerdeña. Y yo no podía dejar que volvieras a Londres, después de ver lo que vi.

Santino le había revelado algo que Frankie siempre había sospechado. Su joven y bella madre había seguido viviendo su vida cuando se deshizo de su hija, feliz y aliviada del peso que le quitaban de encima.

–Gracias por decírmelo –contestó Frankie, con la boca apretada–. Pero eso deberíais habérmelo dicho hace mucho tiempo.

Santino arrancó el coche.

–Yo no era el que lo tenía que decidir.

Frankie sintió un nudo en la garganta. Despreciaba y temía la intensidad de sus emociones. Pero toda su vida había tenido que aprender a ocultarlos. En presencia de Santino, sin embargo, aquello era casi imposible. En ese momento le parecía que nunca nadie la había querido...

Ni su madre, ni su padre, que la había apartado de su madre solo como castigo a su esposa, ni la familia de su padre, que no tuvo otra opción más que aceptarla y cuidarla. Ni siquiera Santino, que había accedido a casarse con ella porque le daba pena.

–Llora si quieres, así te sentirás mejor –sugirió Santino.

–Te odio, Santino... –y se odiaba incluso más a sí misma, por haberlo dicho como si todavía fuera una adolescente.

–Sin embargo todavía sigues mirándome con un niño en una tienda de caramelos. En eso no has cambiado.

Frankie se puso roja de ira.

–Lo que sí ha cambiado entre nosotros es que ya no me parece injusto aprovecharme de una inocencia que ya no tienes desde hace mucho tiempo...

–¿Pero qué te crees? ¿Crees que al verte en brazos de aquella despampanante rubia iba a abandonar el sexo para siempre?

Santino se quedó helado.

Frankie enderezó los hombros, como un gato dispuesto a saltar sobre su presa.

–Supongo que pensaste que me habías roto el corazón. ¡Pues

no! Se me pasó a los pocos días y encontré muy pronto un hombre que me quería...

—Dejemos de lado los detalles sórdidos de tu desfloramiento —interrumpió Santino, con tono glacial.

Frankie se sonrojó e inclinó la cabeza, avergonzada por haberle respondido de aquella manera, sobre todo porque lo que le había dicho era mentira. Le costó mucho superar la experiencia con Santino y le fue muy difícil confiar en otro hombre. Había tenido novios, pero nunca había tenido una relación íntima con ellos. Hasta ese momento no había conocido a un hombre al que quisiera tanto como había querido a Santino.

—Tu familia cree que terminaste una carrera en Inglaterra.
—¿Los sigues viendo? —preguntó Frankie.
—Naturalmente. Para ellos, yo sigo siendo tu marido y por tanto soy de la familia también —explicó Santino.

Frankie se puso tensa al oír la palabra «tu marido». Tres semanas en Cerdeña con Santino. No podía imaginarse a Santino en la cama con ella. Aquel era el mismo hombre que la había tratado como a una niña durante los seis meses que vivieron bajo el mismo techo.

Frankie siempre había pensado que un matrimonio no era matrimonio de verdad hasta no haberlo consumado. Santino había dormido en otra habitación. Y ella no había podido entender por qué no hacía con ella lo que Teresa le había dicho que hacían todos los hombres, cuando se les daba la mínima ocasión. Frankie se había sentido avergonzada de su falta de atractivo.

Pero en su inocencia, nunca se le ocurrió pensar que Santino podría estar satisfaciendo su apetito sexual con otra. Porque confiaba en él de forma absoluta. Y nunca se habría enterado de que había otra mujer en su vida, si no se le hubiera ocurrido ir a Cagliari entre semana.

Un vecino la había llevado a la estación y allí había tomado el tren. Le había dado mucha vergüenza entrar en el banco y preguntar por Santino. Había esperado hasta la hora de la comida, tratando de reunir fuerzas, cuando vio a Santino salir riendo y del brazo de una mujer. Ni siquiera se había dado cuenta de su presencia, cuando los dos pasaron a su lado. Pero, después de pensar que a lo mejor era una compañera, decidió seguirlos. Los vio que se metían en un bloque de pisos.

Cuando intentó entrar, el guarda de seguridad le preguntó dónde iba. Frankie vio cómo Santino y su acompañante se metían en el ascensor. Después vio como sus cuerpos se juntaban y se besaban con la impaciencia típica de los amantes. Segundos antes de que las puertas del ascensor se cerraran, Santino había levantado la cabeza y había visto a Frankie. Nunca pudo olvidar la forma en que la miró...

Cinco años más vieja y todavía aquel recuerdo le dolía. Hasta el suceso del ascensor, siempre había pensado que su matrimonio con Santino era real. Pero desde el principio, él había pensado pedir la anulación, para volver a conseguir la libertad.

Empezaba a anochecer cuando llegaron a los pueblos de montaña, pueblos de olivares y viñedos. Conforme se iba subiendo por la carretera, el bosque iba desapareciendo. Los pastos aparecían desolados. Solo de vez en cuando se veía un rebaño de ovejas con un pastor. Llegaron a la cima y empezaron a bajar por la carretera que iba a Sienta.

Tiesa como una vela, Frankie observó aquellas vistas, tan familiares para ella. Manzanos, nogales y robles rodeaban el pueblo. Pequeñas casas aterrazadas, sus muros cubiertos de parras, se extendían a lo largo de la carretera. Santino aparcó el coche cerca de la casa de Gino Caparelli, en el centro del pueblo y la miró.

–¿A qué estás esperando? –le preguntó.

Frankie salió del coche muy despacio. Vio a su tía abuela, Maddalena, mirando por la puerta. Insegura de sí misma, se puso tensa y después, de pronto, se empezó a emocionar. A los pocos segundos estaba en brazos de una mujer en lágrimas, intentando conversar en un idioma que ella creía haber olvidado, pero que le salía con naturalidad de sus labios.

–Entra, entra... –instó Teresa, que estaba detrás de su hermana–. Todos los vecinos nos están viendo.

A los pocos segundos estaba frente a su abuelo, quien la saludó y le dio un abrazo menos efusivo.

–No te habría admitido en esta casa, si no hubieras venido con tu marido –admitió Gino Caparelli–. Pero veo que has vuelto donde debes estar, a su lado.

Frankie no quiso discutir en aquel momento. Se sonrojó y se mantuvo en silencio, emocionada por el recibimiento tan cálido después de cinco años de silencio. Sintió que era más de lo que se merecía.

Veía cosas que no había sido capaz de ver en su época de adolescente, cuando todos sus pensamientos se centraban en Santino y en escapar de Sienta. Vio el brillo de desconfianza y satisfacción en la mirada de su abuelo y la cara de rechazo de Teresa. Frankie se fue hacia ella y la abrazó.

–Sácale a Santino un vaso de vino –le dijo Teresa a Maddalena, sonriendo de una forma un tanto extraña–. Yo le voy a enseñar a Francesca la casa.

Frankie frunció el ceño, sin entender la razón de aquel comentario, hasta que vio a Santino y a su abuelo salir al patio. Se fue hacia la puerta y miró la mesa, las sillas y las plantas decorativas que embellecían el espacio que en un tiempo estaba reservado para el perro pastor de Gino.

–Cuando los Frestinis se fueron, tu abuelo compró la casa y la unió a esta –anunció Teresa con orgullo–. Ahora tenemos cuatro habitaciones.

–¿Y de dónde sacó el dinero? –preguntó Frankie asombrada.

–Gino se encarga de gestionar todas las tierras que Santino tiene en el pueblo y cuidamos tu casa –contestó Maddalena, muy alegre–. Ahora vivimos con todas las comodidades.

Cuando entraron en la cocina, Frankie las siguió. Había un nuevo fogón y también un cuarto de baño, del que Teresa se sentía orgullosa. Luego fueron a los dormitorios, todos muy pequeños, pero muy bien amueblados.

—Aquí es donde tú y Santino dormiréis esta noche —le informó Maddalena, con cierto recato, después de abrir la puerta.

Se asomó y admiró los motivos florales que había en el alféizar de la ventana y la colcha de algodón sobre la cama de hierro forjado, de tamaño muy reducido. La perspectiva de tener que compartir aquella cama tan estrecha con Santino, casi la hizo perder la compostura.

—Te pones colorada, como una recién casada —comentó Teresa, moviendo la cabeza—. ¿No crees que ya va siendo hora de que le des un hijo a tu marido?

—Santino quiso que Francesca terminase antes sus estudios —recordó Maddalena a su hermana—. Gino dice que Santino quiere que su familia tenga estudios.

—Cuando Francesca estaba yendo al colegio aquí, solo le interesaba Santino. ¿Le escribió alguna vez? ¿Le mandó alguna carta, o un paquete? —decía Teresa con aire de desaprobación—. Y cuando Santino venía de visita con su tío, había que tener mucho cuidado contigo. La de cotilleos que han dicho los vecinos de ti, Francesca. Por suerte Santino te tomó como esposa...

Frankie se puso más colorada aún. De repente se sintió como si tuviera otra vez catorce años, sentada en un rincón escuchando a Teresa recriminarle que era impropio perseguir a Santino de la manera que ella lo hacía.

—Pero ahora están casados —comentó Maddalena.

Bajaron al piso de abajo, donde empezaron a preparar la merienda. Los hombres seguían en el jardín, bebiendo vino. Frankie pensó que sus tías abuelas pensaban que Santino la había seguido hasta Inglaterra y había resuelto el conflicto entre ellos. Pensaban que había estado viviendo con su madre, para terminar sus estudios. Lo grave era que Santino también había pensado lo mismo.

Gracias a su generosidad su familia de Italia había prosperado como nunca antes lo había hecho. Santino no solo no había vendido la casa en la que ellos estaban viviendo, sino que los había nombrado administradores. Sin herirles su orgullo, Santino les había dado la oportunidad de mejorar sus vidas.

De pronto se dio cuenta de que tenía los ojos clavados en Santino, con intensidad compulsiva. Su pelo negro brillaba bajo el sol. Era un hombre muy sensual. Era su marido...

Santino volvió la cabeza y se sintió traspasada por su mirada. Se sintió como si hubiera tocado una verja electrificada. No podía apartar la mirada de él. Fue Santino el primero en retirarla. Le dijo algo a su abuelo y se levantó.

–Sacaré tu maleta del coche –comentó.

–¿No crees que es mejor pasar la noche en otro sitio? –sugirió ella.

–¿Y rechazar la hospitalidad de tu familia? –Santino miró su rostro enrojecido y sus ojos evasivos. Empezó a reírse, como si supiera con precisión lo que estaba pensando–. Sabes que eso no es posible.

–Santino, por favor...

Estiró la mano y le acarició el mentón con los dedos, gesto que le puso la carne de gallina.

–Te traeré la maleta –repitió, y se alejó.

Teresa estaba poniendo el mantel y una cesta con los cubiertos.

–Tienes un hombre con carácter –musitó Gino Caparelli, mirándola a la cara–. Un hombre con carácter y una mujer con carácter hacen una buena pareja.

–Es posible –replicó ella.

–Tienes que aprender a disciplinarte. Porque a Santino no le gustan las rabietas.

Frankie apretó más los labios. Cuando Santino tomaba una decisión era más inflexible que una barra de acero. Se dio cuenta al día siguiente de estar casados, cuando le dijo que le gustaría irse a Cagliari con él. Santino le contestó que prefería que se quedara en Sienta, cerca de su familia. Y no consiguió convencerlo de lo contrario, aunque casi se lo suplicó.

–No os comportáis como una pareja que lleva más de cinco años casada –comentó Gino–. Podéis engañar a mis hermanas, que nunca han salido de este pueblo, pero a mí no. Pero no te preocupes, me contentaré con ver que vuelves a estar junto a tu marido otra vez.

Frankie, que estaba poniendo el mantel, se quedó paralizada. Levantó la cabeza y miró a su abuelo.

–Yo...

–Ahora el responsable de ti es Santino, él sabe cómo tratarte, con astucia, no a palos –Gino dijo con satisfacción y orgullo–. Te he buscado un buen marido, Francesca...

–Dejadme ayudaros a retirar los platos –protestó Frankie por segunda vez.

Empezó a apilar los platos con mucha rapidez, mientras Teresa trataba de impedírselo.

–Déjalo, te digo. Siempre te ha gustado cocinar, pero nunca fregar los platos. Anda, llévale a tu marido más vino y atiende sus necesidades –le recriminó.

Las velas que había en la mesa del jardín se estaban casi consumiendo. Frankie salió con una botella de vino en la mano. Santino estaba rempanchingado en su sillón, escuchando a Gino con ojos entrecerrados.

–Tienes cara de cansancio. Ve a la cama, *cara*. Yo no tardaré –murmuró Santino, como si fuera algo que le dijera todas las noches.

Frankie dejó la botella en la mesa y se secó el sudor de las manos en sus pantalones. Se dio la vuelta y se dirigió a la casa, sintiendo los ojos de Santino clavados en ella. El corazón empezó a latirle con fuerza. Apretó los puños.

Frankie llevaba cinco minutos en la habitación y pensó que aquella cama para dos era la más pequeña que había visto en su vida. Era imposible que Santino cupiera allí. Se imaginó con el camisón que tenía en la maleta y casi se muere de la vergüenza.

Se fue a la habitación de Teresa y sacó un camisón de cuello cerrado que encontró en un aparador. Muy lascivo tenía que ser Santino, para intentar algo con aquel camisón puesto.

Al cabo de media hora, la puerta se abrió y se encendió la luz de la mesilla de noche. Oyó la cremallera de la bolsa de viaje de Santino. Respiró hondo. Abrió los ojos y lo vio cómo se quitaba la camisa. Tensa como la cuerda de un arco, estudió los músculos dorados de su espalda. Dejó la puerta entornada y se fue descalzo al cuarto de baño. Cuando oyó el agua de la ducha correr, se tranquilizó un poco.

Pasaron los minutos, cada uno de ellos como si fuera un cuchillo cortando sus nervios. Frankie se sentía cada vez más tensa y llena de ira. Al cabo de un rato, la puerta del cuarto de baño se abrió. Santino salió y la cerró de nuevo, apoyando su cuerpo contra ella. Iba desnudo de medio cuerpo para arriba y se tumbó en la cama con total despreocupación.

La boca de Frankie se secó.

Capítulo 5

Bueno, bueno, bueno, por lo menos no finges que estás dormida –comentó Santino, con voz sedosa–. A lo mejor es que estás empezando a sentirte casada.

–¡Y un cuerno! –Frankie con gran dificultad, retiró los ojos de sus pectorales y del triángulo de vello que se formaba entre los dos músculos del pecho.

–Cuando amanezca, te garantizo que no tendrás ninguna duda de que me perteneces.

–¡Yo no te pertenezco! –gritó Frankie, enfurecida.

Santino sonrió, casi como si fuera una amenaza.

–Durante las próximas tres semanas, vas a ser mía.

–Me das miedo cuando me miras así –murmuró ella.

–Eres una mujer muy guapa y quiero hacer el amor contigo. Y nada tiene que ver en eso la emoción o el temperamento –le dijo Santino con devastadora frialdad, mientras se bajaba la cremallera del pantalón.

Frankie se incorporó en la cama, como movida por unos hilos invisibles.

–Santino...

Santino se quitó los pantalones y se quedó de pie, con tan solo los calzoncillos negros, que no lograban ocultar lo suficiente su masculinidad.

Las mejillas de Frankie se encendieron y retiró de inmediato mirada.

–¡Santino... no! –suspiró ella.

–¿Por qué suspiras? –le preguntó, mientras se quitaba los calzoncillos y los dejaba caer al suelo.

Se acercó a la cama y tiró de la sábana, a la que ella se había agarrado con fuerza.

–Dejémonos de palabras –le dijo y se metió en la cama.

–Por favor Santino, aquí no, esta noche no –suplicó Frankie, poniéndose al otro lado de la cama.

Santino la agarró con sus poderosas manos y se la puso encima. Frankie notó la dureza de su miembro.

–Si piensas que no vas a cumplir un acuerdo con un Vitale, estás muy confundida. Quiero disfrutar de lo que me pertenece, porque para eso lo he pagado.

–Seguro que no tienes las ideas muy claras –sugirió Frankie, casi sin respiración, percibiendo el calor de su cuerpo a través del camisón–. Seguro que todavía estás enfadado conmigo... y no querrás hacer algo de lo que después te arrepientas...

–Quiero hacer el amor con mi mujer, Francesca... no quiero cometer ningún crimen –le dijo Santino con ironía.

–Si esperas hasta mañana por la noche, haré todo lo que quieras –le propuso Frankie, desesperada.

Frankie frunció el ceño y la miró a los ojos.

–¿Cuántos vasos de vino te has bebido en la cena?

–Yo...yo... –tartamudeó Frankie, mientras se quitaba de encima de él.

–*Madre di Dio...* ¿qué llevas puesto? –le preguntó Santino.

Frankie se encogió de hombros. Santino empezó a reírse a carcajadas. Le agarró el pelo con una mano y, poniendo un gesto cínico, le dijo:

–Me pregunto quién diablos te ha dicho que lo que no se ve es mucho más tentador.

Frankie apretó los dientes. Sus ojos verdes destellaban desprecio.

–¡Está bien, adelante, tómame y acabemos de una vez! –le instó con desprecio–. Pero no me pidas que yo te siga el juego.

Santino la miró con sus ojos dorados, inflamados de satisfacción.

—Me encantan los retos.

Frankie se quedó con la boca abierta, al no ser esa la respuesta que había previsto.

—No te preocupes, ya me suplicarás que te tome —prometió Santino.

—Ni lo pienses —replicó Frankie, con voz entrecortada.

—Siempre me has querido —contestó Santino, con una seguridad desconcertante—. Podría seducirte con las manos en la espalda.

—No... no —respondió ella, dándose cuenta de que aquello era lo que ella más temía. No temía a Santino, ni tampoco temía hacer el amor con él. Lo que más miedo le daba era perder el control de su propio cuerpo.

—Estás temblando como un flan —susurró Santino.

—Yo no...

—Seguro que es un sentimiento de anticipación —murmuró Santino, con voz pastosa—. Lo sé...

—No lo es...

—En un tiempo podías consumir todo el oxígeno de esta habitación con solo mirarme. Ese tipo de atracción no se olvida...

—¡Eso ya lo superé!

—¿Es posible que hayas renunciado a los hombres, solo porque me viste con aquella rubia?

—¡Cómo puedes ser tan vanidoso! —espetó Frankie.

—A lo mejor todavía eres virgen —sugirió Santino.

—¿Tú qué piensas? —gruñó Frankie, poniéndose a la defensiva—. ¿También crees en el ratoncito Pérez?

Al oír aquel sarcasmo, Santino apretó los labios.

—*Sí*... y tú no hace mucho tiempo que creías en él también.

Con los ojos arrasados de lágrimas, Frankie volvió la cabeza y movió con rapidez sus párpados. En alguna parte había leído que los hombres no sabían distinguir si una mujer tenía experiencia o no. Rezó para que aquello fuera cierto. No podía soportar la idea de que Santino supiera que ella todavía era inocente. Admitir la verdad hubiera sido humillante, porque él sabría lo mucho que la había herido cinco años atrás.

Santino se cambió de postura, bajó la cabeza y sus alientos se mezclaron. El aroma limpio de su cuerpo la envolvió.

–Estás muy tensa...

–¿Qué esperabas? –le preguntó Frankie con tono acusatorio–. ¡Me siento como si estuvieran a punto de atacarme!

Santino se puso tenso y la desconcertó con sus carcajadas.

–¿De verdad? ¿No me has sugerido antes que acabe cuanto antes?

–No sé lo que te hace tanta gracia.

Santino la agarró y le apartó el pelo de sus mejillas. Frankie se estremeció con violencia. Acercó su cabeza, y en vez de dirigir su boca a sus labios apretados, la llevó hasta su cuello. Frankie se quedó sin respiración.

–En mis brazos solo sentirás placer. Te lo prometo –le pasó la lengua por el cuello, de forma muy erótica–. Abre la boca –la instó. Sus ojos emitían destellos dorados.

Frankie empezó a temblar, pero no accedió. Pero cuando él le rozó la boca con sus labios, ella, casi sin darse cuenta, abrió los suyos. Y sin esperar un minuto, Santino empezó a besarla de forma íntima y profunda. El corazón de Frankie latía desbocado. Con lo que ella nunca había contado era con aquel placer tan seductor. Un placer que le dejaba la mente en blanco.

–San...tino –murmuró ella, intentando respirar.

–Solo quiero que disfrutes –contestó él.

Frankie empezó a sentirse acalorada. Sin pensar siquiera en lo que estaba pasando, Frankie le devolvía todos y cada uno de sus besos, redoblando su intensidad.

–Eres una mujer muy apasionada –murmuró Santino con satisfacción, poniéndole una mano en el pecho, mientras le acariciaba el pezón con el pulgar.

Frankie arqueó su cuerpo de forma involuntaria, al tiempo que emitía un quejido al sentir que él le levantaba el camisón. Frankie sintió que su cuerpo ardía de placer y le fue imposible estarse quieta.

El calor le subía por los muslos. Santino bajó la cabeza hasta sus pechos. La tela no pudo aminorar su respuesta. Y cuando le chupó el pecho, ella volvió a gemir.

—Tranquila, *cara*... —le dijo Santino, con una voz grave y profunda, mientras le acariciaba con su mano los muslos—. Todavía no he empezado.

Hubiera empezado o no, Frankie ya había perdido todo el control y la pasión la desbordaba. Se agarró a sus hombros, con los dedos en tensión, buscando enloquecidamente su boca. Y todavía con el camisón entre ellos, lo cual le provocaba un sentimiento de frustración, porque deseaba con todas sus fuerzas sentir su cuerpo desnudo, Santino le puso la mano en el punto más sensible de su cuerpo.

—Quítame este camisón —suplicó ella.

—Sshh —le indicó Santino—. Sé lo que estoy haciendo.

Que era mucho más de lo que Frankie hacía. Ella seguía apretando su cuerpo contra el de él, en tensión, por el placer que le daban sus caricias. Santino la abrazó y empezó a besarla, para acallar sus gemidos.

Cuando la soltó y pudo respirar otra vez, Frankie se sintió saciada de satisfacción física y devastada por la experiencia.

En aquel silencio ensordecedor, Santino miró su cara y sus ojos con gesto de satisfacción.

—Seguro que todo esto es la primera vez que lo sientes.

Con un terrible sentimiento de mortificación, Frankie le pegó un empujón. Se dio la vuelta y se acurrucó, para defenderse de cualquier ataque. La luz se encendió. Ella permaneció tumbada, sintiendo una vergüenza inmensa, porque Santino la había visto perder todo su control. Y ni siquiera le había tenido que quitar el camisón, aunque ella se lo había suplicado, recordó, horrorizada por su comportamiento.

De pronto, sintió que un brazo tiraba de ella, hasta que entró en contacto con el cuerpo de Santino. Frankie se puso rígida, pero él, sin inmutarse, le dio la vuelta. Sintió su miembro erecto en su estómago. Le había dado el placer que le había prometido, pero él todavía no estaba satisfecho.

—Me has dicho que si espero hasta mañana, harás todo lo

que quiera –le recordó Santino–. Una oferta muy provocativa. Pura tentación erótica. Así que te dejaré en paz por esta noche...

Frankie casi explota de ira. Se mordió el labio tan fuerte que se hizo daño. Pero logró reprimir la respuesta.

–A menos que hayas cambiado de opinión...

–No, no he cambiado de opinión –murmuró Frankie, preguntándose si no le habría dicho eso en un momento de locura. ¿Qué querría hacer con ella? Poco a poco logró no pensar en ello. Todavía quedaba mucho para la noche siguiente.

Frankie se miró al espejo que había en la cómoda de la habitación y no le gustó nada lo que vio. Si cuando Santino empezó a tocarla, ella le hubiera rechazado, seguro que él no habría insistido. ¿Y que habría hecho? ¿Seguir con su plan original y denunciar a Della por fraude? Frankie se estremeció. Por muy mal que se hubiera portado Della, no podía soportar la idea de que humillara a su madre de aquella forma.

Al mismo tiempo, se daba cuenta de que se había traicionado a sí misma ante Santino. Dándose cuenta de su pasión, había calculado su respuesta para socavar su orgullo. ¿Qué otra cosa hubiera podido hacer? Después de todo, ella se había puesto de lado de Della.

Sobre ella había caído la venganza y desprecio de Santino. Un hombre que la conocía más que nadie en el mundo. Santino, que sabía lo importante que era su orgullo para ella. Santino, que sería capaz de hacer trizas sus emociones en solo tres semanas. Porque al fin y al cabo no conocía a Santino, no como era en aquel momento.

Era un hombre muy atractivo. El noventa y nueve por ciento de las mujeres se derretiría solo con mirarlo. Tenía un aura muy especial. Para ella, Santino había sido algo muy especial.

De pronto la puerta se abrió, sin que nadie llamara. Frankie se sobresaltó. Santino apareció en la puerta, con una camisa negra y unos vaqueros.

—El desayuno está preparado.

Cuando lo miró a sus ojos negros con destellos dorados, Frankie se sonrojó.

—Bajaré en un minuto.

—¿No te has traído ninguna falda? –le preguntó Santino.

—No me gustan las faldas.

—Pues a mí sí. Y eso es lo que quiero que lleves durante las próximas tres semanas –le comunicó Santino.

—¿Qué pretendes, convertirme en una mezcla de esclava del amor y muñequita? –preguntó Frankie, apretando la boca–. Porque si es eso lo que estás pensando, te has equivocado de mujer...

—No creo –Santino se puso detrás de ella y su cuerpo se tensó. Le acarició el pelo, le quitó el cepillo y lo puso en la cómoda–. No puedes esconder la pasión de la misma manera que tratas de ocultar este pelo tan bonito que tienes. No te dejaré.

Frankie se estremeció de rabia.

—No me digas lo que tengo que hacer...

—Pues descubre tú misma lo que te pasa cuando te rebelas. Parece que esa es la única forma que tienes de aprender –replicó Santino–. Lo mismo que aprendiste anoche que tu familia te quiere, a pesar de todos los años que no has estado con ellos.

—Lo sé –admitió Frankie, con un nudo en la garganta.

—Y cuando yo desaparezca de sus vidas, te pido que sigas viéndolos –le pidió Santino–. Puedes echarme a mí la culpa de romper el matrimonio y les dices que te ha correspondido la casa por el divorcio. Ellos ni se imaginan el dinero que tengo.

—Pero ellos te quieren también... –empezó a decirle Frankie.

—Pero no volveré –le respondió Santino con contundencia–. Creo que en tu ausencia he hecho lo que se esperaba que hiciera, pero de ahora en adelante ya no eres mi responsabilidad.

—Para un hombre tan importante como tú, debe haber sido muy duro visitar a gente tan pobre.

Santino le puso las manos en los hombros y le dio la vuelta.

—Controla tus emociones –le aconsejó–. Puede que me apetezca tu cuerpo, pero eso es todo lo que me interesa por ahora. Cuando pasen estas tres semanas, nos separaremos.

—¿Qué crees, que no es eso lo que quiero yo también?

—Creo que has elegido estar con la gente que menos te conviene. Y yo no quiero pagar una segunda vez. Esto es solo un ajuste de cuentas, Francesca. Intenta recordarlo.

Frankie se quedó mirando al espejo después de que Santino se marchara, fijándose en el tono de asombro en su mirada. Los cerró, porque no pudo soportar ver lo que él podría haber visto en ellos.

Capítulo 6

Después de la comida, Santino le dio una vuelta a Frankie en coche. Había pasado toda la mañana con Teresa y Maddalena, llamando por teléfono a algunos vecinos. En el pueblo, donde la mayoría de los jóvenes se iban, para empezar a buscar trabajo, no les extrañó lo más mínimo su prolongada ausencia y la acogieron con mucha hospitalidad.

Sin embargo, cuando Frankie arrancó su coche un silencio tenso se apoderó de ellos. Al poco tiempo llegaron a la casa que en otro tiempo había sido su hogar. Frankie miró por la ventanilla. Todos lo que veía le traía amargos recuerdos. Lo primero que se fijó fue en los muros de piedra y las tejas de barro, deteriorados por el tiempo.

—¿Qué pasó con mis gallinas? —preguntó.

—Supongo que alguien se las comió.

Sin mirarlo a la cara, Frankie suspiró.

—¿Y Angela?

—Pues supongo que pasó a mejor vida?

—¿Y Milly y su ternero? —le preguntó, sintiéndose incluso más tensa.

—Los vendieron.

—¿Topsy y Pudding? —le preguntó, una octava más alto—. ¿También han desaparecido?

—Sí.

—¿Y qué hiciste con mis gatos? —le preguntó—. ¿Te los comiste, los vendiste, o los enterraste?

—Me los llevé a Roma conmigo.

—Oh... —sonrojándose por la vergüenza y la sorpresa, Frankie se cruzó de brazos y volvió la cabeza.

Temblando, lo siguió hasta la casa y entró en el salón, que tenía un techo muy bajo y dos sofás muy cómodos. Se fue a la ventana y miró el jardín que ella había cuidado con tanto esmero cinco años antes. Se lo había comido la maleza. ¿Y qué más daba? Aquel no era su hogar, y nunca lo fue. Ninguno de aquellos cambios le importaban mucho. Sin embargo, sin saber muy bien la razón, tenía la sensación de que había perdido algo.

Había querido tanto aquella casa, tanto como había querido a Santino. Después de vivir en la casa de su abuelo, aquello le había parecido un palacio. No había en aquel momento novia más dichosa que ella. Se sintió un poco ridícula al recordar todo aquello, en especial cuando pensó en el *castelo*...

Criadas, muebles antiguos y cuartos de baños preciosos. Siguiendo la tradición de aquella comarca de Italia, él había comprado la casa y los muebles antes de casarse. Fue el primero en Sienta que contrataba a una cuadrilla de gente para que le decoraran la casa. En todo lo demás, Santino se había comportado como se suponía que se tenía que comportar un novio de por allí.

—Te odio, Santino —le dijo Frankie, intentando tragarse el nudo que tenía en la garganta—. ¡Si yo jugaba a las casitas, jugaba a las casitas porque tú me animabas a hacerlo!

—¿Y qué otra cosa podría haber hecho contigo? -respondió Santino a esa acusación—. Tal y como eras entonces, no te habrías llevado bien con mi familia y ellos no se habrían llevado bien contigo.

—¡Nunca me propusiste conocer a tu familia —condenó Frankie.

Santino elevó una ceja, manteniendo el resto de su rostro en calma.

—Eso ahora ya no importa.

Frankie permaneció en silencio al recordar el tiempo que

había transcurrido desde entonces. Después de todo, su matrimonio no había sido un matrimonio normal. Su marido, no había sido un marido de verdad.

Se dio la vuelta, al darse cuenta de que empezaba a verse desbordada por las emociones. Salió de la habitación y se fue hacia la escalera. Cuando empezó a subir, un sentimiento de injusticia la desbordó.

–Tendrías que haber ido a verme a Londres. No me tendrías que haber traído aquí.

Entró en la que pudo ser, y no fue, la habitación de matrimonio. Allí, ella había dormido sola. A los pies de la cama estaba la cómoda que sus tías abuelas le había regalado cuando se casó, con los cajones llenos de ropa interior. Fue un regalo que le hicieron Teresa y Maddalena. Ninguna de ellas se había casado.

Se quedó al lado de la ventana, mirando con la vista perdida. Santino le provocaba una mezcla de amor y odio al mismo tiempo. Santino la estaba volviendo a hacer vivir sensaciones que ella creía había enterrado hacía mucho tiempo.

–Francesca... –murmuró Santino en el quicio de la puerta.

–Fui tan feliz aquí –susurró, arrepintiéndose nada más decirlo–. De todas formas me tendrías que haber dicho lo de nuestro matrimonio desde el principio.

–Pensé que todavía no estabas preparada para ello –le contestó Santino–. Habías invertido mucho en nuestra relación.

–¡Eso no es verdad! –exclamó Frankie, apretando los puños–. Me han dado muchos golpes en mi vida, pero ninguno como el que me diste tú.

Santino se quedó mirándola, con sus ojos negros como la noche, como si supiera que estaba mintiendo, como si supiera que le había destrozado el corazón el día que lo vio en Cagliari.

–En aquel tiempo eras terriblemente vulnerable. Tenías el cuerpo de una persona adulta, pero no la experiencia. Después de cinco años viviendo aislada, lo único que conocías se limitaba a lo que ocurría en aquel pueblo.

Frankie palideció y sus ojos expresivos se velaron, sabiendo que poco podía decir para rebatirle aquel argumento. Porque recordaba a la perfección lo desorientada que se había sentido nada más volver a Londres.

–Si no hubieras tomado el tren a Cagliari aquel día, habrías continuado tus estudios en Florencia –aseguró Santino con convicción–. De esa manera podrías haber superado tu amor por mí y te habrías empezado a interesar más por los chicos de tu propia edad.

–¿Y si no hubiera ocurrido eso, qué habrías hecho tú entonces? –exclamó Frankie.

Santino se encogió de hombros, sus ojos tapados por pestañas largas y negras.

–Pues habría resuelto la situación de alguna manera. Porque yo te tenía mucho cariño. Pero podríamos haber seguido viviendo juntos. Yo no quería correr el riesgo de terminar en la cama contigo...

–¡No creo! –replicó Frankie, con el resquemor del dolor no olvidado, mientras pasaba a su lado.

Santino estiró una mano y la agarró por el antebrazo, impidiéndola continuar. Sus ojos brillaban como el oro.

–En aquel tiempo eras tan salvaje como una gitana, además de guapa y muy sensual. No te dabas cuenta de ello, pero lo tenías y eso no me dejaba pegar ojo por las noches –le informó Santino–. Eras una tentación que me atormentaba día y noche.

Frankie lo miró con ojos de sorpresa, sin poder siquiera respirar.

–Yo caminé en la cuerda floja contigo –le recordó Santino con tristeza–. Sabía que si cedía, los dos terminaríamos en una relación imposible. Me tendrían que haber dado una medalla por haber aguantado tanto tiempo sin meterme en la cama contigo. Más cuando no parabas de recordarme que eras mi mujer.

Los pulmones de Frankie volvieron a llenarse de oxígeno. Apartando su brazo, corrió escaleras abajo y salió a respirar aire puro.

Durante todo el tiempo que estuvieron casados, él la había querido. Frankie nunca se lo habría imaginado. Lo había querido tanto. Lo había querido con una intensidad inaudita. En aquel tiempo, era incapaz de imaginarse un futuro sin él. No se había podido imaginar el daño que un amor de ese tipo podría hacerle, hasta que fue demasiado tarde. Pero Santino sí lo había sabido...

A pesar del calor que hacía, sintió frío. Le había dicho que había invertido mucho en la relación. Con aquellas palabras, Santino reconocía que ella le había pertenecido en cuerpo y alma. A Santino le había tentado su cuerpo, un cuerpo que ella había ofrecido sin pedir nada a cambio.

Pero Santino había resistido la tentación con disciplina y frialdad colosal. El molde se rompió cuando hicieron a Santino. La lujuria se había enfrentado al intelecto y el intelecto había salido victorioso. El instinto de conservación le había mantenido fuera de la cama matrimonial. Porque había sabido que si se acostaba con ella, le habría costado mucho deshacerse de ella.

De pronto sintió una mano en el hombro. Santino le dio la vuelta, sus ojos negros con brillos dorados, mirando su expresivo rostro.

–Tus sentimientos todavía son muy intensos –murmuró él–. Sobre todo en todo lo que se refiere al pasado. Lo que no sé es por qué me sorprende. La sangre italiana que llevas en tus venas es la que te impulsa a pedir venganza. Yo te hice daño. Y tú respondiste de la única forma que podías. Elegiste mentir, engañarme y robarme.

–Yo... yo... –empezó a decir Frankie.

–Ya te he explicado por qué me comporté contigo así en aquel tiempo, aunque no tendría que haber sido necesario. Ningún hombre con decencia se habría acostado con una adolescente.

–¡Ningún hombre con decencia hubiera olvidado lo que juró ante el altar! Me fuiste infiel. ¿Es que no tienes vergüenza, Satino? –le gritó, incapaz de contener su furia.

Desconcertado por aquel contraataque tan espontáneo, Santino respiró hondo.

–¿Vergüenza?

–Yo era tu mujer. La edad en este caso da igual. Te casaste conmigo. Hiciste promesas. Y no las cumpliste –le recriminó Frankie–. ¿Es que te tengo que estar agradecida porque accediste a casarte conmigo? Pues no lo estoy. De hecho te culpo por haberlo hecho. Me hiciste crearme esperanzas que de otra manera no habría tenido. Dejaste que me creyera que tenía derechos, cuando en realidad no tenía ninguno. ¡Eso fue una crueldad! ¿Cómo se me iba a pasar mi amor por ti, si te casaste conmigo?

Frankie levantó la cabeza, sintiendose más ligera, después de haberse quitado aquel peso de encima, porque al fin había podido decirle lo que pensaba. Aprovechándose de que Santino seguía sin saber qué responder, empezó a caminar.

–Me voy a dar una vuelta por el campo –anunció.

Horas más tarde, Frankie seguía sentada en una roca, observando la casa de campo. Al fin se sentía libre de todos los fantasmas que la habían estado acosando. Además, había descubierto cómo enfrentarse a Santino. Nunca más le iba a dejar que le hiciera daño otra vez.

Matt, al que tenía que llamar por teléfono en cuanto pudiera, le había dicho que aquel viaje iba a ser como una terapia para ella. Y había tenido razón. Había llegado el momento de quitarse a Santino de su imaginación. Y todo lo que la atraía de Santino tenía sus raíces en la necesidad del contacto físico.

Lo mejor sería que tuvieran una aventura, de la que nadie se iba a enterar. Después se separarían y nunca más se acordaría de él. La indiferencia de Santino había triturado su ego. Por eso nunca había podido olvidarlo. Por eso todavía se sentía atraída por él. La naturaleza humana era muy perversa. La gente siempre apreciaba más, aquello que no podía conseguir.

Una vez satisfecha su curiosidad, se olvidaría de él. Aquel pensamiento la puso más contenta.

***

–He empezado a hacer la comida. Pensé que te gustaría tomar una copa –dijo Frankie, pasando a la habitación que Santino siempre había utilizado como despacho.

Santino apartó la mirada de la pantalla del ordenador, poniendo cara de sorpresa. Sonriendo, Frankie puso el vaso de vino en la mesa, intentando no mirar la fotografía de boda, que todavía estaba allí, después de cinco años.

–¿Es que no hay nadie que tire nada por aquí? –protestó, levantando la fotografía, antes de tirarla a la papelera–. Lo siento, pero es horripilante seguir viendo este tipo de cosas.

Frankie se dio la vuelta y se dirigió hacia la puerta, segura de que aquella conducta le había desconcertado.

–La cena tardará un rato largo. Voy a hacer algo especial para esta ocasión. Es una pena que no hayas traído champán...

Diez minutos más tarde, estaba debajo del chorro de agua de la ducha. Decidió ponerse un pareo para cenar. Santino le había dicho que la quería ver con falda. Se sentía generosa. Iba a dejarlo impresionado. Por inexperta que fuera, conocía toda la mecánica de la seducción.

Bajó al piso de abajo, levantó el teléfono y empezó a llamar a Matt, pero su socio no estaba en casa. Dejó un mensaje en el contestador, en el que le decía que no había podido llegar a un acuerdo con el propietario de las villas. Y era verdad.

El frigorífico de la cocina estaba repleto de comida y los armarios también. Sus tías abuelas habían sido muy amables. Frankie empezó a tararear una canción, mientras preparaba la cena y los aperitivos.

Santino, en lo que a gastronomía se refería, iba a ser como plastilina en sus manos. Se bebió otro vaso de vino, para animarse un poco. Esa noche no estaba dispuesta a sentir la misma inseguridad que la noche anterior. Esa noche, ella iba a ser la que llevara el control de la situación. Cuando tuvo todo preparado, lo llamó.

Santino entró en el comedor. Miró sin inmutarse la mesa, con las velas encendidas, que le daban un aire de intimidad. Luego miró a Frankie, fijándose en el pareo, a través del cual se trasparentaban sus fabulosas piernas.

Frankie sostuvo la respiración, los latidos de su corazón golpeando su pecho, como truenos. Toda su atención se concentraba en él. Llevaba un traje, con camisa blanca, que resaltaba el efecto de su pelo negro y piel dorada, parecía extraño, a la vez que maravillosamente espectacular. Un escalofrío le recorrió la espalda.

–¿Tienes pensado ponerme el veneno en el primer plato? –preguntó Santino.

Frankie se puso tensa, sin saber bien por qué.

–¿Es un chiste?

–Sé que eres una persona muy temperamental, y este escenario es de lo más propicio...

Frankie levantó su mentón, en gesto de desafío.

–¿Y por qué me iba a tomar tantas molestias cocinando, cuando sería más fácil de otra manera? Anda, siéntate y come.

Frankie se puso otro vaso de vino.

–Podrías levantar a un muerto con esa ropa –murmuró Santino, con un tono de burla–. Estás guapísima –Santino empezó a descorchar una botella de vino.

–¿De dónde has sacado esa botella?

–De la bodega –le contestó–. La tenía guardada par una ocasión como esta.

Frankie empezó a jugar con la comida en su plato y se quedó observándolo mientras comía. Cada vez que lo miraba, la boca se le secaba. Ya casi se lo imaginaba en el dormitorio de la parte de arriba de la casa. Se debatía entre el sentimiento de ansiedad, por el reto que se había impuesto, y la anticipación. Cada vez que se iba a la cocina, bebía vino, por lo que poco a poco, los intentos que hacía Santino por mantener una conversación solo obtenían monosílabos como respuesta.

En los postres, Frankie, mientras lo observaba le susurró:

–En el fondo querías que fuera virgen, ¿no?

—¿Por qué piensas eso? —replicó Santino, tensando su cuerpo y entrecerrando sus incomunicativos ojos.

Frankie alzó el mentón y se lo colocó sobre una mano, sabiendo que con aquella pregunta le había impresionado y sonrió de forma maliciosa.

—No te lo puedo explicar, pero sé que es verdad. Debes estar un poco desilusionado.

—En absoluto —su boca dibujó una sonrisa muy provocativa—. No se me ocurre un inicio más tedioso para una aventura amorosa tan corta como esta.

El silencio se alargó. Frankie palideció.

—Ayer estuve un poco cohibida —le informó, de una forma un tanto abrupta—. Normalmente no soy así en la cama.

—Eso está bien, porque yo esta noche me siento un poco tímido —replicó Santino, sin inmutarse.

De forma involuntaria, Frankie se quedó observándolo, su corazón golpeándole de forma salvaje contra sus costillas. Tenía unos ojos que la hipnotizaban. A lo mejor por eso su cabeza le daba vueltas y le era tan difícil concentrarse.

—¿Quieres café? —le preguntó.

Santino observó que sacaba la lengua para humedecer sus resecos labios. Se puso en tensión y poco a poco levantó su cuerpo. Le quitó el vaso que tenía en las manos y la estrechó entre sus brazos.

—Para mí no —susurró, con voz ronca.

Frankie se excitó. Sintió las manos de Santino en su espalda, apretando su cuerpo contra el de él. Empezó a jadear, cuando se dio cuenta de que sus pechos se hinchaban y sus pezones se endurecían.

—Vamos a la cama —sugirió Santino.

Frankie cerró los ojos, porque se sentía dominada por él. Así no era como ella lo había pensado. Santino estaba llevando el control.

—No... ve tu primero... tendrás que esperar tú esta noche...

—Está bien.

Frankie abrió los ojos y lo observó subir las escaleras.

Se agarró en el respaldo de la silla, porque pensó que se iba a marear. Había bebido demasiado y no había comido apenas. Estaba furiosa consigo misma por ser tan estúpida. Se sirvió una taza de café, que se bebió de forma inmediata, para ver si se espabilaba un poco.

Con la cabeza un poco más despejada, empezó a subir las escaleras. Así era como ella se lo había imaginado. Santino esperándola en la habitación. Entró y lo vio metido por primera vez en la cama de matrimonio...

Un sentimiento de angustia se apoderó de ella. Tenía un aspecto muy sensual. La cabeza empezó a darle vueltas y pensó que de un momento a otro se iba a marear.

–¿Qué te pasa? –le preguntó Santino, mientras apartaba la sábana a un lado–. *Dio*... pensé que era mi imaginación cuando estábamos abajo, pero ahora que te veo, estás...

Frankie se metió en el cuarto de baño. Se sintió asustada. Le hubiera gustado quedarse sola y morir.

–Te sentirás mejor cuando comas –le aseguró Santino.

Poco convencida de ello, Frankie se quedó mirando la tostada medio quemada que había en la bandeja del desayuno. Era más seguro que mirar a Santino. Un sentimiento de turbación la desgarraba, al recordar todo lo que había pasado entre ellos la noche anterior. Santino, al principio, incrédulo por el estado en el que se encontraba ella, después impaciente, desesperado y después amable. ¿Por qué había sido tan amable?

–Gracias –le dijo, con la mandíbula apretada, colocándose la hombrera del camisón con el que había dormido.

–Tiene que haber una razón para que te emborracharas de esa manera.

–No estaba borracha. Estaba un poco alegre –contraatacó, mientras daba un mordisco a la tostada.

–¿Estás enamorada de Matt Finlay?

Frankie casi se atraganta.

–¡No estoy enamorada de él! ¡Somos solo amigos!

–Por no sé por qué entonces estabas tan nerviosa...

–¡Eso es ridículo! ¿Por qué tienes que dar tanta importancia a algo que fue como un accidente?

–Porque solo pensar el peligro que corres comportándote de esa manera en compañía de un hombre menos escrupuloso que yo, me pone enfermo.

–Tú no eres quién para decirme cómo me tengo que comportar.

Santino la miró con tono burlón desde la puerta.

Frankie siguió comiendo, bajando la cabeza para ocultar su sonrojo.

Creyendo que Santino había salido de la habitación, se sobresaltó cuando él levantó la bandeja y se sentó al borde de la cama. Frankie se puso tensa al sentir como le acariciaba el pelo.

Después, Santino sonrió, con una de aquellas sonrisas tan carismáticas que aceleraban su traicionero corazón,

Estaba tan cerca que olía su masculino aroma, a piel calentada por el sol. Las aletas de su nariz se abrieron. Sintió un nudo en la garganta. Levantó su mano de forma involuntaria y se la puso en el hombro, con la mirada clavada en la de él. Cuando él acercó su cabeza, ella se estremeció.

Empezó a besarla con mucha suavidad, su ternura era un bálsamo para su sensibilidad. Le mordisqueó los labios. Ella estiró sus brazos, le rodeó el cuerpo con ellos y tiró de él. Su cuerpo le pedía algo que solo él se lo podía dar. El cuerpo le ardía por dentro. Cuando Santino le metió la lengua entre sus labios, el corazón le golpeó con tanta violencia que creyó que iba a dejar de respirar.

Santino levantó poco a poco la cabeza y la miró a la cara. Con un gesto impasible, se puso en pie. Parecía que estaba muy relajado.

–Yo todavía no he desayunado –murmuró, y salió de la habitación.

Frankie se quedó helada por aquel desplante. Se apoyó en la almohada, aturdida por la pasión. Al cabo de un rato, retiró la bandeja del desayuno y se fue a la ducha.

Salía del cuarto de baño, cuando creyó oír que alguien llamaba a la puerta.

—¿Francesca? —llamó Santino—. Baja.

Con el ceño fruncido se fue hacia la escalera. Miró y vio a Matt en el vestíbulo.

—¿Matt? —exclamó, asombrada.

—Sí... Matt —confirmó su socio, mirándola indignado—. ¿Me quieres explicar qué está pasando aquí?

Capítulo 7

La tensión que se sentía en el salón, casi se podía cortar con un cuchillo. Frankie empezó a bajar las escaleras. Matt la estaba mirando con un gesto de furia contenida, como acusándola de algo. Frankie miró a Santino, quien permanecía de pie, con gesto impenetrable.

–¿Qué diablos estás haciendo aquí, Matt? –le preguntó Frankie, con cierta inseguridad–. ¿Cómo has averiguado dónde estaba?

–Este era el único sitio que me quedaba por buscar –replicó Matt–. Me acordaba del nombre de este pueblo. Sabía que tenías familia aquí. ¿Pero por qué no le dijiste a nadie dónde ibas?

–Te dejé un mensaje ayer, en el contestador... –respondió Frankie, mientras intentaba buscar la razón por la que Matt había abandonado la agencia y había ido a Cerdeña en su busca–. Ya sé que tendría que haber llamado antes, pero no entiendo por qué has tenido que venir hasta aquí...

–Tu madre...

–¿Mi madre? –interrumpió Frankie.

–Yo no me preocupé de nada, hasta que llamé a tu madre para saber si te habías puesto en contacto con ella. Cuando se enteró de que habías venido a Cerdeña y que yo no tenía noticias tuyas, se puso histérica.

–¿Histérica? –repitió Frankie, con voz temblorosa, incapaz de imaginarse a su madre en ese estado emocional.

—A mí me entró el pánico, cuando me enteré que habías devuelto el coche que habías alquilado. No hay nadie que abandone en vacaciones su medio de transporte. ¡Además, parecía como si se te hubiera tragado la tierra!

—No se me ocurrió pensar que os ibais a preocupar tanto por mí... antes nadie...

—Nunca habías hecho una cosa así. Tu madre llamó a la policía...

—¿La policía? —Frankie parpadeó, horrorizada—. Lo siento, pero no sé qué mosca os ha picado a todos...

—La verdad es que yo tampoco —Matt miró a Santino, quien se había puesto muy tenso al oír la referencia que había hecho a la policía—. Pero lo cierto es que apareciste en las noticias de la tele de anoche. Turista inglesa desaparecida...

—Oh, no... —murmuró Frankie.

—Della piensa que te han raptado.

—¿Raptado? —interrumpió Santino, al oír aquella barbaridad.

—O que alguien ha tratado de vengarse, por tus conexiones millonarias en esta isla —finalizó Matt son sarcasmo, mirando a Santino—. Las dos opciones son posibles, y más después de ver la buena relación que tienes con tu marido.

—Lo mejor será que llame a mi madre. No sé lo que ha podido pasar para que se comporte así...

—Porque se siente culpable —aclaró Santino.

—Tendrías que haberme dicho que todavía estabas casada —dijo Matt, mirando a Frankie—. ¿Sabe él cuánto tiempo has estado viviendo conmigo?

—¿Viviendo contigo? —preguntó Frankie desconcertada por aquella descripción de las condiciones en las que compartían el mismo apartamento.

—Sí... ¿qué tipo de relación marital mantenéis? —Matt dirigió a Santino una sonrisa maliciosa—. Supongo que sabrás que ya ha salido con bastantes hombres. Hoy te elijo a ti, y mañana me olvido. ¡Así es Frankie!

Santino se apartó de la pared, como un tigre al que acabaran de provocar con un látigo.

−Te voy a...

−¡Por favor...! −gritó Frankie horrorizada, agarrando a Matt del brazo. Tiró de él y lo metió en la habitación, cerrando la puerta después−. ¿Por qué te comportas así, Matt? ¿Qué mosca te ha picado?

−¡Creía conocerte! Pensaba que formábamos un buen equipo. Incluso llegué a pensar que podría acabar casado contigo...

Frankie se quedó agarrotada al oír aquello. Al parecer sus acciones en la empresa habían atraído a Matt bastante.

−Pero tú nunca has demostrado el menor interés por mí. Solo éramos compañeros de piso. Cada uno llevábamos nuestras vidas por separado...

Matt no escuchaba.

−Así que Santino ha sido tu marido desde que tenías dieciséis años, según Della. Y lo único que te ofrece ese bastardo es un fin de semana en un agujero olvidado entre las montañas.

−¿Pero por qué le has insinuado a Santino que tú y yo éramos amantes?

Matt hizo una mueca y apretó los labios, poco a poco la ira era sustituida por el resentimiento.

−Ya veo que no tienes ni la menor idea cómo reacciona un hombre cuando le hacen parecer un tonto. ¡Estoy harto de todo esto! Será mejor que llames a la policía y lo aclares todo. ¿Qué pasa con esas villas?

−Sigo trabajando en ello.

−¿Llamas a esto trabajar? −Matt abrió la puerta y le dirigió una mirada de amargura−. Me alegro de que estés bien, pero te juro que le retorcería el cuello a tu madre por todo esto.

Santino ya no estaba en el vestíbulo, y treinta segundos después, Matt tampoco.

Frankie respiró hondo. Todavía un poco aturdida por todo aquello, se fue hacia el teléfono, para llamar a su madre.

Una mujer a la que no conocía respondió el teléfono. A Frankie le tembló la voz, cuando se dio cuenta de que era un policía. Solo en aquel momento se dio cuenta de la gravedad de la situación.

Della se puso al teléfono, casi sin respiración y lacrimosa.

−¿Estás bien, Frankie?

−Estoy con Santino, mamá −respondió−. No entiendo por qué has llamado a la policía...

−Si estás con Santino, te habrás enterado ya de todo −respondió Della, bajando la voz−. ¿Frankie?

−La verdad es que me llevé una sorpresa cuando me enteré de que Santino y yo estábamos todavía casados. Pero mucho más me impresionó saber que nos había estado manteniendo −respondió Frankie−. ¿Cómo has podido hacer algo así, Della?

−No podía permitir que anularan tu matrimonio. Era como tirar todo por la borda. Lo hice todo por tu bien...

−Della, por favor −respondió Frankie, en un susurro−. No me mientas...

−Estoy diciéndote la verdad. Santino te rompió el corazón y yo tuve que cargar con una adolescente deprimida. Tenía que pagar por lo que hizo...

−Mamá, yo...

Pero no había forma de parar a Della.

−¿No he querido siempre lo mejor para ti? ¿No utilicé su dinero para comprarte los mejores vestidos? ¿No celebré fiestas, para que conocieras gente? ¿Es culpa mía que nada de lo que hacía te gustara?

−No, pero... −Frankie trató de interrumpirla de nuevo, pero su madre ya se había puesto a la defensiva.

−Y por lo que se refiere a esas tonterías que me dijiste, que Santino nunca se había acostado contigo... ¿piensas que me lo he creído alguna vez? −Della empezó a reír con cinismo−. Eso lo decías para salvar tu orgullo, para no aceptar el hecho de que te utilizó y dejó cuando ya no le servías. Y Santino pensó que se iba a salir con la suya. Pensó que con dinero iba a callarte y salvar su reputación, porque no quería que se enteraran de que un Vitale se había casado con una chiquilla de la que ya se había aburrido.

−Pero no fue así...

—Te comportaste de una manera suicida, Frankie. Santino se merecía un castigo. Solo espero que la publicidad que se está haciendo de él y su familia, les sirva de escarmiento...

—¿Qué publicidad? —preguntó Frankie, con una sensación de angustia en su estómago, al tiempo que oía un ruido extraño en el teléfono, como si alguien hubiera levantado otra extensión.

—Escucha, al ver que no dabas señales de vida, empecé a preocuparme —le dijo su madre—. Tu padre me habló mucho de las vendettas de los italianos. Santino había descubierto quién estaba recibiendo todo su dinero y decidió librarse de ti, pero sin que se hiciera público el divorcio.

—Mamá, todo eso es una locura...

—Eres muy ingenua, Frankie. Los Vitale son una familia muy poderosa y sin escrúpulos, y tú solo eres una molestia para ellos. Por eso he querido que todo el mundo se enterase. Ahora mismo, la casa está rodeada de periodistas, y algunos son italianos. ¿Qué quieres que les diga cuando salga?

Gotas de sudor aparecieron en el labio de Frankie.

A Della le encantaba ser el centro de atención. Su madre continuó preguntándole, de forma inquisitiva.

—¿Qué relación tienes con Santino? ¿Quieres que diga que su familia exigió vuestra separación hace cinco años, o quieres que les diga que es un desvergonzado seductor de adolescentes? Eso puede ser importante cuando pidas el divorcio...

—Deja que yo decida si me quiero divorciar o no...

—Della... —se oyó otra voz en la conversación—. Soy Santino. Si se te ocurre hablar con la prensa, te juro que haré que te echen de esa casa antes de esta noche. Y después te llevo ante los tribunales por fraude.

Las dos mujeres permanecieron en silencio, al darse cuenta de que Santino había escuchado toda la conversación.

—¡Eres mi yerno! —protestó Della.

—En esa relación, eso no tiene nada que ver. Así que ten cuidado —le retó Santino, y se cortó la comunicación, porque la madre de Frankie colgó sin decir otra palabra.

Frankie se dio la vuelta, sintiéndose confusa, cuando Santino entró en el vestíbulo. Le quitó el teléfono de la mano y lo colgó en su sitio con brusquedad. Y como si eso no hubiera sido suficiente, arrancó el cable de la pared.

Frankie se asustó. Santino estaba pálido de la rabia, sus músculos de acero en tensión, con una mirada encolerizada.

–Una llamada bastante instructiva –le dijo Santino, con claro desprecio–. Tú y tu madre formáis la mejor pareja de ladronas desde que desaparecieron Bonny and Clyde. Ella ha llamado a la prensa y ahora tú estás estudiando lo que me vas a pedir para obtener el divorcio. Eres una zorra. Tendría que haberme imaginado que tú querías sacar también un beneficio de todo esto.

Completamente pálida, Frankie retrocedió unos pasos.

–Santino, te juro que todo esto es un malentendido. Mi madre solo ha intentado protegerme...

–¿De quién? ¿De mí? ¿Por qué iba Della a querer protegerte de mí? –le preguntó Santino.

–Lo que está claro es que mi madre no se creía nada de lo que le decía hace cinco años... lo que le conté de nosotros –murmuró Frankie, con gesto ausente–. Ni siquiera sale con hombres, porque desconfía de ellos. Siempre dice que entre Giles y mi padre habían arruinado su vida, y cree que tú hiciste lo mismo con la mía... y la verdad, eso es lo que hiciste...

–¿Es arruinar tu vida, asegurarme de que vivieras como una reina? –Santino se echó el pelo para atrás. Frankie se puso nerviosa, cuando le oyó decir una grosería entre dientes. Clavó su dorada mirada en su rostro–. A lo mejor tienes razón, a lo mejor arruiné tu vida, porque en realidad te has convertido en una mujer retorcida.

–Yo no soy retorcida...

Santino empezó a reír a carcajadas, mostrando su desacuerdo.

–Te dejé en manos de una mujer egoísta y avariciosa. Si te hubieras quedado conmigo, por lo menos podrías haber aprendido algo de moralidad.

–Te aseguro que yo no ando corta de eso –replicó Frankie, alzando el mentón, sus pómulos enrojecidos por la ira.

Santino la miró de arriba abajo, con un aire tan insolente que la dejó helada. Su mirada desdeñosa recorrió el valle profundo de sus pechos, que surgían entre su albornoz.

–Ni siquiera tu amante se lo cree...

–Matt no es, ni nunca ha sido mi amante.

Santino torció la boca, de forma muy expresiva.

–No debe ser un caballero, si comparte cama contigo y luego viene aquí a contar lo promiscua que eres.

Luchando por tragarse el insulto, Frankie suspiró hondo y después sintió como si una luz muy brillante le hubiera estallado en la cabeza. Se sintió mareada y cansada de que le echaran la culpa de los errores de otros, y la gota que colmó el vaso fue el ataque que hizo Santino de su moralidad.

–¿Y qué pasa si he salido con montones de hombres en mi vida? –Frankie lo desafió, sabiendo que Matt había hecho aquel comentario, porque nunca estaba mucho tiempo con un hombre, y por ello se sentía ofendido–. Eso a ti no te incumbe.

Se la quedó mirando fijamente a los ojos y no dijo nada.

–¡Está bien, soy una furcia!

Pero no pudo seguir mirando a Santino a la cara. Se dio cuenta demasiado tarde de que le había tirado un guante que él no había querido aceptar. Había tratado de impresionarlo, pero no lo había conseguido.

–Por lo menos ya hemos dejado clara una cosa –continuó Frankie–. ¿No crees que ahora sería conveniente decirle a la policía que estoy aquí y que se han preocupado por nada?

–Ya lo he hecho. La policía local ya les van a informar de tu presencia... y dentro de poco vendrán por aquí los paparazzi –aseguró Santino con gesto triste, saliendo de la habitación–. Tenemos que irnos de aquí cuanto antes.

Frankie lo siguió. Entraron en su despacho y le oyó que daba instrucciones por teléfono a una persona.

–Todo esto es culpa tuya –lo acusó ella, cuando dejó de hablar por teléfono–. Si no me hubieras engatusado para venir aquí, nada de esto hubiera ocurrido. Cuando vaya a casa, ¿cómo le voy a explicar esto a todo el mundo? Ya viste cómo reaccionó Matt. Él piensa que todo esto es muy extraño...

–Algo extraño, pero sin sexo, aburridamente convencional –la interrumpió Santino, con brusquedad–. Yo lo que creo es que ya es hora de que haga, lo que he venido a hacer.

Se plantó frente a ella, y sin darle una pista de sus intenciones, se agachó y la levantó en sus poderosos brazos.

–Santino, ¿qué estás haciendo? –preguntó asustada Frankie.

–Te traje aquí para acostarme contigo y disfrutar de ese exquisito cuerpo que tienes –le recordó Santino, mientras subía por las escaleras con decisión–. Y eso es lo que voy a hacer antes de que nos marchemos.

–¡Pero la policía va a venir! –le recordó Frankie, horrorizada por su conducta.

–Todavía tardarán un rato... y si vienen antes, que esperen.

–¿Esperar mientras nosotros...? –preguntó Frankie.

–¿Por qué no? –contraatacó Santino, abriendo la puerta de la habitación de una patada, y echándola sin ninguna ceremonia en la cama en la que habían dormido la noche anterior.

Frankie se sentó, apartándose el pelo de la cara.

–¿Por qué no? –repitió–. ¿Es que te has vuelto loco?

–No. Si cualquiera de los hombres de por aquí, se entera de que he esperado cinco años para tener contacto físico con mi esposa, me mete en un manicomio –respondió Santino, con tono sardónico–. Además, como veo que vas a ser tan elocuente con los paparazzi como tu madre, no voy a privarte de la fuente de revelación más jugosa. Seguro que se lo contarás todo al primer periodista que aparezca, con todo lujo de detalles.

–Estás muy equivocado conmigo. Yo jamás hablaría con la prensa.

–También juraste que nunca aceptarías mi dinero –respondió Santino, quitándose la camiseta y tirándola al suelo–. Has estado mintiendo sobre tu inocencia todo el día. Me diste explicaciones de todo lo que te acusaba. Me dijiste que no sabías nada y de pronto, cuando estaba a punto de concederte una segunda oportunidad, me dices que estabas enterada del fraude desde el primer día.

La imagen de Santino, medio cuerpo desnudo, la atraía como un imán. Retiró su mirada y humedeció sus labios con la punta de la lengua. Estaba horrorizada. Santino no confiaba en ella, lo cual no era de extrañar, si se tenía en cuenta la cantidad de veces que había cambiado de opinión aquel día, hasta que finalmente había intentado salvar a Della de las garras de Santino.

No era el mejor momento para intentar razonar con él. Santino había oído su conversación con Della y había escuchado el tono calculador que utilizó. Era posible que Della no hubiera sido la madre que ella hubiera deseado, pero Frankie había aprendido algo que era como una llaga en el corazón.

Vio que su madre había comprendido la miseria de su hija cinco años antes, y la habría ayudado, si Frankie la hubiera dejado. De haber ocurrido así, habrían tenido una relación más estrecha. Por lo menos en eso, tenían algo en común.

–Yo no soy lo que tú piensas –le dijo Frankie, levantando la cabeza, para mirar a Santino, todavía sentada en la cama–. Ojalá pudiera aclararte más eso, pero justo en este momento...

–Justo en este momento, me dirías cualquier cosa que se te viniera a la cabeza.

Sin respiración, Frankie clavó los ojos en Santino, viéndolo quitarse los calzoncillos, sin ningún tipo de inhibición. Víctima involuntaria de un ataque de timidez, apartó su mirada de la manifestación más flagrante de su masculinidad. Siempre se había preguntado cómo sería, y en aquel momento tenía la oportunidad de satisfacer toda su curiosidad.

–Santino... –susurró ella.

–Olvídalo. No te hagas ahora la tímida conmigo –interrumpió Santino, echándose en la cama, al tiempo que la agarraba de los brazos y tiraba de ella–. Ninguna mujer que presume del número de hombres con los que ha estado y me ofrece que haga con ella lo que yo quiera en la cama, sin pararse a pensar que puedo querer algo que ella no puede darme...

—¿Qué quieres? —preguntó Frankie horrorizada, a escasos milímetros de sus ojos dorados.

—A lo mejor puedes enseñarme alguna cosa...

—En estos momentos no me apetece mucho...

—Yo haré que te apetezca, *cara*. También creo que te tendría que haber metido la cabeza en un pilón anoche, para que se te hubiera pasado la borrachera. No te mereces ni mis cuidados, ni mi respeto.

La soltó y la agarró por la cintura.

Frankie se quedó inmóvil, con un nudo en la garganta y el corazón palpitante.

Santino recorrió con su lasciva mirada todas las curvas de su cuerpo. Con una mano le agarró el pelo y muy lentamente la obligó a que apoyase la cabeza en la almohada. Después le cubrió el pecho con una mano. Frankie se estremeció. Sintió el calor de su cuerpo contra el de ella y sus dedos empezaron a acariciarle los pezones.

A través de su boca se escapó un suspiro, echó la cabeza para atrás y se abandonó a las sensaciones de su cuerpo. Cuando él bajó la cabeza y empezó a chuparle y morderle con delicadeza la parte del cuerpo donde habían estado sus manos, Frankie gimió.

—Eres una mujer muy tentadora, Francesca —suspiró Santino, con voz rasposa—. Te entregas de forma increíble al placer.

Aquel comentario la hizo sentir vergüenza. Abrió los ojos y vio a Santino mover su mano. Le quitó el albornoz y lo tiró al suelo. Apartó el edredón y la echó en las sábanas perfumadas con romero.

—Romero para la fertilidad. Algo de lo que no me tengo que preocupar contigo...

A Frankie se le extravió la mirada. Sintió que sus mejillas ardían. No estaba escuchando. Estaba pidiendo a gritos que él pusiera fin a aquel deseo que la estaba abrasando por dentro, que terminara con lo que había empezado hacía ya cinco años. Hacer el amor con Santino sería como pasar una página en su vida.

—Me encanta cuando te sonrojas —le dijo Santino, apartando la sábana con la que ella se había cubierto.

Frankie lo miró, atrapada en su mirada, como si la tuviera encadenada. Se sentía tan a gusto, tan feliz.

—Eres exquisita, *cara mia* —murmuró Santino—. En estos momento, todo lo demás me da igual.

—A mí también —susurró Frankie, pensando que solo iban a hacer aquello una sola vez, porque después se separarían para siempre.

Frankie levantó la mano y se la puso en el hombro, acariciándole la piel que cubría sus maravillosos músculos. Así era como tendrían que haber estado hacía cinco años, pensó Frankie. Un acto tan natural y espontáneo, producto del amor que sentía por él. Miró a Santino y empezó a jadear, apretó su cuerpo contra él, para que saciara cuanto antes su necesidad.

—Si me miras así —susurró Santino, con un tono tan abrasivo como la arena en la seda—, creo que no voy a ser capaz de contenerme y me voy a echar sobre ti como si estuviera sediento de sexo.

—¿De verdad? —la cara de Frankie dibujó una sonrisa de satisfacción.

Santino acercó su cabeza a su cara y empezó a besarla con urgencia, a lo cual ella respondió de igual forma.

Sintió la dureza de sus manos en su delicada piel, explorando con sus dedos sus pechos, provocando en ella un placer que atormentaba su cuerpo, el cual enarcó hasta entrar en contacto con el de él. Se sentía dominada y aprisionada, sensación que le gustó. Le metió los dedos entre el pelo y le sostuvo la cabeza.

Santino se soltó, iluminando con una sonrisa de satisfacción su confuso rostro. Su traicionero corazón se contrajo en respuesta.

–Yo no voy a ningún sitio, *cara*... Tu pasión es lo único que quiero que me des, y lo único que no puedes ocultar. Tu completa entrega será mi triunfo.

A Frankie se le contrajo el estómago, un sentimiento de temor que luchaba entre las oleadas de placer que la dominaban. Pero con una sonrisa suave, Santino la volvió a besar, con una sabiduría carnal, contra la que ella estaba indefensa. El cuerpo le ardía, poseída por su propia necesidad, desesperada por ver satisfecho su deseo. Le hubiera gustado meterse en su piel y compartirla con él.

Santino jugueteó con los pezones, metiéndoselos en la boca. Con dedos suaves y seguros, le acarició el vello rizado que guardaba su feminidad, tocándole donde nadie más le había tocado. La sensibilidad en ese punto era explosiva e insoportable, un placer agonizante en el que Frankie no pudo hacer más que abandonarse.

–Estás húmeda –susurró Santino al oído.

Se colocó encima de ella, obligándola a abrirse de piernas y poniéndose entre ellas. Cuando Frankie sintió su miembro duro y caliente, se puso tensa y jadeó, pero pensó que si Santin se detenía en sus movimientos, se moriría. Se movió un poco más adentro y el placer se convirtió en dolor, un dolor al que respondió con un grito.

Santino se quedó inmóvil unos segundos. La miró con unos ojos que ardían en llamas.

–Si lo hubiera sabido, habría entrado más despacio –le dijo, metiéndose más dentro de ella, al tiempo que comprimía sus labios.

Tan intensa sintió Frankie aquella intrusión, que no escuchó sus palabras. Permaneció inmóvil, para ver si el dolor desaparecía. Lo miró y susurró:

–Es tan extraño.

–Ahora sentirás placer –prometió Santino, dibujando en su cara una sonrisa casi tierna.

Era muy difícil imaginárselo, pero poco a poco aquello fue haciéndose realidad, y todo su cuerpo se concentraba en los movimientos que Santino hacía dentro de ella, con un vigor que la llenaba de energía e impaciencia. Era algo atemporal, absorbente. Y de pronto su cuerpo empezó a estremecerse, traspasando los límites del placer. Y Santino la acompañó en todos sus movimientos hasta quedar saciado. Cuando Frankie despertó de la languidez de la saciedad, se encontró abrazada a él, como una lapa.

Santino levantó poco a poco su cuerpo del de ella y miró la sábana, sin mover un solo músculo de su cara.

–Bienvenido, ratoncito Pérez –musitó muy suave–. A veces se producen los milagros.

El silencio se estiró como una goma elástica hasta el punto de máxima tensión. Santino la miró y se mantuvo a la espera.

–Te desprecio por lo que me has hecho –le recriminó Frankie, sintiéndose desnuda, tanto por fuera como por dentro.

Cuando intentó levantarse de la cama, Santino la agarró del brazo.

–No me extraña que te tuvieras que emborrachar anoche. Necesitabas coraje, porque no sabías qué tenías que hacer conmigo –le dijo Santino, mirándola a sus ojos cargados de ira.

Casi sin pensarlo, Frankie estiró una mano, con la intención de darle una bofetada. Pero de pronto se vio otra vez tendida en la cama. Santino la sujetaba.

–Deja tranquilas tus manos –le dijo–. Esto te pasa por no decirme la verdad.

Frankie intentó con todas sus fuerzas liberarse, pero no pudo.

–¡Déjame! –le gritó.

–Mi esposa es un gato salvaje –Santino la miró, con una intensidad desconcertante–. No hay más que rascar un poco para ver lo volátil que eres. La pasión siempre te traicionará...

–¡Cállate, Santino! –siseó ella.

–Jamás olvidaré tus gritos aquel día en Cagliari. Me dijiste a gritos que yo te pertenecía y me deseaste la muerte. Y hablabas en serio –musitó Santino–. Si hubieras tenido una pistola, me hubieras pegado un tiro, porque pensabas que si tú no me tenías, nadie más podía. En un segundo todo tu amor se convirtió en odio...

Frankie cerró los ojos, todo su enfado apagado por el recuerdo doloroso e insoportable de aquel día.

–Quiero levantarme y hacer la maleta, ahora.

–Buena idea –concedió Santino, soltándola, con un gesto de indiferencia, como si se preguntara la razón por la que había estado sujetándola hasta ese momento.

–El helicóptero está a punto de llegar.

–¿Helicóptero? –preguntó ella, recordando justo en ese momento la llamada que había hecho él, cuando estaban en el piso de abajo–. Ah, claro.

Un helicóptero que los llevaría al aeropuerto, donde cada uno de ellos tomaría un camino diferente, porque cualquier otra cosa era imposible. La publicidad, el furor que Della había infundido, los perseguiría a los dos, y Santino no quería levantar más el interés de los medios de comunicación, manteniéndola a su lado.

Frankie llenó la bañera y se metió en ella, encogiendo su cuerpo al sentir un nuevo dolor. Lo suyo con Santino había acabado. Nunca más lo iba a volver a ver. Frankie se quedó con la mirada perdida, luego cerró los ojos, cuando sintió las lágrimas saliendo como un torrente. Aquello era normal, se dijo a sí misma, mientras se los secaba con una toalla.

–¿Lloras por la virginidad perdida?

Asustada por aquella interrupción, Frankie dejó caer la toalla en la bañera.

–¿Qué haces aquí? –le preguntó.

–Quiero ducharme... y solo hay un cuarto de baño –le recordó, mirándola con tal intensidad que era como si le quitara la piel a cachos–. Si quieres despedirte personalmente de tu familia, será mejor que te des prisa. Si no, los puedes llamar desde Roma.

–¿Roma? –repitió Frankie, levantando la toalla mojada y cubriéndose los pechos con ella–. Pero yo no voy a Roma...

–Sí, sí vas –le confirmó Santino, con mucha tranquilidad–. ¿Dónde pensabas que ibas a ir?

–Yo pensaba... pensaba que íbamos al aeropuerto y allí nos separaríamos... pensaba que yo me iba a ir a casa...

–Pues estás confundida. Todavía no han pasado tres semanas. Y por cierto, la cuenta atrás empezó hace una hora, justo en el momento en que nos metimos en esa cama –le dijo Santino, mientras se metía en la ducha.

–¿No pretenderás retenerme con toda la publicidad que ha habido?

Santino se quitó el albornoz y lo dejó caer al suelo, quedándose completamente desnudo.

–*Cara*... a mí me da igual –le respondió, con gesto implacable, como el de una escultura griega–. Lo único que me preocupa es la posibilidad de que tengamos que seguir viéndonos toda nuestra vida...

–¿Cómo dices? –le preguntó Frankie, sin saber a qué se refería.

–Que hemos hecho el amor sin tomar ninguna precaución –replicó Santino, con tono grave–. Como no has dicho nada, yo he asumido que no tenía que preocuparme por tu fertilidad.

–¿Quieres decir que no te pusiste...? –no se atrevió a terminar la pregunta, al recordar que él no se había puesto nada. El pánico atenazó su cuerpo, ante la posibilidad de quedarse embarazada de alguien que la despreciaba. Poco importaba que ese hombre estuviera casado con ella.

–Pero si crees que con ello vas a poder sacarme más dinero, cometes un error del que te vas arrepentir –le aseguró Santino, con gesto frío como el acero.

Frankie sintió un nudo en la garganta. Lo miró, con los ojos como platos.

–No me dignaré siquiera a responder a esa acusación –replicó tensa.

–Me divorciaré de ti, aunque te hayas quedado embarazada –le dijo Santino, con crueldad–. ¡Tres semanas más y habrás desaparecido de mi vida!

–Santino... –suspiró Frankie, pero se detuvo, al darse cuenta de que la emoción afectaba su dicción. No queriendo indagar más en las confusas y complejas emociones que se apoderaban de ella, prefirió pensar que había remotas posibilidades de concepción.
   –No creo que ninguno de mis óvulos esté dispuesto a aceptar un espermatozoide de los Vitale –contraatacó Frankie–. ¡Estoy convencida de que tus células reproductoras están en este instante perdiendo la batalla en territorio hostil!
   –Espero, por el bien de los dos, que tengas razón –replicó Santino, cerrando la puerta de la ducha con una violencia, que reflejaba su estado de ánimo.
   Mientras salía del baño, con los ojos cargados de lágrimas, Frankie se recriminó a sí misma su extrema sensibilidad. ¿Por qué le tenía que doler su actitud? ¿Por qué iba a tener tan mala suerte de quedarse embarazada? Era mejor pensar lo contrario.

Capítulo 8

Pero en su pasaporte tiene el apellido Caparelli, *signora* –le dijo el inspector de policía, frunciendo el ceño con sorpresa–. Según esto usted está soltera.

–Francesca solicitó el pasaporte británico, con su nombre de soltera, antes de casarnos –mientras Santino hablaba, ella lo observaba. Llevaba un traje muy elegante, color gris perla, ajustado a sus hombros y a sus estrechas caderas. Frankie no podía apartar la mirada.

–¿Conservó el apellido Caparelli por precaución? –preguntó el hombre, dando a entender que sabía que en un tiempo atrás un miembro de la familia Vitale había sido raptado–. De todas maneras, le recomiendo que lo actualice. Su cara ha aparecido en todos los periódicos y en la televisión. Es una ironía, *signor*... su ilustre familia tiene fama de proteger celosamente su privacidad, pero su mujer no puede ir a ningún sitio en Italia sin que la reconozcan como una Vitale.

Santino se puso tenso, y su cara se ensombreció. Frankie estaba convencida de que aquella información lo había afectado. Lo primero que le dijo en La Rocca, era que tenían que ser discretos. Hasta ese momento no había sabido a qué se refería. La familia de Santino era una de las familias con más dinero de Europa. Ni siquiera se creía que iba a volar a Roma con él.

–Es una tontería que me obligues a acompañarte a Roma –le dijo Frankie muy bajo, mientras miraba cómo el policía se metía en su coche.

—Cuando te subes a una montaña rusa, y estás arriba, no puedes decir que quieres bajarte porque tienes miedo.

Frankie palideció. La tensión que había entre ellos casi se podía palpar. El sonido de las hélices del helicóptero rompió el silencio del valle. Frankie miró para el otro lado, intentando distraerse. Santino la agarró del brazo.

—¡No estoy asustada! —le informó, metiéndose las manos en los bolsillos de su vestido de verano.

—Pues deberías estarlo —comentó Santino—. Porque hay una debilidad que no compartimos. Yo nunca seré un esclavo de la pasión. Cuando sea el momento de partir, ¿qué vas a hacer si sientes que nuestra aventura debe de continuar?

A escasos milímetros de su musculoso cuerpo, absorbiendo su erótico poder que le laceraba su orgullo y la llenaba de malos presagios, Frankie lo miró, luchando porque las piernas no se le doblasen.

—Pues me cortaría el cuello —contestó con desprecio.

Los ojos de Santino brillaron, y sonrió.

—Morir o curarte, todo o nada... qué poco has cambiado, *cara*. Pero por desgracia en la vida a veces no es tan simple elegir.

—Es lo simple que tú quieras que sea —le dijo Frankie, apretando los dientes, luchando por la atracción tan fuerte que sentía por él. Apretó los puños y se metió las manos en los bolsillos, para aguantar la tentación de tocarlo. Deseaba sentir su contacto, oler su aroma, satisfacer el deseo que le subía por el cuerpo y se le agarraba al cuello, que hacía que sus pechos se hinchasen.

—Satisfacer los deseos sexuales no es siempre tan sencillo, porque no somos animales. ¡Qué inocente eres, a pesar de tu avaricia! Eres capaz incluso de admitir tu ignorancia. Pero cuanto más te engañes a ti misma, peor lo vas a superar.

Con el pulgar le acarició los labios. De forma involuntaria, cerró los ojos y abrió la boca para chuparle el dedo. Cada uno de los músculos de su cuerpo se tensó de anticipación.

De pronto sonaron golpes en la puerta. Frankie se asustó.

Cuando abrió los ojos, Santino ya había ido a abrir. Un hombre con traje oscuro, al que Santino llamó Nardo, levantó las maletas que había en la escalera. El helicóptero había llegado y era hora de marchar.

Se puso sus manos sudorosas en la cara. No había querido darle a Santino tanto poder sobre ella, no había pensado que con ello se debilitaban más sus defensas.

–¿Vendrás otra vez a visitarnos? –le preguntó Maddalena, que junto con su abuelo y otras tías abuelas habían ido a despedirla.

–El sitio de Francesca está al lado de su marido, y Santino es un hombre muy ocupado –le reprendió Teresa a su hermana–. ¿A quién más has visto que haya llamado a un helicóptero porque no puede ir en coche?

–Santino siempre se despide en persona –interrumpió el abuelo.

De pronto Frankie se dio cuenta de la más cruda realidad. Santino no iba a volver a aquel pueblo nunca más. La próxima vez que los visitara, tendría que ir ella sola, para comunicarles la noticia de su separación. Aquello seguro que avergonzaría a su abuelo, quien quería a Santino más de lo que había querido jamás a su propio hijo. Y todos le echarían la culpa a ella...

Frankie se durmió durante el vuelo. Cuando Santino la despertó, miró por la ventanilla, quedando desorientada por la vista, porque no estaban en el aeropuerto de Roma. El helicóptero había aterrizado en un prado inmenso.

–Tienes la misma pinta que los niños cuando vuelven de haber pasado un día en la playa –censuró Santino, cuando puso pie en tierra. Parecía estar tenso. Cuando observó la expresión en su cara, apretó los labios. Se detuvo, para apartarle unos mechones de pelo de la cara, intentando al tiempo estirarle un poco su arrugado vestido de algodón.

Frankie caminó a su lado por el césped. Era césped. Césped en un sitio tan grande, pensó. Se dio cuenta de dónde estaba, cuando de pronto apareció ante ella un edificio impresionante, tostándose al sol de la media tarde.

–Esa es mi casa –le dijo Santino, poniéndole una mano en el codo.

–¿Tu casa? ¿Dónde estamos? –preguntó, boquiabierta.

–A unos treinta kilómetros de Roma. Los paparazzi no nos molestarán aquí. Tenemos guardias de seguridad y circuito cerrado de televisión. No cae una hoja en Villa Fontana sin que lo sepamos.

Fascinada, Frankie miró la belleza de aquella mansión que tenía frente a ella. Tenía una parte central con dos alturas, y dos alas a cada lado, formando una media luna. En uno de los extremos de la casa, Frankie vio una de las limusinas más largas que había visto jamás.

–Vas a conocer a mis padres –le dijo Santino, con cierta tensión en su cara–. Debes sentirte honrada, porque han venido desde Suiza para manifestar su horror y desaprobación.

–¿Tus padres? –le preguntó Frankie.

–Hubo un tiempo que soñaste con conocerlos –le recordó Santino–. Decías que para intercambiar recetas de cocina con mi madre. Incluso llegaste a decir que querías escribirles, para decirles que estabas cuidando de mí.

–¡No me lo recuerdes! –exclamó Frankie, poniéndose roja como un tomate, mientras subía por las escaleras.

Entraron a un vestíbulo, adornado con columnas y estatuas de mármol. Frankie quedó impresionada por su grandiosidad.

–En aquel tiempo, yo sabía tanto de ti, como un marciano que acaba de aterrizar en este planeta. ¡Pero no creo que este sea el momento de conocer a tus padres, con esta pinta!

–Francesca... daría lo mismo, aunque fueras la diosa de la perfección y el buen gusto.

–¿Por qué no me dijiste que tus padres iban a estar aquí esperando?

–Porque casi nunca vienen a visitarme. Pero al ver que el nombre de la familia aparecía en los periódicos, han pensado que era necesario.

—Creo que será mejor que hables tú solo con ellos —murmuró Frankie—. Después de todo, yo no me voy a quedar por aquí mucho tiempo.

—Eso ellos no lo saben —replicó Santino, poniéndole la mano en la espalda.

Una mujer de corta estatura, con un vestido negro muy elegante, salía por una de las puertas de las habitaciones que daban al vestíbulo. Empezó a exclamar algo en italiano. Santino respondió con suaves palabras.

—Mi ama de llaves, Lina. Te la presentaré más tarde. Se pone nerviosa cuando alguien no acepta algo de beber, y mi madre parece que no lo ha aceptado —tradujo Santino.

Frankie miró otra mujer, elegantemente vestida, que estaba sentada en una silla. Tenía una mirada que intimidaba. El color azul de su vestido, hacía juego con sus ojos. Frankie se fijó en que Santino se parecía a ella. Al lado de la ventana había un hombre canoso, con aspecto muy distinguido.

—Francesca... —murmuró Santino—. Permíteme que te presente a mis padres... Sonia y Alvaro.

—¡No aceptaré ninguna presentación! —aseguró Sonia Vitale, con tono glacial—. ¡Explícanos, Santino! ¿Cómo has podido permitir que la escandalosa asociación con esta mujer saliera en los periódicos?

—Creíamos que esta desafortunada aventura había acabado hacía años —comentó Alvaro Vitale.

—Yo nunca dije eso —contraatacó Santino—. Francesca es mi esposa y espero que la tratéis con el debido respeto.

Sonia Vitale miró a Frankie, retirando después la mirada con gesto de desprecio.

—Nunca aceptaré en mi casa a esa mujer como nuera.

—Pues entonces, yo tampoco iré —respondió Santino, en tono cortante—. Y te juro que no va a ser ningún sacrificio. Al fin y al cabo, solo me veis en Navidades.

Frankie miró a Santino asombrada y después centró su atención en su madre, sorprendida por la hostilidad con que aquella mujer trataba a su hijo.

—Has de comprender que este matrimonio no es el que esperábamos para ti —intervino Alvaro Vitale—. No pretendo faltar el respeto a tu mujer, pero has de entender a tu madre. Francesca no es una mujer que pertenezca a nuestro círculo...

—No somos la realeza, papá —le interrumpió Santino.

—Tratar de razonar contigo, es perder el tiempo, Santino —condenó su madre con crueldad—. Con este matrimonio insultas la memoria de tu hermano...

Frankie sintió que Santino se ponía en tensión, como un gato a punto de saltar sobre su presa. Frankie estuvo a punto de hablar en su defensa.

Su madre continuó mirándolo con gesto de condena.

—He de recordarte que siempre pesará sobre ti la sombra de Rico, Santino. Todo lo que una vez fue suyo, te pertenece a ti ahora. Tienes que hacer ciertos sacrificios en su memoria. Y Rico nunca se habría casado con una mujer de un estrato social inferior a nosotros. Porque eso sería un deshonor para los Vitale.

—Yo no soy, ni nunca seré Rico, mamá —contestó Santino, con voz cansina, apoyando su mano en la cadera de Frankie.

Sonia Vitale se levantó de la silla.

—¡Cómo te gusta decir lo que es obvio! —respondió su madre—. Sabes que nuestro deseo era que te casaras con Melina. No estoy dispuesta a verte más, hasta que vengas con Melina como esposa.

—Santino, ¿puedo hablar contigo en privado? —le preguntó su padre, luchando por permanecer impasible—. ¿Nos perdonas, Francesca?

—Esperaré en el coche, Alvaro —anunció Sonia, levantando la cabeza, cuando pasó al lado de Frankie.

—¿Por qué no lo quiere? —le preguntó Frankie a la madre.

Sonia Vitale se detuvo, se dio la vuelta y miró con cara de asombro a Frankie.

—¿Perdón? —murmuró, con un tono de incredulidad en su modulada voz—. Santino es mi hijo. Por descontado que lo quiero...

–¡Eso no es cierto! –contradijo Frankie, condenándola con su mirada–. Lo único que quiere es herirlo. Lo que quiero saber es por qué. ¿Por qué? Santino es un hombre maravilloso, en muchos sentidos. Es inteligente y honesto. A muchas madres les gustaría tener un hijo así...

–¿Cómo te atreves a hablarme de esa manera?

De pronto, dándose cuenta de su conducta, Frankie se sonrojó. Ni siquiera ella podía entender cómo se había atrevido a enfrentarse a aquella mujer. Pero le había salido desde muy dentro aquel instinto de proteger a Santino. Y lo único que había conseguido era enfurecer a su madre y empeorar aquella situación.

–Así que mi hijo se ha casado con una verdulera que lo protege como una zorra protege a sus cachorros. Pero Santino no te va a agradecer esa actitud conmigo –Sonia se puso los guantes, sin mirar a Frankie a la cara–. De hecho te devorará viva, porque él ama y respeta a su madre. Y por lo que he visto en la prensa, tú también amas a mi hijo. Pero eso es solo una aberración pasajera, de la que Santino pronto se librará con un poco de suerte.

Frankie encogió el cuerpo, como si le hubiera clavado una daga en el corazón.

–Tu puesto es el de amante, no el de esposa. Melina hubiera aceptado esa situación. Todos lo hubiéramos aceptado –le dijo Sonia con crueldad–. Pero ahora ya es demasiado tarde. Ya has perdido el anonimato necesario para ocupar ese puesto. Cuando Santino se canse de ti y vuelva con Melina, verás que tengo razón.

Cuando la madre de Santino se fue, Frankie se agarró a una de las columnas de mármol y apoyó su frente húmeda en ella. Se sentía como si hubiera estado peleando diez asaltos con un boxeador. Ella no estaba enamorada de Santino. No lo estaba. Ya había madurado, era una mujer con más mundo. Pero era innegable que a la edad de dieciséis años había fijado sus afectos en un tipo de bandera.

Porque Santino era un tipo impresionante, a pesar de que

ella le hubiera tratado de convencer de que se había casado con la mujer más desagradecida y avariciosa del mundo.

Frankie se dio cuenta de que seguía enamorada de Santino. No podía quitárselo de la cabeza. Lo tenía muy dentro de su corazón, formando parte de su propio cuerpo.

En mitad de aquella revelación, Alvaro Vitale salió del estudio y pasó a su lado, sin darse cuenta de que estaba detrás de la columna.

Completamente pálida e insegura de sí misma, Frankie entró en la habitación de la que había salido el padre. Santino no se dio cuenta de su presencia. Se estaba poniendo una copa. Con el vaso de whisky en la mano, se dirigió hacia una de las ventanas, permaneciendo de pie allí, con las piernas un poco separadas.

¿Cómo era posible que estuviera enamorada de un hombre al que solo le interesaba satisfacer su lujuria? ¿Cómo podía amar a un hombre que no tenía en cuenta las emociones?

Aquel era el lado oscuro de la personalidad de Santino, un lado que ella nunca había visto y que nunca sabía que pudiera existir. Un hombre que no dejaba que nadie se escapara sin su castigo, que no perdonaba la avaricia, ni el engaño. Y sin esos principios, seguro que Santino le habría parecido menos atractivo.

Se aclaró la garganta y le preguntó lo primero que se le vino a la mente.

–¿Quién es Melina?

Santino la miró con cara de preocupación.

–Una amiga, a la que mi madre quiere como una hija.

–¿Y Rico...? ¿Era tu hermano? –le preguntó–. Nunca me comentaste que tenías un hermano –comentó Frankie.

–Rico murió un año antes de que te conociera a ti. Era diez años mayor que yo –admitió Santino.

–¿Qué pasó?

Durante varios segundos de tensión, Santino fijó su atención en la ventana. A continuación se encogió de hombros, con menos fluidez que la usual.

–Rico me llevó a escalar una montaña de los Alpes. Hacía un tiempo horroroso y hubiera sido mejor abandonar. Pero Rico no se dejaba vencer por los elementos. Nos cayó encima una avalancha y salvó mi vida a costa de la suya.

–Oh, Dios... –exclamó Frankie. Lo que más le hubiera apetecido en aquellos momentos, era abrazarlo, para tratar de reconfortarlo, pero estaba convencida de que él la rechazaría–. Eso debió ser un golpe muy duro para tu familia...

–Sí... de la montaña bajó el hijo que ellos no querían...

–No digas eso –suplicó Frankie–. Seguro que tus padres no piensan eso...

–¿No oíste la opinión de Sonia sobre mi valía, comparada con la de mi hermano?

Frankie no pudo mirarlo a los ojos.

–Y Rico era un hombre maravilloso. Mi madre lo adoraba. ¡Y yo también! –gritó Santino–. Era una persona muy querida por todos. Cuando murió, dejó un gran vacío en nuestras vidas y mi familia dejó de estar unida. A mí me empezaron a comparar con él. Mi madre nunca me perdonó por sobrevivir a costa de Rico.

Frankie evitó su mirada, porque ella también creía que era eso lo que pensaba Sonia.

Por primera vez entendió la razón por la que iba con tanta frecuencia a Cerdeña, a visitar a su abuelo. El padre Vassari había sido un hombre muy práctico. Santino había sido tratado como un paria por sus padres, cuando solo era un adolescente. A aquella edad, seguro que le reconfortaba el afecto de aquel hombre, quien le aseguraba una y otra vez que lo que le había ocurrido a Rico no era su culpa.

Aquella imagen la conmovió, pero también se sintió herida, porque por una vez había compartido con Santino el mismo miedo y ansiedad. Nunca le había hablado de su hermano, seguro porque no la había querido cargar con un problema que ella no sabría resolver. En su relación con ella, Santino había dejado sus preocupaciones a un lado. Siempre. Él había sido el que había dado, y ella la que tomaba.

–Te has quedado muy callada de repente –comentó Santino.

Frankie levantó su cabeza de nuevo. Santino se dirigía hacia ella. Desconcertada por su proximidad, asustada por haberse dado cuenta de lo mucho que lo amaba, miró sus ojos negros, con brillos dorados.

–Pero una confesión siempre es buena para el alma –informó Santino, mientras estiraba sus manos y se las ponía en su cuerpo–. ¡Pero seguro que lo mejor es, en estos momentos, caer en el olvido del sexo!

Capítulo 9

–¿Santino...? –susurró Frankie, sorprendida por la carga sexual en su brillante mirada.
–Tú también me quieres –dijo Santino con voz quejumbrosa, arrinconándola contra la puerta y bajando la cabeza para besarle el cuello. Un escalofrío recorrió su frágil cuerpo.
–¿No es verdad, *cara*? –añadió Santino.
–Sí... –murmuró Frankie, incapaz de resistirse–. Sí...
Santino le dijo algo en italiano, mientras le apoyaba las manos en las caderas y tiraba de su cuerpo, para que entrara en contacto con su miembro en erección. El cuerpo le ardía de una necesidad contra la que no podía luchar.
Santino le metió la mano entre los muslos y le levantó el vestido con impaciencia. Le acarició la entrepierna con los dedos y gimió de satisfacción, al descubrir la humedad que no podía controlar, ni ocultar. Frankie se estremeció y se agarró a él para no caerse. En ese momento abrió sus negras pestañas y se fijó en un bolso pequeño de color azul que había en la mesa de al lado.
–¡Tu madre se ha dejado el bolso! –exclamó Frankie.
Santino abandonó su asalto erótico y levantó su cabeza muy despacio. Tenía la mirada perdida.
–¡Ese bolso que hay ahí! –señaló con la mano–. ¡En cuanto se dé cuenta, vendrá a recogerlo!
Santino abrió y cerró los ojos. Con su mirada fija en ella, fue quitándole la mano de la entrepierna.

Frankie tembló, avergonzada por lo que estaba ocurriendo entre ellos.

–Será mejor que vayamos al piso de arriba –sugirió ella en voz baja.

Santino retrocedió unos pasos. Frankie abrió la puerta y lo miró. Santino le puso una mano en la cabeza y empezó a besarla otra vez. Cuando apartó la cabeza, con sus ojos encendidos por el deseo, Frankie estuvo a punto de agarrarlo y estrecharlo otra vez entre sus brazos.

Atravesó el vestíbulo y empezó a subir por la espectacular escalera. Santino no la soltó de la mano. Cuando llegaron al piso de arriba, la abrazó con tanta fuerza que casi la ahoga. De haber insistido, habría estado dispuesta a hacer el amor allí mismo.

–Te quiero –Santino le dijo, con la voz cargada de emoción.

Incapaz de responder, asintió con la cabeza, como si fuera una marioneta.

En silencio, la levantó en sus brazos y avanzó por el pasillo a grandes pasos. Entraron en una habitación y la dejó sobre una cama, sin darle tiempo siquiera a que la viera. Le desabrochó el vestido, le quitó el sujetador y le empezó a acariciar sus pechos desnudos.

Frankie vio sus cuerpos reflejados en el espejo del armario. Santino le estaba acariciando los pezones con las dos manos. Y en aquel momento se dio cuenta por primera vez de que ella también tenía poder sobre Santino.

Frankie buscó su boca y le metió la lengua entre los labios.

–*Per amor di Dio...* eres una bruja... así no era como tenía que suceder –Santino le quitó el vestido que todavía tenía alrededor de la cintura, sin apartar ni un minuto su boca de la de ella.

Santino le quitó la ropa interior, se echó encima de ella e introdujo su miembro en el centro de su cuerpo.

Frankie gimió de placer, arqueándose sin poder controlar la pasión. Los dos se movieron al unísono, sin control del tiempo, entregados por completo el uno al otro, hasta que juntos alcanzaron el orgasmo.

De lo primero que se dio cuenta Frankie, cuando terminaron, fue de la rapidez con la que Santino salió de ella. Sintió frío en su piel mojada y la invadió un sentimiento de pérdida y desorientación. Abrió los ojos poco a poco, enfocando su mirada en el techo de aquella habitación en la que no había estado nunca. Bajando la mirada, vio a Santino, que estaba completamente vestido.

La estaba mirando como extrañado de que ella estuviera allí, con una mezcla de arrepentimiento y compasión.

De pronto levantó el vestido que estaba tirado sobre la silla y la cubrió con él el cuerpo.

–Voy a llenar la bañera.

–Mira a ver si te metes tú en ella y te ahogas...

Frankie se dio la vuelta en la cama y dobló las rodillas contra su pecho. Se sintió como si fuera una puta a la que él había llevado a casa, y una vez terminado quisiera que se fuera.

–Estoy empezando a sentir que tengo doble personalidad –confesó Santino en tono muy grave–. Nunca antes me había tirado sobre una mujer como si fuera un animal hambriento...

Frankie se levantó, lo miró a la cara y le gritó:

–¡Sal de aquí ahora mismo!

–De esa manera no solucionaremos nada y yo me sentiré peor –replicó Santino.

A Frankie se le arrasaron los ojos de lágrimas. Santino se acercó a la cama, se sentó en el borde y le agarró la cabeza entre sus manos. En su rostro se reflejaba el arrepentimiento.

–Quería castigarte... la verdad, quería castigarte. Pero hace un minuto cuando te he mirado otra vez, he visto la adolescente que una vez estuvo enamorada de mí. Y la verdad, no has cambiado mucho. No me importa que me hayas robado dinero, porque soy rico y eso me da igual –le dijo con tono de tristeza–. Ojalá pudiéramos atrasar el reloj y volver a ese momento en que nos encontramos en La Rocca...

–S... sí –tartamudeó Frankie, a quien se le había ocurrido el mismo pensamiento que a él.

–Aunque la verdad, no sé de qué hubiera servido. Porque lo que más me molestó fueron tus mentiras. Aunque yo no soy una persona que perdone, de pronto ya no estoy enfadado contigo.

–¿Y si te digo que yo no vi ni un céntimo de ese dinero? –le preguntó Frankie de forma impulsiva. Estuvo a punto de confesarle la verdad, porque le dolía que él la considerara una mentirosa y una ladrona–. Imagina que lo hice para proteger a mi madre...

Mientras la escuchaba, el rostro de Santino se endureció y ensombreció.

–No seas infantil, Francesca. No trates de hacerme cambiar de opinión, diciéndome más mentiras –le advirtió con impaciencia.

–Lo sé, pero yo...

–Escúchame –le interrumpió Santino con tono grave–. Si no hubiera sido porque tú también estabas metida en ese fraude financiero, hubiera demandado a tu madre.

Dándose cuenta de que con su falsa confesión había evitado que su madre fuera a la cárcel por fraude, Frankie bajó la mirada y guardó silencio, agradeciendo no haber levantado más sospechas. Porque era evidente que si Santino hubiera estado seguro que ella no era cómplice, habría hecho caer todo el peso de la ley sobre su madre.

–Sabia decisión –comentó Santino, al ver que permanecía en silencio–. Tienes que asumir lo que hiciste, pero eso no quiere decir que no puedas cambiar.

–Supongo que no... –contestó ella, restregándose los ojos, a la vez que daba un suspiro.

–Todavía eres mi esposa y soy responsable de ti –continuó Santino, con tono más amable–. Cuando empezamos a hacer el amor, yo no quería hacerte daño. He sido demasiado egoísta y solo he pensado en mí...

–Deja de hablarme de esa manera –lo interrumpió Frankie, cada vez más avergonzada–. Yo sabía lo que estaba haciendo.

–Ese es precisamente el problema, que no lo sabes –le contradijo Santino–. Tú haces siempre lo que te apetece en todo momento. No creo que en toda tu vida hayas pensado en lo que vas a hacer al día siguiente. Y esa conducta irresponsable es como una enfermedad contagiosa, que me afecta a mí también.

Después de haber hecho una valoración de su carácter, con la incredulidad y censura del que considera que una personalidad impulsiva es una debilidad peligrosa que solo puede traer malas consecuencias, Santino se levantó y se alejó.

–Llenaré la bañera y llamaré para que te suban algo de comer. Tienes que estar hambrienta, porque yo lo estoy también...

Frankie se levantó de la cama y se metió en el cuarto de baño. Observó cómo abría los grifos dorados de la bañera con unos gráciles movimientos de la mano. Todo lo que hacía Santino le gustaba, y no tuvo más remedio que admitir que estaba profundamente enamorada de él.

Aunque él le hubiera recriminado su actitud, estaba claro que haber hecho el amor había sido como una especie de catarsis. Frankie volvía a ver el Santino que recordaba, aquel hombre perfecto que la dejaba extasiada. Porque podía ser un hombre muy cariñoso. En aquel momento le estaba llenando la bañera. Incluso había admitido que podía estar equivocado.

Frankie había elegido un ganador a los dieciséis años. Ojalá lograra que se enamorara de ella en aquellas tres semanas. Rezó a Dios con fervor para la escuchara.

Santino se irguió y se dio cuenta de que lo estaba mirando, como si estuviera hipnotizada.

–No me mires así –le dijo, con tono muy suave.

–¿Cómo? –Frankie estaba casi mareada por la fuerza de sus emociones.

–El habérnoslo pasado bien en la cama, no significa que

esté enamorado de ti, o que estés enamorada de mí, *piccola mia...*

Frankie palideció.

—Ya lo sé —trató de decirlo sin darle importancia, sonriendo, aunque en el fondo el comentario fue como una daga a su corazón.

—En estos momentos no sabes lo que sientes —le informó Santino de forma arrogante—. Hace mucho tiempo te encaprichaste de mí... y ahora yo he sido el primer hombre con el que te has acostado...

—¡No había forma de pararte! —le recordó Frankie.

—Pero si hubiera sabido que eras virgen, si me hubieras dicho la verdad, Francesca, no te habría puesto una mano encima —contraatacó Santino—. Yo creía que ya habías hecho el amor con otros hombres.

Frankie se cruzó de brazos, para ocultar sus temblorosas manos.

—A pesar de mi corta experiencia en cuanto al sexo, está claro que eres de esos que se acuesta con una mujer y a la mañana siguiente desaparece.

—¿Y tú cómo lo sabes, si no has conocido a nadie con el que compararme?

Frankie apretaba su espalda contra la pared con tanta fuerza, que llegó a pensar que se le iban a marcar para toda la vida las líneas de separación entre los baldosines.

Santino movió en sentido negativo la cabeza y la miró a los ojos.

—Lo que intentó decirte es que...

—Que ya has conseguido lo que querías, ¿no? —lo interrumpió Frankie, con desagrado y dolor.

Los músculos de la cara de Santino se tensaron de ira. Levantó sus brazos, mostrando su impaciencia y los bajó otra vez.

—¡Qué melodramática eres! ¡Solo tienes que oírte! —replicó—. ¿Cómo crees que puedo pensar algo así? No solo eres mi esposa, sino que además es posible que te hayas quedado embarazada.

–No me vengas con ese cuento otra vez.
–¿Crees que no es posible? *Santo cielo*...
–Me gustaría darme un baño –anunció Frankie, mirando la bañera, como si con ello pudiera escapar de aquella situación–. Y después, me iré a Londres y solicitaré el divorcio.
–Tú no te vas a ir a ninguna parte –le dijo Santino, dirigiéndola una mirada fulminante–. Yo me iré al apartamento que tengo en la ciudad. No es el momento de tomar una decisión precipitada.
–¡Pues vete! –lo instó.
–Mírame...
–No quiero... quiero que me dejes sola....
Santino se acercó a ella y le puso las manos en los hombros.
–No me puedo marchar, dejándote así... *cara*...
Frankie se soltó y se separó de él.
–Deja ya de tratarme como una niña. Puede que sea más emocional que tú, pero soy una persona adulta.
–No siempre te comportas como una persona adulta.
Frankie se dio la vuelta, llena de furia, y se encontró más cerca de Santino de lo que ella esperaba. Le puso las manos en el pecho y le dio un empujón. Se desequilibró y sus piernas chocaron contra el borde de la bañera, y se cayó en el agua de un chapuzón.
Frankie no pudo hacer otra cosa que quedarse mirando atónita, pero después le entró la risa tonta. Santino le dirigió una mirada cargada de ira, se agarró al borde de la bañera y se puso de pie en el suelo.
–Si fueras un hombre, te daría un puñetazo ahora mismo –gruñó.
Frankie se tapó la boca con la mano. Tenía el traje mojado y pegado al cuerpo, como una segunda piel y el suelo estaba encharcado. Al haber salido de forma tan repentina, había sacado media bañera con él.
–Fue un accidente –replicó ella, temblándole la voz–. No quería tirarte...

–¡Me voy! –le gritó–. ¡Y no volveré hasta que me convenzas de que puedes comportarte como una persona adulta!

Una persona adulta, pero sin sentido del humor, salió del cuarto de baño y cerró la puerta de un portazo. Frankie empezó a secar el suelo con las toallas, pensando que Santino, después de todo, no era perfecto.

Capítulo 10

Frankie llegó a varias conclusiones durante las siguientes treinta y seis horas. Dio vueltas por la casa, lloró y durmió a ratos, todo ello sin abandonar la habitación de Santino.

Lo exasperante era que los sirvientes de la casa la interrumpían constantemente para ofrecerle algo de comer o de beber. Acostumbrada a encerrarse en sí misma para darle vueltas a sus problemas, encontraba muy difícil concentrarse con la suficiente pasión. Estaba claro que Santino había dejado claras instrucciones de que le ofrecieran comida cada hora. Pero a ella le habría gustado que la hubieran dejado en paz.

Encontró a Hamish, su osito de peluche, en una de las estanterías de la habitación de Santino. Se abrazó a su juguete como si fuera su mejor amigo.

Santino se había ido. Se sentía desgraciada, abandonada, atormentada por la pérdida y la soledad. Se había apagado la luz de su vida. Sabía que era un poco melodramático, pero era así como se sentía y no podía hacer nada por evitarlo. Santino le había ofrecido tres semanas, pero al parecer con un solo día se había quedado satisfecho.

La única razón aparente por la que parecía que la retenía en Italia era por la posibilidad de que la hubiera dejado embarazada. Seguro que cuando ella le pudiera decir que no lo estaba, la dejaría marcharse. Era mejor no pensar en la posibilidad de que ocurriera lo contrario. Era horrible pensar que se hubiera podido quedar embarazada de un hombre que no quería ser su marido, que no estaba dispuesto a soportar esa carga.

No, Santino no la quería y era evidente que nunca la iba a querer. Estaba claro que la consideraba una mujer un tanto obsesiva y excesiva. Era su opuesto en todo. Él era una persona intelectual, autodisciplinado, lógico y reservado... por lo menos en lo que al amor se refería...

Cuando Santino se casara de nuevo, seguro que lo haría con alguien como la rubia a la que había visto en Cagliari cinco años antes. Una mujer encantadora, elegante y equilibrada, más o menos de su edad, que no tuviera una comportamiento tan inmaduro.

Alguien que le sonriera con dulzura. Alguien que le dejara decir la última palabra. Alguien que no se riera cuando él se cayera en el baño, en mitad de una discusión. Alguien de sangre azul, que pudiera ser aceptada por la familia Vitale. Aunque Santino le hubiera dicho a su padre que los Vitale no pertenecían a la realeza, él vivía como un rey.

El primer paquete llegó con el desayuno, el segundo día. Lo abrió y vio que era un chiste enmarcado de un hombre que se había caído en una bañera. Y en la parte inferior, con letra de Santino, se leía *Confieso que algunas veces me tomo las cosas demasiado en serio...*

Frankie se quedó mirando con la boca abierta. Había pasado mucho tiempo, desde que Santino había hecho una demostración de su talento. Se echó a reír y se levantó de la cama, para irse a la ducha a lavarse el pelo.

El segundo paquete llegó al medio día. Esa vez era un dibujo también, pero el protagonista era ella, que también estaba metida en la bañera, gritando porque tenía el pelo y el vestido empapados. Frankie, esa vez no se echó a reír con tanta rapidez como la vez anterior, porque pensó que de haber sido cierta aquella escena, se hubiera enfadado bastante.

Típico de Santino. Con una mano daba y con la otra abofeteaba. Sin embargo, sonrió. Después se fue a poner un vestido verde claro, que se ponía para alguna ocasión especial.

Cuando oyó el helicóptero, decidió recibir a Santino con una sonrisa. Incluso en la distancia era capaz de manipularla.

Estaba en el vestíbulo cuando Santino entró en la villa. Con un traje beige de corte muy elegante, con una camisa blanca y corbata de color granate, tenía un aspecto que quitaba la respiración. Treinta y seis horas sin verlo la habían hecho olvidarse de lo guapo que era. Se quedó mirándolo, asustada por el amor tan profundo que sentía por él.

–Te he echado mucho de menos –admitió Santino, mirándola a la cara–. Es verdad.

–Seguro que se te ha roto el corazón al ver que estaba esperando como una fiel esposa –le dijo, con una sonrisa de oreja a oreja–. He pensado que dadas las circunstancias sería divertido...

–¿Divertido?

–Sí, porque la verdad no te conozco mucho, pero me alegro de que por fin podamos ser amigos. Tienes que admitir que no conectábamos, porque no teníamos nada en común... a excepción de los asuntos de cama.

Santino se puso detrás de ella. Frankie giró la cabeza, para ver lo que hacía.

–¿Pero qué...?

–Estaba mirando a ver si encontraba algún interruptor en tu espalda –le contestó Santino–. Para ver si se te puede apagar. Porque en treinta segundos que llevo aquí, no has parado de mencionar temas bastante delicados.

Frankie tragó saliva.

–Si quieres me salgo otra vez y puedes interpretar el papel de esposa –le sugirió Santino.

¿Qué es lo que quieres de mí? –le preguntó Frankie.

–Estar contigo.

–No lo entiendo... –murmuró Frankie.

Santino le puso una mano sobre el hombro y empezó a caminar con ella a su lado.

–No es importante, *cara*. La culpa es mía. No tenía que haberte dejado sola tanto tiempo.

Frankie se acurrucó a su lado, como una gata en celo, restregando la cabeza contra su hombro.

–La verdad es que me ha venido bien estar sola... y los dibujos que enviaste eran muy divertidos... pero ahora lo que quiero es volver a la vida de antes, ¿vale?

–Eso no es posible –respondió Santino.

–¿Y por qué no? –apartándose a toda prisa, Frankie lo miró. Su rostro expresaba calma. Salió a los jardines interiores de la casa y se detuvo frente a una fuente.

–Estás pensando en que puedo estar embarazada, ¿no es cierto? –murmuró ella, al cabo de un rato.

Santino sonrió.

–¿Y no crees que más bien estoy pensando en lo que hacemos en la cama?

–Te hablo en serio... –Frankie luchaba con todas sus fuerzas para no desmayarse, cuando comprobó el efecto de su sonrisa–. No es posible que tengamos tan mala suerte.

–Eso depende en lo que tú interpretes por suerte. ¿Cuándo lo sabrás? –le preguntó Santino, con gesto cansado.

Frankie se encogió de hombros. La actitud mojigata de Teresa en lo que se refería a los mecanismos biológicos de su cuerpo, había dejado huella en la adolescencia de Frankie.

–Tarde o temprano... pero no me preguntes cuándo, porque no estoy muy segura.

Frankie no llevaba la cuenta de la regularidad de sus menstruaciones. Más o menos recordaba que la última había sido dos o tres semanas antes.

–Yo creo que es una tontería preocuparnos por algo que ya no se puede solucionar –respondió Santino con frialdad.

–Parece que has cambiado de tono.

–Puede que me apetezca la idea de ser padre. Incluso es posible que me lleve una desilusión si no estás embarazada –murmuró Santino.

Aquel comentario dejó a Frankie con la boca abierta. Se dio la vuelta, esforzándose por imaginarse qué era lo que le había hecho hacer aquel comentario.

—¿Es que no estás por el aborto?

Santino se puso tenso.

—¿No estarás pensando en eso ahora?

Ella negó con la cabeza, al tiempo que comprobaba el alivio que produjo aquella respuesta en el rostro de Santino. Ya sabía la razón por la que él se mostraba tan sincero y amable con ella. Quería mejorar las relaciones entre ellos, por si acaso. Muy práctico y sensato, pensó, odiándolo por ser tan precavido. Pero, pasara lo que pasara, se divorciarían. Él lo había dejado claro desde el principio. No obstante no quería estar regañado con ella, por si tenían un hijo.

Santino sonrió, lo cual no la sorprendió. Frankie había accedido obedientemente a lo que él había querido.

—Propongo que sellemos esta nueva relación con una comida.

Quince minutos más tarde, era eso lo que estaban haciendo. Una comida deliciosa les fue servida a la sombra de la logia. Se acababan de sentar cuando un gato se acercó a ellos.

—Topsy... —susurró Frankie, echando la silla para atrás y agachándose para recibir a su antigua amiga —¡Estás preciosa!

—Pudding seguro que está dormido en la ventana de mi habitación. Ya no se le ve mucho por ahí. Está muy mayor —dijo Santino, recodándole el otro gato.

—A ti no te gustaban los animales.

—Los criados se encargan de ellos. Son unos gatos muy mimados —respondió Santino, mientras Topsy restregaba su cuerpo en sus piernas, ronroneando como un motor y demostrando su afecto.

Sonriente, Frankie volvió a sentarse a la mesa.

—Por cierto, ya he firmado los contratos de alquiler de esas villas y se las he dado a tu socio —comentó Santino—. Pero creo que te va a resultar muy difícil seguir trabajando con Matt Finlay.

—¿Por qué?

—Es un mal perdedor. Está muy resentido con tu actitud...

—Matt y yo somos muy buenos amigos...

—Los buenos amigos no dicen mentiras del otro —respondió Santino, con contundencia.

La respuesta, la hizo sonrojarse.

—Hace un par de meses, él empezó a querer tener conmigo otra relación —confesó Frankie—. De repente empezó a comportarse de forma diferente conmigo. Y un día me propuso que me casara con él...

—Una mujer con dinero es siempre muy apetecible para un hombre ambicioso, especialmente cuando los ingresos en la empresa han bajado tanto que es la hora de apretarse el cinturón.

Ella abrió la boca para contestarle que era imposible que Matt supiera que tenía más dinero para invertir en el negocio, pero de pronto recordó que él había hecho varios comentarios sobre la vida de lujo que llevaba su madre. Seguro que se habría imaginado que casándose con la hija de Della, conseguiría dinero para el negocio.

—No me creo que Matt sea tan calculador —susurró Frankie.

Santino la estaba mirando a los ojos, sin perderse la mínima expresión en su conmovido y herido rostro.

—Es muy triste pensar que alguien en el que yo confío me pueda ver como si fuera una hucha. Y más pensar que estaba haciendo el doble juego. ¡Y yo preocupada por si podía herir sus sentimientos! —Frankie miró a Santino, preguntándose en qué momento se había quedado tan tranquilo.

—Así es —comentó Santino.

Frankie recordó que le había confesado que durante cinco años había tratado de sacarle hasta el último céntimo. De pronto no supo dónde meterse, o dónde mirar.

Santino estiró una mano y le acarició los dedos.

—Hablemos de algo más entretenido —sugirió—. ¿Cómo te gustaría que pasáramos las próximas semanas?

Frankie se sintió más aliviada, al ver que Santino cambiaba de tema de conversación.

—Pues me gustaría ir a Roma, para ver el Coliseo, la Basílica y todos los edificios antiguos –pero al recordar la publicidad que habían dado los medios a su matrimonio, frunció el ceño–. Claro, que a lo mejor no podemos ir por ahí libremente.

–Los paparazzi creen que estamos todavía en Cerdeña. Además, hay muchas formas de evitarlos –le informó Santino–. Yo creo que lo mejor, en estas circunstancias, es que nos saquen una fotografía juntos. Eso es todo lo que quieren. Cuando la consigan y publiquen la foto, nos dejarán en paz.

Esa tarde, Santino le enseñó la finca sobre la que estaba asentada su mansión. Santino le presentó a todos los criados que se cruzaron en su camino. No volvieron a la casa hasta la hora de la cena. Después de cenar, le enseñó la casa. Le contó historias muy interesantes de sus antiguos propietarios.

Villa Fontana había sido mandada construir por una amante de un rico aristócrata.

–Tuvieron siete hijos –Santino señaló los frescos que había en la pared, en los que se podían ver imágenes de ellos–. Se casó con ella cuando nació el primero. Él era un aristócrata y ella era la hija de un campesino...

–Eso me suena bastante... –replicó Frankie, sin poder evitar recordar los comentarios de la madre de Santino al respecto.

–Tuvieran lo que tuvieran en común, estuvieron juntos más de treinta años.

–No es de extrañar, porque según se ve en ese cuadro, ella era muy guapa –opinó Frankie–. No obstante pagó por ello, porque siete hijos son muchos hijos, sobre todo en aquel tiempo, cuando muchas mujeres morían al dar a luz.

–Nunca había pensado en ello antes –confesó Santino.

–Porque eres un hombre. Ella cambió sexo por seguridad. En aquel tiempo, si una mujer era pobre, era lo único que podía ofrecer. Apuesto a que su familia se la vendió a él. Aunque hay que admitir que él también era bastante guapo –concedió Frankie, fijándose en el caballero en cuestión–. Un poco más viejo que ella, ¿no?

—Diez años más viejo que ella —replicó Santino.
—Una diferencia generacional bastante considerable.
—¿Es así como te sientes conmigo?
Sorprendida por su comentario, Frankie contestó:
—Tú solo tienes veintinueve años, Santino...
—Dime la verdad —interrumpió Santino, apretando los dientes—. ¿Crees que la diferencia de edad es un obstáculo entre nosotros?
Un poco confusa, Frankie suspiró.
—Para mí, eso no tiene la menor importancia. Para mí eres Santino y nada más. Bueno, estoy cansada. Creo que será mejor que me vaya a la cama.
Se produjo un tenso silencio y a continuación Santino se acercó a ella.
Naturalmente no iban a compartir la cama más y Frankie quería sacar sus cosas de la habitación, antes de que él subiera. Cuanto menos contacto tuviera, más relajado se iba a sentir él. Y quería que estuviera relajado durante las dos semanas que iba a pasar con él.
Frankie se acababa de acomodar en una habitación que había frente a la de Santino, cuando él entró. Llevaba solo una toalla de baño alrededor de su cintura y tenía una cara como de alguien extraviado. Sin decir una sola palabra, la levantó en sus brazos y se la llevó a su cama.
—¿Qué estás haciendo? —le preguntó—. Ahora somos amigos, no podemos dormir juntos.
—Yo no quiero otro amigo. Tengo muchos amigos. Te quiero en mi cama, que es donde tienes que estar —le dijo Santino, echándola en la cama y acostándose a su lado—. Por el momento con eso será suficiente. *Buona notte, cara.*
—¡Pero si estamos a punto de divorciarnos!
—Con un poco de suerte, si muero, te convertirás en una viuda millonaria —contestó Frankie con ironía—. La verdad, no sé cómo se me ocurre darte ideas...
—Pues no lo digas ni en broma, porque yo me moriría, si te pasara algo.

Nada más decirlo, Frankie se tapó la boca con las manos.

–Una respuesta un tanto extraña de una mujer que me ha estado mintiendo y robando durante cinco años, sin que le remordiera la conciencia...

–Yo no te robé nada... fue...

–Della, mi suegra –finalizó Santino por ella, con tono de satisfacción.

Santino se incorporó, encendió la luz de la mesilla y le preguntó:

–¿No te sientes ahora mejor habiendo confesado todo? Siento mucho tener que haber sido desagradable, pero era la única forma de que contaras la verdad.

–Yo no... –Frankie estaba tan horrorizada que no sabía qué decir.

–Te delataste cuando me contaste lo que te pasó con Matt. Está claro que tú no puedes comportarte así. No sabes mentir. Cualquier niño se daría cuenta cuando mientes. Si no hubiera estado tan enfadado aquel día, lo habría descubierto yo mismo.

–Yo... –Frankie se sentía tan desorientada por su actitud, que no sabía qué responder.

–Tendrías que haberte imaginado que yo no tenía la menor intención de demandar a tu madre –le dijo Santino–. ¿Crees que te habría hecho pasar por ese trago a ti o a mi familia, solo para castigarla a ella?

–¿Quieres decir que no tenías pensado....?

–Nunca.

–Pero yo creí que hablabas en serio. Me asustaste.

Santino sonrió, como un gato cuando le acarician.

–¿Cómo has podido hacerme eso a mí? –le recriminó, furiosa.

–En aquel momento, por placer –admitió Santino–. Al fin y al cabo estabas protegiendo a una mujer que se puede meter en un río lleno de pirañas y salir viva de él. ¿Nunca se te ha ocurrido pensar que yo...?

–¿Tú? –repitió Frankie, furiosa por la referencia ofensiva que había hecho de su madre.

Santino estiró un brazo y la abrazó, cuando ella se acercó a él.

–Piénsalo bien –le aconsejó, con ojos burlones que emitían destellos dorados cuando miraban su rostro–. El pobre Santino tiene que cargar con una mujer que es una estafadora y que puede estar embarazada. Toda una pesadilla.

–Pero yo no soy una estafadora –se defendió ella, aplastando sus pechos contra el cuerpo de Santino.

–Hmmm... –suspiró Santino, acercando su miembro en erección a su cuerpo.

–No, Santino... nos vamos a divorciar –le recordó Frankie.

Santino apoyó la cabeza en la almohada y se quedó mirándola fijamente.

–Esa fijación que tienes por el divorcio está empezando a preocuparme. Tan solo hemos gastado tres días de las tres semanas que hemos acordado estar juntos. Los amigos también se divierten de vez en cuando.

–No... –contestó Frankie, a pesar de que de forma involuntaria abrió las piernas y empezase a restregar su cuerpo contra el de él.

–Tendrás que decirlo más fuerte y con más convicción –replicó Santino.

–Santino, por favor... –suplicó Frankie.

–No, yo soy imparcial en este asunto –insistió Santino, subiéndole poco a poco el camisón–. Solo un marido puede atreverse a hacer cosas sin ser invitado...

–¡Pero si eres mi marido!

Santino la abrazó y le pasó la punta de la lengua por sus labios.

- Aprendes con mucha rapidez... eres capaz de quitarme la respiración....

–Piénsalo... –estaba diciéndole Frankie dos semanas más tarde–. Este era el lugar donde enterraban a la gente en el año veintiocho antes de Jesucristo.

Santino observó el mausoleo situado en uno de los montículos cubiertos de maleza.

—Tienes que usar tu imaginación —le dijo Frankie.

—Tú ya tienes suficiente por los dos —le dijo Santino sonriendo—. Tendrás que enseñarme a ver esta ciudad con nuevos ojos.

Frankie apartó su mirada de él. Santino se acercó a ella y el corazón empezó a latirle con fuerza. Fingió estar concentrada en su guía turística. Era la única forma de protegerse de sus encantos durante el día. Las noches eran otra cosa. Las noches eran momentos eróticos y cargados de pasión. Era como si estuvieran de luna de miel.

Santino le había demostrado su convencimiento de que estaba embarazada. No había mencionado ese tema, pero por su comportamiento estaba claro de que si lo estuviera, no se divorciarían. El problema era que si no estaba embarazada, no sabía cómo iba a reaccionar.

Un fotógrafo amigo personal de Santino había ido a Villa Fontana a inmortalizarlos juntos para la posteridad. Enviaron una de las fotografías a una revista. Frankie aparecía con un nuevo anillo de boda, que él le había regalado días antes.

—Supongo que me lo tendré que poner, porque si no, no se lo van a creer —había manifestado en su momento.

—Te lo regalo porque eres mi esposa —le había contestado Santino.

De vuelta al presente, Frankie continuó buscando en su guía turística una nueva ruina que visitar.

—Creo que ya no nos queda nada por ver —comentó Santino—. No creo que nos quede nada más por hacer en Roma.

—Si te aburres, no tienes más que decirlo.

—Yo no me aburro contigo.

—Ese es un comentario bastante halagador...

En el trayecto de vuelta a la villa, Frankie sintió una punzada en el bajo vientre. No tardó mucho en darse cuenta de lo que aquella sensación significaba. Miró a Santino, con la cara blanca como la cal. No estaba embarazada. Tenía que decírselo cuanto antes, por mucho que temiera que al enterarse no habría ningún impedimento para que se separaran. Al poco tiempo llegaron a la mansión y cuando se bajó del coche, Santino le preguntó:

—¿Qué te pasa?

—¡Nada! —gritó ella, saliendo corriendo hacia su habitación. Cuando llegó, se metió en el cuarto de baño y echó la llave.

—¡Francesca! —gritó Santino, golpeando la puerta.

—¡Sandré en un minuto! —prometió ella, intentando reponerse de su frustración.

Al cabo de un rato salió con los ojos arrasados de lágrimas. Todavía no había tenido el periodo, pero sabía que pronto lo iba a tener.

—¿Te sientes mal? ¿Quieres que hagamos la prueba del embarazo? —le preguntó Santino, con una falta evidente de delicadeza.

Frankie interpretando que aquella había sido una pregunta bastante cruel, empezó a sollozar y respondió:

—¡Te odio! ¡Marchate!

Sin hacerle caso, Santino la levantó en sus brazos, como si fuera un objeto muy frágil de cristal y la puso con mucha delicadeza sobre la cama, quitándole los zapatos.

—¡Déjame en paz! —le gritó ella, entre sollozos, mientras él intentaba consolarla acariciándola el pelo.

Nunca antes se había sentido Frankie tan avergonzada de su conducta. Ni siquiera podía mirarle a los ojos. El hecho de haber pensado en utilizar a un bebé para conseguir a Santino, la hacía sentirse egoísta y malvada. Habría sido lo más injusto para él, porque no la amaba. Y todo el amor que ella podía darle, no podía compensar la posibilidad de que él pudiera encontrar otra mujer a la que pudiera amar.

—¿Quieres de verdad que te deje sola? —le preguntó Santino—. Si me voy, me puedo convertir en el peor hombre del mundo. Eso me lo enseñaste tú, hace ya bastante tiempo.

—Necesito tiempo para pensar —le respondió, poniendo su cara contra la almohada.

Santino se levantó y no dijo nada. Tardó bastante tiempo en salir de la habitación. Y Frankie no apartó la cara de la almohada hasta que no oyó cerrarse la puerta.

Tenía que reunir fuerzas, antes de hablar de una posible separación. ¿Qué pensaría Santino, después de haberla visto ponerse tan histérica? Tendría que decirle que se había comportado de esa manera por la tensión premenstrual. Era capaz de decirle cualquier mentira, con tal de que no sospechara lo que le preocupaba en realidad. Porque durante todo aquel tiempo que estuvieron juntos, ella se había esforzado por mostrarse desenfadada y divertida. Se había comportado como si no le importara la relación. Había decidido que cuando llegara el momento de separarse de Santino, lo iba a hacer con la cabeza muy alta.

Agotada por todas aquellas emociones, decidió no cenar. Se quedó dormida en la cama y la despertó el sonido del teléfono. Todavía medio dormida, levantó el auricular.

–Estoy en Milan –le informó Santino.

–¿Qué estás haciendo allí? –preguntó Frankie.

–¿Te extraña acaso que me haya ido tan lejos?

–No, solo era una pregunta –replicó Frankie, pensando que no tenía sentido alguno echarle de menos, cuando dentro de poco tiempo le estaría echando de menos el resto de su vida.

–Estoy en una conferencia sobre banca.

–Debe ser emocionante.

–Estaré dos días –le informó Santino.

–¿Dos días? –Frankie se mordió la lengua y tragó saliva–. Eso está muy bien.

–Llamaba para pedirte que vinieras...

–Bueno, pásatelo bien –le interrumpió Frankie, antes de que él la convenciera de hacer una locura. Suspiró hondo y se despreció a sí misma, por no decirle a Santino lo que tenía que decir. Tenía todo el derecho de conocer que no estaba embarazada–. Ah sí, por cierto –añadió–. No estoy embarazada.

El silencio retumbaba en sus oídos como si fueran tambores.

—¿No crees que es maravilloso? —le preguntó Frankie, con lágrimas en los ojos—. Supongo que te sentirás más aliviado con la noticia. Ya lo comentaremos más cuando vuelvas.

Frankie colgó el teléfono inalámbrico. Una vez aclarado aquel asunto, se sintió un poco mejor. Decírselo por teléfono había sido lo mejor. De esa manera, los dos habían tenido la ocasión para dar rienda suelta a sus sentimientos en privado.

A ella le quedaban dos días para relajarse y ordenar sus pensamientos. Llamaría a información para ver cuándo llegaba su vuelo, y se iría a recibirlo al aeropuerto. Estaba decidida a mostrarse cariñosa y alegre. No iba a hacer un drama, ni a derramar una lágrima cuando discutieran la cuestión del divorcio. Y al día siguiente se iría a Londres.

Al día siguiente, de madrugada, Frankie empezó a preocuparse por el estado en que se encontraba. Todavía no le había bajado la regla. Además, los pechos se le habían hinchado. ¿Y si se había precipitado en comunicarle a Santino las noticias?

Más tarde, durante ese mismo día, Frankie no había recibido aún confirmación del estado en que se encontraba. Mario, el conductor de Santino, la llevaba en coche por las calles de Anguillara, una ciudad medieval. Frankie compró en una farmacia una prueba de embarazo. Cuando vio que la prueba daba positivo, se quedó conmocionada. ¿Cómo iba a decírselo a Santino?

A la mañana siguiente, que era el día que tenía que regresar Santino, Frankie se empezó a preocupar por el dolor que empezó a sentir en el vientre. Preocupada por el niño que ya sentía que tenía en su vientre, se fue a ver a un médico en Bracciano. El médico le confirmó los resultados de la prueba del embarazo.

El médico también la tranquilizó, diciéndole que durante

los primeros meses de embarazo era normal que sintiese cosas extrañas en su cuerpo, porque todo su sistema hormonal se estaba transformando. Cuando salió de la consulta, Frankie se fue de compras. Se compró un vestido amarillo y unos zapatos haciendo juego.

A las tres de la tarde, llegó en una limusina al aeropuerto de Fiumicino, a recibir a Santino, que venía en su avión privado. Lo podría haber esperado en casa, pero prefirió ver en persona el efecto que había tenido en él la noticia que le había dado por teléfono. Si aparecía contento como un chiquillo, sería todo un reto desencantarlo.

Pero de una cosa estaba segura, de que no podía ocultárselo a Santino, ni que tampoco estarían obligados a seguir casados solo porque iban a tener un hijo. No sería justo, para ninguno de los dos.

Frankie lo observó salir del avión. A su lado iba una rubia impresionante, con un traje color rosa. ¿Sería la azafata? No, la azafata estaba en la puerta de salida. A continuación salió Santino, tan guapo como siempre. Llevaba algo bajo el brazo.

La rubia lo esperó ya en la pista. ¿Sería una ejecutiva del banco? ¿Su secretaria? Mientras caminaban por la pista, los dos mantuvieron una animada conversación. Frankie no pudo evitar el ataque de celos. Gotas de sudor aparecieron en su frente.

–¿Quién es esa mujer? –le preguntó al conductor, que estaba a unos pasos de ella.

–Mellina Bucelli, señora –respondió, sorprendido ante aquella pregunta.

Frankie se quedó helada. De pronto aparecieron tres hombres en la pista, con cámaras de fotos en las manos. Los guardas de seguridad de Santino entraron en acción y no les dejaron sacar fotografías. Santino y su compañera levantaron la cabeza.

Frankie reconoció a la rubia, justo en el momento que Santino la vio a través de las cristaleras del aeropuerto. Una sonrisa se dibujó en sus labios, pero nada más darse cuenta de lo que ella estaba pensando, soltó su maletín y el paquete que llevaba bajo el brazo y se echó a correr por la pista, haciendo caso omiso de lo que le decían los guardas de seguridad.

Pero Santino llegó demasiado tarde. Frankie ya había desaparecido entre la multitud.

Capítulo 11

Frankie estaba sentada, mirando a su capuccino. Cuando salió del aeropuerto de Fiumicino, se metió en un taxi y le dijo al conductor que la llevara al centro de la ciudad. Había estado caminando por las calles durante horas, hasta que sus piernas ya no pudieron aguantar más y se tuvo que sentar en la terraza de una cafetería.

Miró a su alrededor y se dio cuenta de que estaba en la Piazza Navona. Justo la semana antes había estado allí con Santino. Seguro que el recuerdo de aquel día, fue lo que la hizo llegar hasta allí. Porque no solo se habían ceñido a visitar los lugares antiguos de la ciudad.

En la iglesia de Santa Maria della Pace, Santino le había enseñado unos frescos maravillosos de Rafael, y habían entrelazado sus manos mientras los observaba. Como dos recién enamorados, habían paseado por Via del Governo Vechhio, para admirar los edificios del Renacimiento. Habían comido en un bar desde donde se veían unas maravillosas fuentes barrocas. Durante la sobremesa, Santino la había besado los dedos uno a uno, y su corazón se había llenado de amor y necesidad.

Frankie parpadeó, incapaz de retener en su mente las imágenes que le producían en ese momento un dolor insoportable. Estaba todavía conmocionada. Nada la podría haber preparado para el devastador descubrimiento de que la rubia que estaba besando a Santino en Cagliari cinco años antes, y Melina Bucelli, la chica que Sonia Vitale quería para su hijo, eran la misma persona.

Frankie nunca le había preguntado a Santino nada de la mujer con la que la había traicionado. No había querido saber nada más. En aquel tiempo, su matrimonio había sido una especie de charada. Había archivado ese episodio en el pasado, donde tenía que estar, sin imaginarse que Santino pudiera seguir teniendo relación con la mujer. Había preferido pensar que aquella rubia despampanante era solo una aventura pasajera...

Lo paradójico era que no se podía imaginar a Santino con una mujer de esa clase. Mellina Bucelli, que contaba con la aprobación de su madre, debía proceder de una familia aristocrática. Además, era una mujer muy guapa, y eso era más difícil de soportar. Pero lo que no podía entender Frankie, era la relación que Santino tenía con esa mujer.

Cinco años antes, Santino había sido amante de Melina, a pesar de no haber anulado su matrimonio, por lo que no se podía casar de nuevo. Lo cual le planteaba otra pregunta a Frankie. ¿Por qué Santino había dejado que el matrimonio se prolongara durante tanto tiempo? No encontraba explicación del porqué Santino había querido seguir siendo un hombre casado.

¿Pero qué más daba? Ya le había dicho que no estaba embarazada. Desde ese momento, seguro que se habría sentido libre de cualquier obligación hacia ella. Sabiendo que era libre para iniciar un divorcio, probablemente habría invitado a Melina a que fuera con él a Milán. Estaba claro que no esperaba que Frankie fuera a recibirlo al aeropuerto.

Perdida en Roma, casi sin dinero en el bolsillo, sin saber siquiera cómo llegar a Villa Fontana en transporte público, Frankie no tuvo más remedio que ceder ante las circunstancias. Tenía que volver y hacer las maletas, aunque tuviera que ver otra vez a Santino. Después de comprar una tarjeta para llamar por teléfono, se puso a la cola en una cabina.

No esperaba que fuera Santino el que respondiera el teléfono. Pero en el momento que él escuchó su voz temblorosa, empezó a hablar en italiano, tan rápido que ella no podía seguirle. Era Santino, y a la vez no parecía él. Parecía estar fuera de control.

—Quiero que envíes un coche a buscarme, pero no quiero que vengas tú —le dijo Frankie.

—¿Dónde estás? —le preguntó Santino—. *Per amor di Dio...* he estado muy preocupado.

—La verdad es que no sabes representar nada bien el papel de adúltero, Santino. Creo que tu vida va a ser más fácil cuando estemos divorciados —murmuró Frankie, con contundencia.

—Por favor, dime dónde estás —insistió Santino.

Frankie se lo dijo y añadió:

—Si vienes en el coche, yo no me subiré —no quería un enfrentamiento con él en un sitio tan pequeño.

Una limusina apareció en menos de diez minutos. El jefe de seguridad de Santino, Nardo, la vio y le abrió la puerta para que entrara en la parte de atrás.

—La buscamos por todo el aeropuerto —suspiró Nardo—. El señor Vitale se puso muy nervioso y no quería volver a casa hasta encontrarlo.

Cuando la puerta se cerró, Frankie se sorprendió al ver que compartía su asiento con un oso de peluche bastante grande, que llevaba una miniatura en sus brazos. El osito parecía tan triste y abandonado como ella misma. Aquella era la forma de despedirse de Santino, la forma que tenía de decirle que no había madurado lo más mínimo. ¿Pero por qué tenía aquel osito un bebé en sus brazos? ¿Estaría tratando de hacer un chiste que ella no entendía?

Frankie, la verdad, no conocía bien a los hombres. No entendía cómo Santino podía ser capaz de hacer el amor con ella de forma tan apasionada y después irse con Melina. Tampoco sabía cómo le iba a decir que llevaba un hijo suyo en sus entrañas...

Se durmió en el coche. Cuando despertó, estaban en Villa Fontana y la llevaba Santino en Brazos.

—¡Bájame!

—Pensé que te había perdido... nunca he estado tan asustado en mi vida —gruñó Santino, apretando sus brazos alrededor de ella—. No me hagas esto nunca más.

—No estaré aquí para hacerlo —le recordó ella.

Santino la dejó sobre un sillón muy cómodo que había en su dormitorio. Frankie se quedó mirándolo. Tenía un aspecto de lo más triste. Nunca antes había visto que una persona pudiera cambiar tanto en tan pocas horas. Tenía los botones de la camisa desabrochados, la corbata para un lado y no se había afeitado. Estaba pálido, como un cadáver, y tenía la mirada extraviada.

—Me mentiste... —le dijo Frankie.

—¿Cuándo te mentí?

—Cuando te pregunté quién era Melina, no me dijiste la verdad.

Santino le acarició su pelo alborotado.

—Aquel día estaba pensando en Rico... no me acordé que Melina fue la mujer que viste en Cagliari.

—¿No te acordaste? —repitió Frankie,

—No pensé que te fueras a acordar... Está bien, no quería hablar de ello otra vez. A ninguno nos gusta recordar nuestros errores —se justificó Santino—. Lo que viste aquel día entre Melina y yo, fue un momento de debilidad, de tentación, que acabó al día siguiente. Entre nosotros no ha habido nada más desde aquel día.

—¿Piensas de verdad que me lo voy a creer? —suspiró Frankie, desesperada.

—A lo mejor tendría que haber empezado desde el principio. Cuando Melina tenía dieciocho años, era la novia de mi hermano, o su tapadera, si quieres —comentó Santino, con tristeza—. Porque Rico era homosexual.

—¿Homosexual? —preguntó sorprendida.

—Mis padres no lo aceptaban tal y como era. Querían verlo casado a toda costa. Adoraban a Melina y ella adoraba a Rico. Pero él nunca quiso casarse con ella. Cuando murió, mi madre pensó que sería la mujer perfecta para mí, pero a mí no me interesaba. A ella yo le gustaba, pero yo creo que es porque me parezco mucho a mi hermano.

–¿Y aquel día que te vi con ella en Cagliari?

–Melina fue a Cerdeña a visitar a unos amigos. Fue a verme al banco y decidí invitarla a comer a mi apartamento. Todo fue bastante inocente, hasta que se echó en mis brazos en el ascensor... pero yo no rechacé la invitación –admitió, con una mirada cargada de emoción–. Si no nos hubieras sorprendido, me habría ido a la cama con ella. Después de seis meses de matrimonio sin poder hacer el amor contigo, estaba a punto de cometer una locura.

Frankie se quedó un tanto desconcertada al oír aquella confesión. Nunca había entendido lo duro que pudo ser para él no poder consumar el matrimonio. Ella habría cedido, pero él había sido más inteligente y había guardado las distancias. De lo contrario, nunca hubiera sido capaz de superar su adoración por él.

–Me habría aprovechado de Melina, pero es una mujer que no se merece que le hagan eso. Ese día, salí corriendo en tu búsqueda y la dejé sola en el vestíbulo, sin darle ninguna explicación. Tardó bastante tiempo en perdonarme. Y ahora solo nos vemos porque somos amigos...

–Amigos... ese es un término muy elástico...

–Melina y yo nos encontramos en la conferencia –le interrumpió Santino–. Está saliendo con otro banquero. Se ha vuelto a Roma conmigo para celebrar una fiesta en la que va a anunciar su compromiso.

Frankie no supo qué responder. Esa explicación tenía sentido. Se sintió un tanto incómoda y estúpida.

–Eso le va a romper el corazón a tu madre –fue todo lo que pudo responder.

–Muy pocos hombres se casan con las mujeres que eligen sus madres para ellos –replicó Santino–. También he de comentarte que he recibido una llamada bastante sorprendente de la mía esta misma mañana.

–¿Sí? –Frankie se puso tensa.

–Me llamó para decirme lo mucho que me quería –le dijo, mirándola a los ojos–. Aunque no me lo haya demostrado en diez años, no me ha dicho nada que yo no supiera.

–¿No? –Frankie no sabía qué responderle.

–No ha podido superar la muerte de mi hermano, pero hoy de pronto se ha dado cuenta de que es muy afortunada por tener todavía un hijo vivo.

–¡Dios! –exclamó Frankie, apartando la mirada.

–Mi madre también se ha enterado de que Melina está comprometida con otro hombre, y me ha querido decir que es posible que se precipitara un poco al decir que nunca te iba a aceptar en la familia.

El silencio se prolongó unos minutos. Frankie lo miró a los ojos. Melina no era su amante, nunca lo había sido, ni siquiera había pensado casarse con ella.

–¿Y por qué no me explicaste todo esto hace cinco años? ¿Por qué me dejaste creer que era tu amante?

–Porque era mejor que nos separásemos. Tenías que crecer y lo tenías que hacer sin mí –le informó Santino–. Luché con todas mis fuerzas para dejar nuestro matrimonio en un segundo plano.

–Sin embargo no hiciste nada para anular nuestro matrimonio...

–No encontré a ninguna mujer con la que quisiera casarme. Y tú eres un recuerdo muy dulce. La mujer en la que yo pensaba que te ibas a convertir, era una especie de ideal para mí.

–¿Un ideal?

Santino sonrió.

–No me pidas que te explique el porqué estoy enamorado de ti. Lo único que sé es que lo estoy...

No podía apartar los ojos de él, tenía un nudo en la garganta y era difícil aceptar aquellos sentimientos que expresaba con tanta sinceridad.

Santino avanzó unos pasos, se agachó para tomarle las manos y la levantó poco a poco.

—Hay lazos que nos unen desde hace muchos años. Y tú has demostrado mucho coraje, mucha fe y mucha ternura. Ninguna otra mujer me ha llegado al corazón como tú lo has hecho, y sin embargo has sido a la que más daño he hecho...

Frankie se apoyó en su grande y poderoso cuerpo. Temblando, apoyó su cabeza en su hombro, con los ojos arrasados de lágrimas.

—En aquel tiempo yo te necesitaba. No tenía a nadie más –le dijo, con franqueza–. Y estar entre tus brazos, es como estar en mi hogar.

—Hoy he tenido miedo de que no volvieras a casa –confesó Santino, abrazándola con mucha suavidad, como con miedo a hacerla daño–. Tenía miedo de que hicieras lo mismo que hiciste hace cinco años...

—Te aseguro que cada día que pasa, te quiero más –murmuró Frankie, con voz temblorosa–. No te vas a poder deshacer de mí fácilmente.

—Pero hace cinco años desapareciste y no lo dudaste un minuto. Ni siquiera escribiste. Yo quise ponerme en contacto contigo varias veces, pero pensé que no era justo. Tenías que tener libertad suficiente para convertirte en un adulto, pero dejarte marchar ha sido lo más duro que he hecho en mi vida.

—Nunca pensé que te hubieras podido sentir de esa manera.

—No podía poner fin a nuestro matrimonio, sin darnos una segunda oportunidad. Guardaba todavía esperanzas. El día que te vi en La Rocca, sentí la misma atracción por ti que al principio...

—Pero Della se interpuso en el camino...

—Pero no podía dejarte marchar –le replicó–. Así que me dije a mí mismo que en tres semanas se me pasaría.

—Al principio yo tenía el mismo objetivo –Frankie le deshizo el nudo de la corbata y se la quitó–. Pero no sirvió de nada.

—No, porque cada vez estoy más enamorado de ti.

—Pues dijiste que pasárselo bien en la cama, no significaba estar enamorado...

—Aunque no hiciera nunca más el amor contigo, seguiría enamorado.

—Pues me dolió mucho cuando dijiste eso.

—Porque quería que estuvieras segura de que tus sentimientos por mí eran reales y duraderos. No quería correr el riesgo de que un día te despertaras y decidieras que eras muy joven para estar atada a un hombre...

—Tú eres el único hombre al que he amado.

Santino se sonrojó.

—Me gusta que me digas eso...

—Porque eres muy posesivo. Y yo también.

—Antes de irme a Milán, no sabía si estabas enfadada porque estabas embarazada, o porque no lo estabas.

—Tendrías que haberme dicho que no querías divorciarte.

—Quería que tú decidieras lo que querías hacer. Pero intenté demostrarte por todos los medios lo mucho que me importaba tu decisión...

—Pues yo pensé que estabas molesto porque podría haberme quedado embarazada.

—Ya ves que no... —Santino empezó a besarla con pasión. Frankie se abrazó a él—. No obstante, cuando me dijiste que no lo estabas, me llevé una decepción. Aunque puede que sea lo mejor. Todavía tienes veintiún años. Tenemos mucho tiempo.

—Pues he de decirte que serás padre para Navidad —confesó Frankie.

—Dilo otra vez...

Frankie le explicó las pruebas que había hecho.

—Así que mis células reproductoras ganaron la batalla en territorio hostil.

Frankie se sonrojó, cuando Santino la echó en la cama y la miró fijamente a los ojos.

—Me gustó mucho el oso de peluche que pusiste en la limusina.

—Le llamaremos Flora. Te traía ese regalo para decirte que si de verdad querías tener un hijo, podríamos intentarlo otra vez.

—¿Y qué hubieras hecho si yo me hubiera quedado con todo ese dinero? —le preguntó Frankie.

—Pues habría hecho todo lo posible para reformarte. No creo que te hubiera dejado marchar cuando hubieran acabado las tres semanas. Te quiero mucho, *piccola mia*. Podría perfectamente cuidar de tu madre, pero esta vez me aseguraré de que reciba solo lo imprescindible...

—Eso no sería justo —protestó Frankie, pensando que Della todavía era joven para ganarse la vida por sí misma.

—Déjame a mí que decida lo que es justo por una vez —murmuró Santino—. Te prometo que me vengaré cuando vea la cara que Della ponga cuando se entere de que va a ser abuela.

—A Hal le gustan los niños —le dijo Della a su tercer marido, un ranchero de Tejas, que tenía a su nieto en brazos, intentando hacerle reír—. Incluso quiere que nosotros tengamos uno.

Frankie se quedó con los ojos abiertos como platos.

Su atractiva madre se sonrojó y la miró en tono dubitativo.

—Ya sé que contigo no me he portado nada bien, pero Hal cree que ahora soy una mujer mucho más madura.

Hall Billings era un hombre fuerte que Della tenía todo el tiempo en los labios. Lo había conocido en una perfumería, en la que estaba trabajando. Se habían enamorado, a pesar de que ella pensaba que nunca más se iba a enamorar.

Hal tenía bastante dinero, pero era un hombre al que le gustaba llevar una vida muy sencilla. Della había tenido que hacer muchos sacrificios para llevar su ritmo de vida, pero al final lo había conseguido. Frankie, al final, se había dado cuenta de que su madre había sido siempre muy infeliz, una mujer que había tratado de utilizar lo material para llenar el vacío que sentía por dentro. Un nuevo amor y un estilo de vida diferente con un hombre en el que podía confiar, le habían dado la ocasión de empezar de nuevo.

Después de levantar en brazos a su hijo, Marco, Santino cruzó la habitación.

—Yo creo que hay que dejar a Marco un poco en paz por hoy. ¿Tú qué crees?

Frankie estiró sus brazos para recibir al niño, mirando su cara soñolienta, con los ojos verdes, como los de ella.

—Sí, creo que habrá que dejarlo dormir un poco.

Pero todavía tardaron media hora más en lograr escaparse de aquella reunión familiar. Gino Caparelli y Alvaro Vitale estaban conversando animadamente en una esquina. Las tías abuelas de Frankie, que al principio estaban muy nerviosas por tener que abandonar su pueblo e ir al castillo donde Frankie y Santino habían decidido bautizar al niño, estaban conversando con dos señoras mayores de la familia de Santino.

—Es un niño precioso —estaba diciendo Sonia Vitale.

Frankie sonrió. El niño había logrado romper el hielo entre su suegra y ella. Después de una década de pena y dolor por el hijo perdido, Sonia volvía a vivir de nuevo.

Santino estaba observando a Della, que había ido a por algo de beber para Hal.

—Cuando insististe en que tu madre dejara la casa y buscara un trabajo, eras tú la que me preocupaba, *cara*. Pensé que nunca te iba a perdonar que fueras tan dura con ella, pero le hiciste un gran favor. Es una mujer distinta ahora.

—Incluso está pensando tener un hijo —le confesó Frankie.

Después de una pausa, Santino se echó a reír.

—Está claro que sigue un pensamiento —señaló—. Si tiene un hijo, Hal la liberará de algunos trabajos en el rancho.

Santino y Frankie pusieron al bebé en su cuna y echaron a andar, agarrados de la mano.

Frankie rememoró su primer año de matrimonio. Matt había encontrado otro socio para la agencia de viajes. Ella había tenido un embarazo sin incidencias y Marco había nacido sin complicaciones. La felicidad de ser padres los había unido a Santino y a ella mucho más. Santino adoraba a su hijo. Pasaban muchos fines de semana en Cerdeña. Algún día Marco conocería la humilde familia que tenía en La Rocca, como a Santino le había enseñado su abuelo.

–¿Te he hecho feliz? –murmuró Santino, mientras caminaban por el pasillo.

–Muy feliz. Cuando me enamoré de ti a los dieciséis años, sabía que había hecho una buena elección.

–Y yo estoy muy feliz de que me eligieras –replicó Santino. Sus bocas se juntaron y tardaron bastante tiempo en volver a la reunión familiar.

UNA DEUDA DE AMOR

LYNNE GRAHAM

Capítulo 1

César Valverde cortó la comunicación telefónica con gesto de preocupación. Conque la salud de Jasper fallaba. Ya que su padrino tenía ochenta y dos años, no tendría que resultar una sorpresa, sin embargo...

Se levantó de detrás de su escritorio y cruzó el espacioso despacho en el moderno edificio de cristal y acero que albergaba las oficinas centrales en Londres del Banco Mercantil Valverde, una construcción tan elegante como su dueño.

Pero a César le daba igual su entorno. Su mente estaba en Jasper Dysart, su tutor desde que tenía doce años, un verdadero excéntrico inglés, un solterón que se había dedicado toda su vida al estudio de mariposas raras, y el hombre más adorable del mundo. Mentalmente, Jasper y César eran polos opuestos, como si procedieran de distintos planetas, pero César lo quería. De repente se dio cuenta de que lo único que Jasper le había pedido quedaba aún por hacer y el tiempo no esperaba.

Unos golpes en la puerta precedieron la entrada de su ayudante ejecutivo, Bruce Gregory. Aunque normalmente era el modelo de la eficiencia, Bruce se quedó en el umbral indeciso, sujetando en la mano una hoja de papel con los dedos agarrotados.

–¿Sí? –preguntó César con impaciencia.

El rubio joven carraspeó.

–El chequeo aleatorio de seguridad ha descubierto un empleado con problemas financieros.

–Ya sabes las reglas. Las deudas son motivo de despido inmediato. Tenemos demasiada información confidencial para correr tal riesgo.

En todos los contratos de los empleados figuraba esa cláusula.

Bruce hizo una mueca.

–Esta empleada ocupa un puesto de poca importancia, César.

–No veo que eso cambie nada –dijo, sin tiempo ni conmiseración para aquellos que rompían las reglas. César despreciaba la debilidad y la utilizaba sin miramientos cuando la descubría en sus adversarios.

–En realidad... es Dixie.

César se quedó quieto. Bruce se concentró en mirar la pared para no verle la sonrisa de triunfo. Todo el mundo sabía que Dixie, un auxiliar administrativo en la última planta, sacaba a César de sus casillas.

No tenía ni una sola cualidad que no irritase a su frío y sofisticado jefe. En las últimas semanas lo había oído censurar su aspecto desaliñado, su torpeza, su alegre charla, sus constantes colectas para caridades desconocidas, y, había que admitirlo, su nivel de incompetencia en el negocio, que la había convertido en la mascota de la oficina. César era el único a quien no había afectado la cálida y cariñosa personalidad que la hacían tan querida por todos.

Lo cierto es que si se hubiese presentado a una entrevista nunca habría conseguido el trabajo. No tenía titulación. Fue Jasper Dysart quien le pidió a César que le diese el trabajo. El departamento de personal se había ocupado de ello, pero habían encontrado la tarea un poco difícil, ya que Dixie era totalmente incapaz de comprender la tecnología. Había ido pasando de departamento en departamento hasta llegar al último piso, algo que le había encantado a su protector, pero que desgraciadamente la había acercado al radio inmediato de César.

César extendió la mano y Bruce le dio el papel con manifiesta reticencia.

Mirando la hoja, César levantó lentamente una negra ceja. Era evidente que Dixie Robinson llevaba una doble vida. La lista de acreedores incluía una conocida decoradora de interiores y el tipo de gastos que solo podían corresponder a fiestas con alto consumo de alcohol.

Conque su apariencia inocente era una fachada... Durante un segundo pensó en lo horrorizado que estaría Jasper, que la creía una chica decente de costumbres hogareñas.

—Es evidente que ha sido bastante estúpida, pero si la echamos, se hundirá como una piedra —dijo Bruce—. Ella no se ocupa de nada confidencial, César...

—Tiene acceso.

—Realmente no creo que tenga la suficiente inteligencia como para usar ese tipo de información —dijo Bruce tenso.

César lo miró.

—¿A ti también te ha engañado, eh?

—¿Engañado? —se dibujó en su cara un gesto de extrañeza.

—Ahora me doy cuenta de por qué siempre parece dormida. Será la resaca.

—Supongo que el señor Dysart se sentirá consternado cuando no la encuentre aquí en su próxima visita —dijo Bruce quemando su último cartucho en defensa de Dixie.

—Jasper no está bien. Dudo que venga a Londres en un futuro próximo.

—Lamento oírlo —dijo Bruce, estudiando la cara fría en la que no podía leer nada—. Le pasaré la información de Dixie a Personal.

—No, me ocuparé de ello personalmente —lo contradijo César—. Veré a la señorita Robinson a las cuatro.

—Se sentirá muy mal, César.

—Me parece que soy capaz de ocuparme de ello —dijo César, con un tono de voz que hizo a Bruce ruborizarse e irse.

Solo otra vez, César estudió la lista de acreedores con los ojos entrecerrados. Jasper quería mucho a la pequeña Dixie. En realidad, en apariencia Dixie era el tipo de mujer que su padrino le encantaría que le presentase como la futura señora

Valverde, la clase de chica que no intimidaría a un inocente y viejo solterón totalmente al margen de los retos que presentaba la cercanía del nuevo milenio.

Así que ahí estaba. Por fin admitía que había desilusionado a su padrino, César se dijo con reticencia exasperada. Jasper siempre había deseado que César se casase y tuviese una familia. Y fuesen felices y comiesen perdices, añadió para sí, recordando con ironía a su volátil padre español y aún más volátil madre italiana, que sumaban ente los dos media docena de matrimonios fallidos antes de morir jóvenes e infelices.

Haciendo una mueca ante la idea de compartir su vida para siempre con una mujer, a pesar de que la conciencia le remordía un poco, César meditó el problema de la desilusión de Jasper. La experiencia le había enseñado que todos los problemas tenían solución. Una vez que se lo despojaba de los factores inhibidores de la moral y la emoción, lo imposible casi se convertía en posible.

Seguro que Jasper pensaba que sus veladas insinuaciones de lo feliz que Dixie podría hacer a algún hombre afortunado habían sido demasiado sutiles como para ser reconocidas como tales. En realidad, Jasper tenía la sutileza de un martillo hidráulico y cuando César se dio cuenta de los comentarios de su padrino, no les había encontrado la gracia. Pero reconocía que si le dijese a Jasper que se había comprometido con Dixie, este no cabría en sí de la alegría. Y como hacer feliz a Jasper era el único objetivo de César, no valía la pena persuadir a nadie más que hiciese el papel de su prometida. Lo que Jasper quería, decidió César en ese momento, era lo que se merecía recibir.

Mientras se imaginaba cómo convencerlo de la necesidad de un compromiso largo entre dos personalidades tan dispares, a César le comenzó a gustar la idea. Hacer feliz a Jasper. Y Jasper no pretendería que su ahijado se lanzase al matrimonio sin pensárselo.

¿Y Dixie Robinson? Se hallaba entre la espada y la pared. Haría lo que le dijese. Cuando estaba cerca de él, se quedaba silenciosa y acobardada, lo cual le venía muy bien, porque César estaba convencido de que en caso contrario la estrangularía. Haría que adelgazase, se vistiese más elegante... Todo lo necesario para que este falso compromiso fuese creíble. Lo haría a conciencia.

—¿A las cu... cu... atro? —tartamudeó Dixie, pálida como una sábana junto a la fotocopiadora mientras trataba de esconder la pila de fotocopias que le había salido con letra tan pequeña que era imposible de leer—. ¿Pero por qué quiere verme el señor Valverde? ¿Es por la llamada del árabe que se me cortó?

—No sabe eso —Bruce se envaró.

—¿La ficha que saqué accidentalmente?

Bruce palideció al recordarlo.

—Te la trajiste de la compañía de autobuses.

—He intentado tanto no cruzarme en el camino del señor Valverde —tragó con un esfuerzo Dixie— pero siempre aparece en los sitios más inesperados.

—A César le gusta hacerse ver. ¿Qué tipo de sitios? —no pudo evitar preguntar.

—Como la cocina, cuando estaba adornando la tarta de despedida de Jayne. Se puso furioso. Me preguntó si pensaba que trabajaba en una panadería y me puse tan nerviosa que escribí el nombre mal. Y ayer apareció en el cuartito que usan los de la limpieza y me encontró durmiendo. Me dio el susto de mi vida.

—César espera que sus empleados estén despiertos entre las nueve y las cinco.

Dixie lo miró abstraída. Sus ojos eran de un azul tan oscuro que parecía violeta. Tenía dos empleos para poder pagar el alquiler y el miedo emanaba de ella en olas. Miedo, cansancio y ansiedad. Aunque era pequeña, pareció reducirse aún más al encogerse de hombros, la mata explosiva de su cabello enmarcando las suaves curvas de su rostro. Le tenía terror a César Valverde y por ello se conocía todos los escondrijos posibles de la última planta.

Pero había comenzado con el pie izquierdo. Una vez, cuando reemplazaba a la recepcionista, se había puesto a charlar con una rubia preciosa que esperaba. En su afán por hacer la conversación entretenida, había mencionado que el jefe había invitado a una modelo a su yate la semana anterior. Luego el jefe había salido del ascensor y... ¡Se había armado la de San Quintín! La rubia, que lo estaba esperando, le había hecho una escena de celos y lo había acusado de ser una rata.

Aunque muchos de sus compañeros admitieron que había bastante de verdad en la acusación de la rubia, desde entonces a Dixie le habían prohibido que se ocupase de la recepción.

Jasper siempre le preguntaba en sus cartas si César estaba saliendo con alguna buena chica, sin darse cuenta de que ante la amenaza de lo que su padrino consideraba una «buena chica», César saldría disparado.

La cara preocupada de Dixie se suavizó al recordar a Jasper. Era un viejo adorable, aunque llevaba meses sin verlo porque vivía en España la mayoría del año debido a su artritis.

Dixie lo había conocido el verano anterior, un día en que unos chavales lo empujaron en la calle causándole un corte en la cabeza. Ella lo llevó al hospital. Tomándolo por un pobre catedrático retirado, lo invitó luego a té con bollos, porque tenía un aspecto triste y solo con sus viejos pantalones y su chaqueta de mezclilla.

Desde entonces eran íntimos amigos. Ella nunca había sospechado que él no fuese otra cosa que un profesor viviendo de una mísera pensión, por lo que le había confiado sus propias dificultades para conseguir empleo. También le contó lo culpable que se sentía de vivir a expensas de su hermana Petra.

Se vieron otra vez, y él la llevó a su librería favorita, en la que ambos perdieron la noción del tiempo mirando en los estantes. El siguiente fin de semana le retribuyó el favor llevándolo a una venta en una biblioteca, donde él encontró una copia destartalada de un volumen sobre mariposas que ya no se imprimía y que llevaba años buscando.

Y luego, como por casualidad, Jasper mencionó que le había conseguido una entrevista en el Banco Mercantil Valverde.

–Te recomendé a mi ahijado –dijo alegremente–. Estaba muy contento de ayudarte.

Ella no tenía idea que el ahijado de Jasper era el Gerente General, y se había sentido totalmente horrorizada al enfrentarse a César Valverde ese primer día, cuando le preguntó con frialdad cómo había conocido a su padrino, sin intentar en absoluto disimular sus sospechas sobre los motivos que una joven tendría para hacerse amiga de un hombre mayor. Había disfrutado informándole que Jasper volvería a su casa en España a finales de septiembre. Dixie se sintió terriblemente humillada.

Cuando Dixie le preguntó con delicadeza a Jasper por qué no le había dicho que César era quien administraba el banco, además de un súper millonario con una leyenda de éxito en el mundo de los negocios, Jasper asintió vagamente.

–Siempre fue bueno en matemáticas, un tío muy inteligente para ese tipo de cosas. Lo lleva en la sangre.

Los Valverde llevaban generaciones siendo banqueros y César era el último de la dinastía y, aparentemente, el más brillante. También exigía mucho a sus empleados. Todos los compañeros de Dixie tenían título universitario en administración de empresas, economía o idiomas. Dixie sabía que ella no encajaba en un banco con una lista internacional de importantes clientes y empresas. A veces parecía que solo servía para llevar mensajes, asegurarse de que las cafeteras estuviesen llenas y hacer las tareas más humildes. Trabajaba mucho, pero en el tipo de tarea que hacía no se lucía demasiado.

La amenaza de una reunión cara a cara con César Valverde la tuvo todo el día nerviosa. ¿Qué había hecho? ¿Qué no había hecho? Si había cometido algún error, tendría que ponerse de rodillas y prometerle que se esforzaría. No tenía otra opción.

Lo único que la salvaba del total agotamiento era saber que tenía una entrada fija al mes, además de lo que ganaba varias noches a la semana como camarera. Según la señora con quien había hablado en la Oficina de Ayuda al Ciudadano, si decía que pagaría la deuda en cuotas, los acreedores no tomarían acciones legales.

Y mientras tanto, quizás su hermana Petra llamaría para decir que ya tenía fondos y que mandaría el dinero para saldar sus deudas. Petra siempre había ganado mucho como modelo, se repitió Dixie para consolarse. Lo único que ella estaba haciendo era defender el fuerte hasta que ella se ocupara de su propio problema financiero. Y era verdad que Petra se había mostrado preocupada cuando Dixie la llamó para recordarle las deudas que había dejado pendientes antes de irse a Los Ángeles con la esperanza de dedicarse al cine.

Dixie se arregló un poco en el cuarto de baño antes de la entrevista y se miró al espejo. Por lo menos el jersey suelto color crema y la falda larga gris disimulaban lo peor de su físico. Siempre le había parecido cruel que la naturaleza la dotara de grandes pechos y generosas caderas y solo una altura de un metro sesenta.

No era sorprendente que Scott no la mirase como novia potencial, sino como amiga. Scott, guapo, extrovertido y el amor de su vida. La autocompasión la invadió un momento, pero luego se dijo que era una boba. ¿No había sabido siempre que no tenía ninguna posibilidad de atraer a Scott?

Lo había conocido en una fiesta de su hermana en la que se quejaba de lo mal se las apañaba con las tareas de la casa, porque su madre siempre lo había mimado. Antes de darse cuenta, se había ofrecido a ayudarlo...

Cuando Dixie se presentó en el despacho de César, su secretaria le echó una mirada preocupada.

–Podrías haber sido puntual en esta ocasión.

–Pero si soy puntual –dijo, mirando el reloj. Pero al verlo, se le demudó la cara. Otra vez el tiempo había pasado sin darse cuenta.

—Llegas diez minutos tarde.

Sintiéndose descompuesta por el miedo, Dixie golpeó en la puerta y entró. Le dolía la cabeza, tenía la boca seca y las manos húmedas.

César Valverde se dio vuelta de la pared de cristal por la que miraba el horizonte y la miró.

—Llegas tarde –dijo fríamente.

—Perdón. No me he dado cuenta –dijo Dixie mirando la gruesa alfombra y deseando que se la tragase.

—No es una excusa aceptable.

—Por eso me he disculpado –dijo Dixie en voz muy baja sin levantar la vista.

No necesitaba mirarlo para recordar su delgado aspecto mediterráneo, su negro pelo y su enorme atractivo. Era guapísimo, pero a Dixie siempre le había llamado la atención que los fantásticos ojos fueran duros y fríos y la sensual boca solo sonriese ante la desgracia ajena.

Dándose cuenta un poco tarde de que el silencio se alargaba demasiado, Dixie levantó la vista y vio que César Valverde caminaba a su alrededor en un silencioso círculo mientras la estudiaba, la mirada penetrante concentrada en su figura, que ahora parecía encogerse aún más.

—¿Qué problema hay? –preguntó, desconcertada por su comportamiento y la intensidad de su escrutinio.

—*Dio mio...* ¿Hay algo que no sea un problema? –la arruga de su frente se hizo más pronunciada al ver cómo se le encorvaban los delgados hombros–. Ponte derecha, no te encorves así –le dijo.

Dixie obedeció, ruborizándose, y sintió alivio cuando él se colocó detrás de su ordenadísima mesa de cristal.

—¿Recuerdas los términos del contrato que firmaste al comenzar a trabajar aquí?

Dixie denegó con la cabeza, sintiéndose culpable. Había tenido que firmar una avalancha de papeles ese primer día.

—Ni te molestaste en leer el contrato –dijo César, esbozando una mueca de desdén.

–Estaba desesperada por conseguir un trabajo. Hubiera firmado cualquier cosa.

–Entonces ni te enteraste que las deudas personales son motivo para despido instantáneo.

La inesperada revelación fue como si le hubieran dado un puñetazo. Se lo quedó mirando horrorizada con los suaves labios entreabiertos y la palidez de su rostro acentuándose por momentos. César la estudió como un gato estudia a su presa antes de dar el zarpazo final. Sin mediar palabra, le alargó la hoja de papel con las cifras.

Con mano temblorosa, Dixie la agarró. Los mismos nombres y cifras que la torturaban día y noche le bailaron ante los ojos, haciendo que el estómago le diera un vuelco.

–Seguridad me la entregó esta mañana. Se hacen chequeos periódicos a todo el personal –le informó suavemente.

–Me estás echando –dijo, bamboleándose levemente.

César le acercó una silla.

–Siéntate, Dixie.

Dixie se sentó ciegamente antes de que las piernas cedieran bajo su peso. Estaba dispuesta a explicarle cómo, debido a una serie de malentendidos e inconvenientes, se había suscitado una situación que no era culpa suya en absoluto.

–No tengo el menor interés en escuchar una historia lacrimógena –dijo César Valverde con toda la calma del mundo mientras se apoyaba relajado contra su mesa.

–Pero yo quiero explicarte...

–No hay necesidad de que expliques nada. Las deudas de ese estilo son fáciles de comprender. Te gusta vivir por encima de tus posibilidades y te gusta hacer fiestas...

Horrorizada de que supiera sobre esas vergonzosas deudas a su nombre y su igualmente vergonzosa incapacidad para pagarlas, Dixie comenzó a hablar.

–¡No! Yo...

–Si me interrumpes otra vez no te ofreceré mi ayuda –interrumpió César Valverde mordiendo las palabras.

Dixie hizo un esfuerzo por comprenderlo. Echando su rizada cabeza hacia atrás, se lo quedó mirando con la boca abierta.

–¿Ayuda?

–Estoy dispuesto a ofrecerte otro tipo de empleo, pero si aceptas el papel, tendrás que trabajar mucho y hacer un gran esfuerzo.

Cada vez más sorprendida, pero dispuesta a agarrarse a un clavo ardiendo con tal de no quedarse sin trabajo, Dixie asintió con la cabeza enfáticamente.

–No temo al trabajo duro.

Obviamente, pensaba bajarla en el escalafón. ¿Qué era menos que auxiliar administrativo? ¿Fregar suelos en el comedor de la empresa?

–No estás en situación de rechazar mi oferta –dijo César, echándole una mirada relampagueante.

–Ya lo sé –reconoció ella con humildad, avergonzándose porque César Valverde nunca le había gustado. Lo había juzgado mal. Aunque tenía motivos para echarla, estaba dispuesto a darle otra oportunidad.

–Jasper no se encuentra bien.

El cambio de tema la desconcertó, haciendo que la tensa cara se turbase.

–Por lo que dice en sus cartas, todavía no se ha recuperado del catarro que tuvo en la primavera.

–Tiene el corazón débil –dijo César serio.

La noticia era lo último que le faltaba. Las lágrimas le arrasaron los ojos y rebuscó en el bolsillo de la falda un pañuelo de papel. La terrible noticia explicaba el comportamiento de César Valverde. Podía no gustarle ella y no aprobar su amistad con Jasper Dysart, pero respetaba el cariño que su padrino le tenía. Sería por eso que no aprovechaba para humillarla más.

–Con la edad que tiene, no podemos pretender que viva eternamente –dijo entredientes, incómodo porque ella mostrase sus emociones.

–¿Vendrá a Londres este verano? –preguntó Dixie, después de sonarse la nariz e inspirar profundamente para recuperar la compostura.

—No lo creo.

Entonces no lo vería más, se dio cuenta con tremendo dolor y lástima. La lucha por pagar las deudas de Petra hacían que un viaje a España resultase impensable.

—Ha llegado la hora de que vayamos al grano —dijo César con evidente impaciencia—. Yo necesito un favor y a cambio, estoy dispuesto a pagarte las deudas.

—Pagarme las deudas... ¿Qué favor? —repitió Dixie. ¿Cómo podía el hecho de trabajar para el Banco Mercantil Valverde ser un favor?

César caminó hacia el ventanal.

—Probablemente Jasper no viva mucho ya —dijo con dureza—. Su deseo más ferviente ha sido siempre que yo me casase. Actualmente no tengo ninguna intención de satisfacer ese deseo, pero me gustaría mucho hacerlo feliz con una mentira piadosa.

¿Una mentira piadosa? La incomprensión de Dixie crecía por momentos.

—Y ahí es donde me puedes ayudar —le informó César secamente—. Tú le gustas a Jasper. Es muy tímido con su sexo y, como resultado, solo le gusta cierto tipo de mujer. Tu tipo. Jasper se pondría hecho unas pascuas si yo le dijese que nos hemos comprometido.

—¿Nos hemos...? —Dixie comenzó a levantarse de la silla, como si con ello pudiese comprender mejor.

—Tu trabajo sería hacerte pasar por mi novia. Un acuerdo privado, se entiende. Harías solo tu papel en España para Jasper.

Los oídos de Dixie zumbaron, le pareció que se le vaciaban de repente los pulmones, la incredulidad la tenía totalmente paralizada.

—Me estás tomando el pelo —dijo incrédula, mirándolo con los ojos como platos—. ¿Yo, simular que estoy comprometida contigo?

—Jasper se lo creerá. La gente siempre está dispuesta a creer lo que quiere creer —afirmó César cínicamente.

—Pero nadie creería que... que tú y yo... —una delatora ola de color le subió de la garganta invadiéndole las mejillas—. ¡Quiero decir, es tan increíble!

—Es entonces cuando tu esfuerzo y trabajo darán frutos —César la estudió otra vez como evaluándola, las cejas fruncidas—. Mi intención es hacer esta charada lo más creíble posible. Puede que Jasper sea ingenuo, pero no es imbécil. Solo cuando acabe de convertirte en una estilizada y elegante Dixie Robinson, Jasper se convencerá totalmente.

A Dixie le pasó por la mente que César Valverde había estado bebiendo. ¿Una estilizada Dixie Robinson?

—César, yo...

—Sí, suponía que estarías agradecida —descartó César con arrogancia y una luz de sarcasmo en los ojos—. Supongo que no te podrás creer tu buena suerte...

—¿Mi buena suerte? —interrumpió Dixie trémula, preguntándose cómo un hombre tan famoso por lo perceptivo podía haber interpretado tan mal sus reacciones.

—Un asesor de imagen, un vestuario nuevo, todas tus deudas pagadas y un viaje gratis a España —enumeró César con fría precisión—. Es más que buena suerte... considerando tu situación, es como encontrar petróleo en un páramo. Y no te lo mereces. Créeme, si hubiese tenido una novia ficticia alternativa, a ti te habría despedido esta mañana.

—Yo era tu única opción —dijo Dixie con voz trémula. ¿Cómo se atrevía a hacerle comentarios tan personales sobre su figura? Claro, bastaba mirarlo. ¡Delgado, en forma y perfecto, probablemente jamás había tenido que cuidarse la línea en toda su vida de niño malcriado!

—Eso no importa ahora. Supongo que serás capaz de guardar un secreto.

—¿Un secreto? —preguntó Dixie, sintiéndose mareada.

—Muy sencillo. Le llegas a contar a alguien este acuerdo y yo te entierro —murmuró César Valverde con frialdad.

–No me causa ninguna gracia.

–No pretendía hacerlo. Es una advertencia. Y ya llevas suficiente tiempo aquí. En cuanto salgas de esta oficina, puedes limpiar tu mesa e irte a casa. Ya te llamaré esta noche para ultimar detalles.

Dixie levantó la barbilla. La arrogancia con que él suponía que ella haría lo que él dijese, aunque fuese algo inmoral o desagradable la enfadó, cosa rara en ella.

–Tome la decisión que tome, estoy despedida, ¿correcto?

–¡Qué rápida de entendederas! –se burló César–. Eres tan torpe que no puedes hacer funcionar nada que tenga enchufe, pero lees a Nietzche y Platón en tu tiempo libre. Según Jasper, tienes un cerebro privilegiado, sin embargo nunca le das uso. Nunca se te ha ocurrido emplearlo para trabajar.

Las pestañas se abatieron sobre los enormes ojos violetas.

–¿Cómo?

–Eso es porque eres desorganizada y perezosa y consigues dar la imagen de que eres estúpida. ¡Solo que conmigo esa fachada no funciona, señorita!

Dixie se quedó atónita ante su grosería y atrevimiento, aunque también quiso preguntarle cómo era que Jasper le había dicho que tenía un cerebro privilegiado. Sin embargo, la rabia pudo más que esa pequeña chispa de placer y curiosidad.

–¡Si me puedo considerar despedida, entonces, soy libre de decirte lo que pienso de ti también!

César esbozó una lobuna sonrisa de aliento.

–¡Adelante! Conque la mosquita muerta tiene también coraje... Pero te advierto, te responderé con la misma moneda.

Con los dientes casi castañeteándole por la fuerza de sus emociones incontroladas, Dixie se elevó toda su insignificante altura.

–¡Eres el ser humano con menos escrúpulos –siseó– que he conocido! ¿No se te ha ocurrido nunca pensar que yo pueda tener prejuicios y no quiera engañar cruelmente a un adorable viejecillo que se merece algo más del hombre al que ama como si fuera su hijo?

—Tienes razón. No se me había ocurrido —confesó César, sin atisbo de incomodidad o remordimientos—. Considerando que estás a punto de que te denuncien por obtener bienes y servicios por medios fraudulentos, no me impresionan en lo más mínimo tus supuestos prejuicios.

Dixie se encogió y se puso lívida.

—¿Denunciarme? —repitió, anonadada, los ojos fijos en él con la esperanza de haber oído mal.

Capítulo 2

–Dios mío –levantó César una ceja–. ¿Tampoco has leído la hoja que te acabo de dar? La diseñadora de interiores, Leticia Zane, está dispuesta a llevarte a juicio, probablemente para desalentar a otros clientes que piensen utilizar sus servicios sin tener la más mínima esperanza de pagar por ellos. Eres una buena elección.

–¿Una buena elección?

–No tienes amigos influyentes que se ofendan y le arruinen el negocio.

–Pero... un juicio... –se le heló la sangre en las venas sin poder creer lo que oía. La decoradora de interiores sabía muy bien que todo el trabajo había sido para Petra. Dixie solo se había encargado de dar las instrucciones.

–Los delirios de grandeza tienen su precio, como todo lo demás –suspiró César– No tengo todo el día para esperar que te decidas.

Dixie lo miró con los ojos llenos de lágrimas.

–¡No podría mentirle a Jasper, estaría mal! –sollozó.

–Mi compromiso contigo es lo único que lo haría realmente feliz. ¿Qué derecho tienes a juzgarlo mal o inmoral? Ni sabrá que es una mentira. Estará encantado. Pretendo dejarte con él unas semanas, suponiendo que él esté suficientemente bien como para que yo me separe de su lado.

–¡No podría! –se dirigió Dixie a la puerta, incapaz de ver a través de las lágrimas– ¿Cómo puedes planear algo así?

–Por Jasper, haría cualquier cosa. Te llamaré esta noche para recibir tu respuesta. Supongo que para entonces estarás más calmada.

Dixie abrió la puerta de golpe y le echó una mirada acusadora.

–¡Vete al infierno!

Solo cuando cerró la puerta se dio cuenta del grupo de empleados que la miraban boquiabiertos.

–¿Estás bien, Dixie? –preguntó Bruce Gregory con amabilidad.

Uno de los directores le pasó el brazo por los hombros de una forma muy paternal.

–Ya te encontraremos un trabajo en otro lado.

–¿Has pensado en dedicarte a la cocina? Eras una cocinera genial –dijo alguien.

–Imagínate. Mandar a César al infierno.

–Después de eso no permitirá que Personal le dé una buena recomendación.

Todos lo empleados de la planta parecían estar allí.

–Intentó chantajearme –murmuró Dixie.

–¿Qué dices?

Dixie enrojeció y luego palideció ante lo que había estado a punto de revelar, y cerró la boca.

–No me prestéis atención. No sé lo que digo.

–No sé lo que vamos a hacer sin ti –se lamentó alguien.

–Tendrás que sacar los pececillos de la fuente de abajo. A César casi le dio un ataque el día que te vio dándoles de comer.

–¡Queda uno solo, y ni siquiera tengo pecera! –sollozó Dixie, porque eso era ya la última gota. ¿Sacar su pececillo de la fuente bajo la ventana de César Valverde y nunca, nunca más volver? De repente se sintió totalmente a la deriva.

Alguien le vació la mesa. Necesitó tres bolsas para meter en ellas tejido, libros, alimento para peces, y montones de cosas salieron de los abarrotados cajones.

–Te echaremos de menos, Dixies. Hemos hecho una colecta entre todos.

Bruce le metió un sobre gordo y grande en el bolso. La mortificó que todos supieran antes que ella que la iban a despedir.

—Te llevo a casa con las bolsas —se ofreció Bruce.

Alguien agarró una jardinera de porcelana y después de bastante trabajo consiguieron pescar al pececillo y meterlo en ella.

—¡Qué cariñosos han sido todos! —le confió Dixie a Bruce mientras se subía a su coche en el aparcamiento subterráneo. Sonrió dentro de la jardinera al pececillo que había bautizado César en secreto, porque se había comido a su compañero.

—César puede llegar a ser un mal nacido, pero es un genio. No puedes pretender que también sea humano. Trata de no pensar en ello. Vete y hazle la colada a Scott. Eso siempre te levanta el ánimo.

Claro que lo hacía. Solo que esta noche tenía trabajo de camarera. Pero hacer algo por Scott le daba la sensación de que participaba de su vida de algún modo. A veces, cuando estaba de buen humor y no tenía una cita o comía fuera, Scott le sugería que cocinase y comían juntos. Muy de vez en cuando, cuando esto sucedía, Dixie se sentía en el paraíso.

Bruce le llevó las bolsas hasta su pequeño apartamento y se fue, ya que su excelente sueldo conllevaba un montón de horas de trabajo al día.

Dixie puso a César en un cuenco y le dio de comer, luego se fue a casa de una vecina. Los fines de semana le cuidaba los niños, así que de lunes a viernes ella se quedaba con Spike, su perro. En su casa no se permitían animales y ella lo metía de noche cuando todo estaba oscuro.

Mientras Spike comía, Dixie se preguntó cómo era que su vida se había enmarañado tanto en tan poco tiempo. El futuro le había parecido tan prometedor cuando se vino a Londres a compartir el amplio apartamento de Petra... mucho más de lo que se lo había parecido en años.

La madre de Dixie había muerto cuando ella tenía cinco años y su padre se había casado con Muriel, una mujer con una hija. Era difícil pensar que Petra no era su verdadera hermana, ya que desde el principio, Dixie la quiso ciegamente. Petra, que ya era adolescente, una rubia preciosa que había demostrado poco interés por una niña siete años más joven, se había ido de casa a los diecisiete a trabajar como modelo.

El padre de Dixie murió de un ataque al corazón y luego Muriel enfermó de una larga dolencia. Dixie se dedicó a cuidarla, lo que impidió que estudiase, ya que tuvo que dejar la escuela a los dieciséis años para ocuparse de ella.

Durante los siguientes cuatro años, Petra mandó dinero con regularidad, si bien sus múltiples compromisos le impidieron ir a visitarla. Al fallecer Muriel hacía un año, Dixie se había ido a vivir a la casa de Petra. Como es lógico, a esta no le había gustado demasiado, ya que estaba acostumbrada a la soledad, pero pronto había visto la conveniencia de que Dixie le cuidara la casa mientras ella viajaba.

Había abierto una cuenta en el banco para que Dixie pudiese administrar la casa y en cuanto esta comenzó a trabajar, también contribuyó con su salario entero. Dixie era quien se ocupaba de hacer los pedidos para las extravagantes fiestas de su hermanastra y también ella se encargó de tratar con la decoradora de interiores, asegurándose que hiciera toda la carísima decoración del piso de la forma en que Petra quería.

Y luego, hacía tres meses, Petra había cancelado el contrato del piso y se había largado a Los Ángeles. Dixie se mudó a un apartamento pequeño, pero al poco tiempo comenzaron a llegar las reclamaciones. Descubrió que sus ahorros habían volado de la cuenta bancaria y esta estaba en números rojos. Pronto comprendió que ella era responsable de las deudas de su hermana cuando el gerente del banco se lo había explicado con paciencia.

Llamó a su hermana inmediatamente. Petra admitió que estaba sin blanca, pero prometió ayudarla en cuanto pudiese. También le recordó sus cuatro años de generosidad mientras Dixie cuidaba de su madre. Dixie se sintió realmente culpable, porque esos años habrían resultado intolerables sin la ayuda económica de Petra.

Pero la siguiente vez que llamó, le habían dicho que Petra se había mudado sin dejar señas, y desde entonces no había recibido noticias.

La terrible sospecha de que Petra no tuviese ninguna intención de ponerse en contacto con ella nunca más ni cumplir con sus acreedores comenzó a asaltarla. Se sintió desleal pensando en su hermana de esa forma, Sin embargo, en el fondo de su corazón se enfrentaba a la dura certeza de que Petra consideraba prioritarias sus propias necesidades.

A Dixie la aterrorizaba que la demandaran. Además, le parecía injusto que los pobres acreedores... después de todo, César Valverde se había ofrecido a pagar las deudas...

Mientras se deslizaba deprisa entre las mesas de la cafetería, Dixie comenzó a llenar una bandeja. Estaba tan cansada que sentía que las rodillas se le aflojaban cada vez que se quedaba quieta. Enjugándose la frente con el dorso de la mano, cargó con la pesada bandeja. Al enderezarse no pudo evitar ver al hombre que le tapaba la visión del resto de la cafetería. Se quedó petrificada.

César Valverde se hallaba a dos metros de distancia, emanando la tranquilidad que siempre la intimidaba. El elegante banquero arqueó una ceja al verle el aspecto descuidado y el manchado delantal.

¿Cómo sabía que trabajaba allí? ¿Y ahora, qué quería?

¿Pero en realidad se había creído que César aceptaría su negativa? Cuando una persona como él elegía un objetivo, hacía todo lo que estuviera en sus manos para conseguirlo. Debería sentirle lástima, se dijo. No sabía comportarse de otra forma.

–¿Y nuestro pedido? –reclamó una voz exasperada.

–¡Ya va, ya va! –prometió Dixie desesperada. Salió corriendo sin mirar por dónde iba.

Una bolsa que sobresalía debajo de una mesa fue la que causó el desastre. Dixie se tropezó con ella y la bandeja se le disparó de las manos húmedas de sudor. Horrorizada, miró cómo los restos de café, los trozos de comida, las servilletas arrugadas, las tazas y los platos volaban en todas direcciones como torpedos. El ruido de vajilla rota fue casi superado por el de las exclamaciones de los clientes que trataban es huir de la debacle.

Se hizo un silencio mortal y Dixie, murmurando disculpas, se agachó a recoger la bandeja, pero el dueño se la quitó de las manos temblorosas.

—¡Estás despedida! –le susurró al oído–. Ayer te di tu última oportunidad.

Dixie se fue a la trastienda, lágrimas de mortificación llenándole los ojos. Allí se quitó el delantal y agarró la chaqueta y el bolso.

—No vales para este tipo de trabajo –le dijo el dueño apenado, metiéndole unos billetes en el bolso.

Al salir, un coche deportivo largo y elegante la esperaba. El cristal del conductor descendió y César la miró con cara de interrogación.

—¡Fue por culpa tuya que tirase la bandeja! ¡Me echaste mal de ojo!– lo acusó Dixie.

—Si no hubieras estado tan ocupada tratando de ignorarme, no habría sucedido.

—¡Te odio! –dijo, mirándolo con rabia–. Siempre te crees que tienes razón.

—Generalmente la tengo –dijo sin alterarse.

—Con respecto a engañar a Jasper, no.

Comenzó a caminar, sintiendo un nudo en la garganta. Jasper se moría, y ella iba a acabar enjuiciada como un criminal. Su día no podía ser peor.

—¡Súbete al coche! –dijo César.

A unos metros había un coche de la policía, así que cruzó hacia la parada del autobús.

—Sube... al... coche –insistió César, bajándose del coche, una masa enorme de hombre.

Un policía cruzó la calle.

—¿Hay algún problema?

—Este hombre no me deja en paz.

—¿La estaba persiguiendo, señor? —el policía miró el opulento coche y el elegante traje gris con sospecha.

—¡Ahí viene mi autobús!

—Me temo que tendremos que ir a la comisaría a aclarar esta cuestión —informó el policía, mientras enviaba la matrícula de César por radio.

—¡Aclárala tú! —ordenó César con frialdad.

Dixie pestañeó y se le subieron los colores.

—Ah, lo que usted cree es que... por Dios hombre, ¿cómo iba a querer molestarme de esa manera? Quiero decir... nunca se le ocurriría mirarme de esa forma...

—Entonces, ¿qué hacía el caballero? —preguntó el policía con cansada paciencia.

—Quería llevarme a casa, pero no nos poníamos de acuerdo —explicó Dixie, tan avergonzada que no se atrevía a mirar a ninguno de los dos ¿el policía creía que César la perseguía con intenciones deshonestas?

—Y ahora va a ser sensata y meterse en el coche —dijo César con determinación.

Dixie dio la vuelta al coche y entró en él.

—No es culpa mía que el policía creyese que me estabas haciendo proposiciones —murmuró, avergonzada.

—Lo que pensaba es que yo era tu chulo —afirmó César, furioso.

Dixie se sentó en el lujoso asiento, decidiendo que lo mejor era callarse. Coche lujoso, traje lujoso... en esta zona en especial, era lógico que el poli sospechara.

—¿Cómo te atreves a hacerme pasar semejante vergüenza? —masculló César, arrancando el coche.

—Perdón, pero me estabas molestando.

—¿Yo... molestándote a... ti?

Dixie reflexionó adormilada que no era extraño que le resultase difícil de aceptar. Estaba acostumbrado que todo el mundo le lamiera los zapatos, comenzando por las mujeres, a quienes él consideraba juguetes de usar y tirar, inmediatamente reemplazados por otros nuevos y mejores.

César la sacudió para despertarla.

—Las mujeres no se suelen dormir en mi compañía.

—No me gustas —murmuró Dixie semidormida despertando de golpe al oír sus propias palabras.

—Mejor, así no se te ocurrirán ideas raras cuando estemos en España, ¿no?

—No me voy a España.

—Entonces le podrás mandar a Jasper simpáticas postales de la cárcel que pongan: «Me alegro de que no estés aquí».

—Quizás debiéramos discutirlo un poco —dijo Dixie con voz trémula, el estómago hecho un nudo.

—Me parece que sí, porque una patrona enfurecida apareció cuando golpeé la puerta de tu apartamento y un perro se puso a ladrar enfurecido.

—¡Oh, no! —dijo Dixie horrorizada—. ¡Oyó a Spike y ahora sabe que está allí!

—Y como no se permiten animales... —César exhaló un exagerado suspiro—. Me parece que será cuestión de deshacerte del perro o buscarte otro apartamento.

—¿Por qué habrás golpeado la puerta? El pobre Spike estará muerto de miedo. Normalmente es de lo más silencioso.

—Me parece que España te llama —susurró César—. La vida podría ser tan distinta... sin deudas... sin jueces desagradables... Jasper feliz como un niño con zapatos nuevos y tú feliz sabiendo que le das la mejor noticia de su vida. ¿Te parece mal? No creo que algo que le pueda causar placer a Jasper en este difícil momento de su vida pueda estar mal.

Se lo quedó mirando como hipnotizada. Era tan inteligente, tan listo al encontrar el momento preciso para decir las cosas. Ahí estaba ella, a punto de que le echaran a la calle porque deshacerse de Spike era impensable, y una versión viva y coleando del diablo le presentaba la tentación sin atisbo de vergüenza.

—No podría...

—Claro que podrías —la contradijo César suavemente—. Podrías hacerlo por Jasper.

Los labios le temblaron al pensar que nunca, nunca más vería a Jasper.

–Mi perro, Spike...

–Tu perro puede venir también. Te llevas lo imprescindible y mandaré a alguien para que recoja el resto mañana.

César se bajó del coche y dio la vuelta para abrirle la portezuela.

–¡Venga –urgió.

Y Dixie se encontró haciendo lo que él decía, sin fuerzas para luchar. «Una mentira piadosa», era como César la había llamado. El simulacro de un compromiso para alegrarle los últimos días a Jasper. Quizás mentir no era siempre malo...

La patrona salió de su piso al oírlos entrar. En cuanto comenzó a protestar, César le puso un fajo de billetes en la mano.

–La señorita Robinson deja el apartamento. Espero que esto cubra lo que le debe.

El teléfono junto a su cama sonó horriblemente cerca y pasaron unos segundos hasta que Dixie se diera cuenta de que no estaba en su casa, sino en la de César Valverde. Su mirada cayó sobre la maleta abierta. El teléfono volvió a sonar. Esta vez, agarró el auricular.

–¿Hola? –dijo nerviosa.

–Levántate, Dixie –sonó la profunda voz de César, haciéndola sentarse de golpe en la cama–. Son las seis y media. Te quiero en el gimnasio vestida adecuadamente y totalmente despierta a las ocho.

–¿El gimnasio? –se sorprendió Dixie al enterarse de que tenía que levantarse antes de las siete, particularmente un sábado. Spike todavía dormía tranquilo en su cesta.

–He contratado a un entrenador para que te ponga en forma –terminó César secamente y colgó.

Un entrenador. Dixie se imaginó un sargento de infantería, una masa de músculos que le gritaría órdenes salpicadas de insultos. O quizás el entrenador era alguien agradable que la hiciera trabajar poco a poco. Trató de imaginarse a César contratando a alguien agradable. La esperanza se desvaneció rápidamente. El entrenador sería duro e impío. Después de todo César la había llamado perezosa.

Despertó a Spike y lo llevó a un patio cerrado que había visto al llegar la noche anterior al final del pasillo, cuando César la había puesto en manos de Fisher, el mayordomo, como si hubiera sido un paquete.

Cuando Spike hizo sus necesidades, volvió al dormitorio a darse una ducha. ¿Ropa adecuada? Un pantalón suelto y una camiseta talla extra grande eran lo único que tenía. Le hacían parecer igual de ancha que alta. ¿Una esbelta Dixie? ¿Y si la gimnasia funcionaba? Se imaginó a Scott reconociéndola como un miembro del sexo opuesto.

El estómago le hacía ruido de hambre. Estaba por ir a la cocina cuando un discreto golpe sonó en la puerta.

Fisher apareció portando una bandeja con un gran vaso lleno de un líquido gris verdoso.

—Ayer la señorita Stevens le mandó su plan de régimen por fax a la cocinera —le explicó—. Creo que esta es su propia receta para un cóctel energético matinal.

—Oh... —sorprendida, aceptó el vaso. ¿Plan de régimen? Estaba dispuesta a hacer ejercicio, pero hacer dieta... ¿Y quién era esa señorita que Fisher mencionaba?

—¿La señorita Stevens? —preguntó

—Gilda Stevens, la entrenadora —explicó Fisher inexpresivo—. Las instrucciones concernientes a sus menús fueron de lo más precisas.

Conque su entrenador era una mujer. Dixie bebió la mezcla. Sabía a agua de fregar, pero intentando no poner cara de asco, se lo tomó todo, esperando que Fisher le dijese cuándo era el desayuno.

—El señor Valverde la espera en el gimnasio en cinco minutos —le informó el mayordomo retirándose.

—¿Y el desayuno? ¿Es más tarde?

–Ese era el desayuno, señorita Robinson.

Al ver su cara atónita, Fisher miró hacia otro lado.

–¿Esto es todo lo que puedo tomar en esa dieta?

Fisher asintió con la cabeza, y luego le dijo cómo llegar al gimnasio. Al pasar, vio magníficos cuadros y hermosas alfombras. No la sorprendió entrar a un gimnasio fantástico lleno de los más modernos aparatos.

Al final de la espaciosa habitación, César, apoyado contra una moderna máquina de tortura, charlaba con una morena. Probablemente Gilda Stevens, que vestía menos ropa de la que Dixie usaba para dormir. Una camiseta mínima le cubría apenas el delicado busto y pantalones cortos apretados como una segunda piel le marcaban las increíblemente delgadas caderas. Cada centímetro de lo que quedaba al descubierto estaba bronceado y suave como la seda.

¿Por qué tenía que ser tan guapa? Dixie se preguntó ante la inevitable comparación.

–No te quedes ahí –dijo César, que llevaba un traje oscuro–, Gilda me ha hecho el favor de ocuparse personalmente de ti.

La morena la estudió con ojos críticos mientras se aproximaba. César se giró también y sus cejas se arquearon al verle el aspecto.

–¿No tenías nada más adecuado que ponerte?

–Dixie probablemente se sienta incómoda con ropa más insinuante. Lo he visto otras veces. Por suerte la dieta y el ejercicio pueden hacer milagros...

–Mirad, no soy una cosa sobre la que podáis discutir como si no existiese...

–Ya te mandaré un equipo –dijo César, sus oscuros rasgos con expresión distante mientras se retiraba.

Gilda la evaluó de la cabeza a los pies con sus ojos azules y acuosos y sin pensar lo que hacía, Dixie corrió tras César. De repente, sentía que era su único amigo.

–¡César! –lo alcanzó en la puerta y susurró– César, esa no es una mujer normal. De costado es como una tabla. No sabía que alguien podía ser tan flaco sin morirse. Por supuesto que le debo parecer enorme, pero yo no puedo evitar haber nacido así.

Después de una pausa atónita, César echó la cabeza hacia atrás y estalló en carcajadas.

–No le veo la gracia –dijo Dixie mortificada–. Cuando me dijiste que tenía que trabajar duro no mencionaste ni la dieta ni que me pondrías a cargo de un bicho palo. ¿Has visto cómo me ha mirado? Como si yo fuese un elefante.

César se apoyó contra la pared tratando de contener las carcajadas.

–Es el trato, Dixie. Gilda es famosa por sus resultados.

–Tengo hambre –murmuró Dixie, pero se dio cuenta de que no le podía quitar los ojos de encima. Al relajársele la cara con la risa y perder el aura de superioridad que siempre lo rodeaba, era otro hombre. Tenía una atractivo increíble, reconoció, mirando incómoda la pared.

–Mala suerte. Si no se sufre, no se gana.

–¿Alguna vez has estado a dieta?

–No lo necesito. Soy demasiado disciplinado para cometer excesos.

Dixie retiró la mirada del perfil digno de un escultor griego y miró al suelo.

–¡No hagas eso, siempre me enerva! ¡Mírame cuando te hablo!

La sorprendió que se hubiese dado cuenta de que nunca lo miraba a los ojos, pero levantó la vista y la pétrea mandíbula se relajó un poco antes de que César que diera vuelta para irse.

–Dixie... mejor será que empecemos –llamó Gilda Stevens–. Comenzaremos por pesarte.

–Hasta mañana –dijo Gilda.

Boca abajo en la colchoneta, cubierta de sudor, Dixie trató de asentir con la cabeza, pero ni pudo hacer ese movimiento.

–Estás fuera de forma –suspiró su verdugo mientras se iba–.

Pero ahora que te he dado los ejercicios, podrás seguir por tu cuenta todos los días.

Todos los días. Dixie contuvo un quejido, pero se forzó a sonreír agradecida. Gilda era dura y no tenía ni un ápice de sentido del humor, pero había trabajado con ella incansablemente para conseguir que hiciese todos los ejercicios con corrección. Horriblemente incansable.

Al quedarse sola, Dixie se quedó dormida, pero unos pasos la despertaron. Levantó la cabeza y vio los brillantes zapatos de Fisher.

–¿Dónde quiere comer?

–Aquí está bien.

Le puso la bandeja en el suelo. Un plato lleno de ensalada verde y verduras crudas apareció a su lado.

–Nunca me ha gustado la ensalada.

–Es una dieta desintoxicante, creo –comentó Fisher–. A media tarde le toca un pomelo entero.

La papilas gustativas de Dixie tuvieron un escalofrío, pero tenía tanta hambre que mordisqueó un tallo de apio.

–Me gustan los carbohidratos, la pasta, la carne, la tarta de chocolate...

Un par de zapatos italianos hechos a mano apareció en su campo visual.

–Pero no puedes hacer trampa.

–Pensé que estabas en el banco –dijo Dixie acusadoramente.

–Mi intención es controlar este proyecto. Y por suerte he venido, porque Gilda se ha ido y aquí estás, tirada sin hacer nada como si estuvieras de vacaciones.

–¡Me siento tan débil que no me puedo mover!

César se puso de cuclillas a su lado con agilidad.

–He mirado tu examen médico del banco. Estás en perfectas condiciones físicas. No hay motivos por los que no puedas seguir un programa para ponerte en forma –los oscuros ojos la asaltaron como un choque frontal–. ¿Por qué no te pusiste la ropa que te mandé?

Parecía todo tan pequeño que no le había dado la gana hacer el esfuerzo de ponérselo frente a Gilda.

–Necesito comer para tener energía.

César le dirigió una fría mirada de reproche.

–Tienes la actitud equivocada. Antes de empezar, ya te das por vencida, y por eso, ni lo intentas.

–Seguiré el programa... ¿Vale?

–No, no me vale. Quiero que te comprometas un ciento cinco por ciento –César la estudió con intensidad fulminante, la mandíbula rígida–. Recuerda lo que esto me cuesta. La suma total de tus deudas era considerable. Si no lo has entendido hasta ahora, entiéndelo de una vez. Te lo tienes que ganar.

Dixie palideció y no pudo sostenerle la mirada.

–Yo... Yo...

–Si empiezas a flaquear, me tendrás aquí tomándote el tiempo. Y si te parece que Gilda es dura, es que no sabes lo que es bueno.

–¡Qué alegría verte! –exclamó Scott esa tarde, levantándole la moral cuando llegó a su casa.

Tímidamente se retiró el flequillo de los ojos y le sonrió.

Alto, delgado y rubio, Scott respondió con un amistoso puñetazo en el hombro y le mostró la cocina.

–Unos amigos se quedaron un par de días. ¡Mira qué desastre me han dejado! –se quejó.

–Te lo arreglo en un periquete –le dijo Dixie con entusiasmo.

Cuando salía, Scott la miró y frunció las cejas. Haciendo una pausa en la puerta, la miró.

–¿Te has hecho algo en el pelo o cambiado el maquillaje?

–No, no llevo maquillaje –se envaró Dixie.

–Debe ser el color de tus mejillas. Casi diría que estás bonita.

Scott meneó su elegante cabeza, como sorprendido por haber hecho tal descubrimiento y se fue, dejándola que se ocupara de las montañas de platos sucios que se apilaban en todas las superficies posibles.

Casi bonita. El primer cumplido que Scott se dignaba a hacerle. Dixie se quedó en el centro de la mugrienta cocina con una expresión soñadora en la cara. Quizás la dieta desintoxicante ya empezaba a funcionar si Scott por fin se había dado cuenta de que era una mujer...

Sintiéndose como alguien con una misión que transformaría su vida, Dixie se juró estar en el gimnasio a primera hora la mañana siguiente. Canturreando alegremente, lavó los platos, fregó el suelo y limpió el fogón.

—¡No sé cómo lo logras! —exclamó Scott apreciativo mientras se ponía la chaqueta del elegante traje—. ¿Qué haría sin ti, Dixie?

Dixie esbozó una sonrisa radiante.

—Me voy, pero no es necesario que te des prisa —le aseguró Scott—. Y si encuentras un minuto para pasar la aspiradora en el salón, te lo agradecería.

—No hay problema —se apresuró a decirle—. ¿Ya funciona la lavadora?

—No. El técnico viene el miércoles.

Dixie lo siguió hasta la puerta de entrada con aspecto de estar pisando suelo sagrado.

—¿Una cita? —preguntó con estudiada indiferencia.

—Sí. Es guapísima —rió Scott—. ¡Hasta luego, Dixie!

Dixie llegó a la imponente casa de César Valverde después de las diez, porque no quiso irse del apartamento de Scott sin haber antes lustrado todos los muebles y aspirado cada centímetro de la alfombra. Tocó el timbre y respondió al saludo de Fisher con una sonrisa ausente antes de dirigirse a su habitación.

César, que salía de una de los elegantes salones de recepción, la tomó totalmente por sorpresa.

—¿Dónde te habías metido?

—¿Per... perdona? —tartamudeó Dixie.

—Esperaba un informe de tu progreso a las seis y ya te habías ido —informó César, adusto.

—Oh... estaba con Scott —le dijo ausente, estudiando sus facciones. Una serie de estúpidas comparaciones se le ocurrían. César era más fuerte, más atlético que Scott, su piel de tono dorado, mientras que la de Scott era blanca. César llevaba un corte de pelo que moldeaba perfectamente su cabeza y el adorable pelo rubio de Scott caía sobre la frente... ¿Dios mío? ¿Qué hacía estudiando cada detalle de su apariencia, cuando antes ni se atrevía a mirarlo?

Tenía un aspecto tan inmaculado, tan perfecto... ¿Cómo lo lograba? Ahí estaba ella, con la camiseta manchada de fregar, el pelo revuelto por el viento y los zapatos sucios.

—¿Quién es Scott? ¿Tu novio?

—No, no tengo novio... Scott es solo... Scott.

—¿Scott? —preguntó César impaciente, elevando una ceja azabache.

—Scott Lewis — la mirada de sus ojos azules se hizo más ausente todavía—. Yo lo quiero, pero él no me mira con esos ojos, aunque creo que está a punto...

—Y yo estoy a punto de que me dé un ataque. Espero que no le hayas dicho nada de nuestro acuerdo particular.

—Oh, no. Scott y yo no tenemos ese tipo de conversación. Nada profundo.

La puerta del salón de donde había salido César se abrió y una rubia preciosa que llevaba un elegante vestido negro de tirantes se asomó.

—¿Problemas con el servicio, César?

César distrajo su frustrada atención de Dixie para sonreírle.

—No te preocupes, Lisette.

Dixie se fue a su habitación y saludó a Spike en su canasta. Luego le dio de comer a César, el pez, sintiéndose culpable de que estuviese solo en la pecera. Seguro que se había comido a sus dos compañeros anteriores porque eran del sexo equivocado. Era un pez agresivo. Quizás la llegada de una hembra lo transformase.

Mientras se ponía el ajustado pijama de pantaloncitos cortos, luchó contra el convencimiento de que si no comía pronto, el estómago se le quedaría pegado a la columna. Después de todo, ahora tenía una meta clara, un objetivo real. Scott valía el compromiso de ciento cinco por ciento que César pretendía. Se dedicaría en alma y cuerpo al programa de Gilda.

Pero el hambre la hizo revolverse en la cama, incapaz de dormir.

A la una, se levantó con una decisión súbita. Una manzana, una tostada, una taza de té con una gotita de leche. Seguro que eso no se notaría en la balanza.

Dixie bajó a la cocina por la casa oscura y silenciosa. Abrió la nevera y se arrodilló ante ella, mirando la variedad de tentaciones disponible.

Un pecadillo. Un sándwich. No le pondría mantequilla, negoció consigo misma. ¿Qué tal una rebanada fina de queso con una tostada y esa salsa... o quizás...?

–¿Se puede saber a qué estás jugando?

Capítulo 3

Con un ahogado grito de susto, Dixie se giró, el corazón latiéndole tanto que no podía respirar.

Las luces bajas de los armarios se encendieron, iluminando a César, descalzo con el torso desnudo y solo un par de vaqueros, observándola con total desprecio.

–Solo quería comer algo –murmuró Dixie trémula–. No pensé que despertaría a nadie.

–Cuando me voy a la cama, acciono el sistema de alarma. Si algo se mueve por aquí, enseguida me entero.

Dixie lo estudió con sus enormes ojos color violeta. Vestido, intimidaba, pero semidesnudo era... era... impresionante. En el instante en que ese pensamiento se le ocurrió, se ruborizó de mortificación y miró a otro lado, aterrorizada de que él pudiera leerle en la cara lo que pensaba, pero mentalmente lo seguía viendo. Anchos hombros morenos, delgados músculos flexionándose bajo la suave piel, un magnífico torso con vello rizado sombreándole apenas los pectorales y un estómago duro y plano como una tabla.

Una ola de extraño calor se inició en el estómago de Dixie y bajó hacia un sitio infinitamente más íntimo. La boca se le quedó seca y no sabía lo que le pasaba. Asustada por su aparición y muerta de vergüenza porque la había pillado, Dixie abrió la boca para explicarse, pero un sollozo ahogado se escapó de sus labios.

–*Porca miseria!* No puede ser que tengas tanta hambre.

Dixie se levantó del suelo y se enderezó, dispuesta a irse, e intentando dominar sus emociones. No supo interpretar el silencio que siguió, solo se lo imaginó conteniendo la lengua para no hacerla llorar. Nunca había sido una llorona, pero él siempre la hacía sentirse rara, inútil y boba.

–*Madre di Dio!* –pronunció César Valverde con incredulidad– ¡Tienes un cuerpo digno de las páginas centrales de una revista para hombres!

Dixie se quedó tan sorprendida, que se giró a mirarlo y conectó con los atónitos ojos oscuros, ocupados en una valoración íntima de su cuerpo semi vestido. Al darse cuenta de que solo llevaba un ajustado pijama de pantalón corto, Dixie enrojeció ante el escrutinio tan atrevido y cruzó los brazos.

–¡No! –exclamó César, hipnotizado por la curva de los generosos pechos que la camiseta de algodón revelaba.

Su mirada se detuvo en la pequeñísima cintura, y pareció resultarle imposible mantener la distancia, porque dio dos pasos y se acercó, haciéndola darse vuelta con una mano impaciente. Como alguien a quien le resulta imposible creer lo que ve, observó la femenina curva de sus caderas y la sorprendente longitud de sus torneadas piernas.

–Suponía que eras gorda. Pensé que escondías multitud de pecados bajo esas ropas informes. ¡Ni sabía que tenías cintura! Y *Dio*, todo el tiempo, todo el tiempo –repitió César con voz ahogada– lo que cubrían era unas curvas de las que hacen fantasear a los adolescentes por la noche.

–¡No sé de qué estás hablando! –se soltó Dixie y se tapó con los brazos, convencida de que le estaba tomando el pelo. Pero era evidente por la expresión de sus ojos que no la consideraba tan gorda como había creído en un principio.

–Es evidente que no lo sabes –respondió César, la expresión de sus ojos indescifrable mientras la seguía mirando–. Y, como obviamente no tienes ni idea de cómo sacarle provecho, yo sí. Nos iremos a España dentro de unos días.

–¿Unos días? –repitió Dixie como un loro–. Pero eso no me da tiempo para...

—No necesitas tiempo. Lo único que necesitas es la ropa adecuada y que te arreglen esa melena descuidada que tienes.

César caminó con su habitual gracia hacia la nevera, abrió la puerta de par en par y le echó a Dixie una mirada satírica.

—¡Come lo que quieras! Y tranquila con el ejercicio. Conserva tu potencial. Le sacaré provecho a cada delicioso centímetro de tu cuerpo.

César se fue después de hacer la invitación, exudando las olas de la satisfacción que reservaba para cerrar un buen contrato.

¿Cada delicioso centímetro? Incapaz de creérselo, Dixie se miró el abundante busto, que tanta mortificación le había causado en la adolescencia. Muriel, su madrastra, y Petra eran delgadas y de busto pequeño. Ambas la habían convencido de que tenía que esconder sus generosas curvas.

Y en el colegio, los comentarios crueles de las chicas y groseros de los muchachos habían devastado la confianza en su propio cuerpo. Su silueta de reloj de arena, llena de sensuales redondeces, había sido ridiculizada hasta hartarla, haciéndola llegar a casa llorando muchísimas veces.

Muriel le había comprado una sudadera enorme que le llegaba hasta las caderas y disimulaba el tamaño de sus pechos. Desde entonces, Dixie se vestía de esa manera.

Y sin embargo, César Valverde la había mirado con mal disimulado aprecio. No, no es que fuese algo personal, se corrigió, sino que había dicho que tenía el tipo de curvas que les gustan a los adolescentes, lo cual no era ninguna novedad. Su juicio había sido objetivo. Pero lo que ella siempre había considerado una gran desventaja, por algún motivo César pensaba que era un mérito.

Y, de repente, le decía que no necesitaba hacer dieta y tampoco demasiado ejercicio. ¿Realmente se había quedado ahí permitiéndole que la observara cuando estaba casi desnuda? Al darse cuenta de ello, una ola de vergüenza la recorrió, haciéndola sentirse enferma y quitándole las ganas de comer. Cerró la puerta de la nevera y volvió a su habitación.

Así que César Valverde no la consideraba tan fea como al principio. Se miró por encima del hombro la pronunciada curva de las caderas en el espejo, sin poder creerse que cambiara tanto de actitud.

César entró al gimnasio con Gilda la mañana siguiente y se detuvo en seco. Se le cayeron las gafas de sol de la mano. Vestida con una ajustada malla verde oscura, Dixie hacía sus ejercicios de precalentamiento.

Resistiendo el deseo de cubrirse como una colegiala, Dixie se dijo que la malla era más discreta que un traje de baño, pero atrapada en la penetrante mirada oscura, comenzó a sentirse mareada y poco a poco se detuvo.

Por primera vez fue consciente de su propio cuerpo de la forma más extraordinariamente inquietante. Una ola de calor la envolvió de la cabeza a los pies. Las pupilas se le dilataron y sentía la piel caliente y demasiado pequeña para su propio cuerpo. Los pechos se volvieron pesados y tensos y su respiración entrecortada hacía que, apretados por la malla de algodón, los pezones le dolieran de tan sensibles que estaban.

–Me levanté muy temprano esta mañana –pestañeó rápidamente mientras Gilda le alargaba las gafas a César, que se las quedó mirando como si no fueran suyas. Cruzó los brazos por encima de la cintura con la cara ardiendo, mientras se esforzaba por dilucidar qué le había pasado durante esos segundos. Esperaba que no se repitiese, porque se había sentido realmente rara.

César caminó hacia uno de los ventanales y lo siguió con la mirada, observando la tensión de sus amplios hombros cubiertos con la camisa de seda. No pudo evitar preguntarse qué lo preocuparía. Los negocios, seguro. O quizás la irritación de tenerla en su casa alterándole su metódica existencia.

***

Dos días más tarde, Dixie se miraba al espejo, apreciando su nuevo corte de pelo. El famoso estilista le había domado los rizos. Ahora, capas ligeras como plumas enmarcaban su rostro y acentuaban los delicados ángulos de sus facciones. En otra parte del salón de belleza la esperaba la experta en maquillaje. Con su consejo para elegir las sombras apropiadas, Dixie se quedó encantada con el efecto que unos pocos cosméticos podían lograr.

Finalmente salió, llevando un bolso lleno de productos, como César le había indicado, y se dirigió a la sala de espera. Allí estaba él hablando por su móvil y mirando el reloj con expresión seria.

Cuando se hallaba a unos dos metros de él, César giró la cabeza y la vio. Se detuvo, mirándola con una expresión indescifrable en los ojos negros como la noche. A Dixie se le secó la garganta, el corazón se le aceleró mientras esperaba su reacción.

—Considerable mejora –comentó César. Guardó el teléfono y se dirigió a la salida sin otorgarle más que una rápida mirada crítica.

A Dixie se le borró la sonrisa de la cara mientras caminaba a su lado.

—Se nota, ¿no?
—¿Qué?
—La mejora –le recordó ilusionada–. No me puedo creer que haya cambiado tanto.
—Solo del cuello para arriba. Tu guardarropa sigue siendo un desastre –apuntó, mientras le dejaba paso para que se metiera en la limusina que esperaba con el chófer al volante.

—No, pasa tú primero –le dijo incómoda, todavía consciente de que él era el jefe.

—Muévete, Dixie –le gritó.

Dixie se metió presurosa en el coche.

—No pensé que te tomarías la molestia de venir al salón –dijo Dixie, sentándose.

—Yo tampoco. Estaba en medio de una reunión de directores cuando de repente se me ocurrió que no te podía dejar sola en un sitio así. Podías aparecer totalmente desconocida...

–Siempre quise ser rubia –comentó Dixie–. Mi hermana es rubia.

–... o quedarte sentada ahí permitiéndoles que hicieran lo que les viniera en gana contigo. Era un riesgo demasiado grande.

–Estoy segura de que todo esto ha sido un inconveniente para ti –murmuró con tristeza.

–¡Y que lo digas! Pero hoy liquidaremos la cuestión de la ropa también. Nos vamos a España pasado mañana.

–¿Tan pronto? Spike me extrañará muchísimo.

–¿El perrito? No lo he visto desde la noche en que te mudaste –comentó César dándose cuenta con retraso de ese hecho sorprendente.

–Sí, solo que no te has dado cuenta. Se esconde cuando ve gente. Su dueño anterior lo trató muy mal. Se tendrá que quedar en tu casa mientras no estoy.

–¿No podría quedárselo... eh... Scott?

–Spike le tiene terror a los hombres. Además Scott trabaja todo el día y a veces sale de noche. Lo voy a extrañar también... ¿Crees que estaré en España mucho? –preguntó sintiéndose culpable.

–¿A qué se dedica Scott? –preguntó César, sin responderle.

–Es agente de bolsa en una compañía que se llama Lyle y qué sé yo.

–Es lógico.

–¿Qué?

–Que el caradura que te usa como su chacha personal sea un agente de bolsa. Los agentes de bolsa son muy rápidos para detectar negocios. Te vio venir.

–¡No sabes lo que dices! ¡Scott no es un caradura! –dijo Dixie, la mirada fija en el tráfico–. ¿Cómo te enteraste de que lo ayudaba con la casa? –necesitó saber.

–Oí a las secretarias comentar lo idiota que fuiste hace dos semanas. Parece que no conoces ni uno de los trucos que las mujeres nacen sabiendo. Hacerle la colada a un tipo no te lleva muy lejos que digamos.

–¡Te odio! ¿Sabes? –lo miró Dixie con los violetas ojos como dos lagos de reproche.

–¿Por decirte la verdad? Si tuvieras verdaderos amigos, ya te habrían avisado y aconsejado hace tiempo.

Durante un segundo, sus fabulosos ojos oscuros la hicieron perder la concentración. Las pestañas aletearon confusas y la cabeza le dio vueltas. Respiró y miró hacia afuera nuevamente, el corazón martilleándole el esternón.

–Piensas que estoy perdiendo el tiempo, sin embargo ni me conoces a mí ni a Scott. ¿Qué tipo de consejos crees que necesito?

–*Dio*... no soy un consejero sentimental –declaró César totalmente aburrido.

–Jasper te malcrió terriblemente... –la desazón por su rechazo la hizo atacarlo–. Por eso lo preocupas tanto. Se siente responsable de cómo has salido.

Se hizo un silencio mortal, lo que le indicó a Dixie que había sido demasiado directa con un tema delicado. Lo miró atemorizada.

Un par de ojos ofendidos llenos de incredulidad se fijaban en los de ella.

–Lamento haber sido tan sincera, pero es que puedes resultar muy grosero y además no te preocupa herir los sentimientos de la gente –concluyó Dixie temblorosa.

–¿Conque es así, eh? dijo César con una sonrisa sardónica que descartaba totalmente sus afirmaciones.

Pero Dixie se dio cuenta de que había metido el dedo en la llaga. Por otro lado, se sintió avergonzada. ¿Cómo había podido traicionar la confidencia que Jasper le había hecho? Y aunque no los mostrara demasiado, César seguro que tenía sentimientos. Y, por supuesto, ella se los había herido al contarle que Jasper se sentía culpable de los errores que había cometido cuando era su tutor.

Jasper le había contado que César siempre se había sentido superior a la gente que lo rodeaba. Su brillantez intelectual lo había separado de ellos a muy temprana edad y lo había hecho intolerante de aquellos menos dotados.

–No tendría que haber dicho esas cosas –susurró Dixie valientemente, intentando arreglar el daño–, Jasper solo lo dijo aquella vez que tuviste tanta publicidad por abandonar a la actriz, ¿recuerdas? La que tuvieron que llevar al hospital por sobredosis.

–No fue por sobredosis, sino por alcoholismo. La dejé porque no estaba nunca sobria –respondió César fríamente.

–Jasper no… no lo sa… sabía y se molestó mucho por todo lo que publicó la prensa –tartamudeó.

–*Accidenti!* Salí con ella unas pocas semanas y tenía el problema mucho antes de conocerme, pero la persuadí para que se pusiera en manos de expertos –los oscuros ojos la desafiaron–. Incluso me ocupé de que estuviera en una unidad especial que le propiciara todo el apoyo que necesitaba.

–Jasper habría estado tan aliviado de saberlo –dijo Dixie bajándose tras él del coche y apoyando una ansiosa mano en su brazo.

Él la miró desde su altura con tal arrogancia, que ella retiró la mano como si se hubiese quemado.

–No era mi intención herir tus sentimientos –lo miró con sincera preocupación.

–¿Herir mis sentimientos? ¿De dónde has sacado la idea de…?

–No aceptas bien las disculpas, ¿verdad? –dijo Dixie, azorada ante la amarga rabia que relampagueó en sus brillantes ojos oscuros–. Cada vez que abro la boca, meto más la pata.

–Vendría bien que hicieras voto de silencio –masculló César.

Lo ponía nervioso, se dijo Dixie consternada y encorvó los hombros.

–No te encorves –una delgada mano le empujó la espalda para que se enderezara.

De repente, a Dixie se le vino el mundo abajo. Era tan frío, cruel y crítico que siempre había encontrado imposible concentrarse cuando estaba con él.

César miró la temblorosa línea de sus labios.

—¡No voy a llorar! ¡No! —juró Dixie.

—No te creo.

Sus enormes ojos azules se llenaron de lágrimas.

—*Dio*. Tienes unos ojos preciosos —aseguró César con un tono abrupto y áspero, mirándola a la cara como si fuera la única mujer del universo.

Completamente anonadada, Dixie lo miró conteniendo la respiración. Su voz profunda y sensual le recorrió la columna como una ola, causándole un escalofrío. Paralizada por esos increíbles ojos insondables, creyó que el mundo se había detenido. Sin embargo, en otro nivel, reconoció el deseo desesperado que surgía de sus entrañas como una bestia hambrienta y aterradora. La sensación la asustó enormemente, pero aunque quisiera no podría haberse movido, ni hablado, ni roto el hechizo que la encadenaba.

Fue César quien lo hizo. Las negras pestañas descendieron, liberándola de la prisión de sus emociones. Mientras lo miraba, desorientada por lo que le sucedía, lo vio respirar lenta y profundamente, como un hombre que se recupera de un largo sueño y comienza a caminar.

—Acabo de tener una sensación muy rara —le confió Dixie, corriendo a su lado y chocándose con unos turistas.

—¿Una sensación rara? —formuló César con voz inexpresiva, tirando de su mano para sacarla de entre la gente.

—No me siento muy bien —declaró. Sentía el cuerpo primero frío y luego caliente, la cabeza le daba vueltas, las piernas las sentía débiles como gelatina y los pechos le latían de la forma más incómoda. Enfocó los ojos asombrados en la corbata de seda burdeos—. Espero que no sea la gripe. Quizás estoy triste porque no veré a Scott durante un tiempo.

Lo miró a los ojos, sorprendida por la intensidad de su mirada penetrante.

—¿Por qué dijiste eso de mis ojos?–preguntó.

—Estaba tratando de distraerte para que no lloraras. Y funcionó –dijo, con ojos tan helados y remotos como el Himalaya.

César la hizo atravesar las puertas doradas de la impresionante tienda frente a la cual se habían detenido, pero una vez dentro, la abandonó para irse a conversar con una esbelta mujer mayor que parecía esperarlo.

—Mariah te elegirá la ropa –dijo volviendo al rato–. No cuestiones su elección. Sabe lo que quiero.

Y con fría seguridad se marchó. Dixie lo vio irse perpleja. ¿Qué había hecho para merecer ese tratamiento tan frío? Ser Dixie Robinson, decidió tristemente. Torpe, indiscreta y vergonzosamente emocional. Tres fallos que César nunca podría aceptar.

La tarde siguiente, Dixie se echó una mirada de duda en el espejo del dormitorio. No se reconocía. El traje de chaqueta azul exponía mucho más de lo que ella estaba acostumbrada a mostrar. La camiseta de seda que llevaba debajo dejaba ver el nacimiento de sus senos, y los zapatos de finísimo tacón y elegantes tiras tenían una altura peligrosa que le dificultaba un poco el caminar.

El teléfono junto a su cama sonó.

—Quiero verte en el salón dentro de diez minutos –pronunció César secamente.

—¡Caramba! Casi no me encuentras. Me iba a casa de Scott –le confió alegremente.

—Colgó el auricular y salió de la habitación.

—Me va a costar un poco dominar estos tacones –anunció al entrar al salón y tropezar en la entrada, por lo que tuvo que agarrarse del pomo de la puerta para recuperar el equilibrio.

César, que se llevaba una copa de brandy a los labios, se quedó petrificado. Dixie también. Él llevaba una chaqueta blanca que le quedaba como un guante. El color claro le acentuando la exótica combinación de piel dorada, ojos oscuros y pelo negro. Resultaba tan devastadoramente atractivo que Dixie se quedó boquiabierta.

Y por algún motivo César también se la quedó mirando. De repente, se sintió incómoda y mortificada por haberlo mirado de ese modo.

–¿Tardaremos mucho? No quiero que Scott se vaya.

–*Dio mio*. Dudo que se vaya si te ve –los brillantes ojos le recorrieron la silueta, desde la camiseta de seda hasta las torneadas piernas, que por primera vez mostraba fuera del gimnasio.

–¡Esa imbécil! –exclamó abruptamente– ¡Tienes aspecto de prostituta de lujo! ¡El escote es demasiado pronunciado! ¡La falda es muy corta!

Sorprendida y mortificada, Dixie lo miró.

–La falda me llega casi a la rodilla...

–Totalmente inapropiado para Jasper, y menos todavía para hacerle la colada a Scott –concluyó César, mascullando.

–Quería que viera mi nuevo aspecto –dijo Dixie, desilusionada como un niño al que le han pinchado el globo.

César elevó una ceja azabache, logrando que se sintiese avergonzada de desear que Scott le echase una mirada y se diese cuenta de que ella era la mujer para él.

De repente se sintió agradecida de que César se lo hubiese dicho. No quería que Scott creyese que estaba intentando conquistarlo. Eso podría arruinar su amistad para siempre y hacer que huyera de ella. Se pondría su ropa antigua y quitaría el maquillaje.

–Vendrá un joyero a traernos una selección de anillos de compromiso. Podrás quedarte con lo que elijas.

–No. Cuando reciba un verdadero anillo de compromiso quiero que sea el primero. Consideraré a este un préstamo.

Cuando el joyero llegó, Dixie estaba encogida en el sofá, deseando poder haber ido a cambiarse. Si César decía que estaba demasiado insinuante, seguro que tendría razón. Se avergonzaba de no haberse dado cuenta ella. Sin embargo, había visto montones de chicas perfectamente respetables con ropa parecida.

–Elige –dijo César en el tenso silencio.

–Los diamantes son muy fríos –suspiró Dixie–. Las perlas y los ópalos traen mala suerte. Hay gente que dice que el verde tampoco es demasiado afortunado. No sé nada de los rubíes, pero...

–Entonces, elige un rubí.

–Los rubíes representan amor apasionado –dijo en tono de disculpa–. Creo que mejor será elegir un diamante.

César respiró profundo y eligió la sortija de diamantes más opulenta.

–Nos quedamos con este.

Era tan grande, que parecía sacada de una bolsita de chucherías de cumpleaños. Dixie se sintió aliviada de que no le gustase el anillo. Así podían mantener todo a un nivel impersonal.

En cuanto el joyero le midió el dedo, Dixie se puso de pie.

–¿Me puedo ir ahora?

–Cuando quieras –dijo César ácidamente.

Treinta minutos más tarde, Dixie llamaba a la puerta de Scott. Un desconocido le abrió la puerta.

–¿Buscas a Scott? –preguntó amable.

Dixie asintió.

–Trabajamos juntos. Me dijo que usase su piso mientras él está en Nueva York.

–¿Nueva York? –dijo Dixie en tono tembloroso, segura de haber oído mal.

–Un traslado temporal. Se lo ofrecieron ayer. Una oportunidad como esa no se puede desperdiciar, así que se fue esta mañana.

–¿Cuánto tiempo crees que estará fuera? –preguntó Dixie, azorada.

–Creo que un par de meses.

Capítulo 4

–El señor Valverde la espera –informó Fisher con urgencia contenida.

Dixie acomodó a Spike en su canasta con los ojos llenos de lágrimas.

–La cocinera se llevará a Spike a la cocina todos los días. A ella no le tiene miedo –le dijo el mayordomo amablemente–. Si nos deja, lo mimaremos todo lo posible.

Asintió sin hablar, por temor a que se le escaparan las lágrimas. Miró la pecera, donde César y su compañera Milly nadaban cada uno en su territorio. Un poco como ella y César, pensó con tristeza. Vivía en su casa pero apenas si lo veía.

–Llevaré la pecera a la cocina también –prometió Fisher.

–Les hablo todos los días.

–La cocinera habla como una cotorra, no se preocupe.

César se paseaba por la entrada impaciente, elegante con su traje ligero. La miró con brillantes ojos interrogantes.

–Perdona por hacerte esperar.

César se tomó su tiempo mirándola y Dixie se alisó nerviosa la falda de su moderno vestido verde.

–¿Qué le has hecho?

–Le he alargado el bajo. Necesitaba algo con que ocuparme anoche. A Scott lo han enviado a Nueva York por un tiempo... ni siquiera le pude decir adiós.

–La pequeñas crueldades de la vida refuerzan el carácter –dijo César con sorprendente falta de consideración, guiándola hacia la puerta de salida–. Ahora, cuando estés en España, no tendrás la distracción de pensar que Scott se ha quedado en Londres.

–Supongo que no... Y es una gran oportunidad para él. Su jefe lo ha de tener en gran estima, si le ofrece una oportunidad así –comentó, esbozando una valerosa sonrisa.

Una vez en la limusina César se dio vuelta hacia ella.

–Tienes sombra verde en un ojo y azul en el otro.

–¿Se nota?

–Mucho.

Dixie asintió, tomó un pañuelo de papel y se quitó la sombra sin mirarse al espejo. Luego sacó una novela y se puso a leer. La idea se le había ocurrido la noche anterior. Si metía la nariz en un libro, no lo forzaría a hablar con ella.

Una hora y media más tarde subía por las escalerillas de su jet privado sin tratar de disimular su excitación.

–Nunca he viajado en avión –le comentó a la azafata– ¡Tampoco he estado en el extranjero!

–¡Siéntate y compórtate como una adulta! –le ladró César en el oído por detrás.

Enrojeciendo, Dixie se dejó caer en el asiento más próximo.

–Tú te sientas conmigo –dijo César con aspecto de estar haciendo un esfuerzo por controlarse.

Dixie se preguntó qué habría hecho mal. No le había hablado ni una vez, y había supuesto que él estaría encantado de poder olvidar que ella existía. Charló amigablemente con el chófer y con esa señora tan agradable en el aeropuerto. Y en vez de apreciar que no lo obligase a salir de su reserva natural, César se había ido poniendo más y más tenso.

–¿Por qué te molestas?

–Te haces amiga de todo el mundo. No tienes ni dignidad ni escrúpulos. Le contaste al chófer lo de Scott...

–Y él me contó del divorcio de su hija.

–Exacto. Es un empleado. ¡Yo ni siquiera sabía que tenía una hija! –acusó César, mientras el sonido de los motores del avión se hacía más agudo y el jet comenzaba a deslizarse por la pista.

Dixie se puso pálida y se aferró a los brazos de su asiento con los nudillos blancos.

–¡Dios Santo! ¡Me siento mal... tengo miedo... no quiero ir a ningún sitio! –gritó de repente, soltándose el cinturón de seguridad e intentando ponerse de pie.

Una mano la retuvo en el asiento. Mientras ella intentaba recuperar el aliento, César le vio la cara de pánico y pasándole los delgados dedos por el cabello, la sujetó con fuerza y la besó.

Dixie se olvidó de que estaba a bordo de un jet. Se olvidó que tenía miedo. Incluso se olvidó que le tenía miedo a él. Alelada, sintió el duro calor de su boca separándole los labios. Como un rayo que le explotara dentro, el beso le encendió una hoguera que le consumió todos los pensamientos sensatos. Sin darse cuenta, se aferró a él. Cuando la punta de su experta lengua le invadió la húmeda dulzura de la boca, se estremeció como si la sacudiese un vendaval y le entrelazó los dedos en el sedoso pelo.

Su beso sabía tan bien que quería hundirse en él y perderse para siempre en la seductora marea de la sensación física que la asaltaba. Urgencia y energía se acumularon en su interior, luchando por escapar. Apenas probó la tentación, sucumbió a ella.

Sin previo aviso, César se separó de golpe, tomándola de los brazos para alejarla. Dixie abrió los ojos, pestañeó y enfocó la mirada en el brillo febril de sus oscuros ojos. No podía ver su enfado, pero podía sentirlo en el tenso ambiente.

–¿Eso también lo he hecho mal? –preguntó, tratando de convencerse de que César Valverde la había besado.

Abatió sus increíbles pestañas y la soltó, pero el aire vibraba con el silencio.

–Está claro que solo lo hiciste porque me puse histérica –Dixie miró hacia otro lado y trató de controlar el temblor que le sacudía.

–Incluso Jasper pretenderá que una pareja recién comprometida se dé un beso de vez en cuando –le comunicó César sin expresión en la voz.

Dixie hizo un esfuerzo por tragar. Si Jasper los viese dándose un beso tan apasionado, se quedaría petrificado de horror. ¿Apasionado? Seguro que para César no, decidió, mientras se le contraían los músculos del vientre. Para César era obvio que había sido un beso normal, un ensayo desganado. Probablemente le había molestado que ella se entregase a ese beso como si fuesen Romeo y Julieta.

–Te parece que me gustó demasiado besarte –dijo Dixie evitándole los ojos. Se sentía terriblemente avergonzada pero dispuesta, pese a ello, a aclarar la situación–. Me tomaste por sorpresa. Supongo que con tu experiencia estarás acostumbrado a ese tipo de respuesta, pero para mí fue más bien un experimento.

–Creo que será mejor que dejemos esta conversación para otro momento.

Inesperadamente Dixie se volvió hacia él con una radiante sonrisa de anticipación curvándole los encendidos labios.

–No comprendes. Si tú me haces sentir así, ¡imagínate cómo me hará sentir Scott!

El silencio los cubrió como una pesada losa.

César la miró con los ojos oscuros como una noche de tormenta y ni un músculo moviéndose en su pétreo rostro. La tensión se podía sentir como una bomba a punto de explotar.

–Solo quería asegurarte que no soy una boba que se siente atraída por ti... quiero decir, que nunca me podría sentir atraída... tú eres tan... tan... –se quedó cortada ante el silencio con que recibió su confesión.

–¿Tan... qué? –invitó César, con una sonrisa letal como una cobra.

–Tan distinto a mí –tragó, un escalofrío recorriéndole la espalda.

—Eso no era lo que ibas a decir.

—Iba a decir algo muy hiriente otra vez —rectificó apresuradamente.

—¿Como qué, Dixie?

—Tan inhumano, egoísta, frío —susurró, hipnotizada por la oscura mirada.

—Y tú eres tan refrescante, tan peligrosamente honesta —murmuró César.

Dixie se quedó sin aliento sin saber por qué. En ese momento, la voz de la azafata rompió el hechizo.

—El capitán se preguntaba si la señorita Robinson querría visitar la cabina, señor.

César apoyó la arrogante cabeza en el respaldo.

—Creo que la señorita Robinson estará encantada. No toques nada, Dixie. No te caigas contra nada tampoco.

La azafata se rió.

Dixie se puso roja al levantarse de su asiento porque sabía que César no lo decía de broma.

Cuando Dixie salió del jet en Málaga, su alegre actitud se había desvanecido. La realidad era bien distinta. En aquel momento, al seguir a César por el aeropuerto, se daba cuenta de que tomar parte en el engaño iba contra todos sus principios. Cuando César se lo propuso, se hallaba sumida en la total desesperación, muerta de preocupación por las deudas de Petra y exhausta por los dos trabajos. Además, la noticia de la débil salud de Jasper le cayó como una bomba.

César fue tan convincente haciendo que todo pareciera sencillo e inofensivo. Incluso la hizo sentir que si se negaba sería cruel y egoísta. Pero las perspectivas de mentirle a un anciano tan sincero y confiado como Jasper la puso enferma de nervios y culpa.

—¡Dixie! ¿No te diste cuenta de que me habías perdido? —exclamó César, volviendo para atrás para interceptarla por cuarta vez y orientarla en la dirección correcta.

–No...

Al salir a la calle, César le abrió la puerta de la limusina con aire de un hombre que ha conducido un rebaño entero de ovejas y logra encerrar la última en el redil.

Dixie emergió de sus inquietos pensamientos al darse cuenta de que César le ajustaba el cinturón de seguridad como si fuese un carcelero medieval poniéndole las cadenas a un prisionero.

–Quédate allí. No te muevas.

Dixie miró el delgado y oscuro rostro de fascinante atractivo sin comprender, batiendo las pestañas sorprendida.

–¿Y adónde me iba a ir?

–Y mejor será que borres de tu cara esa expresión. Sufrir por Scott está totalmente prohibido –los severos ojos oscuros le estudiaron la cara sin remordimientos–. Tienes que representar tu papel y, si bien no espero que lo hagas como para un Óscar, al menos ten una apariencia feliz.

–Pero si no estaba sufriendo por Scott. Por si quieres saberlo, me preocupa tener que mentirle a Jasper.

–Déjame que yo me ocupe de mentir.

–Es verdad. Seguro que lo haces mucho mejor que yo –concedió Dixie reflexivamente.

Los ojos de César brillaron de incredulidad.

–No sé cómo hemos llegado hasta aquí sin que te estrangulase –confesó–. He descubierto que mi paciencia es mucho mayor de lo que pensaba.

–¿Cómo puedes decir una cosa tan horrible? ¿Qué he hecho para merecerlo?

–¿Quieres saberlo? ¿Realmente quieres saberlo? –masculló César–. Uno... tienes la atención de un mosquito. Dos... atravesaste el aeropuerto como una gallina sin cabeza. Tres... sigues actuando como el auxiliar de la oficina. Dime una cosa... ¿Cuándo piensas comenzar a actuar como mi novia? Mientras te probabas las gorras de la tripulación de mi avión en la cabina, te oí varias veces llamarme señor Valverde. Cuatro... eres una maníaca emocional...

—¿Ma... ma... níaca? —repitió Dixie como un loro.

—O estás totalmente eufórica, o al borde de las lágrimas. No hay un feliz término medio, un agradable nivel normal.

—Mi vida no ha sido demasiado normal recientemente —apuntó Dixie, ahogadamente.

—Punto cinco...—gruñó, haciendo un esfuerzo mientras los ojos violetas se llenaban de lágrimas de indefenso reproche—. No me gusta que me ignoren.

Como un niño pequeño, convencido de que el mundo entero giraba en torno a él, pensó Dixie, y estuvo tentada de decir que no recordaba que él indicase deseos de hablar con ella. No pretendería que ella se quedase a su lado sin hablar, como una marioneta esperando que alguien tirase de los hilos, ¿no?

—No te ignoraba. Pensé que no querías que te molestase. Eres tan complicado...

—¿Complicado? —repitió César, en tono de total incredulidad.

—No te gusta la gente. Te sientes superior a todo, especialmente la diversión. Ese cerebro tuyo siempre está activo, disecando todo... siempre estás tan serio... es enervante.

—Yo te encuentro a ti enervante —le comunicó César después de una pausa.

Dixie lo miró, perdiéndose en las profundidades de los ojos de reflejos plateados. El corazón le dio un vuelco y a la vez le remordió la conciencia. Desvió la vista, pero en su mente se reflejó la imagen del triste e inteligente niño que una vez Jasper le describió apenado. A los cinco años ya era un cínico, con una gran desconfianza en los adultos.

El inoportuno resultado de un precipitado matrimonio, César había sido de bebé el juguete de una rica y joven madre. Sus padres se separaron antes de que él naciese. Su padre quiso que su mujer abortase, y cuando ella se negó a hacerlo, se consideró absuelto de cualquier responsabilidad que no fuese la económica.

Cuando César comenzó a caminar, la joven Magdalena se

dio cuenta de que requería más atención de la que ella estaba dispuesta a darle, por lo que lo dejó en manos de una larga sucesión de niñeras hasta que el niño tuvo edad para meterlo en un internado. Y luego, muchas veces encontró más cómodo dejarlo allí que tenerlo consigo durante las vacaciones de verano.

Magdalena era muy inmadura. No tenía padres, así que carecía de su apoyo. Muchas veces tuvo buenas intenciones, pero era muy egoísta. Siempre le prometía a César una visita, pero siempre le fallaba. Uno de sus muchos maridos la alentó a que hiciera un mayor esfuerzo durante un tiempo, pero pronto desapareció de la escena.

Así que no era sorprendente que César fuese un solitario, reflexionó Dixie, arrepintiéndose de haberlo censurado. Había sido injusta y cruel. César no podía evitar ser así. Cuando Jasper se hizo cargo de él, a los doce años, el daño ya estaba hecho. César se había cerrado a sus emociones. Nunca había tenido un hogar verdadero, ni hermanos que le tomaran el pelo, nunca lo habían querido y apreciado por sí mismo, excepto Jasper.

–¿Por qué me miras así? –preguntó César frustrado mientras la limusina se detenía junto a la zona privada donde los esperaba un helicóptero.

Dixie no respondió porque de repente se había dado cuenta de que Jasper Dysart era probablemente la única persona en el mundo a quien César quería. Y le pareció que el esfuerzo que César estaba haciendo para procurarle felicidad era de lo más tierno, lo más indicativo de que... los ojos se le llenaron de lágrimas otra vez.

–Está bien –dijo César, haciendo un gesto para calmarla, lo que pareció raro en él–. Quizás no te guste el helicóptero, pero la alternativa es horas de coche por las montañas...

–En realidad pensaba en ti –dijo acongojada, arrancando su húmeda mirada de la de él.

–No pienses en mí. Realmente no quiero que pienses en mí.

Dixie asintió.

César le tomó la mano y le puso el opulento anillo de compromiso.

–Haré todo lo que pueda para convencer a Jasper, te lo juro –prometió Dixie fervientemente–. Me comportaré como él esperaría que me comportase si estuviese enamorada. Trataré de pensar en ti como pienso en Scott –le confió.

–Podría resultar peligroso. Quizás te enamores de mí.

Lo miró con tal asombro en los ojos que César le devolvió la mirada.

–Puede que sea un frío niño mimado, pero no quiero que esta pantomima cause ningún daño –le dijo con fría expresión en la cara–. Una mujer que se pone a llorar cuando un pececito ejerce el canibalismo tiene que ser más vulnerable de lo común. Cuando aquel día te vi en la fuente preguntándole cómo podía haberse rebajado a comerse a su hermano, decidí que eras de otro planeta.

–Les tomo mucho cariño a mis animales, pero no hay peligro de que me enamore de ti –le respondió Dixie furiosa y se subió al helicóptero sin mirar atrás.

Mientras sobrevolaban las sierras andaluzas, Dixie se quedó ensimismada. Por fin se había dado cuenta de qué era lo que le sucedía.

César era guapísimo y obviamente ella había reaccionado a su atractivo sexual. No era que la atrajera mentalmente, razonó, sino que le atraía su físico. Como cuando tenía un poco de hambre y se imaginaba un postre delicioso. Era tonto, inocuo y sin sentido. Ya que había comprendido cuál era el problema, decidió controlarse de ahora en adelante. Poner a César en el mismo plano que una tarta de chocolate la hizo sentirse menos amenazada y nerviosa. Pronto superaría esa tontería.

Cuando el helicóptero comenzó a descender, ya atardecía. Dixie vio un valle escondido con un denso bosque y un serpenteante camino que se perdía en la distancia. Una hermosa finca se extendía en una ladera. Su tejado rojo y blancas paredes brillaban en la semioscuridad. El helicóptero descendió a un helipuerto dentro de los muros de la propiedad.

César se bajó de un salto y extendió una mano para ayudarla.

—¿Aquí... es donde vive Jasper?

—¿Qué esperabas? ¿Una casita al pie de una montaña adornada con redes de mariposa?

Sin poder reaccionar, Dixie negó con la cabeza. Era una casa enorme, con toda la elegante opulencia que solo los muy, muy ricos daban por sentado. César la tomó de la mano.

—Ven, demos la gran noticia de una vez por todas.

Una sonriente mujer salió a recibirlos. Al escuchar lo que le dijo, una arruga se dibujó en la frente de César.

—¿Qué pasa?

—Jasper no está —César le soltó la mano. Ya no tenía necesidad de simular que quería ni siquiera ese pequeño contacto físico con ella, supuso Dixie—. El ama de llaves no sabe dónde ha ido. ¡Típico de Jasper! ¡Con su estado de salud, no me explico qué estará haciendo en el campo!

—Quizás tendrías que haberlo llamado para avisarle que veníamos.

—Quería sorprenderlo —le echó César una mirada exasperada—. No es mi estilo, pero es exactamente el impulso irracional que Jasper esperaría de una pareja recién comprometida.

Dixie se lo quedó mirando sin poder encontrar la conexión.

—¡Pensé que vernos llegar por sorpresa lo haría parecer más convincente, como si yo no pudiera esperar para mostrarle a mi novia! —explicó impaciente y se dirigió a la mujer en perfecto español para luego decirle—: Herminia te mostrará mi habitación. Tengo que hacer unas llamadas para localizar a Jasper.

Un hombre subía ya el equipaje por la escalera de hierro forjado y piedra. Dixie siguió a la mujer hasta el primer piso, preocupada. Seguro que no lo había comprendido bien. César no había podido decir «mi habitación». No pretendería que ella compartiera su habitación con él.

Pero minutos más tarde Herminia le indicó una habitación

muy grande y lujosamente amueblada, donde sus maletas junto a las de César parecían confirmarlo. Dixie miró la cama, con su cabecera de intrincada talla. Era una cama enorme. No, era ridículo. Había habido un malentendido. Después de todo, Jasper era muy anticuado y siempre se quejaba de la relajada moral de la juventud moderna.

Tratando de contener su incomodidad, Dixie bajó a buscar a César. Lo encontró en la magnífica biblioteca, y durante un segundo la enorme cantidad de volúmenes que cubrían las paredes la detuvo maravillada.

César hablaba por teléfono en español. Su voz profunda y masculina sonaba tan sensual, pensó vagamente, mientras una sensación rara le corría por la espalda. Además, después de horas de viaje, César seguía tan elegante como siempre.

–Si tienes hambre, Herminia te preparará algo de comer –le dijo, como para que se fuese. Quedarse requirió un poco de valor.

–Ha habido una confusión –dijo Dixie, moviendo los pies inquieta–. Han puesto mis cosas con las tuyas... en la misma habitación, quiero decir. Y no sé suficiente español como para explicar que... bueno, ya sabes...

–No, no lo sé –levantó César una negra ceja con ironía–. Es lógico que tengamos que compartir la habitación. Jasper no es tonto. ¡Si durmiéramos separados no se creería nunca que nuestro compromiso va en serio!

Capítulo 5

Dixie se quedó mirando a César boquiabierta mientras lentamente la cara le cambiaba de color.

–¿De verdad pretendes que comparta tu habitación? –susurró incrédula–. No puedo compartir la cama contigo. Ni se me ocurrió considerarlo cuando accedí a este acuerdo.

César dejó el teléfono sobre la mesa y la miró.

–¿Conque no, eh? Me vendiste tu futuro inmediato a un precio que ya he pagado. Estabas hundida hasta las orejas en deudas y muerta de miedo porque te iban a llevar a juicio para que pagaras por tu deshonestidad. No tienes ningún derecho a exigir nada –advirtió con frialdad, mirándola como si ella fuese un bicho que merece ser aplastado–. Y estás muy lejos de ser la pobrecita inocente con que has engatusado a Jasper.

El ataque fue tan directo e inesperado, que se quedó sin habla.

–No soy deshonesta, y...

–Sí que lo eres. Te metiste en deudas que no podías pagar ni por asomo. Es igual que robar –acusó César, haciendo una mueca de desdén–. Y como intentas convencerme a mí también, creo que ha llegado el momento de poner punto y final a tus fantasías.

–¿Fantasías? –repitió débilmente Dixie.

–¿Y las enormes fiestas? ¿Y la ridículamente cara decoración para un piso alquilado? ¿Qué otra cosa pueden ser, sino fantasías? No me das ni la más mínima pena –le informó César sin dudarlo–. Sé que tienes un cerebro, y sé que sabías exactamente lo que hacías.

–¡Pero esas fiestas no eran mías... y el apartamento tampoco! –interrumpió Dixie.

–Supongo que pensaste que Jasper te pagaría las cuentas. ¡Qué susto cuando te enteraste de que es pobre como las ratas y que depende enteramente de mí, verdad!

–Jamás pretendí una cosa así. Tienes una opinión tan odiosa de los demás, César, que siempre buscas el lado malo, nunca, nunca el lado bueno de la gente.

César la miró desde su altura con los ojos fríos como hielo.

–Oh, estoy seguro de que no lo hiciste por maldad, pero tengo la certeza de que en algún momento le habrás pedido un préstamo para salir del atolladero.

–Entonces, quizás deberías pedirle mis cartas –respondió Dixie con toda la dignidad de que era capaz–. Y a lo mejor deberías cerciorarte de que la información que tienes es la correcta.

–¿Y por qué va a ser incorrecta? –preguntó César secamente.

–Mi hermana dio esas fiestas.

–No tienes una hermana. No tienes ni un solo pariente vivo.

–Estoy hablando de mi hermanastra, Petra Sinclair, la famosa modelo. El apartamento era de ella. Cuando llegué a Londres me fui a vivir a su casa y porque viajaba tanto abrió una cuenta conjunta para que yo me ocupara de pagar todo. Luego las cosas salieron mal... –Dixie sacudió su dolorida cabeza como si todavía estuviese intentando averiguar cómo se había complicado su vida.

–¿Petra Sinclair? –preguntó César sorprendido, pero Dixie, inmersa en su historia, no captó la extrañeza con que había formulado la pregunta.

–Petra decidió irse a Los Ángeles a hacerse actriz y sigue allí... no sé dónde. Bueno, el tema es que el gerente del banco, que fue muy amable... –enfatizó Dixie y luego se hizo un lío tratando de explicarle cómo ella había acabado teniendo que pagar las deudas de su hermana.

—Si lo que dices es verdad, entonces Leticia Zane sabía que Petra Sinclair era su cliente y no tú.

—Por supuesto. Pero cuando se enteró de que Petra se había marchado de Gran Bretaña, se puso furiosa. Creo que no me creyó cuando le dije que no tenía la dirección de Petra.

—Seguro que no, aunque puedo averiguarlo —advirtió César, pero en su voz se notaba que la creía.

—Averigua todo lo que quieras. No tengo nada que ocultar.

A medida que César le hacía más preguntas, la cara se le ponía más seria.

—Retiro lo que he dicho sobre tu cerebro —dijo por fin—. Te falla en técnicas de supervivencia y sentido común.

—No comprendes. Petra se sentía muy mal por el tema, pero con la mudanza a Los Ángeles se había quedado sin dinero. Si supieras qué generosa fue cuando mi madrastra estaba enferma...

—¿Ah, sí? —por algún motivo César sonó muy sorprendido.

—Fue absolutamente fantástica, y yo le estoy muy agradecida. Es una bellísima persona. A veces un poco irreflexiva, pero muy generosa y buena con todo lo que tiene. Cuando lo tiene, quiero decir —concluyó, un poco confusa.

—Generosa... buena —dijo César, estudiándola como si fuese una extraña forma de vida que nunca había visto antes. Una mezcla de reticente fascinación e incredulidad contenida se combinaba en sus facciones—. Supongo que la querrás mucho.

Dixie asintió. Se daba cuenta de la incredulidad de César, pero, contrariamente a él, creía en tomar a la gente como era. Los errores de Petra no influían en absoluto en su cariño por ella. Tampoco le había reprochado nunca que no se personara durante la larga enfermedad de su madrastra. Petra y su madre no se llevaban bien en absoluto y Petra jamás podría haberla cuidado como se merecía. Por el contrario, Dixie quería mucho a su madrastra y deseaba hacer todo lo posible para agradecerle que le hubiese dado su cariño como si fuese su verdadera hija.

César bajó su mirada a los claros ojos azules, abrió la boca y finalmente la volvió a cerrar. Pero luego la curiosidad fue más fuerte.

–¿Durante cuánto tiempo la cuidaste? –no pudo resistir preguntarle.

Dixie se lo dijo.

–Una parte bastante larga de tu vida –comentó inexorable.

–No me arrepentiré nunca de haberlo hecho.

César exhaló un lento suspiro y miró hacia otro lado.

–Hasta yo puedo darme cuenta de que jamás le pedirías dinero a Jasper –concedió–. Me equivoqué. Pensé que tenías una especie de doble vida, y ahora me doy cuenta de que lo que se ve, es lo que hay, y es horripilante.

–¿Horripilante?

–Digamos que no tenemos demasiado en común –le echó una velada mirada–. Muy pocas veces me veo forzado a apreciar lo que poseo al percibir un enfoque y una vida tan distintos a los míos.

Dixie se relajó al darse cuenta de que él ya no sospechaba de ella como antes.

–Te debo una disculpa –dijo César con firmeza.

–No importa. Era lógico que te lo imaginases. No puedes evitar que tu mente funcione de esa manera –dijo Dixie, perdonándolo–. ¿Has sabido algo de Jasper?

–No. ¡Por lo que yo sé, podría estar acampando bajo las estrellas en algún sitio! –no pudo evitar decir con preocupación.

Dixie se aclaró la garganta incómoda. Ahora que César estaba más accesible, insistiría en la cuestión del dormitorio.

–César, creo que, cuando llegue Jasper, no le gustará nada encontrar que compartimos el dormitorio.

–No seas ridícula. No vivimos como hace medio siglo.

–Jasper tiene valores morales muy fuertes –señaló Dixie suavemente, consciente de que César creía saber más de su padrino que ella–. Jasper vive en un mundo propio muy reducido, que se remonta a hace medio siglo. Estoy convencida de que se sentiría muy ofendido si compartiésemos una habitación bajo su mismo techo.

César la miró impaciente.

—No tienes idea de lo que dices. Jasper nunca ha cuestionado mi forma de vivir.

Era difícil imaginarse a Jasper enfrentándose con César, a quien le tenía profundo respeto, aunque la reputación de mujeriego de su ahijado le causaba gran preocupación. Pero posiblemente nunca se había atrevido a decírselo.

—César, no me siento cómoda con este tema del dormitorio —insistió valientemente Dixie, titubeando ante la perspectiva de compartir la misma habitación con César, y ni qué decir de la misma cama.

—Conozco a mi padrino mejor que tú. Actúa como si yo fuera Scott —sugirió César con una sarcástica mirada y abandonó la biblioteca.

Una hora más tarde, Dixie subió al dormitorio con una pila de libros polvorientos, deseando meterse en cama a disfrutarlos y entró en el baño a darse una ducha.

¿No estaría exagerando un poco? A César nunca se le ocurriría aprovecharse de ella. Cada uno dormiría en su lado de la enorme cama y si eran respetuosos y considerados, no tenían por qué resultar embarazoso.

Cinco minutos más tarde se había puesto un atractivo camisón de seda verde agua y se hallaba metida en la cama con un enorme tomo de filosofía. Cuando César entró, estaba tan enfrascada en la lectura que ni se dio cuenta de ello.

—No te preocupes por mí —dijo César, quitándose con calma la camisa.

La sobresaltó ver su desnuda piel dorada y sus músculos flexionándose a un par de metros, y se lo quedó mirando fascinada.

Conteniendo la respiración, trató de volver a la lectura, pero las letras le bailaban frente a los ojos. Imágenes de César desvistiéndose le aparecieron en la mente.

Un calor como de miel derretida comenzó a extenderse por su estómago y la hizo temblar. Quería verlo desvestirse. Se quedó rígida al darse cuenta de ello, pero le costó trabajo no levantar la vista y mirar.

Cuando la puerta del cuarto de baño se cerró tras él, inhaló varias bocanadas de oxígeno, la cara roja de vergüenza. ¿Sería aquello curiosidad sexual? Nunca había tenido la tentación de espiar a Scott. Gracias a Dios, se dijo odiando sinceramente el fuego secreto de culpable excitación que la mera presencia de César había desatado en ella. La cercanía continua a su atractivo animal había por fin hecho mella.

César salió del baño y sin poder controlarse, Dixie espió unos poderosos muslos cubiertos de oscuro vello y lo que parecía el bajo de los calzoncillos y sintió que le iba a dar un paro cardíaco.

–Veo que has asaltado la biblioteca –dijo César, tomando con felinos movimientos un libro y echándole una ojeada.

Dixie asintió con la cabeza sin mirarlo. Con el rabillo del ojo lo vio retirar la sábana y meterse en la cama.

–Y pensar que creí que te taparías hasta los ojos para dormir conmigo –confió César en un ronco murmuro aterradoramente íntimo.

La tensión de Dixie había llegado a niveles incontrolables. Giró la cabeza despacio y vio que los relucientes ojos negros se fijaban en las generosas curvas enfundadas en suave seda. Ruborizándose hasta la raíz del pelo, Dixie apretó el libro contra sus rotundos pechos, cuyos pezones comenzaban a endurecerse peligrosamente.

–Hay demasiadas cosas en las que no piensas –murmuró César.

Dixie intentó hundirse más en las sábanas que le llegaban hasta la cintura. Pero se quedó hipnotizada por los oscuros ojos, mientras una hambrienta excitación explotaba en su cuerpo desobediente.

–Por el contrario, yo siempre estoy pensando, excepto en la cama, donde reinan otros instintos naturales –informó César en un susurro suave como el terciopelo–. Tan frío, tan inhumano, pero en el dormitorio no, *cara*.

Dixie se encontró inclinada hacia él sin saber cómo, atraída por una fuerza mayor, un fuego con el que podría quemarse pero sin embargo no podía evitar.

–¿César...? –preguntó temblorosa.

César levantó una mano mientras Dixie seguía cautiva de sus ojos, intentando recuperar el dominio de una mente que se había desconectado, aunque César dejó caer la mano, apretada en un puño.

Dixie abrió los suaves y rosados labios y se los humedeció con la puntita de la lengua.

Con un repentino gemido, César la tomó con sus manos impacientes y la estrechó en un hambriento abrazo. Pareció que estallaba un rayo entre un segundo y el siguiente. En el primero Dixie era presa de un deseo que apenas podía comprender y en le segundo se había perdido sin posibilidad de recuperación.

Su cuerpo entero exultaba con la ferocidad de la sensual boca de César apretándose contra la suya. Cuando él se giró para apretarla bajo su peso, su lengua una daga que penetraba la dulzura de su boca, la sobrecogió la fuerza de su pasión y la agresiva respuesta que surgía en su interior.

Le recorrió la espalda con las manos, para acabar entrelazándolas en su pelo. Cada músculo de su cuerpo se pegó al de él y sintió la fuerza de su masculina excitación contra su tembloroso estómago.

–En este momento no quiero que me consideres un ensayo para Scott.

–¿Scott?

César le deslizó una mano por la suave curva de un pecho. Cuando cada célula del cuerpo se sobresaltó con una reacción instantánea, Dixie abandonó toda esperanza de recuperar el control. Respiró profundamente, echando la cabeza hacia atrás y exponiendo el cuello, mientras temblaba de un hambre tan feroz como incontrolable.

César murmuró algo en incoherente italiano, toda su atención concentrada en sus manos que se dirigieron a los delgados hombros para deslizar los tirantes que la cubrían de su mirada reverente.

Un gemido ronco y agonizante se le escapó de los labios.

–Eres tan fabulosa...–afirmó al deslizar la brillante seda por la orgullosa curva de sus generosos pechos, que rozó los rosados pezones, hinchados de excitación.

Y en el mismo momento en que Dixie intentaba cubrir su piel entregada, César la tocó donde nadie lo había hecho antes y el mundo entero se esfumó con el surgir violento de su sobrecogedora respuesta.

–César –gimió.

–*Madre di Dio* –murmuró él absorto en la seducción.

Le recorrió el cuerpo con las manos, rozándole las tiernas cúspides con los pulgares y haciendo que se retorciera de placer. Y luego inclinó la oscura cabeza sobre uno de los tensos botones rosados y con la lengua lo acarició, su humedad haciendo que la temperatura se convirtiera en fiebre y que de la garganta le salieran sonidos estrangulados.

Dixie arqueó la espalda, un fuego subiéndole entre los muslos en un espiral de incontrolable deseo enloquecedor. Temblando en el círculo de sus brazos, César le cubrió la boca con la suya nuevamente. No oyó la puerta que se abría, no se dio cuenta de nada hasta que el educado acento de Jasper, se elevó en un saludo de bienvenida entusiasmado.

–¡Muchacho! ¿Cuándo has llegado?

César levantó la cabeza de golpe y Dixie miró por encima de su hombro horrorizada y confusa. Jasper se había quedado como un Santa Claus a quien le han dicho que la Navidad no existe.

–Discutiremos esto abajo, César –anunció el padrino con un profundo tono de censura y mortificación antes de girar sobre sus talones e irse.

Capítulo 6

—*Porca miseria!* –exclamó César, que se había quedado paralizado mirando el espacio que antes ocupara Jasper como si hubiera sido un adolescente. Saltó de la cama–. ¡Jasper me miró como si me odiase! –dijo, pasándose una insegura mano por el pelo, los oscuros ojos llenos de torturada emoción.

—¡Te… te dije que a Jasper no le parecería bien! –susurró Dixie, tratando de acomodarse el camisón.

—¡No creí que volviese tan tarde y nos encontrase así! No es exactamente la forma en que pensaba darle la noticia. Pero cuando le diga que estamos comprometidos, se calmará –pronosticó César con el ceño fruncido.

Incapaz de mirarlo a los ojos, Dixie se arrepintió avergonzada de lo que había estado haciendo con César, pero a la vez fue consciente de que el deseo físico seguía agazapado en su interior como su peor enemigo.

—Jasper eligió un buen momento para interrumpir –continuó César en el vestidor–. La próxima vez que te metas en la cama conmigo, cúbrete de la cabeza a los pies.

—No habrá una segunda vez –respondió Dixie mortificada–. No esperaba que sucediese nada por el estilo.

—Pero ahora tienes pruebas de que soy humano. Mete a un hombre sexualmente activo en una cama con una mujer con escasas ropas que emite señales provocativas y se saldrá del camino recto inmediatamente.

Dixie se sentó en la cama.

—No emitía señales provocativas –protestó–. ¡Leía mi libro tranquilamente y me saltaste encima!

Asomándose del vestidor con la camisa a medio poner, César le echó una mirada incrédula.

—¡Me lo estabas rogando!

—Ni siquiera me gustas... ¿Cómo iba a rogártelo? –respondió enfadada.

—¿No? Pues en contra de mi voluntad y mi inteligencia me siento atraído sexualmente por ti –reconoció, con pétrea expresión en el rostro–. Al menos lo reconozco, no como tú, que te encargas de recordarme a todas horas que estás enamorada de alguien más.

Dixie se lo quedó mirando sorprendida, con un ligero rubor en las mejillas.

—¿Que te sientes atraído por mí? –dijo, quedándose sin aliento.

—Es deseo, Dixie. Lujuria –afirmó César–. Una complicación que no necesitamos y que evitaremos.

Conque la naturaleza les estaba jugando una mala pasada. Había química sexual pero nada más, y César estaba aliviado de que la llegada de Jasper hubiese interrumpido su intimidad. No recordaba nunca haber sido presa de tan encontrados sentimientos. No se le ocurrió hasta que César se fue, que ella también tenía que bajar. No tendría que haber permitido que César la convenciera de compartir la habitación. Y ahora era su obligación tranquilizar y asegurar junto con César, como si fueran una pareja de verdad.

César tenía razón. Había sido un poco directo, pero tenía razón, se dijo mientras se ponía una ligera bata de algodón y se pasaba un cepillo por el pelo. Esos sentimientos que la asaltaban cada vez que miraba a César eran pura lujuria. Y lo único que tenía César a su favor era su increíble atractivo y su magnetismo sexual. Era impaciente, manipulador, sarcástico, crítico y frío... excepto en el dormitorio.

Claro que tenía motivos para serlo, pensó mientras salía de la habitación. Era impaciente porque lo quería todo perfecto, sarcástico y crítico porque era más inteligente que el resto de la gente y le resultaría frustrante tener que esperar a que los otros comprendieran sus razonamientos. En cuanto a su frialdad, se debía a su infancia terriblemente solitaria. Y quería a Jasper con locura. Su desaprobación lo había afectado tanto...

Siguió el murmullo de voces hasta encontrarse ante una puerta entreabierta. Estaba a punto de golpear, cuando oyó a Jasper decir algo que nunca imaginó podría salir de la boca de un hombre tan dulce.

–Así que le diste a mi pobre Dixie un anillo para seducirla –decía Jasper disgustado–. Ahí la tienes, renunciando a sus creencias más profundas. Seguro que, en su inocencia, cree que finalmente te casarás con ella. Pero no comparto su fe, César.

–*Dio*, yo...

–Me dices que estás comprometido con ella, pero en ningún momento mencionas que estás enamorado –interrumpió Jasper con dureza–. Tampoco dices nada de cuándo tendrá lugar esa hipotética boda.

–Nos acabamos de comprometer –remarcó César. Parecía desesperado.

–Finalmente conociste a una mujer que se negaba a participar de tu moral relajada. Como no podías aceptar su rechazo, le ofreciste un anillo de compromiso. Dentro de unos meses, cuando hayas perdido el interés en Dixie, la echarás de tu vida otra vez sin tener en consideración el daño que le has hecho –condenó Jasper cortante.

–¡Estás completamente equivocado!

–Te conozco a ti y conozco a Dixie –contradijo Jasper–. Me imagino que ella estará perdidamente enamorada de ti, y tendría que haberme dado cuenta. Lleva meses contándome todo lo que haces en sus cartas. Pasará mucho hasta que pueda perdonarte por esto, César. Ella es dulce, cariñosa y buena.

–Sentémonos y hablemos con tranquilidad, Jasper –pidió César.

–No. Ya te he dicho cómo me siento –dijo Jasper con voz

contenida–. Quiero que te vayas de esta casa inmediatamente, César. Ya te enviaré la ropa. Si le vas a romper el corazón a Dixie, prefiero que lo hagas ahora para que yo la pueda cuidar.

–Vale... Pondré fecha de boda –dijo César sin entonación en la voz.

–¿El año que viene? –sugirió Jasper, evidentemente poco impresionado por la noticia.

–¡La semana que viene! –afirmó de repente César–. Dixie y yo nos casaremos la semana que viene.

Dixie se quedó paralizada frente a la puerta. Del otro lado reinaba un completo silencio. Se imaginó que Jasper estaría tan asombrado por la noticia como ella.

–Eso decididamente cambia las cosas –suspiró Jasper con evidente alivio. Parecía haber recobrado carácter habitual, pero sonaba extraño, como si le faltase el aliento–. Entonces la quieres, aunque no puedas demostrarlo... Bueno, no se puede tener todo... no podrías haber elegido a nadie mejor que Dixie...

–¿Qué te pasa, Jasper? –exclamó César abruptamente–. ¡Jasper!

Dixie reaccionó a la alarma que percibía en la voz de César y empujó la puerta. Jasper estaba tirado en una silla inconsciente. Parecía terriblemente pequeño, viejo y enfermo. César se inclinaba sobre él tratando desesperadamente de reanimarlo.

–¡Llama al doctor! –urgió Dixie.

César se dirigió al teléfono de dos largas zancadas. Estaba gris debajo del color bronceado de su piel y sus negros ojos tenían una mirada perdida. Hizo la llamada sin quitarle los ojos de encima a Jasper y lanzó un tembloroso suspiro de alivio cuando vio que su padrino revivía y comenzaba a murmurar lago.

–Eduardo Arribas es un amigo. Vive a las afueras del pueblo –informó mientras colgaba.

Jasper estaba todavía confuso y mareado. César quería llevarlo arriba a una cama, pero Dixie pensó que sería mejor esperar al médico y le pidió que le trajera un vaso de agua. Le dio unas palmaditas tranquilizadoras en la mano a Jasper mientras esperaban.

—Es el corazón, sabes —se quejó el anciano débilmente—. Nunca me había desmayado antes...

—Estás cansado, eso es todo. Hace horas que tendrías que estar en cama —Dixie alargó la mano para agarrar el vaso que César le alcanzaba, notando con sorpresa que a César le temblaba la mano. Llevó con cariño el vaso a los labios de Jasper.

—Me alegro de que estés aquí —murmuró—. Me alegra que los dos estéis aquí. Después de todo, tendré que operarme...

—¿Operarte? —preguntó César con extrañeza.

—Soy un viejo bobo... nunca me gustaron los hospitales —murmuró Jasper—. Eduardo dice que necesito que me pongan un marcapasos.

El doctor Arriba llegó rápido y los dos hombres acompañaron a Jasper al dormitorio. Dixie se sentó con él hasta que se durmió y reflexionó en silencio sobre lo que había oído detrás de la puerta antes del colapso de Jasper.

¡César había prometido casarse con ella la semana siguiente! César, generalmente el más frío y racional de los hombres, se había alterado tanto por la furiosa orden de que se marchase, que había hecho una delirante promesa en vez de explicar que la situación no era lo que parecía. Pero resultaba difícil decir la verdad después de que Jasper los sorprendiera en la cama. Se habría puesto más furioso todavía.

Por suerte, el estado de salud de Jasper evitaría que César tuviese que casarse con ella inmediatamente. Lo operarían y durante la convalecencia, seguro que César le confesaría que su supuesto compromiso era un engaño hecho sin ninguna maldad. También tendría que decirle que no había pasado nada en el dormitorio. Nada, repitió Dixie para sí misma. Nada en lo que tuviera que pensar otra vez. Un momento de debilidad que era mejor olvidar.

Cuando salió de la habitación de Jasper, la sorprendió encontrarse con César en el pasillo. El sobresalto todavía se le reflejaba en la cara, donde se le marcaban líneas de ansiedad.

—¿Te ha dado alguna mala noticia el doctor Arribas? —preguntó ansiosa.

—No —dijo César mirando hacia otro lado, con el fuerte perfil rígido—. En realidad, el pronóstico es bastante bueno. Jasper me dijo que el corazón le fallaba, pero fue un poco exagerado. Parece ser que estaba muy asustado por la idea de tener que ponerse el marcapasos.

—Es comprensible. Nunca ha tenido que internarse antes.

—Cuando Eduardo le diagnosticó el problema el año pasado, Jasper enterró la cabeza en la arena y no quiso saber nada de cirugía. Le pidió a Eduardo que ni se le ocurriese decírmelo. Sabía que si me lo decía, yo insistiría en la operación.

—Y es lógico que lo hagas. Es la única opción sensata —dijo Dixie, asombrada ante la profundidad de las emociones que evidentemente César trataba de esconderle.

—Tenía miedo de que yo lo forzase a hacerlo —dijo César, con furia reprimida.

—El desmayo ha resuelto la cuestión —lo consoló Dixie—. Jasper ha aceptado que necesita la operación.

—¡Pero nunca habría tenido el ataque si no hubiese sido por mí! —explotó César, culpable y arrepentido—. *Madre di Dio!* ¡Casi lo mato!

—No es verdad, César —protestó Dixie enseguida, preocupada por él—. El doctor Arribas dijo que le podría haber sucedido en cualquier momento.

—*Accidenti!* —exclamó, con expresión culpable—. No me vengas con esos cuentos ahora. Jasper estaba muy alterado. Nunca lo había visto alterado por nada. ¿Y qué lo causó, eh? ¡Yo y mis brillantes ideas! —concluyó fuera de sí.

La miró con los arrepentidos ojos llenos de pena y se alejó a largos pasos. La reacción instantánea de Dixie hubiera sido seguirlo y razonar con él. Se estaba culpando demasiado. Nunca hubiera permitido que alguien se fuese en tal estado sin ofrecer un consuelo, pero se forzó a no hacerlo.

César, que no bajaba la guardia con nadie, lo acababa de hacer para recriminarse. Quizás dentro de unas horas se arrepentiría de haber mostrado esa debilidad. Seguro que se enfadaba porque ella había sido testigo de esa breve pérdida de disciplina. Era un hombre muy introvertido. Y no le gustaría que ella se inmiscuyera. Le dio pena darse cuenta de que no podía conectar con él.

César era un perfeccionista. Había comenzado todo con las mejores intenciones, pero de repente le había salido mal. Jasper estaba molesto y apenado, y le había demostrado una dolorosa falta de confianza. Con ese disgusto César habría tenido más que suficiente. Pero, para rematarla, a Jasper le había dado un colapso.

Volvió a entrar en la habitación y se quedó junto a la cama de Jasper hasta que a las tres de la mañana Herminia entró con una expresión de preocupado afecto en los ojos y le indicó que ella la reemplazaría.

Dixie se fue al dormitorio preguntándose dónde estaría César. ¿Se habría ido a una de las habitaciones de huéspedes? No creía que se hubiera ido directamente a la cama en el estado de alteración en que se hallaba.

Después de dudarlo un poco, bajó al elegante salón donde Jasper y César habían discutido. La luz todavía estaba encendida. Dixie abrió la puerta. César se hallaba derrumbado en un sillón. Había bebido y la miró con los ojos curiosamente desenfocados.

–*Dio...*–dijo con la lengua de trapo– ¡Mira quién está aquí! ¡La amiga de todo el mundo!

Dixie sintió una enorme ternura. Casi le dijo que él era su propio enemigo, que no podía enfrentarse a lo que le había sucedido esa noche. Estaba tratando de ahogar sus propias y turbulentas emociones en alcohol, empeorándolo todavía más.

–Te sentirás mucho mejor mañana si duermes un poco.

–El perfecto rayito de luz, ¿eh? Dime, ¿cómo te sientes al darte cuenta de que lo has hecho todo bien y yo lo he hecho todo mal?

—¿Y qué he hecho bien?

—Dijiste que siempre era malo mentir. Tenías razón. Dijiste que yo mentiría mucho mejor que tú. Te equivocaste –afirmó César, pasándose la mano por el cabello–. Cuando Jasper se me enfrentó, no supe qué hacer.

—Su actitud te alteró. No estabas preparado...

—Ahora me odia hasta la médula.

Dixie se arrodilló a sus pies y lo miró con los azules ojos preocupados.

—Por supuesto que no. No pasó nada. Te tomas todo a la tremenda. Lo que pasó en el dormitorio lo tomó por sorpresa, y luego, en vez de calmarlo, seguro que te enfrentaste a él... Mira el lado positivo... Estás aquí, sintiéndote realmente desgraciado, cuando...

—Culpable –interrumpió bruscamente.

—Cuando vinimos aquí creíamos que se moría, y ahora sabemos que se puede recuperar totalmente.

—Es verdad –dijo César, como si todavía no se hubiese dado cuenta de ello.

—Seguro que le quedan muchos años por vivir, y distanciarte de él ahora te ha hecho sentirte peor.

—Tenía miedo de alterarlo más.

—Siempre piensas lo peor. Jasper te quiere, solo que no es tan ingenuo como pensabas. Como se sorprendió tanto de que estuviéramos comprometidos, sospechó que...

—¿Tenía malas intenciones?

—Venga, tienes que ir a la cama –lo agarró Dixie de la mano para ponerlo de pie.

César se levantó tambaleándose levemente. Dixie le sonrió. Y él le respondió con una sonrisa casi infantil, que le hizo dar un vuelco al corazón.

—Eres tan buena... a veces me haces sentir muy mal –le comunicó.

—Te irrito –dijo Dixie, poniéndose seria.

—No. Es más como enfrentarme a mi conciencia cara a cara. Ya me estoy acostumbrando.

Los ojos de Dixie brillaron otra vez y al llegar a la puerta del dormitorio, la abrió.

–¿Te sientes mejor ahora? Tu intención era buena. Hacerlo feliz –le aseguró tranquilizadora mientras entraban.

César se la quedó mirando como si de repente se hubiera dado cuenta de algo. Mientras la miraba con intensidad, Dixie se olvidó de lo que pensaba decir. César le pasó un dedo muy, muy suavemente por el contorno de los labios. Ella sintió que el corazón se le aceleraba y se le cortaba la respiración.

–Nunca confíes en mis intenciones –dijo César con palabras suaves como el terciopelo–. Siempre calculo todo, hasta el último punto y coma.

–Probablemente no puedes evitarlo...

De repente, parecía que el mundo se había detenido. Dixie notaba cada inspiración que hacía, cada latido de su sangre en las venas. Cuando la besó con una dulzura casi insoportable, sintió que las rodillas se le aflojaban. Él la levantó en sus brazos y empujó la puerta con el cuerpo para cerrarla.

–Quédate conmigo. No quiero estar solo esta noche –confesó con la respiración agitada.

Y luego la besó otra vez con besos duros y hambrientos que la hicieron derretirse como la miel. Quizás hubiera dicho algo más, pero cada vez que dejaba de besarla Dixie lo sostenía con fuerza. El deseo se había despertado en ella como un dique roto, arrastrando toda razón con él. Era tan poderoso su anhelo, que no lo pudo resistir.

La llevó hasta la cama y se inclinó sobre ella. Le soltó el cinturón de la bata y la abrió, mientras la besaba ardientemente en la base del cuello, haciéndola temblar. Emitió un gemido.

Al oír el detator sonido, César se quedó petrificado.

–No, no estoy sobrio– dijo, con cada músculo de su delgado y poderoso cuerpo tenso–. No deberíamos estar haciendo esto, *cara* –comenzó con jadeante urgencia–. No estoy en mis cabales.

–¿Quién dijo que tenías que estarlo? –preguntó Dixie, sin poder evitarlo.

Desconcertado por su inesperada respuesta, César le miró los ojos brillantes como estrellas y quitó las manos de los delgados brazos luchando consigo mismo.

–No me mires así –pidió trémulo.

–¿Cómo? –preguntó Dixie fascinada.

César cerró los ojos e intentó controlarse.

–*Accidenti!* –gimió– ¡Te deseo tanto... nunca he deseado a una mujer tan desesperadamente como te deseo ahora!

El reconocimiento de su propio poder femenino fue para Dixie como una inyección de adrenalina. Era un poder que nunca soñó poseer. La forma en que se acercó a César para encontrar su boca fue totalmente irracional.

César reaccionó a su invitación empujándola contra la cama. Al acariciar con sus voluptuosas curvas, un gruñido de placer masculino le brotó de la garganta. Intercambiaron ardientes besos mientras Dixie trataba de desabrocharle la camisa sin separarse de él.

César hizo un último y desesperado intento por controlar la situación.

–No podemos... –dijo. Pero ella le recorrió el torso con las manos, haciendo que la incorporara en sus brazos para forcejear como un adolescente con el camisón que se le resistía–. No podemos hacer esto –concluyó, después de explorar con su lengua los labios entreabiertos.

–Cállate –dijo Dixie, rozando con sus labios un liso y duro hombro. Tenía la piel salada. Comenzó a descender por su cuerpo, adorando cada una de las sensaciones que le suscitaba, sintiéndose libre.

–Di mi nombre... –pidió César entrecortadamente.

–César.

–Otra vez –ronroneó, como un gran gato hambriento, temblando cuando ella llegó a los duros músculos de su estómago.

–César... César... César... –suspiró sensual, ocupada en seguir cada uno de sus instintos, recorriéndole con las manos los largos y sólidos muslos, encontrando en su camino el excitado sexo masculino.

Con un incoherente resoplido de impaciencia, César intentó desvestirse mientras la besaba frenéticamente. El corazón de Dixie cantaba, su cuerpo hervía. Nunca pensó que existiese una pasión tan fuerte y floreció al sentirla.

–Te hicieron para mí, *cara* –dijo César, tomando en su boca un rosado pezón para besarlo y lamerlo reverentemente.

Dixie arqueó la espalda y jadeó incontrolable, clavándole las manos en los hombros. No la preocupó perder el control cuando la arrastró a un pozo profundo de excitación en el que lo único que podía hacer era responder a la increíble intensidad de sus emociones.

–Respondes a mi pasión con la tuya –murmuró César con intenso placer–. Haces que el fuego me consuma, *cara*.

Le recorrió un tembloroso y delgado muslo, haciendo que su centro más íntimo lo reclamara con una excitación que resultaba casi intolerable. Cuando buscó el húmedo calor de su parte más sensible, ella echó la cabeza hacia atrás y se retorció. Sentía un intenso calor y electricidad recorriéndole el cuerpo.

–¡No lo puedo soportar... no lo puedo soportar! –jadeó sin control.

César le capturó los labios enrojecidos con los suyos y la hizo soportarlo más, durante minutos que la hicieron enloquecer. Luego se levantó sobre ella y se deslizó entre sus muslos, levantándole las rodillas. En su febril estado, Dixie reconoció que por fin el insoportable dolor que le causaba su propio vacío se vería satisfecho.

–Dios... no puedo aguantar más –rugió César.

Cuando se arqueó encima de ella, el ardiente y duro empuje de su invasión la tomó por sorpresa. La sensación le resultó tan nueva que se quedó petrificada y luego él la penetró más profundo y el agudo dolor arrancó un grito sorprendido de sus labios.

César se quedó helado por la sorpresa.

–¿Soy el primero...? –exclamó.

Cuando el dolor disminuyó, ella se movió debajo de él sin

querer hablar, deseando gozar de la increíble sensación de tenerlo dentro. Y ese pequeño movimiento destruyó el poco autocontrol que César había conseguido al darse cuenta de su inocencia. Con un gruñido la penetró más profundamente todavía con apasionada urgencia, incapaz, igual que ella, de desobedecer a su propio cuerpo. Y juntos capearon la tormenta de sus emociones. Lo que importaba era que él no parase, que satisficiera el anhelo que había desatado en ella.

La llevó hasta un clímax que la hizo gritar de éxtasis, con el convulso cuerpo deshaciéndose en lo que parecieron mil pedazos cuando él dio el último empujón.

Luego Dixie sintió que caía y caía en un sinfín de capas de algodón. Y aunque luego recordó vagamente que César intentaba despertarla para hablar, no se pudo mantener despierta en brazos de la paz más placentera que jamás había sentido.

Capítulo 7

Dixie se despertó cuando la sirvienta abrió las cortinas.

Pestañeó adormilada y comenzó a sentarse. Entonces se dio cuenta de que no se hallaba en la habitación de César.

–La comida estará lista en una hora, señorita –le informó la sonriente mujer en perfecto inglés–. El señor Valverde me ha pedido que la despierte.

Una repetición en tecnicolor de lo que había estado haciendo antes del amanecer con César la asaltó. Oleadas de vergüenza la recorrieron. No podía comprender cómo, apenas unas horas antes, hacer el amor con César le había parecido tan natural e inevitable.

César había estado bebiendo, y no era la persona racional y poco emotiva de siempre. Pero incluso en ese estado, César había intentado detenerse, más de una vez había tratado de hacerla entrar en razón. Recordó con el corazón oprimido cómo le había arrancado los botones de la camisa, descartando toda inhibición. ¡Oh, Dios mío! ¿Cómo podría mirarlo a la cara otra vez?

El César que ella había conocido en la madrugada era un César vulnerable. El susto por el colapso de Jasper y su propia conciencia habían derrumbado sus defensas. Al besarla, había sucumbido a una tentación momentánea y ella había malinterpretado la situación totalmente. Lo único que César quería era un poco de calor humano, pero, al ser como era, había expresado su necesidad como una invitación sexual. Tendría que haberle dado un abrazo, o hablado... Todo había sido culpa suya. ¿Cómo podía culparlo a él? De ninguna manera podía hacerlo responsable por algo que ella le había ofrecido gratuitamente.

Se había sorprendido tanto cuando se dio cuenta de que ella era virgen. Dixie emitió un gemido frustrado. Seguro que cuando le hablaba y ella se quedó dormida le estaba diciendo que no tenían que haber hecho lo que hicieron. De repente se sintió agradecida por que la hubiese sacado de su habitación y llevado a la de huéspedes.

Se deslizó de la cama y se dio una ducha. Luego se puso un elegante traje azul sin mangas, sintiendo con cada minuto que pasaba cómo aumentaba el torbellino de sus sentimientos.

¿Por qué había tirado por la borda todos sus principios y vivido el momento sin pensar en las consecuencias? ¡No había pensado en Scott ni una vez! Claro que con Scott nunca habían pasado de la amistad. Y era evidente que su propia naturaleza era más física de lo que nunca hubiese sospechado. Seguro que por eso había perdido el control con César.

Había sucumbido a lo que César había descrito antes como «pura lujuria». Se estremeció al recordarlo, pero era la pura verdad. César le había despertado el deseo sexual.

Era mejor enfrentarse a la verdad desnuda que tratar de buscar tontas excusas sentimentales, como pensar que se estaba enamorando de César. ¿Acaso no se le había pasado por la cabeza mientras se dormía en sus brazos?

Pero no se estaba enamorando de César. Ella estaba enamorada de Scott, ¿o no? De repente, no supo qué pensar. Pero quería ver a Scott otra vez y reforzar lo que sentía por él. Amar a Scott a la distancia era seguro. Amar a César sería suicidio emocional. ¿Cuántas veces se lo había advertido César?

Mientras se sentaba ante el tocador arreglándose el pelo, sonó un ligero golpe en la puerta y la morena figura de César se reflejó en el espejo. Vestía un par de chinos color marrón claro y un polo negro, que acentuaba el moreno de su piel. El estómago se le hizo un nudo al verlo tan guapo.

—No hablemos de lo que sucedió antes —se oyó decir tensa—. Olvidemos lo que ha pasado.

—Dixie, yo...

—Por favor, no digas nada más —lo interrumpió Dixie rápidamente.

—No puedo olvidar lo que ha sucedido —aseguró bruscamente.

—Haz un esfuerzo. Te sorprenderás de lo fácil que es olvidar los errores. Quizás hasta ahora no hayas cometido los suficientes, pero yo tengo amplia experiencia en ello —murmuró Dixie—. ¿Cómo está Jasper?

—No lo he visto, pero parece que bien. Herminia me dijo que bajaría a comer —respondió César impaciente—. Tenemos que hablar de esto, Dixie. Necesito saber qué quieres decir.

—Fue un error —dijo Dixie palideciendo—. Los dos estábamos turbados, tú habías bebido, yo intenté consolarte... las cosas se fueron de las manos... ¿Qué otra explicación hay?

—¿Me estás diciendo que te fuiste a la cama conmigo porque te daba lástima? —dijo César con furiosa incredulidad.

—No sé... —movió la cabeza confusa—. Aparte de lo obvio, no sé por qué lo hice —confesó finalmente.

—¿Aparte de lo obvio? ¿A qué te refieres? —exigió César receloso.

—El tema de la lujuria —susurró Dixie, sorprendida porque no se le hubiese ocurrido a él—. Cuando me besas, no sé lo que me pasa.

El silencio se hizo opresivo.

César le apoyó las manos en los hombros y la levantó para que quedara frente a él. Los maravillosos ojos de reflejos plateados la taladraron como misiles. Luego inclinó la cabeza morena para besarla. Fuegos artificiales explotaron detrás de sus párpados cerrados, haciendo que las rodillas se le aflojaran.

César la separó de sí, sosteniéndola por los delgados hombros.

—Es el tipo de problema que tenemos que resolver juntos —dijo mirándola con ojos engañosamente indolentes.

—Pensé que estarías furioso conmigo por aprovecharme de tu borrachera —admitió asombrada.

—No soy sexista en absoluto y además tengo bastante resistencia —dijo, cubriendo con las larguísimas pestañas el brillo de sus ojos.

Todavía luchando por comprender el motivo de su beso, Dixie se envaró cuando él la tomó de la mano. Le deslizó la sortija de diamantes en el dedo.

—Te la dejaste en mi cuarto de baño. Tendrás que ponértela para que Jasper la vea.

Fue entonces cuando se dio cuenta por qué la había besado y por qué no estaba furioso. Tenían que seguir haciéndose pasar por novios frente a Jasper. Así que cuando César le agarró la mano posesivamente, no se sorprendió. Todo era parte de su actuación.

—No quería mencionarlo antes —le confió—, pero oí tu conversación con Jasper.

César la miró interrogante.

—¿Cuánto oíste?

—Lo suficiente como para darme cuenta de que te dejaste avasallar por Jasper. ¡Decirle a Jasper que nos casábamos la semana que viene nos podría llevar a una situación bastante comprometida!

César enrojeció violentamente y estuvo a punto de decir algo, pero cerró la boca con firmeza.

—Tendremos que decirle la verdad cuando se esté recuperando de su operación —suspiró Dixie—. Supongo que comprenderá por qué lo hicimos.

César le apretó la mano con fuerza.

—Cambiemos de tema un minuto antes de ir a verlo —murmuró—. Cuando hicimos el amor...

Dixie reaccionó como un animal acorralado ante el cazador.

—¡Pensaba que no discutiríamos ese tema más!

—Solo una cosa —la miró César reflexivamente con sus penetrantes ojos oscuros—. Me dio la extraña y maravillosa sensación de que podía haber algo más que deseo.

Dixie se ruborizó, humillada por lo que interpretó en esa aseveración, pero decidida a asegurarle que ella no era tan tonta.

–No te preocupes por eso, César.

–¿No?

Dixie miró sus manos unidas un segundo y pensó con tristeza en qué mentira se estaba metiendo.

–No soy tan tonta como para pensar que es lo mismo estar enamorada que sentirse atraída sexualmente. Scott sigue siendo el único hombre para mí –afirmó con vehemencia.

César le soltó la mano y lanzó una carcajada sardónica.

–¡Estabas conmigo, no con él! –dijo.

–Me da vergüenza reconocerlo –murmuró Dixie ahogadamente.

–¡Mas te vale! –confirmó César en furiosa voz baja–. Permíteme que te diga que si estuvieras enamorada de mí, te pondría un guardia día y noche. ¡No te tendría ni un ápice de confianza!

–Pero si todavía no tengo una relación con Scott –protestó para defenderse.

–¡Y si depende de mí, tampoco la tendrás! –le respondió César con frialdad.

Confundida por esa afirmación, Dixie logró finalmente reunir el coraje para mirarlo. César estaba furioso y la taladró los ojos plateados agudos y penetrantes como puñales.

–Me has utilizado –condenó César con rabia–. Y no permito que nadie lo haga.

–¿Cómo te he utilizado? –preguntó angustiada, luchando por comprender qué era lo que lo había puesto tan furioso.

–¡Santo cielo!... ¡Como un maldito ensayo para Scott! ¡Y pensar que estaba preocupado porque no había tomado precauciones! ¡Ya estás tomando la píldora para prepararte para él! ¡Lo último que querrás es quedarte embarazada, y te lo agradezco, no creas! ¡Pero en cuanto termine este fiasco quiero que desaparezcas de mi vida como si nunca te hubiese conocido! –se alejó a largas zancadas.

Terriblemente confundida por la diatriba de acusaciones

contradictorias, Dixie lo siguió. No estaba tomando la píldora, y el riesgo de quedarse embarazada ni se le había pasado por la cabeza. Darse cuenta de ello la sumió en una confusión aún mayor.

De repente César se volvió y le tomó la mano nuevamente, mirándola con seriedad.

—Perdóname. No tenía derecho a atacarte así.

—Vale. Comprendo —murmuró ahogadamente Dixie, enternecida por la ruda disculpa.

—Me parece que no comprendes nada —dijo él inexpresivamente.

Sí que lo comprendía, insistió para sí. La inesperada intimidad había roto barreras que ahora había que volver a erigir. No era sorprendente que César se pusiese nervioso preguntándose si la había dejado embarazada. Decidió dejar que creyese que no tenía de qué preocuparse. Era muy improbable que un irreflexivo acto como ese llevase a la concepción de un niño, se dijo, para tranquilizarse. Ahora tenía que sonreír y comportarse como una mujer enamorada y recién comprometida. En presencia de Jasper no había que indicar que hubiera ninguna fricción entre los dos.

Jasper los esperaba en el soleado patio a la sombra de una enorme casuarina.

Esbozó una amplia sonrisa al verlos y se puso de pie.

—No me digáis que tendría que haberme quedado en cama. El padre Navarro viene a comer con nosotros.

César, que le arrimaba en ese momento la silla a Dixie para que se sentara ante la elegante mesa, se quedó quieto.

—¿El padre Navarro?

—Para que podáis poner la fecha de boda. Lo llamé esta mañana. No tenemos ni un minuto que perder. Eduardo quiere que me interne en la clínica dentro de dos semanas.

Sin darse cuenta del efecto de sus palabras, que cayeron como una bomba, se echó hacia atrás en la silla, la pintura de la felicidad.

Capítulo 8

Mientras Jasper sugería alegremente que César sirviese el vino, Dixie luchaba por no manifestar el sobresalto que acababa de recibir.

–No me mires con esa cara, César –recriminó Jasper suavemente–. Una copa de vino no me hará ningún daño. Es una ocasión muy especial.

–Jasper, creo seriamente que la excitación de una boda no te vendrá bien en este momento –llenó César las copas con pulso sorprendentemente firme.

–Tonterías. No quiero que sintáis que tenéis que retrasar la boda hasta después de la intervención. Me siento bien para una pequeña reunión familiar –dijo, pero mientras los miraba, se reflejó en sus cansadas facciones una expresión ansiosa.

–¡Ay, Dios! ¿Me he inmiscuido demasiado llamando al padre Navarro?

–Por supuesto que no –le sonrió César divertido, lo cual impresionó a Dixie–. Jasper y el cura del pueblo son viejos amigos. Era lógico que quisiese compartir la noticia con él –informó, echándole a Dixie una rápida mirada.

–Ya podrás hacer una gran recepción cuando llegues a Londres, pero una pequeña ceremonia es más tu estilo, César –dijo Jasper más tranquilo–. Y no te molestará ningún periodista en este rincón perdido entre los montes.

De repente, Dixie se dio cuenta de dos cosas. Jasper se había lanzado de cabeza a los preparativos de boda para no pensar en su próxima intervención, y además tenía miedo de no salir de la mesa de operaciones con vida.

—Todo saldrá bien. Al margen de ese pequeño problema de corazón, estás perfecto para tu edad —le dijo, expresando sus temores en voz alta.

—Dixie me conoce como a un libro abierto —le dijo Jasper a César contento.

—No me extraña. Os parecéis mucho —dijo César, sin expresión en la voz.

Y luego llegó el cura. La comida resultó jovial, pero Dixie no podía evitar abstraerse en sus propios pensamientos. Miraba a César, maravillada por su autocontrol, su facilidad de palabra, su habilidad para esconder el horror que le causaba la forma en que se habían desarrollado los hechos. Esperaba que en algún momento él mencionase un motivo que haría imposible un matrimonio tan pronto, pero César no hizo ni el más mínimo intento.

Durante la comida no pudo quitarle los ojos de encima. El rostro delgado y fuerte, la forma en que el negro pelo brillaba cada vez que él echaba la cabeza hacia atrás, la calidez de sus ojos, que antes le habían parecido tan fríos y distantes, cuando miraba a Jasper. Estaba haciendo la actuación de su vida para Jasper.

Antes de que el padre Navarro se fuera, decidieron una fecha para dentro de cinco días. Luego el anciano se retiró a dormir la siesta. Mientras sus silenciosos pasos se alejaban, Dixie se puso de pie y se acercó a la pared que rodeaba el patio. Desde allí se veían las terrazas y el maravilloso bosque. Esperó a que César le dijera que la única opción era casarse.

César la miró a unos pasos de distancia.

—Estás furiosa conmigo.

Dixie lo miró, la ansiedad y el reproche velándole los azules ojos.

—Tú nos metiste en este entuerto. Supuse que por arte de magia nos sacarías de él.

—Si me hubiera opuesto, Jasper habría sospechado que no

las tenía todas conmigo y se habría preocupado. No podía correr ese riesgo.

–Quiero mucho a Jasper, pero no quiero llegar al extremo de casarme por la iglesia para tranquilizarlo –admitió Dixie.

–Podemos conseguir la anulación luego –dijo César, acercándose a ella–. Sé que te estoy pidiendo un gran favor, pero necesito que lo hagas por mí –rogó.

La mirada de Dixie se quedó prendada en los ojos de oscuras pestañas y sintió un deseo tan grande consumiéndola por dentro que era una agonía no echarse a sus brazos. Asustada por la fuerza de sus sentimientos, tembló y miró hacia otro lado.

–Bueno. Si es solo por unas semanas... Luego, cuando volvamos a Londres, le podemos decir a Jasper que no funcionó.

–Te juro que no te arrepentirás de tu decisión.

Dixie no pudo evitar mirarlo. Una sonrisa le había suavizado las facciones. Sintió que se le encendía una hoguera en el estómago y volvió a bajar la mirada, azorada ante el poder que él tenía para turbarla. Un poder que ni se daba cuenta que poseía.

–Hay solo una cosa que podría hacer que todo resultara más fácil.

–¿Qué?

–¿Podríamos evitarnos lo más posible?

Durante un segundo César se quedó aturdido.

–Pensé que así estaríamos más cómodos –añadió, al darse cuenta de su torpeza.

–No parecías estar incómoda durante la comida –señaló César suavemente–. En realidad, no me quitaste los ojos de encima ni un minuto.

Lo que quería era que ella le asegurara que no estaba enamorada de él, reflexionó Dixie mortificada, con las mejillas como dos rosas.

–Estaba actuando.

–Tendría que habérmelo imaginado. ¿Imaginabas que era Scott? –preguntó ahogadamente.

Dixie no pudo mirarlo de la vergüenza que sentía, por lo que interpretó que él lo encontraba divertido.

–¿Y quién, sino?

Su propia imagen en el espejo la dejó sin aliento. Tres días antes, César no solo había hecho traer una selección de vestidos de novia, sino también una modista para que hiciera todos los arreglos pertinentes. Un detalle más para beneficio de Jasper, suponía Dixie. Pero verse vestida de novia el día de su boda era algo totalmente distinto.

Jasper había insistido en prestarle una diadema de brillantes que había pertenecido a su madre. Las piedras preciosas brillaban como una guirnalda de estrellas en su pelo recogido. ¿Y el vestido? El vestido era un sueño hecho realidad. Seda color marfil con un delicioso bordado le ajustaba el busto, le apretaba la pequeña cintura y le caía en suaves pliegues hasta los pies, calzados con zapatos bordados en oro que parecían los de Cenicienta.

Durante los cinco días anteriores, apenas si había visto a César, excepto en presencia de Jasper. La actuación de César había requerido poco más que un solícito aire de interés en que ella estuviese bien y circunspectos paseos por la propiedad después de comer.

–Jasper no tiene confianza en nosotros como para dejarnos solos –había dicho César en un ataque de furia al verlo caminar por el patio más arriba con la mirada fija en ellos como una atenta carabina–. ¿Qué se cree? ¿Que te arrastraré bajo un árbol como un adolescente?

Mientras Herminia salía de la habitación con ella, Dixie sonrió al recordar la incrédula explosión de César la noche anterior. Jasper no le tenía ni un ápice de confianza. Pero la sonrisa pronto se le borró de los labios, porque Jasper no tenía por qué preocuparse. No había peligro de que la fatídica noche de pasión se repitiese.

Jasper la vio bajar las escaleras con inmenso orgullo.

—Estás maravillosa, querida.

La llevó de la mano como a una reina hasta el coche que esperaba. El viaje hasta la pequeña iglesia en las afueras del pueblo les llevó solo unos minutos. Dixie se sobresaltó ante la aparición de un fotógrafo que registraría su entrada del brazo de Jasper, y era un manojo de nervios cuando subió los escalones apretando entre sus manos el hermoso ramo de flores.

Cuando se inició la ceremonia, César se giró finalmente para mirarla. Sus profundos ojos oscuros brillaron plateados y ya no se apartaron de ella. Eduardo Arribas, que oficiaba de testigo, tuvo que darle un discreto codazo cuando llegó el momento de intercambiar los anillos. Dixie solo era consciente de las palabras del padre Navarro y de la presencia de César, increíblemente guapo con un traje oscuro.

Al salir de la iglesia tuvo que hacer un esfuerzo por recordar que solo era una farsa, que no era real en absoluto. El fotógrafo los hizo posar y cuando finalmente subieron al coche que los volvería a llevar a la casa para el desayuno nupcial, esperó que César dijera algo cínico, como que se alegraba de que la charada hubiese terminado.

—Estás increíble con ese vestido –dijo sin embargo.

—No es necesario que actúes cuando estamos solos.

—No estoy actuando.

—Sí, lo estás. Lo sabes perfectamente. Como cuando me dijiste que mis ojos eran maravillosos –le recordó con tristeza–. Puedes interrumpir la actuación hasta que nos bajemos del coche.

—Es que tienes unos ojos maravillosos –murmuró en respuesta a la prosaica afirmación.

—¿Por qué insistes? –suspiró Dixie.

César respondió a la mirada de franco reproche con el brillo de sus ojos negros que la hicieron recordar el abandono con que se había entregado a él hacía unos pocos días. La atmósfera se hizo irrespirable por la tensión y cuando César le pasó la mano por la cintura y la acercó para besarla, el recuerdo y la realidad convergieron y en lo único en que pudo pensar era que quería hacer lo que su cuerpo le pedía. Él le abrasó la boca con hambre devoradora y ella le pasó las manos por el negro pelo y lo atrajo posesivamente. Lentamente, los corazones latiendo al unísono, desaparecieron de vista hasta encontrarse tumbados en el asiento del coche.

Después de lo que pareció una eternidad en que se besaron febrilmente hasta quedarse sin aliento, César levantó la cabeza.

—El coche está detenido —observó, con expresión de extrañeza—. El chófer se ha ido.

Mientras César se incorporaba y la ayudaba, Dixie creyó surgir de una pasión arrolladora en la que había perdido el sentido. Con hábiles gestos, César le quitó la tiara, que se le había torcido, le acomodó el cabello y se la volvió a poner.

—Será mejor que entremos. No podemos celebrar un desayuno nupcial sin el novio y la novia, *cara* —dijo, esbozando una sonrisa que le hizo dar un vuelco el corazón y retrasó su proceso de recuperación otros cinco minutos.

César la ayudó a salir del coche y le acomodó los pliegues del vestido como si tuvieran todo el tiempo del mundo. Luego, antes de que pudiera recuperar el aliento, se inclinó y la tomó en sus brazos.

—¿Qué...?

—Es la tradición, *cara*. Tranquilízate —dijo, leyendo la expresión ansiosa de su cara con divertida comprensión —, si alguna vez te llegas a poner a dieta, te obligaré a comer tarta de chocolate todas las noches.

Como en una nube, se dejó llevar en brazos hasta la casa como una verdadera novia en el día de su boda. Jasper los esperaba en la entrada y observó su llegada con manifiesta alegría. Cuando llegaron hasta él, sonrió.

—Bruce vino con tu correo, César. También trajo a una inesperada visita, que seguro será muy apreciada. No les he contado la noticia todavía. ¡Me encanta dar sorpresas!

En efecto, cuando César entró en la semioscuridad del salón con la cola del precioso vestido de Dixie flotando hacia un lado como un estandarte, el deseo de Jasper de sorprender a la gente se vio recompensado.

El ayudante ejecutivo de César, Bruce Gregory, se acercó primero, vio a Dixie con su vestido de novia y se quedó totalmente boquiabierto.

–Cierra la boca, Bruce –murmuró César suavemente–, pareces uno de los pececitos de Dixie.

La visita inesperada surgió detrás de Bruce. Era una atractiva rubia vestida con una falda con estampado de leopardo y una camiseta haciendo juego que dejaba expuesto un ombligo con una exótica joya. Exhaló el aire sorprendida cuando vio a los novios. Por un momento su cara resultó la pintura de la incredulidad.

–¿Petra? –exclamó Dixie encantada–. ¡César, esta es mi hermana, Petra!

Entrecerrando los brillantes ojos, César se detuvo y miró a la rubia que ahora sonreía.

–Hola Petra. ¡Qué pena que te hayas perdido la ceremonia por tan poco!

–Petra... este es César... César Valverde –anunció Dixie con orgullo de poder presentarle a su famosa hermana alguien digno de conocer.

–Todo el mundo sabe quién es César Valverde –dijo Petra con una mirada paternalista que intentó compartir con César, pero él simplemente la miró fijamente, sin mover un músculo de la cara.

–¿Cómo supiste dónde estaba? –preguntó Dixie, aún en brazos de César y momentáneamente cegada por el flash del fotógrafo que se acercó a tomar una foto de su entrada.

–Dejaste tu dirección, querida, y cuando fui a casa de César me encontré con Bruce y lo convencí de que me trajera.

Bruce esbozó una débil sonrisa de disculpa en dirección a su jefe, que le respondió con una mirada que lo hizo envararse.

–Enhorabuena, César –logró decir–. Y, Dixie, mis mejores

deseos. Tengo que confesar... que ni me imaginé que esto sucedería.

—Me has quitado la palabra de la boca —dijo Petra, con voz un poco chillona—. ¿Pero no te encantan las bodas? ¡A mí sí!

César dejó al Dixie en el suelo suavemente.

—Discúlpame, *cara*, tengo que hacer una llamada urgente —le susurró en un discreto aparte.

Petra cruzó el vestíbulo y le pasó un brazo por encima de los hombros.

—Realmente te he echado de menos —confesó, mientras Jasper miraba con cariñosa aprobación el afecto fraternal.

Sorprendida por la inusual demostración por parte de su hermana, Dixie rebosaba de alegría.

—Yo te he extrañado también. ¿Qué tal California?

Mientras Jasper se alejaba, Petra abandonó su sonrisa y se encogió de hombros con petulancia.

—No funcionó. Me volví a Londres, esperando que tú me recibieras en tu casa, pero...

—¡Oh, no! —exclamó Dixie consternada.

—¡Y luego, cuando me enteré de que estabas en España con el querido Jasper, crucé los dedos y recé para que hubiera un hueco para mí! —Petra le estudió la expresión de consternación y culpabilidad de Dixie con fríos ojos verdes—. Estoy sin blanca. No tenía otra opción.

—No, por supuesto que no —afirmó Dixie fervientemente, con la esperanza de que a César y Jasper no les importara que Petra se quedase. Tenía ilusión de ponerse al día con las noticias de su hermana.

César volvió a su lado, y Dixie notó que ahora era Bruce quien estaba al teléfono al otro extremo de la habitación.

Aunque Dixie hubiese querido hablar con su hermana en privado unos minutos, se daba cuenta de que todos estaban esperando para desayunar. A la mesa, tenía a César de un lado y Jasper del otro. Petra acabó al lado del padre Navarro y, al no tener nada de qué hablar con él, se quedó silenciosa, bostezando ocasionalmente.

—Estoy tan contenta de que Petra esté aquí –le dijo a César tímidamente mientras cortaban la tarta–. Se ve que está cansada del viaje, pero ¿no es preciosa?

—Si ese es el color rubio que te gusta, no creo que te quedase bien. Y todos esos tatuajes y agujeros deben de doler un montón. Tu hermana debe ser muy valiente.

—Sí que lo es. Las cosas no le salieron bien en California, pero lo está llevando bien.

Después de la comida Dixie se fue al cuarto de baño a arreglarse el pelo. Cuando salió, se encontró a Petra paseándose fuera con expresión enfadada.

—¡Casi me duermo durante el desayuno! ¡Pensé que el castigo no terminaría nunca! –protestó tomando a Dixie del brazo y encerrándose con ella en la primera habitación vacía que encontró–. ¡Tú, casada con César Valverde! ¡Me he quedado de una pieza! Y, obviamente, cambia mis planes. No me puedo quedar aquí si te acabas de casar.

—¿Por qué no? –preguntó Dixie sorprendida.

—Usa la cabeza, Dixie –dijo Petra irritada–. Esta es la casa de Jasper. Y te irás de luna de miel a algún lugar exótico. ¡No me puedo instalar aquí con el anciano hasta que vuelvas!

—No te preocupes, como Jasper no está muy bien de salud, no iremos a ningún lado.

—Ya sabes que se me da muy mal cuidar enfermos, pero se ve que esta vez a ti te ha salido bien el tema –dijo Petra, con repentino rencor en los ojos–. Mira, ¿por qué no me haces un favor y me prestas un poco de dinero para que pueda salir de este sitio perdido y te deje disfrutar de tu maravilloso matrimonio?

La sorpresa de Dixie crecía por momentos. ¿Qué le pasaba a Petra, que siempre era el alma de todas las fiestas?

—¿Un… un… préstamo?

—Te acabas de casar con un hombre rico –dijo Petra con una mueca de ironía.

Un incómodo color tiñó las mejillas de Dixie.

—Petra, no puedo pedirle a César que te dé dinero…

—¿Por qué? ¿Acaso el banquero es agarrado con sus millones?

—César pagó las cuentas que dejaste pendientes cuando te fuiste a California —respondió incómoda, molesta por tener que mencionar las deudas de su hermana.

Petra se envaró.

—¿Conque César lo sabe?

—Sí.

—¡No fue culpa mía que me metiera en ese lío! —enrojeció Petra enfadada.

—No. Ya lo sé —Petra tenía una actitud demasiado generosa con el dinero ajeno, y eso sí que preocupaba a Dixie.

Petra se tranquilizó con las palabras de Dixie.

—Bueno, si me perdonas por decirlo, no quiero estar metida en medio. Te acabas de casar.

—Si te quedaras, no sería eso... quiero decir... nuestro matrimonio no es...

Pero en cuanto lo dijo, recordó el apasionado abrazo que compartieron en el coche. ¿César habría actuado o no se le daban muy bien las relaciones platónicas? ¿O quizás se sentía tan atraído por ella como ella por él? Descartó la tercera alternativa. Seguro que estaba actuando.

—¿Qué quieres decir? —preguntó Petra.

—César se casó conmigo para darle el gusto a Jasper. Es un matrimonio para que Jasper esté feliz hasta que supere su operación —confesó Dixie—. No tienes por qué sentirte de más.

—¡Eso sí que resulta más lógico! —exclamó Petra con los ojos llenos de satisfacción—. Al fin y al cabo, ¿qué iba a ver un tipo como César Valverde en una mujer como tú? No quiero ofenderte —añadió, al ver que Dixie palidecía—, pero, seamos sinceras, tú no eres nada del otro mundo, mientras que César...

—Sí —interrumpió Dixie tensa, realmente ofendida por lo que había dicho.

—Es un tipo realmente fabuloso —continuó Petra, observándose en el espejo—. Es guapísimo, y además está forrado. Mucho más mi tipo que el tuyo.

–Supongo que sí –respondió Dixie trémula, sintiéndose fea y gorda por primera vez desde que César había hecho lo que ella se imaginaba que era una transformación espectacular. ¿Se creía que un cambio de peinado y bastante ropa bonita iba a realizar un milagro? ¿Era idiota?

–Y César seguro que está aburrido aquí con esos viejos y tú. Además, tú no cuentas –reflexionó Petra–. Tienes razón. Dadas las circunstancias, no hay motivo para no quedarme. Podría ser divertido pasar una temporadita contigo.

Dixie se le quedó mirando el ombligo con su exótica joya, avergonzada al descubrir que no quería que su hermanastra se quedara. Se sintió horrorizada, pero era la pura verdad.

–¡Y tengo una sorpresa para ti! –continuó Petra, sacando de su pequeño bolso una carta arrugada.

En ese momento se abrió la puerta para dejar pasar a César. Alto, moreno y sonriente, tenía algo especial en la mirada. Inmediatamente se dio cuenta de que ella estaba consternada.

–Me la dio tu patrona –Petra le dio la carta y sorteó a César, para alejarse con una rutilante sonrisa.

–¿Qué es eso? –preguntó César, dando un paso adelante.

Dixie miró la caligrafía.

–¡Dios mío! ¡Es una carta de Scott! ¡Nunca me había escrito antes!

Bruce apareció en la puerta.

–Todo está organizado, César.

–¡Oh, no! –exclamó Dixie leyendo.

–¿Se ha muerto?

–No seas bobo, César. Scott quería que estuviera en su casa para que el mecánico fuese a arreglar la lavadora.

–Nueva York no está lo suficientemente lejos –reflexionó César.

–¡Y me da su teléfono allí! ¡Imagínate! –dijo Dixie sorprendida.

–El ordenador está usando todas las líneas disponibles, y además cuesta una fortuna llamar a Nueva York –informó César impávido.

—Es verdad. Y además está la diferencia horaria —murmuró Dixie ausente, mirándolo como si esperase que él le aclarase el tema.

—Me hago un lío con la diferencia horaria. Tendrás que buscarlo... la verdad es que no sé dónde. Vete de aquí, Bruce —le susurró a su ayudante, que había pasado de la mayor incredulidad al ataque de risa incontrolable.

—Me gustaría saber cómo le va en su nuevo trabajo —dijo Dixie, releyendo apenada las tres líneas de la carta.

Se había sumido en sus propios pensamientos. Ya no creía estar enamorada de Scott y la avergonzaba un poco haberlo descubierto. ¿Cómo era posible que se conociese tan poco y se imaginase tanto?

A lo largo de la última semana había aprendido mucho sobre sí misma. Durante la enfermedad de su madrastra no había salido con chicos y, cuando llegó a Londres, los hombres no habían hecho precisamente una cola ante su puerta, así que se había imaginado estar enamorada de Scott. Un enamoramiento ficticio e inocente que la hacía soñar despierta y tener tema de conversación con quienquiera que la escuchase. No le importaba no tener novio mientras estuviese Scott, y Dios sabe que no había mucho más en su vida, reflexionó con tristeza.

César la miraba como un halcón. Pálida y triste al darse cuenta del final de una etapa, Dixie arrugó la carta entre los dedos. En una persona que siempre estaba alegre, el gesto parecía realmente dramático.

—Está bien... Puedes llamar a Scott esta noche.

Emergiendo de sus reflexiones, Dixie se encontró con la penetrante mirada masculina que parecía un poco culpable. ¿Por qué se sentiría culpable, justamente ese día? Jasper estaba contento como un niño con zapatos nuevos.

—Gracias. Me gustaría desearle buena suerte —admitió.

—Me temo que nos tenemos que ir. Ese vestido es hermoso, pero me imagino que te querrás cambiar —continuó César impertérrito.

—¿Ir? ¿Adónde? –preguntó totalmente alerta.

—Pasaremos los próximos días en otro sitio.

—¿Como... como una luna de miel? –preguntó horrorizada–. Pero supuse que con Jasper enfermo...

—Eduardo Arribas se quedará con él mientras estamos fuera. Jasper, por supuesto, quiere que pasemos algún tiempo solos.

Encontrando la mirada de sus maravillosos ojos, Dixie se ruborizó y miró hacia otro lado.

—Pero va a ser muy incómodo... estar los dos solos, quiero decir.

—Tráete muchos libros –le recomendó César.

Mientras Dixie se cambiaba, Petra subió nuevamente. Parecía estar de mucho mejor humor.

—Ya que vosotros os vais, César me ha ofrecido el piso en una urbanización exclusiva de la costa. He decidido aceptarlo. Sabe que para mí esto es demasiado tranquilo.

Dixie sonrió mientras se calzaba.

—¡Qué amable de su parte!

—¿Amable? Yo creo que es más que eso. Me alegra tanto que me hayas dicho la verdad sobre nuestro matrimonio porque... –miró a Dixie con algo más que malicia en los ojos–, ¡creo que le gusto un montón!

Dixie sintió que el estómago se le encogía. Se puso pálida y se dio vuelta para esconder su reacción.

—Siempre me doy cuenta cuando le gusto a un hombre –continuó Petra con convicción–. Cuando César me vio abajo, se quedó petrificado, no manifestó ninguna reacción. Por supuesto, no podía, ¿no? ¡El mismo día de su boda! Y es inteligente, ¿eh? Sabe cómo disimular.

—Sí –dijo Dixie con un nudo en la garganta. Y, de repente, con el corazón oprimido, se dio cuenta de por qué sufría, pero no por qué se sentía tan afectada por la noticia de Petra. Después de todo, la mayoría de los hombres se sentían atraídos por ella. Su hermanastra no solo era sexy y glamorosa, también era divertida. Entonces, ¿por qué le había parecido que César no estaba impresionado por Petra? ¡Había sido un engaño de su mente?

—Después de todo —concluyó Petra secamente—, como tú has dicho, esta charada terminará pronto y César se quedará libre para hacer lo que quiera... ¡y desde luego que yo también lo estaré para hacerlo con él!

Capítulo 9

A Dixie ni se le ocurrió preguntarle a César dónde pasarían la luna de miel. De una forma melodramática que desconocía en ella misma, su único interés era alejar a César de Petra lo más rápido posible. No podría haber soportado los nervios de verlos juntos, de observar cómo su hermanastra flirteaba y César entornaba los párpados para que no se notase su deseo de responder a sus coqueteos.

Nunca imaginó que podría sentirse tan enferma de celos o que la pudiesen invadir emociones tan desagradables. ¡Llegó hasta odiar a Petra y desear que desapareciese en una nube de humo como la bruja mala!

Cuando llevaban una hora de viaje, su enfado se volvió contra sí misma. Estaba enamorada de César, pero no había querido reconocerlo. Ahora sentía el dolor que había tratado de evitar, porque César nunca le demostraba su cariño.

Su amor era un accidente listo para ocurrir. Primero había sido su atractivo masculino, pero luego comenzó a pensar en él, preocuparse por él y quererlo. El sentido común la había abandonado y había acabado en la cama con él, no solo arriesgándose como una tonta a quedarse embarazada sino también a un mayor desengaño.

Si no se hubiese ido a la cama con César, sería menos vulnerable, pero ahora... reflexionó Dixie avergonzada, no podía mirar ese cuerpo delgado y poderoso exquisitamente vestido sin sentirse enferma de deseo y anhelo.

El helicóptero los llevó al aeropuerto, donde se subieron al jet. Dixie se hizo la dormida durante el viaje. Cuando subió a un segundo helicóptero en Atenas, agradeció que fuese imposible hablar, pero se sorprendió de que César eligiese un lugar tan remoto. No era necesario irse tan lejos para satisfacer a Jasper.

Cuando aterrizaron por última vez, César la ayudó a bajar del helicóptero. Junto a ellos se extendía una playa de arena blanca y rutilante mar. El piloto cargó las maletas en un todoterreno aparcado al lado del puerto.

—Es una isla privada —informó César con considerable satisfacción—. Y la tenemos para nosotros solos.

Por supuesto, pensó Dixie sin sorprenderse. No iba a querer gente alrededor que lo obligase a simular que estaba de luna de miel, besuqueándose todo el tiempo en un delirio de felicidad. Y no se le ocurrió mejor cosa que abrir la boca y decirlo.

—Tienes razón —asintió César, mirando su tenso perfil y el gesto triste de su boca—. Un delirio de felicidad no es un objetivo lógico en este momento. Has estado muy callada todo el viaje.

Dixie trató de recordar cuándo había sido la última vez que se había dirigido a él.

—Petra sería mucha mejor compañía —le había dicho al dejar la casa—. Me podrías dejar en la costa y llevártela a ella. Total, Jasper no tiene por qué enterarse.

Se había quedado tan sorprendida como él de haber explotado de esa manera. Se tapó la boca con la mano y lo miró horrorizada sobre los dedos.

—¡Solo estaba bromeando! —añadió abruptamente.

Frunció los ojos, que le relucieron como si de repente hubiese encontrado oro.

—¿De dónde sacaste la idea de que me interesa tu hermanastra?

—A la mayoría de los hombres les sucede —dijo Dixie envarándose y escondiendo el dolor de sus ojos bajo las largas pestañas.

—Yo no soy como la mayoría de los hombres.

Pero ella sabía que las rubias altas y delgadas eran su tipo. Y mientras se despedían lo había estado estudiando. Había ignorado a Petra, lo que indicaba claramente que en realidad se sentía muy atraído por ella pero estaba decidido a ocultarlo.

Se hizo un silencio tenso en el que César apretó los labios y aceleró el todoterreno hasta una casa increíble que se hallaba tras la última curva, escondida por densa vegetación. Al llegar, bajó todo el equipaje y se dirigió a la puerta irradiando enfado por cada poro del cuerpo.

Dándose cuenta de que tendría que haberse callado sus sospechas, Dixie lo siguió al fresco interior.

—Esperaba no tener que mencionarlo, pero Petra me ha caído mal desde el principio. Fue instantáneo. En realidad, hay una palabra que la describiría perfectamente, pero por el cariño que le tienes, preferiría no decirla.

No era posible que quisiera decir... pero mirándole el helado brillo de los ojos, Dixie se dio cuenta de que eso era precisamente lo que quería decir, y se quedó atónita. Pero de su sorpresa surgió un alivio tan maravilloso, que se sintió mareada.

—César, no tendría que haberlo dicho —se disculpó—, pero es tan confuso este tema de tener y no tener que simular... después de un rato me creo que es verdad y me meto en lo que no me importa.

—Quizás deberíamos seguir simulando todo el tiempo. Podría llegar a ser interesante.

Subieron el equipaje al piso de arriba y César abrió de par en par la única puerta que daba al rellano. Dixie se sorprendió de que la villa, que parecía tan espaciosa, tuviese un solo dormitorio. Quizás había otro abajo. César se había ido a buscar el resto del equipaje, así que Dixie investigó la planta baja. Había un recibidor maravilloso, un elegante comedor y una cocina preciosa con una nevera llena de comida. Tuvo que convencerse de que había un solo dormitorio en toda la casa.

César se unió a ella y se sirvió un brandy bastante generoso. Dixie inspiró profundamente.

–César, cuando subimos... no pude evitar ver que... que hay un solo...

Mientras ella hablaba, César se tomó el brandy de un trago. Cuadró los hombros y le dirigió una mirada indescifrable.

–Creo que sería un buen momento para llamar a Scott –dijo, sin expresión en la voz.

–Ah, sí... tienes razón –murmuró Dixie, tomada de sorpresa.

Cinco minutos más tarde llamaba y Scott le respondió enseguida, causándole una alegría tremenda. Lo sorprendió que lo llamara, pero parecía realmente contento.

–¿Que echas en falta Inglaterra? ¡Oh, Scott, qué terrible! –suspiró Dixie apenada mientras miraba a César cerrar la verja del patio con innecesaria fuerza–. Cuéntame sobre la oficina de Nueva York... Pero tú también eres inteligente, Scott, no te dejes intimidar –insistió, mientras César no se alejaba demasiado, la cara rígida, los ojos meras líneas en su rostro–. Por supuesto que te irá bien. Sé que eres brillante y tengo mucha fe en ti. Puedes lograr cualquier cosa que te propongas.

César se dirigió a la cocina, dando un portazo. Dixie oyó un ruido ahogado, un juramento y luego un silencio amenazador. Se quedó mirando la puerta preocupada. ¿Le habría pasado algo? La puerta se entreabrió un poco y ella respiró aliviada.

–Sí, sigo aquí, Scott.

–Eres especial, Dixie. Ya me siento mejor –le dijo Scott agradecido–. Cuando vuelva te llevaré a cenar.

–¿A cenar? ¡Me encantaría! –le aseguró Dixie, deseando cortar ya.

–¿Me das tu teléfono?

–Es que estoy en Grecia ahora –explicó Dixie titubeante.

–¿Qué haces allí? –preguntó Scott asombrado–. ¿Estás de vacaciones?

–Una especie de vacaciones –explicó Dixie, y al oír un nuevo portazo en la cocina, terminó su conversación.

Corrió a la cocina. Con la cara gris y la respiración agitada, César se apoyaba contra los armarios mientras la sangre le brotaba de un corte en la mano.

–¡Oh, tu mano! –gimió, sufriendo por su dolor. Y fue a buscar el botiquín, que se hallaba colgado en la pared–. Déjame que te la cure.

Tenía un corte bastante profundo en el pulgar.

–No te preocupes, es solo un rasguño –dijo César, pero parecía a punto de desmayarse.

–Quizás necesites unos puntos, ¿cómo te lo has hecho?

–Me golpe contra algo en la pared.

Dixie lo curó eficientemente, y a la vez estudió la morena mano contra la blanca suya. Le causó tal emoción verlas juntas que sin pensarlo, le dio un beso en el dorso.

César se puso tenso, pero cuando ella intentó soltarlo le retuvo la mano.

–Tengo que hacerte una confesión.

Dixie agachó la cabeza, avergonzada por la libertad que se había tomado.

–Yo hice que mandaran a Scott a Nueva York.

–¿Cómo? –preguntó extrañada.

–En cuanto me mencionaste a Scott tuve miedo de que lo antepusieras a Jasper –confesó César rudamente–, así que llamé a uno de los socios de su empresa y le pedí que lo mandara al extranjero. Me llevó solo un instante.

Dixie lo miró horrorizada ante la frialdad de su manipulación.

–Y te mentiría si te digo que me arrepiento –concluyó César.

Sintiendo que no estaba bien seguir sujetándole la mano después de semejante revelación, Dixie se la soltó confusa.

–Eres, sin duda, increíblemente egoísta –dijo titubeante–. Solo espero que al menos Scott saque algo de provecho de este viaje.

–No lo sé. ¡Le proporciono la oportunidad de su vida y se aburre en una de las ciudades más emocionantes del mundo! –dijo César secamente.

—Eso es lo de menos —protestó Dixie—. Las personas no son marionetas que se puedan manipular.

—Me parece que me estoy arrepintiendo, pero no de haberlo hecho, sino de haberlo confesado —dijo César—. Pensaba que una confesión espontánea merecía un perdón instantáneo.

Dixie se ruborizó, porque César tenía razón. Si no se lo hubiese dicho, ella ni se habría enterado.

—Bueno, en realidad...

—Creo que me iré a la playa un rato —murmuró secamente César con una expresión indescifrable en el rostro—. ¡No necesito poderes mágicos para adivinar que esta no será una noche de bodas memorable!

Técnicamente, era su noche de bodas, recordó Dixie. Y suponía que, hasta ahora, César no la había encontrado demasiado divertida. Durante el viaje ella había sido una aguafiestas, y tampoco un cascabel desde que llegaron.

—Lamento que estés aburrido —susurró ahogadamente cuando él llegaba a la puerta.

—No estoy aburrido —dijo César, deteniéndose.

—¿Tienes hambre? —preguntó esperanzada. El deseo de retenerlo la inspiraba a alimentarlo—. Te podría hacer algo de comer.

César pareció sorprendido ante la oferta.

—No tengo hambre de comida —le susurró—. Tengo hambre de ti.

Dixie sitió cómo el corazón le daba un vuelco y el estómago se le hacía un nudo.

—¿Por... por... mí? —tartamudeó.

—Sí, tengo un hambre canina, devoradora. Y, por si no lo sabes, tú lo consideraste un terrible error, pero yo no.

Dixie se quedó paralizada.

—¿No?

—Yo pensé que la experiencia fue sensacional —confesó roncamente.

Dixie se estremeció y sus pechos reaccionaron, hinchando sus rosados extremos hasta casi dolerle.

—Probablemente porque habías estado bebiendo...

—No. Y no hagas eso. ¡No te subestimes! —censuró César, los ojos brillantes clavados en su cara sorprendida—. Un hombre no puede fingir su reacción ante la mujer que desea.

Dixie se lo quedó mirando y adivinó a lo que se refería. Bajó la vista involuntariamente y un suave sonido se escapó de sus labios. Su excitación era evidente, y cuando volvió a mirarlo el hambre devoradora que leyó en sus ojos hizo que un calor líquido le quemara entre sus delgados muslos. La sensación fue tan fuerte que se tambaleó.

—No me podría acercar ni a un metro de la cama contigo en ella —admitió César con total honestidad—. Esta vez sí que te saltaría encima. Dormiré aquí abajo.

Cuando él se fue, a Dixie se le cayó el alma. Sí, realmente la deseaba... sexualmente. El tema de la lujuria otra vez. ¿Sensacional? Un cosquilleo de abandono le corrió por la espalda y las piernas le temblaron. Se iba, ¿por qué no lo detenía? Lo único que le podía ofrecer era sexo y ella lo amaba tanto, era tan vulnerable que ya sufría por la separación que tendría lugar cuando Jasper se repusiera.

Pero... ¿qué podía perder? Lo quería tanto. Más que a su orgullo. Más que a sus principios. Y en ese instante, la voz de César le retumbó en la mente. «¡Estás tan convencida de que vas a fallar, que ni lo intentas!».

Muy bien, decidió Dixie. Por una vez iba a correr el riesgo y romper todas sus reglas. Abrió la nevera y sacó la botella de champán del cubo de hielo. Si César tenía miedo al compromiso, tendría que hacerlo sentirse libre de él desde el principio, sin darle ni el más mínimo indicio de que ella quería algo más que una aventura.

César estaba a la orilla, mirando el mar. Dixie se quitó los zapatos y se dirigió a él con el corazón latiéndole descontrolado, rogando que la oyese y se diese la vuelta, pero el suave ruido de las olas se lo impidió.

Tuvo que llegar hasta él y plantarle la botella en la mano para que se diese vuelta con extrañeza.

–Yo también pensé que fue sensacional. Y me parece una tontería que duermas en un incómodo sofá floreado –dijo, sin mirarlo a los ojos.

–¿Scott? –susurró César.

–¡Está en Nueva York! –respondió rápida como un rayo–. Él como...

–¿Ojos que no ven, corazón que no siente? –dijo César cínico.

–No es eso, César...

–*Dio mio!* ¿Para qué discuto? –preguntó César soltando la botella y tomándola en sus brazos con fuerza y entusiasmo devastadores.

–Sin ninguna atadura –le dijo Dixie sin aliento mientras le pasaba los brazos por el cuello y le apretaba la cara contra el hombro inspirando su perfume–. No soy del tipo de persona que quiere ataduras –repitió, por si aún seguía pensando que ella pretendía más que el tipo de mujer con que él estaba acostumbrado a acostarse.

César la levantó y le apretó los suaves labios con la fiereza de los suyos, haciéndola debilitarse de la cabeza a los pies. La siguió besando, abriéndole los labios con urgencia, pero la forma de su abrazo cambió. De la pasión, pasó a la ternura inexplicable, recorriéndole con los labios los párpados y las húmedas mejillas hasta recuperar su boca enrojecida con una dulzura casi insoportable. Y luego, muy lento, las deslizó sobre su poderoso cuerpo masculino hasta que sus pies desnudos tocaron la arena otra vez.

–La arena se mete por todos lados –murmuró en broma.

Seguro que él sabía eso. Nueve años mayor que ella, tenía mucha más experiencia. Pero Dixie descubrió que no quería pensar en las otras mujeres, ni en qué distinta era de ellas. Ni era sofisticada, ni alta y delgada, ni siquiera rubia. Seguía en absoluto su patrón, y eso la asustaba.

Cuando llegaron al dormitorio, se sintió terriblemente tímida, pero César la tocó con una luz comprensiva en sus hermosos ojos oscuros y la acercó a él. Le bajó la cremallera del vestido, delicadamente le deslizó los tirantes por los hombros y dejó que la prenda cayera a sus pies.

Su mirada ardiente brilló apreciativa al verle el sujetador de seda sin tirantes y las braguitas de encaje a juego.

—Estás exquisita, *cara mía* —murmuró suavemente.

—Siempre dices lo que corresponde. Tienes práctica, supongo —dijo Dixie tensa.

Una sonrisa lobuna le iluminó a César las facciones.

—Eres perfecta para mí. Nada de lo que te digo te impresiona.

—Oh, sí —lo contradijo Dixie instantáneamente para convencerlo de ello, aunque su susceptible corazón se encogía.

La levantó en sus brazos y la acostó en la magnífica cama con dosel. Los pechos temblorosos por la agitada respiración, lo miró desvestirse, una estatua griega de bronce convertida en ser de carne y hueso. Pero ninguna estatua había sido nunca tan masculina al mostrar su erección.

—No me puedo creer que seamos nosotros —dijo Dixie, viniéndole a la memoria una imagen de César en el banco, frío y distante. El recuerdo la aterrorizó.

—Créelo —urgió César roncamente, mirando sus opulentas curvas femeninas con reverente anticipación.

Le pasó las manos por el pelo posesivamente y la levantó hacia él. Ella vibró entera, atravesada por el deseo, rozando su delgado y duro cuerpo con apetito creciente. Como la polilla que se acerca al candil, pensó con temor. Pero luego él le liberó los trémulos pechos de su cárcel de seda y acarició las sensibles cúspides, entonces la gloria de la sensación detuvo todos los pensamientos.

—*Dio*, adoro tu cuerpo, *cara mía* —confesó César con apasionada intensidad mientras le levantaba con las manos las maduras curvas y se inclinaba para deslizarle la punta de la lengua entre los pechos y lamerle con la lengua la sedosa piel.

—Nunca pensé que podría llegar a sentirme así... —dijo Dixie sin aliento, mientras el vientre se le contraía de excitación.

La tomó de las caderas con seguras manos para levantarla

y besarla con deseo, y ella sintió que todos sus sentidos respondían. Le recorrió el delgado muslo con la lengua hasta llegar a su centro y gruñó de placer al descubrir la cálida humedad que la braguita no podía esconder. Luego le besó el pulso en el cuello.

–Jasper tenía razón al vigilarme tanto esas noches interminables. ¡Nunca he tomado tantas duchas frías en mi vida!

–¡Te deseo tanto! –gimió ella.

Él le arrancó la barrera de encaje y seda que aún los separaba y recorrió con leves besos el trémulo cuerpo, encontrando lugares eróticos que ella ni sabía que tenía, deslizando las puntas de los dedos suavemente por el húmedo vello que protegía su caliente feminidad.

Y luego le recorrió la sedosa carne que pedía a gritos sus caricias, y su respiración se convirtió en un jadeo de asombro sensual mientras echaba la cabeza hacia atrás y su columna se convertía en un tenso arco recorrido por oleadas de placer. Lo anhelaba y necesitaba con cada fibra de su cuerpo entregado.

César se colocó encima y ella se abrazó a él con todo el cuerpo, gozando de su calor, su dureza y su peso. Y cuando él la penetró con fuerza, la salvaje excitación ardiente de su posesión la hizo perder el sentido. Con cada impulso la hizo volar más y más alto, hasta que ella llegó a la cima y no pudo reprimir más el creciente deseo dentro de sí. Entonces gritó en éxtasis con él, su cuerpo convulso bajo el de él antes de hundirse en la dulzura de la saciedad.

Rodeada por sus brazos, se sentía tan segura, totalmente feliz.

–Siempre me sorprendes, *cara* –dijo César suavemente, aunque algo en su voz la hizo ponerse tensa–. Lo raro es que siempre desconfié de tus principios. Para una mujer que era virgen hace unos días, aprendes muy rápido –su tono rozaba el sarcasmo.

–No te comprendo... –dijo ella rodando hacia un extremo de la cama y cubriéndose defensivamente con la sábana.

—¿No será que tu repentino cambio de opinión tiene algo que ver con la consumación del matrimonio? Ahora no podremos pedir la anulación, *cara*. ¡Tendrá que ser divorcio, y puedes sacarme una buena pensión!

El color desapareció de su cara ante tal insinuación. Los azules ojos se le llenaron de dolor y escondió la cara en la almohada dándole la espalda.

—¿Ningún comentario? –preguntó César con frialdad.

¡Conque ahora era una interesada que se había metido en la cama con él para sacarle dinero! Dixie se sintió realmente triste y enfadada. ¡Qué estúpido podía ser cuando trataba lo realmente importante! No podía tomar nada tal como venía. ¿Es que no la conocía en absoluto? ¿Cómo era capaz de poseer su cuerpo tanta ternura mientras su cerebro maquinaba cosas tan terribles?

—¿Todo el mundo trata de aprovecharse de ti? –susurró.

—Pocas veces corro ese riesgo.

Dixie levantó la cabeza, y su mirada azul se clavó en la helada de los ojos negros, que parecían pertenecer a un extraño. Le dolió aún más, pero levantó la barbilla y le clavó la estocada de su dolor hasta la cruz.

—Deja de preocuparte. Tu cuenta bancaria está segura. Lo he hecho nada más que por el sexo. Puede que resulte un poco fuerte, pero es todo lo que tengo que decir sobre el tema.

—No puede ser –lanzó César una aturdida carcajada–. Estamos casados. ¡Eres mi esposa!

—¡A una esposa no la acusarías de acostarse contigo por tu dinero! Bueno, serías capaz... –concedió Dixie, porque en ese momento su concepto de él se hallaba por los suelos–. En realidad, lo acabas de hacer.

César le intentó abrazar el cuerpo rígido que se resistía.

—Cambiaste de opinión repentinamente. Tengo una mente lógica. Necesito saber tus motivos.

—Te los acabo de explicar, así que suéltame, por favor.

—No –dijo César, besándole la nuca.

—Sabes que no estamos casados en serio, lo sabes perfectamente –murmuró ella lentamente–. No me gusta que digas que lo estamos.

–Vale –dijo, e instantáneamente la soltó.

–Y me debes una disculpa –murmuró Dixie con tristeza.

El silencio se extendió interminable.

–Bueno –gimió César con un esfuerzo–. Tendría que haberme tragado el comentario sobre la pensión hasta que realmente sucediese. Ya que fui yo quien te pidió que te casaras conmigo y yo quien quiso compartir esta cama contigo, mis sospechas eran injustificadas e injustas.

El silencio se cargó de expectación, pero como respuesta a la admisión de su culpa, Dixie se quedó dormida, agotada después del día cargado de emociones.

Se despertó al amanecer y lo miró dormir, totalmente relajado. Tumbadas boca abajo en la cama, sin cubrir por la sábana, parecía más joven, menos amenazador, increíblemente sexy. Durante la noche se encontraron otra vez y se abrazaron e hicieron el amor con tal intensidad que Dixie se ruborizó de solo pensarlo. Era increíble que César la deseara tanto, aunque era evidente que el sexo era muy importante para él.

Pero eso no quería decir nada, ¿no? Una forma de liberar tensiones, pasión pasajera, lo consideraba él. Pero no iba a pensar en eso, se regañó. Viviría para el presente.

–Magdalena, mi madre, tenía un encanto especial y yo la quería mucho –admitió César con cierta tensión, apoyado contra las almohadas como un dios pagano–. Pero era una cabeza hueca. Me preocupaba más yo por ella que ella por mí.

–¿Conociste a tu padre?

–Una vez, cuando tenía diez años. Él tuvo curiosidad... y nada más –dijo César sin ningún tipo de censura.

–¿Y qué tal salió?

–Lo puse nervioso –dijo César, con una mueca de desagrado–. A esa edad yo era totalmente insoportable. Sin embargo, me dejó todo lo que tenía cuando murió al año siguiente, probablemente porque yo era su único hijo.

—Entonces, ¿cómo es que terminaste trabajando para el banco de la familia?

—Mi padre fue un playboy toda su vida, pero pretendía algo más de mí —dijo César con ironía—. Estipuló en su testamento que yo heredaría su participación en el Banco Mercantil Valverde si comenzaba desde abajo e iba subiendo.

—¿Tu primera novia en serio? —preguntó Dixie atrevida.

—Yo tenía dieciocho. Me la encontré en la cama con mi mejor amigo. Te digo sinceramente que fue mi única novia en serio.

—¡Te habrá dolido muchísimo! —murmuró Dixie con rabia.

—Sobreviví —dijo César, sonriéndole tierno y divertido—. Háblame de Scott —invitó.

—¿Qué pasa con Scott? —pestañeó Dixie.

—Tengo curiosidad.

—Le gusta el fútbol y los coches. Dentro de poco cumple veintidós años.

César hizo una mueca de dolor sin que Dixie se diera cuenta mientras deslizaba el dedo por el borde de la copa una y otra vez preguntándose para qué lo querría saber,

—No es un genio de las finanzas, pero le gustaría. Todos los que él admira en el trabajo parecen serlo, así que se viste como ellos y tiene un viejo Porsche que realmente no puede mantener —Dixie sonrió con afecto—. Es adorable.

Tomándola por sorpresa, César la abrazó y le besó la suave boca con urgencia fiera, casi enfadada.

—Yo no soy adorable.

Sintiéndose mareada, le miró el rostro con una secreta luz en los ojos. Durante una semana de increíble felicidad y satisfacción, Dixie había aprendido mucho sobre César. Y se había enamorado aun más profundamente del complejo hombre que se escondía bajo esa morena cara de ángel caído. Era capaz de ser increíblemente dulce, honestamente cariñoso, pero siempre estaba dispuesto a huir, a esconderse rápidamente. Su perro, Spike, había sido un poco por el estilo al principio, reflexionó. Lleno de desconfianza e intranquilidad, temeroso de responder a sus caricias o expresar su afecto.

—¿En qué piensas? —preguntó César en el momento menos oportuno.

Dixie se ruborizó. Sabía que a él no le gustaría enterarse de que lo comparaba con un perro que de cachorrillo había sido maltratado por su cruel dueño.

—No, no me lo digas —dijo, cerrándose a ella como si hubiera echado el cerrojo para no permitirle entrar.

Pero ahora ya sabía qué hacer cuando aquello sucedía. Cerró los ojos y le echó los brazos al cuello, como si no se hubiese dado cuenta de las señales que se manifestaban en su rostro.

—Nos vamos pasado mañana —dijo una hora más tarde, todavía en brazos de César. Estaba preocupada por la inminente operación de Jasper, pero también triste porque tenían que marcharse de la isla.

—No. Nos vamos mañana.

—Pero dijiste que nos volvíamos el treinta y uno.

—Será treinta y uno en menos de cinco minutos —le informó César con ironía—. Necesitas un calendario. En algún sitio se te ha perdido un día.

De repente, al pensar en calendarios, recordó algo que había relegado al fondo de la mente. Tenía un ciclo menstrual de veintiséis días y su período tendría que haberse iniciado ese día, pero había sucedido nada.

Se le había retrasado. Quizás se le había alterado el organismo por el cambio de clima o la dieta, se dijo angustiada. ¿Y si no era así? ¿Y si había concebido el bebé de César aquella primera noche?

Capítulo 10

Accidenti! ¡Yo ya sería pobre si administrara un banco mercantil del modo en que aquí administran la unidad de cirugía! –protestó César, paseándose por la elegante sala de espera como un tigre enjaulado.

–Jasper saldrá bien –lo tranquilizó Dixie convencida.

–¿Cómo puedes estar tan tranquila? –preguntó César, en tono casi acusador.

–Mi madrastra estuvo en la unidad de cuidados intensivos varias veces cuando se acercaba el final –respondió, causando que César enrojeciera y esbozara una sonrisa de disculpa y se sentara a su lado.

Se levantó de un salto en cuanto se abrió la puerta para dar paso al cirujano, cuya sonrisa le indicó a Dixie todo lo que necesitaba saber. Pero César habló extensamente con él, gesticulando de una forma muy latina. Dixie lo miró con ternura. En el banco jamás había demostrado este aspecto de su personalidad, pensó, recordando su reserva y formalidad frías como el hielo.

¿Cómo reaccionaría si le dijese que le iba a dar un hijo? Probablemente con frialdad, pensó Dixie, poniéndose pálida. El día anterior, cuando ingresaron a Jasper en la clínica de Granada, Dixie dijo que tenía que hacer unas compras y se había escabullido durante una hora para comprar un test de embarazo. Lo había usado por la mañana y ya tenía la confirmación de que estaba embarazada, causándole una enorme preocupación. Si César no estuviese tan nervioso por lo de Jasper, se habría dado cuenta.

¿Cómo podía decírselo? Su breve pero intensa relación ya estaba por acabar. Pronto Jasper estaría en condiciones de soportar la noticia de la separación. ¿No era eso lo que habían acordado?

Pasaron el siguiente día en la clínica, haciendo turnos para estar con Jasper. Pero por la noche, César estaba lleno de energía. Al ser un pesimista, se había imaginado tantos horrores antes, durante y después de la operación, que la mejora constante de Jasper le causó un alivio enorme.

Cuando volvieron al lujoso hotel, sacó un vestido largo dorado del armario y lo extendió sobre la cama.

–¡Ponte elegante! ¡Nos vamos a celebrarlo!

Cuando salió de la ducha veinte minutos más tarde con una toalla envolviéndole las estrechas caderas, César dejó caer el anillo de compromiso y la alianza sobre la mesilla al lado de ella.

–Los dejas en todos lados. Cada vez que puedes te los quitas y te olvidas de ellos. Pronto los perderás o te los robarán.

–Trataré de tener más cuidado –dijo Dixie en voz baja y se levantó del taburete a agarrarlos.

–¡Estás preciosa! –exclamó con voz entrecortada al verla, vestida con solo un sujetador color melocotón y unas braguitas diminutas–. ¡Cómo te deseo, *cara*! –añadió, soltando la toalla y tomándola entre sus brazos en un solo movimiento.

La apretó contra su cuerpo duro y musculoso y ella se estremeció con violencia, pero por primera vez, una vocecita en su cabeza se negó a los gritos.

Sin embargo, el poder de César sobre su cuerpo fue mayor. Le soltó el sujetador y se lo quitó, para recorrer con sus manos su piel anhelante y ella se le entregó, gimiendo indefensa bajo su boca hambrienta y sensual mientras la llevaba hasta la cama.

Fue más salvaje que nunca. Sensual y terriblemente excitante, incluso de una intensidad que le causó miedo. No tuvo que esperarla, porque ella estaba lista. Y en cuanto lo sintió dentro de sí, perdió el control, llegando a la cima de la excitación tan rápido que le arañó la espalda temblando incontrolable y él le tuvo que ahogar el grito del clímax con la boca.

Y luego se acabó y ella se quedó totalmente aturdida, con César mirándola con evidente satisfacción.

—Cada vez es mejor —dijo con una sonrisa lobuna muy masculina levantándose de encima de ella y tomándola en sus brazos para llevarla a la ducha con él.

Solo que esta vez se sintió avergonzada y arrepentida. Ya no podía simular más que era una relación normal. No era más que una aventura, se dijo. Y mientras se duchaba, otro pensamiento incluso más turbador se le ocurrió. No era ni siquiera una aventura. La verdad era mucho menos aceptable. Al pagarle todas esas deudas César la había comprado, como una lata de tomates en el supermercado.

César la envolvió con una gran toalla como si fuese una niña.

—Siempre se me olvida lo nuevo que te resulta esto —dijo con suavidad, al verle la boca tensa y los ojos evasivos—. Pero a la vez, me gusta saberlo. Hace que todo resulte especial entre nosotros.

—¿Lo crees?

—Por supuesto —le aseguró, apoyando ambas manos en los tensos hombros—. Las últimas cuarenta y ocho horas han resultado muy estresantes. Lo único que hemos hecho es descargar esa tensión en la cama. Resultó electrizante. No hay porqué sentirse mal.

Pero ella no quería consolarse. Y cuando salió del baño para vestirse, se dio cuenta del motivo. No había nada más brutalmente real e imposible de esconder que un embarazo no deseado que pondría furioso al hombre que amaba. Descubrió que ya no podía seguir engañándose y tenía que enfrentarse a la dura realidad. No podía seguir viviendo el momento con una nueva vida desarrollándose en su vientre.

César la llevó a un restaurante elegantísimo a comer a la luz de las velas.

Les pusieron champán francés con un elegante ademán en la mesa. Ella pidió agua mineral.

César le tradujo el menú entero. Ella pidió luego una ensalada pero no la comió.

César había encargado con antelación tarta de chocolate. Ella dijo que no tenía ganas de comer.

Él le dijo que el café era una especialidad de la casa. Ella le encontró sabor raro y metálico.

Dejó los anillos en el lavabo. Tuvieron que volverse de la puerta de la discoteca y soportar un atasco de veinticinco minutos para recuperarlos.

–Me sorprende que no hayan robado el diamante –le dijo César con una reflexiva mirada de censura.

–Pues a mí no. ¡Es tan grande que parece de juguete! –dijo Dixie, sin arrepentirse un ápice por los inconvenientes que había causado.

–Vale –dijo César apretando las mandíbulas–. Por fin lo he entendido. No te gusta tu anillo de compromiso.

–No es mío, es tuyo, así que, ¿qué importa lo que yo opine? –espetó Dixie caprichosa, escandalizada por la forma en que se había comportado toda la noche, pero incapaz de controlar su propia inseguridad. Y odiando a César cada vez más a medida que avanzaba la noche. Odiándolo por cada sonrisa y mirada que las mujeres le echaban, odiándolo por tomar precauciones todos los días religiosamente menos la noche en que tendría que haberlo hecho.

–¿Se puede saber qué te pasa hoy?– preguntó César cuando se subieron en la limusina.

–No tengo ganas de simular más, eso es todo –quiso morderse la lengua, pero no pudo. No podía controlar la amargura.

Se hizo un silencio mortal.

–¿Y qué quieres decir con eso? –la profunda voz de César se había convertido en hielo, y hacía mucho tiempo que no usaba ese tono con ella.

–Haces que me avergüence de mí misma.

–¡Dime que esto es un pequeño colapso después del estrés que hemos pasado y respiraré hondo con santa paciencia hasta que pase! –le respondió amenazador.

–Lo que tenemos es algo muy sórdido –dijo Dixie, haciendo un esfuerzo por callarse, pero el dique de sus emociones se había desbordado y tenía que dejarlas correr.

–¿Cómo?

–Compraste el derecho a decirme qué hacer cuando pagaste esas deudas. Lo dijiste tú mismo –le recordó Dixie temblorosa–. Y eso lo podría soportar si no hubiesemos acabado en la cama.

–Cuando hicimos ese trato no había nada entre nosotros. ¡Las cosas han cambiado mucho desde entonces!

–¡Pues bien, te sigo odiando por lo que me has hecho! –gritó Dixie sin control. Pero mientras lo decía, deseaba que él la tomase en sus brazos y la abrazase, la convenciese de que eran solo tonterías suyas y la hiciese sentirse segura otra vez.

–Vale –respondió César la miró con la cara ferozmente tensa y una expresión indescifrable en los ojos. Luego levantó el teléfono para comunicarse con su chófer. Minutos más tarde, la limusina salió del tráfico y se detuvo frente al hotel.

–Te veo mañana en la clínica –dijo César sin inflexión en la voz, y un momento más tarde la puerta de Dixie se abrió para permitirle bajarse.

–¿Mañana? Y ahora, ¿dónde vas?

–No creo que sea de tu incumbencia en este momento.

Nunca se le había ocurrido que César se iría. Le pareció la forma más cruel de castigo. Sin decir palabra, se bajó y miró como el coche se alejaba. En ese momento estaba segura de que, a pesar de lo que había dicho, volvería, pero a las tres de la mañana se fue a la cama y tuvo un sueño inquieto y angustiado.

Se despertó al amanecer con la necesidad de hablar con alguien y se le ocurrió llamar a Petra, pero sabía que César se ofendería muchísimo si era indiscreta.

Así es que se guardó las ganas de desahogarse, pero sucumbió a la tentación de llamar a Scott para charlar un rato mientras se hacía la hora de ir a ver a Jasper.

Scott estaba mejor. Ya tenía su fecha de vuelta para dentro de quince días. Eso lo había tranquilizado un poco y se había pasado el tiempo mirando coches. Se pasó el resto de la conversación hablándole de las bondades de un Corvette por el que se había enamorado.

Dixie tomó luego un taxi para ir la clínica a eso de las diez. Se sintió de lo más humillada al llegar a la habitación de Jasper y enterarse de que César ya se había puesto en contacto con su padrino. No se le ocurrió pensar que ella había pasado una hora al teléfono, pues ni se había dado cuenta de que la llamada era tan larga.

–¡Qué pena que os tengáis que separar tan pronto después de la boda!– suspiró Jasper comprensivo–. ¡Pobre César, tenerse que ir a Londres ahora por la crisis en el mercado de valores!

¿Crisis? ¿Qué crisis? Al recibir la devastadora noticia, solo el cariño que le tenía al anciano que observaba su reacción ansiosamente le dio fuerzas para esbozar una alegra sonrisa.

–¡Me encanta estar aquí contigo!

La cara de pena de Jasper se evaporó como por encanto.

–Además, si voy, estaré sola todo el tiempo –explicó . Ya sabes que para él el trabajo es lo primero.

Así que César se iba a Londres. La dejaba en España, tal como lo habían planeado se dijo Dixie, sin poder reaccionar. César ya llevaba dos semanas sin ir por el Banco Mercantil Valverde, Jasper pronto se iría a casa para reponerse y ella se quedaría con él para asegurarse de que no hiciese esfuerzos.

Siguió charlando con Jasper, y solo cuando se hizo el silencio se dio cuenta de que se había quedado dormido. Ni recordaba de qué había estado hablando. Salió para estirar las piernas un poco y se paró en seco en la puerta.

César venía por el pasillo. Estaba guapísimo vestido con un elegante traje gris, camisa blanca y corbata plateada, pero ya no era el hombre tranquilo y sonriente al que se había acostumbrado. Cuando se detuvo a su lado, su aspecto frío y distante la intimidó, igual que aquel día en que entró a su despacho y le mostró la lista de las deudas de Petra. Dixie tembló, sintiendo que todo lo que había pasado desde entonces había existido solo en su imaginación.

–Jasper está dormido –murmuró titubeante.

–Tiene que descansar todo lo que pueda. Llamaré esta noche.

Dixie tomó aire para reunir fuerzas para lo que quería decir.

–César, perdóname por la forma en que actué anoche...

–Olvídalo –interrumpió César, distante y controlado.

–No puedo... no quería decir lo que dije... –insistió, la tensión subiéndole por momentos. Era como si nunca hubieran hecho el amor, ni reído juntos. Como si nunca hubiesen compartido nada.

–No quiero hablar del tema –insistió frío como el hielo, sin esconder su impaciencia.

Incontrolables, las lágrimas le llenaron los ojos.

César exhaló un suave improperio y le apoyó la mano en la cintura para guiarla hasta la sala de espera. Una vez allí, no cerró la puerta, como si no quisiera tener intimidad para discutir el problema ni estar con ella un segundo más de lo necesario y se acercó a la ventana dándole la espalda. Sintió su rechazo como un verdadero golpe.

–¿Dónde fuiste anoche? –susurró desmoronándose en una silla, igual que su mundo se le desmoronaba alrededor.

–A la playa.

–¿Qué– qué playa?– tartamudeó.

–Una playa, ¿vale? –dijo irritado– ¿Qué importa dónde?

–Me tenías preocupada...

–He pagado la cuenta del hotel –dijo dándose la vuelta un instante. Tenía las mandíbulas apretadas y tensas–. Estarás más cómoda en la finca. El chófer de Jasper te traerá a Granada todos los días. Dentro de un par de semanas te podrás venir a Londres y entonces resolveremos el resto.

Ese era el momento para decirle que estaba embarazada, pensó Dixie con tristeza. Nadie los interrumpiría.

César se dio vuelta finalmente y sacó algo del bolsillo.

–Será mejor que te quedes con esto –dijo, dejándole caer en el regazo un pequeño objeto–. No se lo daré a nadie más.

Dixie se quedó mirando azorada el exquisito anillo de rubíes del que el sol sacaba profundos destellos.

–Has sido maravillosa todo este tiempo –dijo, acercándose indeciso a la puerta, como si dos fuerzas opuestas tirasen de él. Su rostro expresaba dolor en las profundas líneas que lo surcaban–. Tendría que habértelo dicho antes, pero no me di cuenta. Tendrías que venderlo. ¡Puede que Scott no lo sepa, pero mantenerte ocupada con lavadoras resultará más complicado que mantener un Porsche!

¿Scott? ¿Por qué mencionaba de repente a Scott? ¿Por qué estaba tan raro? El cerebro de Dixie rehusaba funcionar.

–Sí –murmuró–, pero no será un Porsche, sino un Corvette.

–Perdón, ¿interrumpo? –una alegre voz conocida exclamó desde el umbral.

Dixie levantó la cabeza, totalmente sorprendida por la presencia de su hermanastra, que vestía una reducida camiseta de encaje y una falda cortísima, dejando al descubierto su moreno vientre y larguísimas piernas.

–¿Petra?

–Creía que César te iba a traer al coche a verme, pero me cansé de esperar –dijo Petra echando atrás con una mano su magnífico pelo dorado–. ¡Me siento como si hubiese pasado la mañana entera esperando en el maldito coche! –añadió con una expresión petulante en la preciosa cara.

–Perdona, me olvidé de decirte que tu hermana ha decidido volverse a Londres conmigo –dijo César, con las facciones contraídas.

–¿Olvidé? –repitió Petra irritada, pero luego esbozó una sonrisa y se encogió de hombros–. ¡Qué golpe para mi orgullo!

Dixie se los quedó mirando sin ver. Ahora comprendía todo. César se había ido a la playa. ¿Quién estaba en la playa?

César la había abandonado la noche anterior para irse con su preciosa hermana.

—Ya es hora de que vuelva con Jasper —dijo, pálida como una muerta y se puso de pie, deseando alejarse de los dos—. ¡Que tengáis buen viaje!

—¿Dixie? —la llamó César, logrando alcanzarla en el pasillo y agarrándole la mano.

—¿Qué? —se detuvo a preguntar.

César la miró con ojos tormentosos y lentamente le soltó la mano.

—Nada... nada —dijo con fiereza y se alejó a largas zancadas.

Dixie se apoyó contra la pared hasta que controló el temblor de sus piernas, y en cuanto él desapareció, se metió en el cuarto de baño donde vomitó todo el miedo y la tristeza que la embargaban.

Capítulo 11

Tres semanas más tarde, Dixie llegó a Londres.

Todas las noches, César la había llamado por teléfono. Después de ponerlo al día con los progresos de Jasper, César la había interrogado detalladamente sobre sus actividades del día. Hasta le preguntaba sobre lo que estaba leyendo. Y ella hablaba y hablaba de cualquier cosa, con tal de oírle la voz. Ni una vez mencionaron su matrimonio, ni la relación tan íntima que habían tenido, ni tampoco el divorcio que se acercaba.

Al principio las llamadas la habían dejado perpleja, hasta que más tarde se dio cuenta de que él se comportaba como Jasper esperaba que lo hiciera un recién casado cuando se separa de su mujer.

Cuando el chófer de César la recibió en el aeropuerto, Dixie era un manojo de nervios. Llevaba tiempo sin dormir bien, y mantener una fachada alegra frente a Jasper resultó un esfuerzo sobrehumano. Las largas semanas alejada de César la habían hecho enfrentarse a la deprimente realidad.

Lo que habían compartido brevemente se había acabado. Lo que para César, había sido una aventura para ella, había sido la más maravillosa y traumática experiencia de su vida. Pero ahora sentía que jamás se recuperaría de ella. Sabía que César no toleraba el tipo de escena que ella montó la última noche en Granada, pero podría haber demostrado un poco más de consideración, en vez de demostrarle de forma tan evidente que planeaba reemplazarla con su propia hermanastra.

Pero también se daba cuenta de que no podía hundirse. Estaba embarazada. No tenía dinero. No tenía trabajo. Por orgullo, le hubiera gustado desaparecer de la vida de César con una sonrisa, pero, dadas las circunstancias, no tenía más que una opción. Decirle a César lo del bebé.

Dixie siguió al chófer hasta la limusina con el corazón oprimido. No esperaba tener que enfrentarse a César hasta la noche, así que cuando la puerta del coche se abrió y César se bajó con su gracia natural, se quedó petrificada, incapaz de hace otra cosa que mirarlo.

¿Por qué tenía que estar siempre tan guapo y elegante? Ella ni siquiera se había maquillado, llevaba el pelo con sus rizos naturales y se había puesto lo primero que encontró en el armario.

—Te hubiera recibido en el avión, pero a Spike no le gusta quedarse solo en el coche.

Un gemido agónico surgió del coche y César se inclinó para sacar a Spike, que sacudía las cortas patitas en el aire y la miraba con adoración, loco de contento.

Lo única reacción que Dixie tuvo fue abalanzarse a agarrarlo y meterse en la limusina para pasar los siguientes minutos tratando de calmar con mimos la excitada bienvenida. Cuando consiguió tranquilizarlo, la limusina se hallaba lejos del aeropuerto.

—No puedo creer que se haya venido contigo —dijo por fin, mirando como el animalito se instalaba entre los dos, como queriendo tocarlos a la vez. Se alegró de haber tenido esa distracción esos primeros momentos—. ¡Es increíble! ¡No te tiene nada de miedo!

Como si la entendiese, Spike le dio un lametazo en la mano y se estiró apoyándose en César para mirarlo con ojos de adoración.

—Es muy cariñoso —dijo César, acariciándole las hirsutas orejas. El perrillo se entregó a la caricia con feliz abandono.

—Nunca pensé... quiero decir que los hombres lo aterrorizaban. Obviamente, tienes algo especial –dijo Dixie, mordiéndose el labio con ansiedad–. Lo que pasa es que ahora... se pondrá muy triste si te pierde.

—Sí, creo que sería un trauma terrible –reflexionó César–. Tendrás que separarlo de mí poco a poco.

—Por supuesto.

—Me parece que será mejor que no te vayas de casa pronto –suspiró César.

Dixie miró al animal con los ojos llenos de perplejidad.

—Supongo que no...

César se echó para atrás en el asiento. Una leve sonrisa le suavizó la tensa línea de la boca.

—Tengo que confesar que lo he malcriado.

—Lo necesitaba.

Reinó el silencio. Dixie siguió mirando al perrito como si su vida dependiera de ello. Había sido fantástico para romper el hielo, pensó, emocionada porque César fuese tan cariñoso con el animalito. Pero Spike no iba a servir de mucho una vez que ella dijera lo que tenía que decir.

—Cuando lleguemos a casa –dijo, pensando que César se merecía estar preparado para lo que se avecinaba–, tengo que confesarte algo que no te va a hacer muy feliz... En realidad, creo que te vas a enfadar mucho, y quiero decirte ahora que lo comprendo...

—Scott voló a España y tú te escapaste y dormiste con él –interrumpió César con brusquedad.

Dixie lo miró con incredulidad. No se le ocurría qué decir a tal increíble insinuación.

—*Madre di Dio!* ¡Si es eso, mejor no me lo digas, porque lo mato! –juró César entredientes.

—¿Qué te pasa? ¿Has estado bebiendo? –preguntó Dixie tensa.

—No, pero necesito una copa –confesó César agitado y abrió la puerta del bar de un tirón.

—Scott no ha estado en España. Y no se me ocurre porqué

iba a hacerlo, ni porqué me iba a acostar con él. Puede que creas que me comporté de una forma muy impulsiva contigo, pero créeme, he aprendido la lección.

César cerró la puerta del bar de golpe e inspiró profundamente para tranquilizarse.

—Tenía nervios de acero hasta que te conocí —confesó.

—Intentaba prepararte para lo que te tenía que decir —murmuró Dixie arrepentida.

—Tranquila. Estoy frío como el hielo, listo para enfrentarme a lo que me eches —dijo César, con los plateados ojos interrogantes, quitándole el aliento.

La limusina se detuvo frente a la casa y Fisher la recibió con una cálida sonrisa.

—Bienvenida a casa, señora Valverde.

—¡Oh, no! ¿Quién le ha dicho que estábamos casados? —exclamó Dixie consternada, mirando a César con preocupación—. ¡Era un secreto!

—Todo el mundo en el banco lo sabe también —le dijo César, con aire de disculpa.

—¿Bruce se fue de la boca? —preguntó Dixie, abriendo los ojos como platos— ¡Qué terrible para ti, César!

—Lo llevo sorprendentemente bien, considerando los problemas que ha creado... —confesó César, apoyándole una firme mano en la espalda para conducirla hasta el estudio, con Spike a sus talones.

—¿Problemas?

—Regalos de boda, invitaciones que nos han mandado a los dos...

César cerró la puerta y se apoyó contra ella cuadrando los hombros.

—Venga, dame esa terrible noticia. No me tengas en ascuas más.

Dixie lo miró trágicamente, cansada de tantas emociones, del viaje y la presión de las últimas semanas.

—Ojalá no hubiera sido tan tonta de permitir que pensaras lo que pensaste. Sabes, ni siquiera estaba tomando la píldora –admitió nerviosa, y esperó que César sacara la conclusión lógica.

César la miró intensamente.

–¿Qué tiene eso que ver... ?

Dixie se sintió desfallecer y se tambaleó ligeramente.

–¡Te has puesto pálida! –exclamó César dando un paso adelante y sujetándola con cuidado para hacerla sentarse en el sofá.

–Estoy embarazada –dijo Dixie sin expresión, mientras él se ponía a su lado.

–Embarazada –repitió, como si nunca hubiese oído la palabra antes.

–La noche en que Jasper tuvo el infarto –le recordó Dixie en un susurro, esperando su reacción.

–Estás embarazada...–los ojos de César relucieron plateados–. De repente me siento casi mareado –dijo tembloroso–. Tienes a mi bebé ahí dentro.

–Después de una noche solamente –suspiró Dixie, mirándose las manos entrelazadas en el regazo.

César le separó las manos para entrelazarle las suyas.

–*Dio*... solo esa vez, *cara mia* –dijo con un tono muy extraño.

–Estás disgustado. No te culpo. Todas las otras veces tomaste precauciones... –se quedó callada con evidente vergüenza.

–Está claro que le destino ha intervenido aquí –con una alegría que solo podía ser para que ella no se sintiera ofendida, pensó Dixie–. Está claro que no estás mirando el lado positivo. Al fin y al cabo, estamos casados, aunque nadie lo diría, al ver que no llevas anillos –reclamó, suave como la seda.

–Me los quité en cuanto me despedí de Jasper. Pensé que nuestro matrimonio tenía que permanecer en secreto –explicó, perpleja ante el giro que había dado la conversación y esperando que en cualquier momento explotara.

César se levantó de un salto y la tomó de los brazos.

–Estás cansada, tienes que acostarte.

—Tenemos que hablar de esto ahora.

—Cuando estés más cómoda.

La llevó arriba, a su dormitorio y la hizo sentarse en la magnífica cama con dosel.

—No has dicho nada de lo que pensaba que dirías. Tienes un autocontrol impresionante –dijo Dixie tristemente.

—Perdón por decírtelo, pero tu mente funciona tan distinto de la mía que no me comprendes demasiado –declaró César apesadumbrado, mientras le quitaba los zapatos y la chaqueta.

—Dime lo que tengas que decir –insistió Dixie con ansiedad.

—Después de que duermas una siesta, *cara*. Casi te desmayas abajo y todavía estás muy pálida. Hay mucho tiempo para hablar.

Dixie hundió la cara en la almohada.

—Deja de ser tan bueno conmigo –le dijo con voz dolida–. Me haces sentir peor. Sé lo que sientes, lo que pasa es que escondes tus sentimientos mejor que yo.

César le acarició el pelo.

—A dormir –murmuró con ternura–. Si te sirve de consuelo, yo también pensaba que te leía como un libro abierto, y luego descubrí que en tu forma de pensar no existe la lógica. Es una cuestión de impulsos, de reacciones momentáneas...

—No es verdad –murmuró ella, encantada de tenerlo y demasiado exhausta para despreciarse por ser tan débil. Mejor era disfrutarlo, pensó. No lo tendría por mucho tiempo.

Dixie durmió hasta las siete y se levantó para darse una ducha mientras pensaba en César. ¡Qué amable había sido con ella! Pero claro, era un hombre sofisticado y culto. No iba a reaccionar como un adolescente atemorizado tratando de huir de sus responsabilidades.

Fisher le avisó desde la puerta que la cena se servía a las ocho. Se puso un elegante vestido negro sin mangas que ya había usado en la isla, pero el embarazo le daba una plenitud a sus senos que se notaba ya.

Al llegar al comedor, vio que Fisher se había esforzado en crear un ambiente apropiado, con candelabros de plata y elegante vajilla. Pobre Fisher. No tenía ni idea de qué poco apropiado resultaba.

César se unió a ella en la puerta. Alto y elegante, la hizo sentirse consciente de su propia femineidad.

–¿Podrás tolerar las velas por una noche? –le preguntó con suavidad.

Dixie se ruborizó.

–Estuve terrible esa noche, ¿no? –gimió–. Acababa de enterarme de que estaba embarazada...

–¿Ya lo sabías? –interrumpió César sorprendido.

Dixie asintió.

–No me extraña que estuvieses consternada –dijo, ayudándola con la silla.

Después de una comida deliciosa, fueron al salón a tomar el café, y la tensión se hizo presa de ella nuevamente.

–¿Podemos terminar la conversación? –preguntó, levantándose y caminando por la habitación–. ¡No entiendo cómo puedes charlar como si no pasara nada!

–Muy sencillo. La respuesta es que no pasa nada. Quiero a ese bebé –respondió César con total calma.

–Pero fue un accidente...

–No. Y no vuelvas nunca a decirlo –dijo, controlando una sonrisa–. Los bebés crecen y se convierten en adolescentes a quienes no les gusta enterarse de que son el resultado en un fallo, si lo sabré yo.

Dixie se ruborizó y se sentó un instante, para volver a caminar.

–Ya lo sé, pero...

–No me puedo creer que quieras un aborto.

–Yo no, pero creía que tú sí.

–Ni se me ocurriría. Mi padre quiso privarme del derecho de nacer –le recordó con irónico disgusto–. Jamás lo haría con mi propio hijo. No solo lo quiero, sino que también estoy decidido a ser un buen padre desde el principio.

Dixie se quedó sin aliento al escucharlo. Nunca soñó que lo aceptaría de tal modo.

–Será un poco difícil cuando nos separemos... divorciemos, quiero decir –señaló incómoda.

–Me temo que aquí tendrás que ser muy valiente y sacrificada, *cara mía* –la observó, con un relámpago de expectación en los negros ojos.

–No te comprendo.

–Ha llegado el momento de decirte adiós a Scott.

–¿Scott! –Dixie se sorprendió de que Scott apareciese en los momentos más insólitos.

–Si ambos queremos lo mejor para nuestro hijo, ni siquiera pensaremos en un divorcio en este momento –afirmó César convencido, observándola dar pequeños círculos en el centro de la habitación.

–Pero...–dijo Dixie, totalmente desconcertada por la noticia y borracha de alegría con solo pensarlo.

–Así que seguimos juntos –afirmó César tenso–. Pero Scott se queda fuera. Tendrás que aceptarlo.

–Pero Scott es solo un amigo...

–Te pasaste una hora y cuarenta y cinco minutos hablando por teléfono a Nueva York desde Granada. Me parece que hubo un exceso de amistad de una hora y media.

–¿Tanto? –dijo Dixie, tropezando con la chimenea y agarrándose para enderezarse– ¿Y tú cómo lo sabes?

–Pagué la cuenta del hotel antes de ir a la clínica.

Estaba obsesionado con Scott. ¿Cómo no se había dado cuenta antes? ¡Estaba furioso porque había hablado con él!

–¿Estás celoso? ¿Celoso de Scott?

–¡No seas ridícula! –se ruborizó César ofendido.

–Perdona, solo –se disculpó Dixie, considerando innecesario decirle que Scott solo era una amigo.

César se le acercó y, poniéndole las manos en los delgados hombros, la guio hasta el sofá.

—Lo único que digo es que en este matrimonio solo hay sitio para dos. Tú y yo.

—¿Y Petra? La fuiste a ver la noche en que me dejaste en el hotel.

—No. No la fui a ver. Me topé con ella. Mejor dicho, ella se topó conmigo a la mañana siguiente. Yo me quedé en otro de mis apartamentos. Petra vio la limusina la mañana siguiente, se invitó a desayunar conmigo y me pidió que la trajese a Londres. No podía decir que no.

Aunque Dixie quería creerlo, se daba cuenta de que si César hablaba de continuar casados, sería tonto de su parte ahora confesar su atracción por su hermanastra y crear una fricción entre ellas. Pero no acababa de comprenderlo. César había aparecido con un fabuloso anillo de rubíes en la clínica, una especie de regalo de despedida. Petra estaba rara, como si algo hubiese sucedido entre los dos.

—Creaste un problema. Nunca le tendrías que haber dicho a Petra que nuestro matrimonio no iba en serio.

Dixie pensó en su hermana. Sabía que tendría que hablar con ella para poder aclarar esas estúpidas sospechas. En cuanto decidió hacerlo, se sintió libre de poder apreciar la felicidad que la embargaba. Pero si no hubiese sido por el bebé, quizás César nunca...

—No estoy segura de que puedas aguantar estar casado conmigo años y años.

—¿Por qué no? —preguntó César envarándose.

—Te aburres fácilmente —la duda se reflejó en los ojos azules.

—¿Cómo crees que me puedo aburrir contigo si no sé con qué vas a salir en cada instante?

Fisher golpeó la puerta para anunciar una llamada urgente.

Sabiendo que podía llevarle horas, Dixie subió a la habitación despacio. Luego entró y cerró la puerta con suavidad, para dar un infantil salto en la cama y botar en el colchón de muelles mientras golpeaba las almohadas.

—¡Si... sí... sí! —gritó.

La puerta que conectaba con la salita estaba entreabierta y se abrió suavemente para dar paso a César, con el teléfono móvil en una mano y una sonrisa maliciosa en la boca.

—Conque algo de bueno tendré, *cara mía* —dijo, con voz sensual—. Cuando estábamos abajo no parecías nada entusiasmada en seguir casada conmigo, pero mira tú por dónde, te encuentro celebrando aquí solita.

—Yo... yo —Dixie se había quedado petrificada.

César dejó el teléfono y comenzó a desvestirse con parsimonia, haciéndola enrojecer.

—Sí, ahora ya sabes cuándo te deseo —canturreó César satisfecho.

Se acercó a ella con una sonrisa radiante que le soltó el corazón de sus amarras. Parecía tan feliz, más todavía que en la isla.

Lo primero que hizo fue abrazarse a él, apretándose contra su pecho mientras la tensión se evaporaba en el círculo de sus brazos.

—Te he echado de menos... —gimió César y la besó hambriento.

—Así que quiero ver a Scott por última vez —concluyó Dixie en el denso silencio. Había pasado una semana maravillosa desde su llegada a Londres y era la primera vez que no estaban de acuerdo.

—No —dijo César secamente.

—Solo para explicarle que me he casado y por eso no me he puesto en contacto con él —repitió Dixie.

—No quiero que lo veas. Me parece que es perfectamente razonable.

—Pues a mí no. No me parece razonable —dijo Dixie apenada—. Y tampoco creo que te tenga que pedir permiso.

—Eres mi esposa —dijo César con frialdad, como un tirano—. Te tendría que importar lo que pienso.

—Si hubiera sido mi novio, todavía. Comprendería que estuvieras celoso. Pero aunque en algún momento haya creído que estaba enamorada de él, lo superé hace tiempo –comentó Dixie con estudiada parsimonia.

El silencio volvió a reinar, denso y palpitante.

–Vale –César arrojó el *Financial Times* sobre la mesa de desayuno y se puso de pie–. Puedes verlo en un sitio público durante una hora.

–Lo llamaré hoy –dijo Dixie, volviendo a su café y su libro con un aura de total tranquilidad.

–¿Por qué no lo llamas la semana que viene, cuando Jasper esté aquí? –sugirió, indeciso al lado de la puerta.

–No. No quiero esperar tanto –dijo Dixie mirándolo y esbozando una alegre sonrisa–. ¿Vendrás a comer?

La tormentosa expresión de su rostro se evaporó por arte de magia.

–Me encantaría, pero comer en casa me agota.

Dixie se ruborizó.

–Tengo una reunión diplomática muy aburrida hoy –dijo, todavía en la puerta mientras Dixie se enfrascaba de nuevo en su libro–. Preferiría estar contigo.

En la cama, pensó Dixie. Típico. Pero aunque se habían atraído sexualmente al principio, estaba resultando maravilloso en otros aspectos también.

Fisher le había contado cómo se había ganado el asustado corazoncito de Spike. Huesos, juguetes, bombones de chocolate... frente a los ojos del atónito mayordomo, César había utilizado todos los trucos posibles para sacarlo de sus escondites. La emocionaba muchísimo que un hombre que jamás había tenido un animal hiciera semejante esfuerzo. Recompensado, desde luego, porque Spike lo adoraba.

Y también estaba el estanque que había hecho construir para los pececitos.

Lo único que la preocupaba era que no la hubiese ayudado a encontrar a Petra. ¿Sería porque realmente no la podía soportar o porque algo había sucedido entre ellos que le trataba de ocultar?

Ésa era la única nube en su futuro, porque César se comportaba como un marido verdadero, hablando del bebé como si ya hubiese nacido. La semana siguiente venía Jasper y harían una recepción para quinientas personas.

Llamó a Scott a media mañana para contarle lo de la boda e invitarlo. Reaccionó con sorpresa e insistió en verla. Dixie pensaba que ni se molestaría en hacerlo.

Y luego, al mediodía, el mundo se le vino abajo. Bruce Gregory llamó para preguntarle dónde comía César.

–Mencionó una reunión diplomática –dijo Dixie sorprendida.

–No. Canceló para reunirse con tu hermana, y debe tener el móvil apagado. Es por un tema urgente.

–No sé dónde han ido –dijo Dixie, cuando logró recobrar la voz.

Bruce cortó, dejándola totalmente apabullada. ¿César tenía una aventura con Petra? ¿Era tan tonta que no se había dado cuenta? ¿Y entonces, por qué la llevaba a la cama temprano todas las noches?

Media hora más tarde, Fisher abría la puerta del salón.

–La señorita Sinclair, señora –anunció.

Y antes de que Dixie pudiera recuperar el aliento, entró Petra llorosa y casi histérica.

–¡He hecho algo horrible y me vas a odiar, pero eres la única que puede ayudarme! –exclamó, antes de que Fisher cerrara la puerta–. He metido la pata. Intenté chantajear a César –Petra se pasó una mano por la melena rubia–. ¿Cómo te has casado con un tipo tan odioso, Dixie?

Dixie se desplomó en una silla.

–Te acostaste con César –dijo, como si le hubiera dado una bofetada.

–¿Acostarme? ¡Ni loca! –lloriqueó Petra–. Me arrojé en sus brazos aquella mañana en la costa, pero no quiso saber nada conmigo. ¡No lo dudó en lo más mínimo!

Dixie sintió pena por su hermana y la abrazó, haciéndola sentar en al sofá, palmeándola en el hombro para tranquilizarla.

—Te comprendo —dijo, porque sabía lo que ello significaba para su hermana, acostumbrada a que los hombres cayeran a sus pies como moscas.

—¡Me dijo que era una harpía, que ni merecía lamerte los zapatos, el desgraciado!

—¿Qué hiciste para chantajearlo?

—Lo llamé de repente esta mañana y le dije que se arrepentiría si no se reunía conmigo hoy —reveló su hermana temblorosa—. Y cuando apareció lo amenacé con decirle a Jasper que vuestro matrimonio era un fiasco.

Dixie se puso pálida.

—Dios mío...

—Era la forma de vengarme —susurró su hermana avergonzada—. ¡No lo habría hecho nunca, pero sentía que si le sacaba un poco de dinero me sentiría mejor después de la forma en que me humilló!

—No creo que lo hiciera por humillarte, Petra.

—¡Fue muy humillante cuando se rio de mi amenaza y me dijo que estabas embarazada! —protestó Petra, rompiendo un pañuelo de papel entre sus dedos—. ¡Y luego se enfadó y me dijo que pagaría con tal de que te dejara en paz, y entonces me sentí todavía peor!

Haciendo un esfuerzo por no sonreír, Dixie trató de calmar a su alterada hermana. Entonces Petra se desahogó y le contó sus verdaderos problemas. Ya no la llamaban para trabajos porque estaba haciéndose mayor y en Los Ángeles nadie había mostrado ningún interés en su carrera como actriz.

—¡Y además me dijo que vendría y te lo contaría todo! —continuó Petra—. Así que me vine volando, porque no podría soportar perderte. Siempre he contado contigo —murmuró Petra—. A nadie más le intereso.

En ese instante la puerta se abrió de golpe y César dio un paso para entrar, pero Dixie se puso de pie.

—Te agradezco que hayas encontrado a Petra, César —le dijo con una sonrisa decidida—. Ahora que me lo ha contado todo estamos haciendo las paces.

César retrocedió con desgana y Dixie calmó a Petra y la acompañó a un taxi.

Al volver, César la esperaba.

—Tendría que haberte dicho lo de Petra desde el principio —dijo—. En cuanto la mencionaste, la noche en que me contaste la verdad de sus deudas, me di cuenta. Tiene una reputación...

Dixie le lanzó una azul mirada de reproche y fue como si a un volcán le pusieran una tapa para evitar que destruyera su entorno

—Conozco a mi hermana, César. No necesitas protegerme de ella —suspiró compasiva—. Está acostumbrada a usar su belleza para conseguir lo que quiere y necesitará mucho apoyo para hacer algunos cambios...

—*Accidenti!* ¿Piensas que va a cambiar?

—De la noche a la mañana, no, pero tendrá que hacerlo. No tiene otra opción —dijo con tranquila confianza—. No puede seguir vistiéndose como si tuviera quince años. Y no te preocupes —añadió para tranquilizarlo—, no querrá venir mientras estés aquí. No le gustas en absoluto.

Boquiabierto por sus sabias conclusiones, César la vio subir las escaleras.

—¿Dónde vas?

—A tomar una copa con Scott. Dijiste que no había problema.

César apretó los puños en los bolsillos de su elegante pantalón.

—Mentí. Me da miedo que lo veas y te des cuenta de que lo quieres con locura.

Oírlo admitir que estaba celoso le causó mucha ternura.

—Lo cancelaré entonces, no te preocupes —murmuró dulcemente—. Hace semanas que me he dado cuenta de que te amo con locura a ti.

Se lo dijo porque pensó que se merecía saberlo. Mientras subía a la habitación para llamar y cancelar su cita, Dixie se preguntó si se arrepentiría luego de habérselo dicho. Cada vez le costaba más esconder sus emociones.

César la siguió a la habitación.

–Dices que me amas... –dijo–. ¿Quiere decir que me tienes cariño, o que me quieres tanto como lo querías a Scott?

Dixie sintió que su corazón rebosaba de amor al oírlo. Era tan vulnerable. Lo miró con ternura irrepresible en los ojos.

–Con Scott fue solo el capricho de creer que estaba enamorada. No era ni la enésima parte de lo que siento por ti.

César la tomó de las manos y la acercó a él.

–He estado rezando por oír eso desde la noche en que Jasper enfermó.

A Dixie se le abrieron los ojos como platos, pendiente de cada una de sus palabras.

–¿Desde entonces?

–Cuando te vi en la puerta de la habitación, me di cuenta. Estaba enamorado de ti y no quería dejarte ir por si te me escapabas –confesó César mientras el color se le subía a las mejillas–. A la mañana siguiente me sentía genial, hasta que me dijiste que había sido un error y en el único que podías pensar era en Scott.

César la amaba. Dixie le enmarcó la cara con las manos.

–Pensé que eso era lo que querías oír en ese momento. Perdóname. Si hubiese sabido cómo te sentías, nunca te lo habría dicho.

Más tarde, no recordaba cómo habían llegado a la cama, ni cómo sus ropas habían desaparecido. Y después de hacer el amor con salvaje pasión, seguros en el amor que los unía, lograron volver a hablar.

–Cuando fuimos a comer con Jasper y anunció sus planes de boda, sentí que era mi oportunidad, porque pensaba que seguías enamorada de Scott –explicó César, con los ojos llenos de amor–. Si lograba ponerte un anillo en el dedo, tendría la posibilidad de ganarme tu amor.

–¿Te querías casar conmigo?– se asombró Dixie, recordando la sinceridad con que la había persuadido que se casara con él.

–*Mamma mia!* Si no lo hubiese querido, habría encontrado mil razones para convencerlo, empezando porque te merecías la alegría de organizar una boda como Dios manda.

–Pero tuve una boda como Dios manda –le aseguró Dixie–. Y una luna de miel genial. Pero... ¿por qué insististe que llamara a Scott en nuestra noche de bodas?

–Estabas tan triste después de recibir esa estúpida carta que te mandó, que me diste pena. Me sentí culpable de negarte el contacto con él.

A Dixie se le llenaron los ojos de lágrimas.

–Oh, César, si me querías realmente fue muy generoso de tu parte.

–¡Fue un impulso estúpido! –la contradijo César– Cuando te oí tan cariñosa tranquilizándolo por teléfono, di un puñetazo a la pared y me clavé el abrelatas.

–¡Ay, Dios! –le tembló la voz a Dixie, que intentaba controlar la risa– ¡Tu pobre mano!

–Me carcomían los celos.

Finalmente lo admitía. Le dio un beso en el dedo como recompensa.

–Aunque nunca me creí que me estabas usando solo por el sexo, *amore mio* –informó César, apretándola contra él y mirándola posesivo.

–No. Ya sabía que me había enamorado de ti, pero no quería que te asustaras y alejaras de mí. Y terminé haciéndolo en Granada –se lamentó Dixie.

–Me disgusté tanto, que tuve que alejarme para poner en orden mis ideas. Y a la mañana siguiente vino Petra...

–Ya sé, olvídalo –lo instó Dixie.

–Volví a la clínica con el anillo de rubíes porque me habías dicho que significaba amor apasionado para declararte mi amor... ¿qué te pasa?

–Ahora entiendo todo –suspiró Dixie–. Viste la cuenta del hotel y te enteraste de que había llamado a Scott...

–Fue como si me hubiesen retirado el suelo bajo los pies, y no me atreví a hacerlo. Pero cuando llegué a Londres ya me había tranquilizado e hice todo lo posible por mantener abierta la comunicación entre nosotros. También intenté poner a Spike de mi lado...

—¿Así que el bebé fue una buena noticia?

—¡La mejor del mundo! —exclamó César estrechándola entre sus brazos hasta hacerla perder el aliento.

LA NOVIA EMBARAZADA

LYNNE GRAHAM

Capítulo 1

–¿Qué diablos llevas en la cabeza? –preguntó Meg Bucknall tras apretar el botón para llamar al ascensor de servicio.

–Es para que no me caiga polvo en el pelo –contestó Ellie llevándose una mano al pañuelo de flores.

–¿Y desde cuándo eres tan puntillosa?

Ellie suspiró y decidió ser sincera con la buena mujer:

–Hay un tipo que suele quedarse a trabajar hasta tarde en mi planta y... bueno... es...

–¿Se hace notar demasiado? –volvió a preguntar Meg sin sorprenderse, con un gesto de desaprobación. Ellie podía atraer la atención de los hombres en cualquier circunstancia. Era menudita y esbelta, joven, con un cabello de un rubio natural que brillaba como la plata y ojos verdes enmarcados por inesperadas cejas y pestañas negras–. Apuesto a que está convencido de que con una humilde mujer del servicio de limpieza como tú es cosa hecha. ¿Es joven o viejo?

–Joven –contestó Ellie dejando que Meg pasara delante en el ascensor–. Y te aseguro que está acabando con mi paciencia. He estado pensando en contárselo al supervisor.

–No, no lo hagas oficial, Ellie –se apresuró a recomendar Meg con una mueca–. Si ese cerdo trabaja hasta tarde es que es una persona importante. Y seamos sinceros, Ellie: de ti pueden prescindir mucho más que de cualquier ejecutivo.

–¿Acaso crees que no lo sé? Seguimos viviendo en un mundo de hombres.

–Pues ese tipo debe de ser bastante insistente cuando está acabando con tu paciencia... Escucha, haz tú mi planta esta noche y yo haré la tuya. Así por lo menos te tomas un respiro. Quizá más adelante alguien quiera cambiar definitivamente de planta contigo.

–Pero no tengo permiso para subir a limpiar la última planta –le recordó Ellie.

–¡Va, no te apures por eso! –exclamó Meg sin darle importancia–. ¿Para qué va a necesitar nadie un permiso especial para abrillantar un suelo y vaciar una papelera? Ahora, eso sí, si el agente de seguridad se da una vuelta justo cuando estás tú apártate de su vista. Si puedes, claro. Algunos de esos sujetos serían capaces de incluirnos en su informe. Y no te atrevas a traspasar la puerta doble que hay de frente. Es la oficina del señor Alexiakis, y está prohibido entrar allí, ¿de acuerdo?

Ellie sonrió agradecida mientras Meg empujaba el carrito con los utensilios de limpieza para salir a la planta que normalmente limpiaba ella.

–Aprecio mucho tu gesto, Meg.

Ellie nunca había estado en la planta superior del edificio Alexiakis International. Al salir del ascensor de servicio se dio cuenta de que era distinta de las plantas inferiores. Nada más dar la vuelta a la esquina vio, a su derecha, una lujosa y enorme área de recepción. Más allá de ella todas las luces estaban apagadas, pero a pesar de todo pudo ver una impresionante pareja de puertas en la penumbra.

Sin embargo, al mirar a la izquierda, al fondo del corredor había otra pareja de puertas idénticas. Ellie hizo una mueca y supuso que la parte en penumbra, más cercana a recepción, albergaba la oficina prohibida. Decidió comenzar a trabajar por el fondo para ir acercándose al ascensor y se relajó. Estaba encantada con la idea de que Ricky Bolton no fuera a interrumpirla aquella noche con sus monsergas.

Llevaba unas zapatillas de lona que no hacían ruido. Abrió la puerta doble y cruzó toda la habitación para vaciar la papelera. Entonces se dio cuenta de que la oficina contigua estaba ocupada. La puerta estaba entornada, y de ella salían inequívocas voces masculinas.

Por lo general en un caso como aquel Ellie hubiera anunciado su presencia, pero tras la advertencia de Meg decidió que era más inteligente retirarse en silencio. Lo último que deseaba era causarle problemas a su compañera. Justo cuando estaba a punto de salir escuchó pisadas que se acercaban por el corredor desde la zona de recepción. Aquello le produjo casi un ataque al corazón.

Sin pensar siquiera en lo que hacía se escondió detrás de una de las dos puertas. El corazón le latía acelerado. Las pisadas fueron acercándose, y de pronto se detuvieron justo al lado de la otra puerta. Ellie contuvo la respiración. En aquel silencio pudo escuchar palabra por palabra la conversación que aquellas dos voces masculinas mantenían en la oficina contigua:

–... así que mientras yo siga fingiendo que me interesa comprar Danson Components la Palco Technic se mantendrá igual –murmuraba una voz satisfecha–, pero en cuanto se abra la bolsa el miércoles por la mañana moveré pieza.

Ellie escuchó cómo el intruso, cuyas pisadas había oído, contenía el aliento. Era una estúpida. ¿En qué diablos había estado pensando? El carrito con los utensilios de limpieza estaba fuera, delante de la puerta, como prueba evidente de su presencia.

Sin embargo el intruso ni avanzó ni entró en la habitación. Para sorpresa y alivio de Ellie volvió sobre sus pasos por el corredor con mucha más cautela de la que había entrado. Ellie volvió a respirar de nuevo. Estaba saliendo de su escondrijo, de puntillas, cuando la puerta de la oficina contigua se abrió apareciendo un hombre tremendamente alto de aspecto alarmante. Ellie se quedó helada, se ruborizó y abrió inmensamente los ojos verdes. Unos ojos más negros que el ébano la miraron desafiantes y agresivos.

–¿Qué diablos estás haciendo tú aquí? –gritó incrédulo e irritado el hombre de ojos negros.

–Ya me marchaba...

–¡Estabas detrás de la puerta, escuchando! –arremetió de nuevo lleno de ira.

–No, no estaba escuchando –contestó Ellie atónita ante tanta agresividad.

De pronto lo reconoció y se puso completamente tensa. Nunca lo había visto antes, pero había un enorme e indecente retrato de aquel tipo en el vestíbulo de la planta baja. Aquella foto era el blanco de numerosas bromas y comentarios femeninos. ¿Por qué? Porque Dionysios Alexiakis era terriblemente atractivo. Dionysios Alexiakis, conocido popularmente como Dio, era el millonario griego, despiadado y falto de escrúpulos, que dirigía la Alexiakis International. De pronto Ellie comprendió que se había confundido de puertas y se sintió enferma. Su empleo y el de Meg estaban en la cuerda floja. Tras Dio Alexiakis apareció un hombre mayor de pelo cano. Al verla frunció el ceño y sacó un teléfono móvil.

–No es la mujer que limpia siempre esta planta, Dio. Voy a llamar a seguridad de inmediato.

–No hace falta –protestó Ellie muerta de miedo–, yo solo he venido a sustituir a Meg esta noche, eso es todo. Lo siento, no pretendía interrumpir... ya me iba...

–Pero tú no tienes por qué subir aquí –dijo el hombre mayor.

Dio Alexiakis la escrutaba con mirada intensa, con ojos negros tan brillantes que la ponían nerviosa.

–Estaba escondida detrás de la puerta, Millar.

–Un momento, puede que pareciera que estaba escondida detrás de la puerta, pero ¿para qué iba a hacer eso? –argumentó Ellie, desesperada–. No tiene sentido, yo solo soy del servicio de limpieza. Comprendo que he cometido un error al venir aquí, y lo siento de veras, pero... me iré ahora mismo.

Una mano morena la agarró entonces, sin previo aviso, de la muñeca, obligándola a quedarse.

–Tú no vas a ninguna parte. ¿Cómo te llamas?

–Ellie... es decir, Eleanor Morgan... ¿qué estás haciendo? –gimoteó.

Pero era demasiado tarde. Dio Alexiakis le había quitado el pañuelo de la cabeza. Todo aquel cabello rubio platino cayó revuelto por los hombros. Él le bloqueaba el camino. Ellie, sintiéndose amenazada por aquella muralla humana, miró para arriba. Sus ojos verdes se toparon con otros negros e insondables. Ellie sintió que el corazón le daba un vuelco. Sentía una extraña sensación de mareo, la cabeza le daba vueltas. El irritado escrutinio de él se había convertido en una mirada provocativa y sexy.

–No pareces una mujer de la limpieza, yo nunca he visto ninguna igual –dijo él al fin en un tono de voz duro y profundo.

–¿Y has visto muchas? –inquirió Ellie sin comprender hasta más tarde lo impertinente de su pregunta.

Lo cierto era que ella no había sido la primera en atacar. Los ojos de él expresaban sin ningún género de dudas aquella actitud masculina arrogante y sexualmente excitada que Ellie tanto detestaba.

–Ellie... hay una Eleanor Morgan en el servicio de mantenimiento –intervino el hombre mayor al que el otro había llamado Millar–. Pero se supone que trabaja en la octava planta, y el servicio de seguridad no le ha concedido ningún permiso para subir aquí. Voy a ordenar al supervisor que venga inmediatamente a identificarla.

–No, deja ese teléfono. Cuanta menos gente se entere del incidente, mejor. Toma asiento, Ellie –añadió Dio soltándole la muñeca y acercándole una silla.

–Pero es que yo...

–¡Siéntate! –gritó él como si estuviera tratando con un animal doméstico al que tuviera que adiestrar.

Ellie, atónita ante aquella forma de dirigirse a ella, se dejó caer sobre la silla con la espalda rígida y el corazón acelerado. Había entrado donde no debía, pero se había disculpado. Lo había hecho todo excepto arrastrarse por el suelo, reflexionó resentida. ¿Por qué tanto jaleo?

–Quizá quieras explicarme qué estás haciendo en esta planta, por qué has entrado en este despacho en particular y por qué te has escondido a escuchar detrás de la puerta –dijo Dio Alexiakis con dureza y precisión.

Hubo un silencio. Ellie se preguntó si serviría de algo echarse a llorar, pero aquellos ojos negros paralizaron su corazón. Aquel hombre la trataba como si hubiera cometido un asesinato, así que lo más inteligente era ser sincera.

–He estado teniendo problemas con un ejecutivo que trabaja siempre hasta tarde en la octava planta –admitió Ellie inquieta.

–¿Qué clase de problemas? –preguntó Milllar.

Dio Alexiakis dejó que su intensa y negra mirada vagara provocativa por la diminuta y tensa figura de Ellie, deteniéndose sobre los pechos moldeados por el delantal y las largas y perfectas piernas. Luego sonrió y torció la boca mientras un mortificante rubor subía a las mejillas de ella y coloreaba su blanca piel.

–Mírala, Millar, y luego dime si todavía necesitas que te explique de qué tipo de problema se trata –intervino Dio.

–Le mencioné mi problema a la mujer que limpia esta planta –continuó Ellie con respiración entrecortada–, y le pedí que me cambiara por una noche. Después de mucho insistir accedió, y me advirtió que no atravesara las puertas dobles pero... por desgracia hay dos pares de puertas dobles en esta planta.

–Eso es cierto –concedió Dio Alexiakis.

–Me equivoqué de puertas, y estaba a punto de salir cuando escuché pasos y comprendí que venía alguien. Tuve miedo de que fuera un guardia de seguridad, porque eso le hubiera podido causar problemas a Meg, por eso me escondí detrás de la puerta. Fue una estupidez...

–Por aquí no ha venido nadie de seguridad desde las seis –intervino el hombre mayor–. Y cuando llegaste tú, Dio, hace unos diez minutos, la planta estaba vacía.

–Bueno, no sé quién era el que subió. Estuvo parado delante de la puerta unos veinte segundos, y luego se marchó...

–añadió Ellie mientras su voz se iba desvaneciendo, sin comprender por qué aquellos hombres ponían en entredicho su explicación.

Dio Alexiakis dejó escapar el aire contenido con un silbido, dio un paso atrás y se apoyó sobre el borde de una mesa mirando al otro hombre con ansiedad.

–Vete a casa, Millar, yo me ocuparé de esto.

–Mi deber es quedarme y solucionar este problema...

–Tienes una cita para cenar –le recordó Dio seco–. Y llegas tarde.

Millar lo miró a punto de protestar pero después, al ver la expresión expectante de su jefe, asintió. Antes de marcharse hizo una pausa y dijo:

–Pensaré en ti mañana, Dio.

–Gracias –contestó Dio Alexiakis poniéndose tenso, con los ojos nublados.

Después Dio cerró la puerta tras su empleado y se volvió hacia Ellie.

–Me temo que en este asunto no puedo confiar en tu palabra, Ellie. Has oído una conversación confidencial –dijo en un tono seguro y definitivo.

–Pero si no estaba escuchando... ¡ni siquiera me interesaba! –contestó Ellie asustada.

–Tengo dos preguntas que hacerte –añadió con más suavidad–. ¿Quieres conservar tu empleo?

Ellie se enervó. Era despreciable que aquel hombre la intimidara utilizando esas tácticas.

–Por supuesto que quiero...

–¿Y quieres que esa otra mujer que te ha cambiado la planta conserve también su empleo?

–Por favor, no involucres a Meg en esto –se apresuró a contestar Ellie pálida–. He sido yo quien ha cometido un error, no ella.

–No, ella decidió saltarse las reglas –la contradijo Dio Alexiakis con frialdad–. Está tan involucrada como tú. Si al final resulta que eres una espía pagada por alguno de mis competidores habrás tenido que darle algo por lo que le merezca la pena arriesgar su puesto de trabajo, ¿no crees?

–¿Una espía? ¿Pero qué diablos...? –susurró Ellie sin dejar de mirar aquel rostro moreno e irritado, concentrando sobre él toda su atención.

–Eso que me has contado de una tercera persona a la que ni viste ni puedes identificar... resulta muy conveniente para ti –añadió Dio directo–. Así, si hay una filtración, tú tienes cubiertas las espaldas.

–¡No sé de qué estás hablando! –gritó Ellie tan nerviosa que ni siquiera podía pensar.

–Espero que no, por tu propio bien –concedió Dio Alexiakis con una expresión de seria sinceridad–. Pero debes comprender que si te dejo marchar ahora me estoy arriesgando mucho. Si le cuentas lo que has oído a quien no debes me causarás graves trastornos.

–¡Pero si ni siquiera podría repetir lo que he oído!

–De modo que sí recuerdas algo. ¡Y hace solo un segundo asegurabas que no te interesaba en absoluto!

Un leve desmayo atravesó los ojos de Ellie, que se quedó mirándolo con el corazón en un puño. Recordaba perfectamente lo que había oído, pero había pensado hacer oídos sordos. Sin embargo aquel hombre la tenía atada de pies y manos. Tenía una mente retorcida, fría y dispuesta para la trampa. Era desconfiado, rápido, exacto y letal en sus juicios. Dio Alexiakis miró el reloj de pulsera y luego a ella.

–Déjame que te explique cómo está la situación, Ellie. Tú y la estúpida de tu amiga podéis quedaros a trabajar en este edificio hasta el miércoles, mientras las cosas sigan en marcha, siempre y cuando tú no te apartes de mi vista.

–¿Cómo dices?

–Naturalmente te pagaré por todos los inconvenientes que...

–¿Inconvenientes? –lo interrumpió Ellie con voz débil pero esperanzada.

–Supongo que tienes pasaporte, ¿no?

–¿Pasaporte? ¿Y qué tiene eso que ver?

—Tengo que volar a Grecia esta noche, y si tengo que vigilarte para asegurarme de que no utilizas el teléfono necesitaré que vengas conmigo —explicó él con impaciencia.

—¿Pero te has vuelto loco? —musitó Ellie temblorosa.

—¿Vives sola o con tu familia?

—Sola, pero...

—Sorprendente. ¿Dónde guardas el pasaporte? —continuó preguntando Dio sin dejar de mirar aquel bello rostro.

—En la mesilla, pero ¿por qué...?

Dio Alexiakis marcó un número de teléfono en el móvil.

—No veo ninguna otra alternativa. Podría encerrarte en algún lugar, pero me temo que eso te gustaría aún menos. Y no puedo pedirle a mis empleados que te vigilen mientras me voy de viaje. Tienes que acompañarme, y de buen grado.

¿De buen grado? ¿Por su propia voluntad? Ellie finalmente se quedó boquiabierta al comprender que estaba hablando en serio. Dio comenzó a hablar por teléfono en griego en tono brusco y dominante. Escuchó que mencionaba su nombre y se intranquilizó aún más.

—Pero... yo... ¡te juro que no le diré a nadie lo que he oído! —protestó enfebrecida mientras él colgaba el teléfono.

—No me basta. ¡Ah! y, otra cosa más: le he ordenado a uno de mis empleados que abra tu taquilla y saque las llaves de tu casa.

—¿Que has hecho qué? —preguntó Ellie irritándose.

—Tu dirección está en los archivos de personal. Demitrios recogerá tu pasaporte y lo llevará al aeropuerto.

—Pero... ¡me voy a casa ahora mismo! —exclamó Ellie con los ojos muy abiertos, llena de incredulidad.

—¿En serio? Ha llegado el momento de la verdad, Ellie —advirtió Dio Alexiakis con mirada desafiante—. Puedes salir por esa puerta, no voy a impedírtelo. Pero puedo echaros a las dos, a ti y a tu amiga. ¡Y créeme, si sales por esa puerta lo haré! —Ellie se detuvo a medio camino, helada—. Creo que sería mucho más sensato por tu parte aceptar lo inevitable y venir sin rechistar. Es decir, si es cierto que eres inocente, como dices –añadió en voz baja, escrutándola con ojos negros brillantes e inquisitivos.

–¡Esto es una locura! ¿Para qué iba yo a querer poner en peligro mi puesto de trabajo contándole a nadie lo que he oído?

–Esa información vale un montón de dinero, creo que es un buen motivo –contestó Dio Alexiakis caminando a pasos agigantados hacia la oficina de la que había salido–. ¿Vienes?

–¿A dónde? –musitó Ellie.

–Tengo un helicóptero esperando en la azotea, nos llevará al aeropuerto.

–¡Ah...! ¿Un helicóptero? –repitió Ellie con voz débil e incrédula.

Dio Alexiakis pareció comprender al fin que Ellie estaba paralizada e incrédula ante sus exigencias. Cruzó la habitación, puso un brazo alrededor de sus hombros y la guio en la dirección en la que quería que lo acompañara. Después hizo una pausa para recoger un grueso abrigo oscuro colgado del respaldo de un sillón y se apresuró a cruzar con ella la principesca oficina hasta una puerta en el extremo opuesto.

–Esto no puede estar ocurriéndome a mí –susurraba Ellie medio mareada mientras tropezaba con los escalones que salían a la azotea.

–Yo opino exactamente lo mismo –contestó él escueto, subiendo detrás de ella–. Precisamente en este viaje no tenía ningunas ganas de tener compañía.

Dio alargó una mano para abrir la puerta metálica al final de las escaleras. Una ola de aire frío voló el cabello y la ropa de Ellie marcándole la esbelta figura. Ella se echó a temblar. Dio Alexiakis, que ya se había abrochado el abrigo, salió a la azotea pasando por delante y dirigiéndose hacia el helicóptero.

–¡Date prisa! –gritó volviendo la cabeza por encima del hombro.

–¡Pero si ni siquiera llevo abrigo! –contestó ella perdiendo la paciencia.

Dio se paró en seco y dio la vuelta con aire de severa impaciencia y luego comenzó a desabrocharse el abrigo.

—¡No malgastes tu tiempo! —soltó Ellie malhumorada ante aquel despliegue de galantería tardío—. ¡No me pondría tu estúpido abrigo ni aunque pillara una neumonía!

—¡Pues hiélate en silencio! —respondió Dio con un brillo en la mirada.

Ellie se encogió de hombros. Solo la curiosidad del piloto la hizo callar. Insensible a una respuesta como aquella, que hubiera atemorizado al noventa por ciento de la gente, Ellie pasó por delante de Dio y se subió al helicóptero tan tranquila.

—Compraremos ropa en el aeropuerto —comentó él de mal humor sentándose junto al piloto y volviendo hacia ella su perfil griego clásico y duro—. Tendremos tiempo de sobra mientras esperamos a que llegue tu pasaporte. ¡Probablemente incluso perdamos el turno para despegar!

—¡Qué gracia! —exclamó Ellie en un tono inconfundiblemente sarcástico, provocando en él el desconcierto.

Las aspas del helicóptero giraron en el tenso silencio. Ellie volvió el rostro hacia fuera. Aquello no podía estar ocurriéndole a ella, se decía una y otra vez mientras el helicóptero se elevaba y atravesaba Londres. Se podía decir que Dio Alexiakis la había secuestrado. ¿Qué otra alternativa le había dado? Ninguna. No podía arriesgarse a que Meg perdiera su trabajo, porque la pobre mujer no contaba con el lujo de un segundo salario.

¿Pero era ella más independiente?, se preguntó Ellie. En un caso de supervivencia ella hubiera podido pasarse sin su salario como mujer de la limpieza. Después de todo tenía otro empleo de día y una cuenta bancaria con interesantes ahorros. En realidad Ellie vivía como un monje, ahorrando cada peseta, deseosa de hacer cualquier sacrificio con tal de alcanzar su objetivo en la vida.

Y ese objetivo era comprar la librería en la que trabajaba desde los dieciséis años. Sin embargo, si el incremento regular de ahorros de su cuenta bancaria cesaba justo cuando estaba a punto de hacerse cargo del negocio, el director de la sucursal bancaria se sentiría decepcionado y sus ambiciones de propietaria sufrirían un fatal revés. Aquel era un momento crucial, con su jefe cada día más anciano y ansioso por retirarse.

Dio Alexiakis era un paranoico, un absoluto paranoico, decidió. Ella, ¿una espía? ¿Acaso leía demasiadas novelas? Solo era una mujer de la limpieza que había entrado accidentalmente en su santuario. Una mujer de la limpieza que no tenía permiso para trabajar en esa planta y menos aún para entrar en esa oficina, le recordó una débil voz en su interior. Una mujer a la que, además, habían pillado saliendo de detrás de la puerta...

Cierto, concedió Ellie reacia. Podía resultar sospechoso. Pero eso no justificaba el que insistiera en no perderla de vista en treinta y seis horas. El hecho de que se la llevara de viaje demostraba que estaba loco.

Y además no era ese el único problema. La forma en que Dio Alexiakis la miraba la ponía furiosa. En medio de toda aquella neblina de sospechas él se había permitido el lujo de mirarla de arriba abajo, como si fuera una mercancía sexual a la venta. Ellie apretó los generosos labios y se puso a rumiar aquello.

Bastante había tenido con tolerar a Ricky Bolton, que se negaba a aceptar un no por respuesta y que estaba convencido de que era solo cuestión de insistir. No era de extrañar que se hubiera incluso mareado. Aquel arrogante griego no había hecho sino aumentar aún más la repulsa que su subordinado había provocado en ella. Sin embargo Dio Alexiakis era diferente. Dio Alexiakis era uno de esos hombres salvajemente masculinos, la clase de tipo que no podía mirar a una mujer sin preguntarse cómo sería en la cama.

Impermeable a la creciente antipatía de Ellie, que demostraba con un frígido silencio, Dio Alexiakis la guio por el aeropuerto hasta la zona comercial. Entró directo en una boutique cara y se dirigió hacia los trajes de chaqueta. Arrojó luego en sus brazos uno negro, de la talla más pequeña, y escogió un bolso, un sombrero y un par de guantes negros largos del estante en el que estaban expuestos.

El resto de las exquisitas prendas del estante parecieron deslucidas. Ellie se ruborizó hasta la punta del cabello. La dependienta los seguía con atenta e irritada mirada por toda la tienda. Finalmente Ellie susurró en voz baja y mortificada:

–¿Qué diablos crees que estás haciendo?

–Comprar –explicó Dio Alexiakis escueto, indiferente a las miradas de los empleados que, bien entrenados, seguían atentos cada uno de sus movimientos.

Dio Alexiakis se dirigió decidido hacia otro perchero y tiró de un vestido azul sacándolo de la percha para arrojárselo a Ellie con la misma indiferencia. Luego le siguió un largo abrigo negro y por último, tras una pausa ante un maniquí con unos pantalones cortos rosas, Dio inclinó la cabeza y dijo, dirigiéndose a la vendedora que se acercaba:

–Esto también nos lo llevamos.

–Me temo que no está a la venta, caballero.

–Entonces quítelo del maniquí –ordenó Dio.

–¡Pero señor Alexiakis! –silbó Ellie ruborizada hasta el límite.

La vendedora, cuya insignia proclamaba su rango de encargada, estuvo a punto de hacer otro movimiento, pero al oír el nombre abrió la boca atónita y miró con más amabilidad al alto y moreno cliente.

–¿Es usted el se... señor Alexiakis?

–Sí, soy el propietario de esta cadena de tiendas –confirmó Dio con una mirada de desaprobación–. Dime, ¿es habitual que los empleados estén de pie, sin hacer nada, charlando y mirando a los clientes que los necesitan? ¿Y desde cuándo es más importante un maniquí que una venta?

–Tiene usted mucha razón, señor Alexiakis. Por favor, permítame que lo atienda.

–Esta señorita necesita ropa interior. Escoja usted algo –ordenó Dio dejando que su atención recayera entonces en el estante de los zapatos y arrastrando a Ellie hacia ellos–. ¿Qué número usas?

–Creo que nunca en la vida me he sentido tan violenta –comentó Ellie temblando–. ¿Es así como te comportas en público normalmente?

–¿Pero qué te pasa? –exigió saber él–. No hay tiempo que perder, escoge unos zapatos.

La encargada estaba al fondo luchando por quitarle los pantalones cortos al maniquí. De pronto Ellie, con un movimiento repentino, le arrojó la ropa que llevaba en brazos a Dio.

–¿Por qué no te vas al mostrador de embarque y me esperas allí?

–Me quedaré aquí para despachar ciertos asuntos que...

–¡No vas a quedarte aquí mientras yo elijo prendas de lencería! –exclamó Ellie como una olla a presión a punto de estallar, con ojos verdes airados y tan brillantes como una joya–. ¡Además, no necesito tantas cosas!

–Te pago para que hagas lo que se te dice... –alegó él con ojos negros intensos.

–¡Pues si voy a soportarte necesito al menos un poco de espacio!

La brillante mirada de Dio resplandeció literalmente hablando. Un rubor oscuro acentuó los esculturales pómulos. Nunca nadie le había hablado en ese tono, y la incredulidad emanaba de él por oleadas.

–¡Basta, deja ya de ejercer presión en todas partes! –continuó Ellie.

–Pero...

–Desde que hemos entrado aquí te has comportado de un modo atroz –lo condenó Ellie sin piedad–. Vete al mostrador de embarque y cállate ya. Y procura no aterrorizar a nadie más.

Ellie le dio la espalda, imperturbable ante la ira que él trataba por todos los medios de refrenar, y eligió unas sandalias de tacón alto negras. Se las probó. Le sentaban bien. Se las pasó a Dio sin mirarlo siquiera y se reunió con la encargada en la zona de lencería, donde eligió un camisón y algunos conjuntos de ropa interior. Discutir en público no servía más que para mortificarla. Accedería a comprar la ropa y luego la dejaría abandonada en cuanto perdiera de vista a aquel horrible hombre. La idea de tener que pasar treinta y seis horas con él la enfurecía. Dio le devolvió el vestido azul y los zapatos.

–Póntelo –ordenó con una insolencia estudiada.

Ellie entró en el probador. Aquel hombre no tenía modales. Debía de encantarle discutir, no tenía pelos en la lengua y además era un desinhibido. Y en cuanto a su forma de reaccionar cuando alguien lo trataba con la misma medicina... ardía en llamas y estallaba como un cohete. Para cuando Ellie salió del probador toda la plantilla de empleados estaba atareada envolviéndoles la mercancía. Ellie nunca se había alegrado tanto en su vida de abandonar una tienda.

–Supongo que ahora querrás entrar en esa de ahí –comentó Dio con una expresión de condena mal disimulada, haciendo un gesto hacia una perfumería.

–No, me las arreglaré. Los hombres primitivos se lavaban los dientes con un palito, ya encontraré alguno por ahí.

Dio se quedó mirándola atónito. Y después sorprendió terriblemente a Ellie. Echó la cabeza atrás y rio con espontaneidad, realmente divertido. Ellie lo miró con el pulso acelerado. Su blanca dentadura contrastaba con la piel aceitunada, y sus ojos negros brillaban. El humor había borrado todo rastro de tensión de su rostro, y Ellie, desorientada, fue capaz por fin de apreciar lo atractivo que era.

–No me gusta ir de compras –le confió él en secreto, con voz ronca, como si ella aún no se hubiera dado cuenta–. Por lo general otras personas compran por mí.

Ellie se sintió de pronto incómodamente excitada, de modo que bajó la vista al suelo. Sin embargo en su mente seguía viendo la imagen de aquel devastador rostro oscuro y mediterráneo. Y la conciencia de ello, la mera idea, la inquietó. Dio Alexiakis no estaba haciendo el menor esfuerzo por impresionarla, y sin embargo ella era plenamente consciente de su apabullante atractivo y sexualidad masculina. No le gustaba esa sensación, le molestaba sentirse tensa e incómoda en presencia de él.

Ellie solo tenía veintiún años, pero ya había decidido que los hombres eran un gasto inútil de tiempo y energías. Y nunca se había arrepentido de haber llegado a esa conclusión. No odiaba al sexo masculino, pero siempre reía con ganas cuando alguien contaba un chiste sobre su inutilidad. Después de todo la experiencia de Ellie en ese campo, desde su infancia, había sido larga y traumática.

Dio trató de obligar a Ellie a que se apresurara y posó una mano sobre su espalda para que no se parara mientras caminaban por la terminal del aeropuerto. Ella se puso a la defensiva.

–Disculpa –dijo dando un paso atrás, decidida de pronto a escapar aunque solo fuera por unos minutos.

–¿A dónde crees que vas?

–Al servicio de señoras –contestó ella con énfasis–. ¿Es que pretendes venir conmigo?

–Te doy dos minutos.

Ellie dejó caer las bolsas de la boutique a los pies de Dio, y luego echó a caminar.

–Ellie... –la llamó él tendiéndole un peine–, quizá debieras de hacer algo con tu pelo mientras estás ahí dentro.

Ellie apretó los dientes. No había tenido tiempo ni de mirarse al espejo. Se resistió a peinarse el cabello con los dedos y continuó caminando hasta desaparecer por la puerta de los servicios. En cuestión de segundos se cepilló el cabello hasta que calló suelto y liso por los hombros. Se miró al espejo y frunció el ceño al notar que tenía las mejillas sonrosadas y los ojos brillantes. El vestido era sencillo dentro de su elegancia, y eso le gustaba. Pero no era su estilo.

Apretó los labios sonrosados y generosos y examinó el peine de plata que él le había dado, recordando la facilidad con la que había adivinado su talla. Aquello no hubiera debido de sorprenderla. Dio Alexiakis, de unos veintinueve años, era un mujeriego impenitente e irrecuperable. Y era natural que lo fuera, reflexionó Ellie con cinismo. Los hombres con dinero y poder vivían en un mercado lleno de mujeres deseosas de vender. Dio era un verdadero imán para las mujeres, y él lo sabía. Y era evidente que nunca en la vida había tenido que preocuparse demasiado por endulzar sus modales, que resultaban poco menos que impresentables.

Sin embargo, a pesar de todo, iba a viajar gratis a Grecia. En un avión privado y con toda clase de lujos. ¿Desventajas? Tener a Dio Alexiakis pegado a sus espaldas. Aquella iba a ser toda una aventura, se dijo Ellie. Mucho más divertido que abrillantar suelos.

De repente recordó que tenía que llamar al señor Barry. Su otro jefe esperaría que ella abriera la librería a la mañana siguiente, como era habitual. Nunca llegaba hasta mediodía. A pesar de la advertencia de Dio tenía que llamar al señor Barry, pero no podía contarle la verdad. Tendría que inventarse una excusa para explicarle su ausencia.

Ellie se escondió detrás de dos mujeres altas que salían del baño y se escabulló hasta los teléfonos públicos a escasos metros. Dio Alexiakis estaba de pie, en medio de la sala abarrotada, hablando distraído por el móvil.

Ellie marcó el teléfono de la operadora. Como no tenía dinero tenía que pedir una llamada a cobro revertido. Justo cuando contestó la operadora Dio volvió la cabeza arrogante hacia ella. Ellie colgó de golpe, pero no fue lo suficientemente rápida. Dio la vio antes de que pudiera alejarse de los teléfonos.

Ellie se quedó paralizada ante los ojos negros que la miraban fijos como si hubiera cometido un crimen. El rostro de Dio se fue tensando mientras se acercaba. Y Ellie, que sabía muy bien qué se sentía cuando un miembro del sexo opuesto la aburría o molestaba, descubrió lo que se sentía cuando la atemorizaba...

Capítulo 2

Unos peligrosos ojos negros escrutaron el pálido rostro de Ellie.

–¡Te pierdo de vista un instante y te pones a llamar por teléfono! ¡Estabas filtrando la información! ¡Has traicionado mi confianza! –la condenó Dio Alexiakis sin disimular su ira.

A pesar de estar temblando y de tener el estómago agarrotado Ellie no pudo dejar de sentirse fascinada ante aquel temperamento mediterráneo explosivo, volátil y lleno de dramatismo. Le resultaba completamente extraño.

–Señor Alexiakis... –comenzó a decir tratando por todos los medios de hacerle comprender que no debía de suponer siempre lo peor.

–Has hecho tu elección, así sea. ¡Voy a destruirte por esto! –añadió Dio letal.

–Lo has malinterpretado –protestó ella febril–. ¡Solo he podido llamar a la operadora!

Dio la miró despreciativo y se alejó a grandes pasos. La ira se expresaba en cada movimiento de su cuerpo. Por un instante Ellie se quedó paralizada, desconcertada. Dio Alexiakis la había arrastrado hasta el aeropuerto, la había maltratado y de pronto la dejaba ahí, tirada y sin dinero. Solo el miedo a lo que pudiera sucederle a Meg la hizo correr tras él.

–¡Apártate de mi camino! –gritó él al verla.

–¡No es lo que tú crees! –explicó Ellie acalorada. Dio continuó andando sin hacerle caso–. ¡Eres un cabezota! ¡Lo único que estaba haciendo era una llamada a cobro revertido a mi jefe de la librería, ¿vale?

−¿De qué librería estás hablando? −preguntó Dio de mal humor, volviéndose hacia ella de mala gana.

Ellie se quedó mirándolo con el ceño fruncido, notando de repente que faltaba algo.

−¿Qué diablos has hecho con las bolsas? ¡Por el amor de Dios, has salido corriendo y te las has dejado tiradas ahí en medio, ¿a que sí?

Ellie se dio la vuelta y volvió sobre sus pasos. Vio las bolsas en el suelo y se apresuró a recogerlas para volver junto a él.

−¿Qué librería? −repitió Dio sin inmutarse al verla llegar cargada.

−Trabajo en una librería durante el día. Y además vivo justo encima... −Ellie hizo una pausa para recuperar el aliento−. Tengo que hablar con el señor Barry para avisarle de que mañana no iré, si desaparezco de repente llamará a la policía...

−¡Tonterías! Pensará que te has escapado con tu novio. Los empleados de tu edad son de poco fiar −aseguró Dio sin dejarse impresionar.

Ofendida ante aquella respuesta, Ellie respiró hondo y trató de mantener la calma, pero no funcionó.

−¿Sabes? ¡Estoy hasta aquí de ti! −exclamó llevándose la mano a lo alto de la cabeza−. Yo no tengo ningún novio, y además soy una empleada de fiar. No me subestimes ni me hables en ese tono, yo nunca falto a mi trabajo. Llevo cinco años en el mismo empleo, y durante los dos últimos se puede decir que casi he llevado sola el negocio...

−¿Y entonces qué estás haciendo fregando suelos por la noche? −preguntó él incisivo.

−Necesito el dinero, ¿vale? ¿Es que es asunto tuyo?

−Tu insolencia me pone de mal humor.

−Tú a mí tampoco me gustas... ¿qué esperabas? No he hecho nada malo, solo he cometido un error, y me estás tratando como si fuera un criminal. Me haces chantaje para que haga cosas que no quiero y... además... no me gusta esa idea de que como soy pobre no debo de ser muy honesta.

–¿Has terminado ya? –Ellie se puso colorada y apretó los labios–. No estoy de humor para soportar estas tonterías, hoy menos que nunca. Vamos, ya hemos perdido suficiente tiempo.

–Entonces... ¿me crees? –preguntó Ellie unos segundos más tarde mientras trataba de caminar a su paso.

–Lo único que creo es que te he pillado antes de que pudieras desobedecer mi orden de no acercarte a un teléfono –dijo Dio–. Eres pequeña y escurridiza. ¿Por qué no me sorprende?

–¡Yo no soy escurridiza!

–Podías haberme dicho que tenías otro empleo, no soy una persona tan poco razonable –añadió Dio–. Pero has preferido hacerlo a escondidas.

Si volvía a pronunciar la palabra «escurridiza» lo abofetearía, se dijo Ellie con el rostro encendido. Se sentía incapaz de disculparse, pero más aún de pedirle permiso para hacer cualquier cosa. Y aquella llamada era necesaria. Por desgracia iba a tener que contarle al señor Barry una mentirijilla delante de él.

Ellie no tenía por costumbre mentir. Por el contrario, era incluso demasiado directa y sincera. Conocía bien sus defectos, pero algunos de ellos eran su mejor defensa. Era una persona terriblemente independiente, no le gustaba trabajar en equipo y le encantaba disponer de libertad para decidir por sí misma. Por eso aquellos dos empleos encajaban bien con su personalidad.

Una hora más tarde, cuando el tenso silencio de Dio estaba a punto de acabar con los nervios de Ellie, un hombre mayor apareció con las llaves de su casa y el pasaporte. Los dos hombres se pusieron a hablar en griego ignorándola por completo.

–Espero que hayas dejado mi casa en orden –recalcó entonces Ellie en voz alta–. Y que la hayas dejado bien cerrada –añadió sin poder evitar que un gemido saliera de su boca–. ¡Por el amor de Dios! ¿Cómo diablos has entrado con la alarma conectada? ¿Has vuelto a conectarla...?

–Mis empleados de seguridad no son estúpidos –alegó Dio ofendido–. Lo han dejado todo en orden.

–Debe de ser reconfortante saber que cuentas con empleados tan eficientes como ladrones –comentó Ellie. Dio le lanzó una mirada tormentosa–. Es de mala educación ignorar a las personas –añadió ella dándose la vuelta.

Lo cierto era que no era más que una mujer de la limpieza, se dijo Ellie exasperada. El escalafón más bajo de todo el personal. Y estaba tratando con un hombre acostumbrado a ser servido a todas horas. El hecho de que se comportara desde ese momento como si fuera invisible no abrumó a Dio, que evidentemente esperaba que se mantuviera en un respetuoso silencio y que no hablara a menos que le preguntaran. Sin embargo Ellie nunca había sido una persona callada.

De pronto sintió frío, así que sacó el abrigo de la bolsa, le quitó la etiqueta y se lo puso. Le llegaba hasta el suelo. Si se subía el cuello parecería un fantasma.

–Toma –dijo Dio Alexiakis tendiéndole su móvil. Ellie parpadeó confusa–. Tu historia encaja. Demitrios, el que ha ido a tu casa a por el pasaporte, lo confirma. Puedes llamar al propietario de la librería.

Ellie marcó el teléfono. En cuanto escuchó la voz del señor Barry le explicó que faltaría al trabajo un par de días y se disculpó por no haber avisado con más tiempo. Puso de excusa la enfermedad de un amigo. Luego colgó el teléfono. Dio la miró de reojo.

–Eres una buena mentirosa, resultas muy convincente.

Unas cuantas horas más tarde Ellie había cambiado de estado de ánimo. Miraba a su alrededor con curiosidad. En el interior del jet los asientos eran de piel de color crema y la decoración elegante. El espacio destinado a los pasajeros parecía más un salón de lujo que un avión. ¿Acaso Dio Alexiakis se daba cuenta de la suerte que tenía? ¡En absoluto!

Ellie observó a su anfitrión. Habían estado esperando a que

el aeropuerto les concediera permiso para despegar, y mientras tanto él había recorrido la habitación de un lado a otro rebosante de frustración e impaciencia. Por fin habían despegado, pero él seguía exactamente igual.

Ellie estuvo contemplándolo. Tenía el cabello negro azulado, perfectamente peinado, con un estilo que encajaba con la forma de su cabeza. Los ojos, espectaculares, estaban enmarcados por largas pestañas negras. Las pupilas eran del color de la noche, capaces de brillar como las estrellas. Y los fuertes pómulos le añadían carácter. La nariz, arrogante, parecía advertir de ello. ¿Y aquella boca, generosa y perfecta? Inspiraba pasión y sensualidad. Ellie no pudo dejar de preguntarse cómo tal conjunto de rasgos podían dar lugar a un rostro tan devastador. Para cuando llegó a ese punto de la reflexión se dio cuenta de que estaba excitada, y tuvo que admitir algo que hubiera estado perfectamente dispuesta a negar. ¿A quién había querido engañar al decir que Dio Alexiakis le producía repulsión? Aquella revelación dejó atónita a Ellie, que hacía años que no se sentía atraída por ningún hombre. Pero tenía que tratarse simplemente de unas pocas hormonas que, mediante trampas, pretendían recordarle que podía ser tan estúpida como cualquier otra mujer.

Dio Alexiakis resultaba increíblemente sexy aún de mal humor, y si era ella quien se había dado cuenta entonces es que era verdaderamente sexy. Poseía esa extraña fluidez en los movimientos que tenían los hombres con perfecta conciencia de su propio cuerpo, se movía como un enorme gato sobre patas almohadilladas. Y su cuerpo era perfecto. Hombros anchos, estómago plano y tenso, caderas estrechas, muslos largos y poderosos... Ellie iba tomando buena nota de todos los detalles. Un hombre de ensueño... hasta que abría la boca. O mientras no la dejara cargar con las bolsas o la mirara con aquel infinito desdén sin ocurrírsele preguntar siquiera si tenía hambre o sed. Dio Alexiakis no era un hombre de sentimientos. Era duro, egoísta, de mente cuadrada y por completo centrado en sus propios deseos...

De pronto Dio la pilló mirándolo y frunció el ceño. Ellie se encogió asustada. Los ojos de él iban del dorado intenso al topacio, observó Ellie sintiendo de pronto que le faltaba el aliento. Sin embargo aquella era una sensación nueva para ella, como si estuviera al borde de la más pura excitación, incapaz de apartar los ojos de él. Era una excitación enfebrecida. El corazón le latía acelerado en los oídos mientras la boca se le quedaba de pronto seca. Una llama ardiente se retorció en su interior dándole color a su semblante.

–Son las tres de la madrugada en Grecia, deberías tratar de dormir –murmuró Dio con voz espesa.

El mero sonido de aquella voz profunda y masculina fue como miel para los oídos de Ellie, la hizo estremecerse. Parpadeó y se puso en pie.

–¿Dormir?

Dio alargó una mano y pulsó un botón. Sus alucinantes ojos estaban semiocultos por las espesas pestañas. Ellie se sintió intensamente violenta. Mientras se ponía en pie, mirando a todas partes menos a él, apareció una azafata que la guio hasta un compartimento con una cama. Ellie se dejó caer al borde de ella, desconcertada ante la poderosa reacción de sus pechos y de sus pezones, completamente tensos. Nunca en la vida la había mirado ningún hombre haciéndola sentir una excitación y una urgencia tan fuertes y poderosas. Pero Dio Alexiakis lo había conseguido.

Ellie estaba perpleja ante aquel descubrimiento, y tan avergonzada de su reacción física que había sido incapaz de controlarse. ¿Acaso se había dado cuenta él de lo sucedido? Cerró los ojos con fuerza. Estaba asustada ante la sospecha de que Dio no solo lo había notado, sino que además había querido perderla de vista precisamente por eso.

Un par de horas más tarde una voz insistente y suave despertó a Ellie de un sueño poco reparador.

–¿Señorita Morgan...?

Ellie se incorporó y se apoyó lentamente sobre los codos. La azafata asomaba la cabeza por la puerta con expresión insegura y una bandeja en las manos. Ellie se incorporó otro poco más y sonrió aceptando el ofrecimiento.

–Gracias... ¿sí?

–Nosotros... bueno, el personal de vuelo y yo nos preguntábamos si querría usted quizá despertar al señor Alexiakis –señaló la azafata–. Aterrizaremos dentro de quince minutos, y naturalmente ninguno de nosotros quiere molestarlo...

–¿Molestarlo? –inquirió Ellie preguntándose por qué le hacía aquel extraño ruego.

–Alguien tiene que despertar al señor Alexiakis para que se vista para el funeral.

–¿El funeral? –repitió Ellie.

–Me temo que este vuelo va muy retrasado, señorita Morgan. Entre el retraso sufrido en Londres y el de aquí, a la hora de aterrizar, no queda tiempo. El señor Alexiakis tendrá que asistir al funeral directamente desde el aeropuerto. Espero que no lo considere una intromisión, pero quería decirle que todos nos alegramos mucho de que el señor Alexiakis tenga a alguien en quien apoyarse en estos momentos –añadió volviendo a salir.

Ellie se quedó mirando al vacío, completamente despierta. De modo que Dio Alexiakis viajaba a Grecia para asistir a un funeral. Y esa era la razón por la que le había comprado tanta ropa negra. El personal de vuelo debía de haber llegado a la conclusión de que ella era una persona importante para Dio simplemente por el hecho de que lo acompañaba. Y recordaba haberle oído decir que, precisamente en ese viaje, no deseaba tener compañía. Ellie no podía dejar de preguntarse de quién sería el funeral.

Tras dejar la bandeja del desayuno a un lado Ellie se levantó y se apresuró a entrar en el baño. Le hubiera encantado tomar una ducha, pero no había tiempo. Sacó el traje sastre negro y se lo puso. El aspecto que adquirió con él la dejó atónita. La chaqueta se le ajustaba como un guante, marcándole la cintura, destacándole los pechos. Y la estrecha falda se le pegaba a cada curva. Estaba fantástica. Ellie se ruborizó mientras se miraba al espejo. Aquello era vanidad y superficialidad.

Volvió a la zona de pasajeros y vio a Dio dormido en una posición imposible en el sillón. Apenas cabía con aquellas largas piernas. Su corazón se enterneció. Él se había quitado la corbata y la chaqueta, y llevaba la camisa de seda abierta. El escote moreno y el mentón, con la sombra de una barba naciente, le hacían parecer más joven, más accesible. Y además parecía exhausto. Le hubiera ido bien la cama de no haber estado ella.

Ellie se puso tensa. Todo el personal de vuelo temía molestarlo e inmiscuirse en su dolor, y ella no había hecho otra cosa desde el momento de conocerlo. Se sentía culpable. Era natural que no hubiera estado de humor. Puso una mano sobre su hombro y lo sacudió. Sus largas pestañas se levantaron lentamente. Dio suspiró y miró el reloj. Se puso en pie y se dirigió al compartimento en el que estaba la cama.

–¿Señor Alexiakis? –lo llamó Ellie. Dio se quedó quieto, pero no contestó–. No sabía que ibas a un funeral.

–¿Es que no lees los periódicos? –preguntó él dándose la vuelta con el ceño fruncido.

–No, no tengo tiempo.

–Es el funeral de mi padre.

Ellie respiró hondo, pero eso no la hizo sentirse mejor. La circunstancia no podía ser peor. Era natural que hubiera deseado estar solo, pero entonces, ¿por qué había insistido en que lo acompañara? Hubiera deseado comprender por qué aquella información que había oído era tan importante. Dio había estado trabajando hasta la noche antes del funeral de su padre. ¿Acaso su muerte había sido repentina? ¿No hubiera debido de estar antes con él?

Eran más de las siete de la mañana cuando Dio y Ellie aterrizaron en el aeropuerto de Atenas. El sol lucía brillante. Los guardias los saludaron con gesto grave al pasar la aduana, y pronto una ola de periodistas con cámaras, gritando, se acercó a ellos. Solo unos cuantos guardias los contenían.

Ellie se quedó helada al sentir los flashes de las cámaras. Dio puso un brazo alrededor de sus hombros y la guio por el aeropuerto imperturbable, sin contestar a una sola de las preguntas que le dirigían en todos los idiomas.

—¿Quién es la mujer que lo acompaña? —oyó Ellie que preguntaba un hombre en inglés.

Ellie estaba escandalizada ante el comportamiento de los paparazzi. ¿Qué había sido de la intimidad? Dio Alexiakis se dirigía al funeral de su padre, ¿acaso lo seguían fuera a donde fuera?

Con frecuencia en el trabajo, durante los descansos, Ellie había oído hablar a sus compañeras sobre la vida privada de Dio. Era la comidilla interminable de los titulares y de la prensa amarilla. Había tenido aventuras con las mujeres más atractivas, y se le consideraba todo un dios del sexo. Pero Ellie siempre se había considerado por encima de todo eso. No le inspiraba el menor interés un hombre al que ni conocía ni podía conocer, así que no había prestado atención. Dio y Ellie cambiaron de terminal y entraron en una pequeña sala de espera.

—¿Es siempre así con los periodistas? —preguntó ella.

—Sí, bueno, me temo que hoy tu presencia ha causado más excitación de lo habitual —contestó Dio encogiéndose de hombros.

—Pues espero que nadie me reconozca. ¿A qué estamos esperando?

—A un avión que nos llevará a la isla en la que se celebra el funeral.

Otro vuelo, pensó Ellie reprimiendo un suspiro. El viaje parecía interminable.

—¿Otra isla?

—Chindos. ¿Pero será posible que no sepas nada de mí? ¡Es que no sabes nada! —comentó Dio sorprendido—. No estoy acostumbrado.

—Pero apuesto a que es bueno para ti... es la prueba de que no eres el centro del universo —musitó Ellie haciendo una mueca—. Lo siento, lo siento, solo estaba pensando en voz alta.

—Tienes una desastrosa falta de tacto que debe de causarte graves problemas —comentó Dio escrutándola con una sonrisa.

—La gente ya me conoce —contestó Ellie tragando, agradecida de que él no hubiera explotado.

—¿Y por qué siempre buscas pelea? Pareces tan delicada y femenina... —continuó Dio sin dejar de observarla.

—¡No, por favor, delicada no...!

—¿Bonita?

—¡Eso es peor! —lo censuró ella—. Los hombres se niegan a tomarme en serio, es el problema de ser rubia y bajita...

—Pero si tú no eres rubia, tienes un pelo muy llamativo —comentó Dio con desdén—. Si de verdad no quieres provocar esa actitud en los hombres no te tiñas de ese color.

—Es mi pelo, es natural. Mi abuela era holandesa, y muy rubia —explicó Ellie acostumbrada a las sospechas.

—¿Natural? No te creo. Quítate el sombrero.

Tras unos segundos de vacilación Ellie lo hizo. El color de su pelo brillaba contrastando con el negro del abrigo.

—¿Lo ves? Es natural.

Dio miró fijamente aquel cabello. El silencio era tan espeso que podía cortarse. Ellie lo observó con los ojos entrecerrados. Dio era alto y reservado, y tan moreno que resultaba exótico. Y el elegante traje le sentaba de un modo impresionante. Pero no podía seguir así.

Ellie se echó a temblar, se daba cuenta de que era incapaz de mantener el control. Cada vez que miraba a Dio Alexiakis sentía una desesperada e inmensa excitación sexual. No podía soportar que le ocurriera eso con ningún hombre. Era una debilidad, algo irracional, humillante...

—¿Cómo es ser una mujer de la limpieza? —preguntó Dio de pronto, medio tartamudeando.

—Escucha, no hace falta que me des conversación.

–Ha sido una pregunta sincera.

–Bueno, bien, pues es... aburrido, repetitivo y además está mal pagado –explicó Ellie con insolencia–. Así que si esperabas otra cosa siento decepcionarte.

–Y entonces, ¿por qué lo haces?

–Tengo un buen horario, y además no tengo a ningún jefe pelmazo detrás. No me gusta que me controlen.

–Ya me he dado cuenta. Deberías de solucionar ese problema y tratar de buscar un empleo mejor. Aunque quizá no tengas ninguna preparación ni experiencia en ninguna otra cosa.

–Ya tengo planes, gracias. Soy una mujer ambiciosa, dentro de lo que cabe. No estaré abrillantando suelos mucho tiempo –explicó Ellie burlona.

–No es muy buena idea contarme eso precisamente a mí –comentó Dio escrutándola con duros ojos negros–. Yo nunca bromeo con los negocios, Ellie.

–Ni yo. Los negocios son lo primero en mi vida. Y lo último. Lo son todo.

–¿En serio?

–Sí, y te advierto que ya me debes bastante dinero –informó Ellie amable–. ¿Te has dado cuenta de que espero que me pagues por cada una de las horas que he perdido?

–Naturalmente.

–Con horas extra incluidas –especificó Ellie dispuesta a luchar–. Me tomo muy en serio eso de que me hagan pasar hambre, no me den tiempo para descansar y me tengan despierta hasta las tres de la mañana.

–Eres tu peor enemigo, Ellie –murmuró Dio con ojos sonrientes–. Te hubiera pagado mil veces más si te hubieras quedado calladita.

–Bueno, no soy una avara. Y a propósito, cuando dije que no iba a seguir abrillantando suelos durante mucho tiempo no estaba pensando en lo que oí, eso ya lo he olvidado.

–¿Y cómo has podido olvidarlo? –preguntó él incrédulo.

–Aunque hubiera comprendido la importancia de ese comentario, cosa que no es así, soy una persona honesta. Nunca hubiera tratado de aprovecharme de esa información.

–Los peores son los que se pasan la vida diciéndote lo honestos que son.

–¡Es evidente que creerás lo que se te antoje, así que adelante! –exclamó Ellie ofendida.

–No puedes culparme por tomar precauciones.

Aquella confiada afirmación llenó a Ellie de resentimiento. ¿A quién se creía que estaba engañando? Él no había vacilado en utilizar su poder como arma, y el hecho de que ella hubiera tratado de ver el lado positivo de la situación no lo alteraba en nada.

–No te atrevas a justificarte, llama a las cosas por su nombre –advirtió Ellie–. Si tú y yo no fuéramos quienes somos yo no estaría aquí. Y si Meg y yo no necesitáramos nuestros empleos te habría mandado a donde te mereces.

–Me lo imagino –soltó él con voz de seda.

–Y sabes muy bien que arrastrarme de este modo... bueno, no es precisamente un trato de ensueño, ¿no crees? No quisiera ser irrespetuosa, pero no me gustan los funerales.

–¡Pues a mi padre le hubieras encantado! –exclamó Dio con un brillo en los ojos.

–¿Es que él era de los buenos?

Dio volvió a ponerse tenso. Toda la expresión divertida de su rostro desapareció. En silencio, asintió con gesto duro. Luego le dio la espalda a Ellie, que hubiera deseado mantener la boca cerrada. Entonces alguien llamó a la puerta. Era hora de marcharse. Ambos salieron al creciente calor del sol y caminaron hasta embarcar en un pequeño avión. ¿Cómo había podido tener tan poco tacto?

El avión sobrevoló las aguas del Adriático. Solo el ruido del motor llenaba el silencio. Ellie sintió que los párpados le pesaban. Se hundió en el asiento y se durmió.

***

Le costó despertar y tardó en comprender dónde estaba. Abrió los ojos confusa. Estaba tumbada en el enorme asiento trasero de una limusina de lunas tintadas. De pronto, con un ruido metálico y caro, la puerta se abrió. Un joven moreno se quedó mirándola.

–Así que tú eres la última conquista de Dio... Tengo que decírselo a mi primo, tiene buen gusto. No es de extrañar que no hayas querido entrar en la iglesia, algunos de los parientes de su madre son de estrechas miras. Me llamo Lukas Varios.

Ellie se incorporó, tensa ante la mirada de aquel joven, fija en sus piernas. Tiró de la falda y contestó:

–¡No soy la última conquista de Dio!

–Bien, esa es una buena noticia –sonrió Lukas deslizándose por el asiento y cerrando la puerta–. Entonces, si no eres de Dio, ¿qué estás haciendo aquí, esperándolo a las puertas del cementerio?

–Trabajo para él, ¿de acuerdo?

–Por mí de acuerdo... –contestó el joven imperturbable ante la helada mirada de ella, alargando un brazo confiado hasta el cabello rubio platino y murmurando contra su mejilla ruborizada–: Eres verdaderamente una muñeca...

La puerta del coche volvió a abrirse, pero en esa ocasión era Dio que, echando un vistazo a la escena, aparentemente íntima, rugió de ira. Alargó un poderoso brazo, agarró al joven del cuello y lo sacó de la limusina para echarle un rapapolvo en griego. Ellie, atónita e inmóvil, miró a Dio.

–Ella dijo que no era tu chica... ¿crees que me habría abalanzado sobre ella de no ser así? –gritó Lucas mientras se alejaba echando chispas.

Dio entró en el coche con expresión seria y rasgos endurecidos, como de bronce, sin decir palabra. Sus ojos brillaron de ira al exclamar con desprecio:

–¡No te he traído aquí para que vayas tendiendo trampas a los hombres!

Capítulo 3

Ellie, que tenía temperamento y que de hecho estaba ya alterada, estalló. Reaccionó instintivamente, levantando una mano y abofeteando el rostro de Dio con fuerza.

–¡Ningún hombre habla así de mí! –la mejilla de Dio quedó marcada. Él la miró con atónitos ojos negros. Ella sabía que había ido muy lejos, pero estaba demasiado enfadada como para reconocerlo–. ¡Y tu vanidoso primo se merece otra! ¿Quién diablos se ha creído que es? ¡Llamarme muñeca y acariciarme el pelo como si yo fuera un juguete! ¿Y cómo te has atrevido tú a comportarte así, haciéndole creer me rebajaría a ser tu chica?

–¿Rebajarte...? –repitió Dio nervioso, con ojos brillantes.

–¡Sí, rebajarme! –confirmó Ellie temblando–. Las mujeres no somos objetos que los hombres puedan poseer...

–Yo podría persuadirte de que me pertenecieras si quisiera –declaró Dio medio gritando.

Ellie respiró hondo al escuchar aquello. Lo escrutó con ojos irritados y contestó:

–¿Con qué? ¿Con un hacha primitiva? Porque déjame que te diga una cosa: solo conseguirías que entrara en la cueva familiar noqueándome y arrastrándome de los pelos.

Dio la atrajo entonces a sus brazos sin previo aviso, sin aceptar un no por respuesta, y apretó sus labios contra los de ella. El shock paralizó a Ellie, pero otra sorpresa aún más grande la esperaba. Cuando aquella sensual boca la poseyó hambrienta fue como si el mundo se hubiera detenido y ella estuviera volando por el cielo, directa hacia el sol.

Porque el ardor y el ansia que Dio hizo surgir en ella hubiera podido hacer arder todo el planeta. La cabeza le daba vueltas, todo razonamiento fue suspendido durante aquel instante de pura sensación. Dio la estrechó con más fuerza aún, y Ellie sintió que la sangre le hervía por las venas.

Dio se apartó de ella con respiración entrecortada y ojos brillantes, con una sonrisa de satisfacción que fue incapaz de ocultar.

–No necesitaría usar la fuerza contigo, Ellie. Vendrías a la cueva familiar como un corderito –comentó contento, con voz espesa.

Mientras las brumas de la intoxicación se despejaban Ellie miró aquellos bellos y oscuros rasgos. Dio se puso tenso, entrecerró los ojos y trató de apartarla de sí. Una ola de rubor invadía a Ellie, que jamás se había sentido más violenta. No podía creer que hubiera sucedido lo que había sucedido. No podía creer que él la hubiera hecho sentirse así. El silencio reinaba tenso, espeso, como una trampa en la que ninguno de los dos quisiera arriesgarse a caer.

–Yo... yo –comenzó a decir Ellie, tratando de buscar una excusa que pudiera justificarlos a los dos–... no debería de haberte dado una bofetada, te has puesto furioso y...

–A los hombres griegos no les gusta que se ponga en entredicho su masculinidad –dijo Dio dejando que una risa irónica escapara de sus labios–. Pero la verdad es que te he besado porque he querido. Tal y como tú acabas de decir, hay que llamar a las cosas por su nombre.

Perpleja ante aquella admisión, Ellie se quedó mirándolo para volverse luego hacia la ventana. Dio confesaba sentir la misma atracción que la estaba volviendo loca a ella.

–Naturalmente no repetiremos la experiencia –añadió Dio con sencillez, poniendo punto final a la conversación.

Ellie, de perfil, se puso tensa. Dio solo había afirmado algo evidente, algo que ella misma hubiera podido decir, pero a pesar de todo se sintió mortificada. Aquello era una advertencia, y se sentía humillada. Al fin y al cabo era él quien la había besado, y sin embargo se sentía en la obligación de reprimir cualquier idea estúpida que ella pudiera concebir.

¿Quién se había creído que era? ¿El hombre más irresistible del mundo? Sí, pensó. Y toda aquella seguridad en sí mismo no era vanidad. Dio lo tenía todo. Era atractivo, tenía dinero, poder. ¿Cuántas veces lo había rechazado una mujer?, ¿y cuántas alentado? A pesar de todo tenía que defenderse.

—He dejado que me besaras porque te has mostrado terriblemente...

—No quiero seguir discutiendo sobre esto —la interrumpió Dio—. Hoy no estoy muy centrado, me enfado enseguida.

Sin embargo Dio había cambiado las ideas de Ellie acerca de su propia sexualidad. En un santiamén. Ante el deseo de volver a estrecharlo entre sus brazos lo único que podía hacer era resistir. Nunca hubiera soñado que ningún hombre la excitara tanto, la dejara tan hambrienta. Y el hecho de que Dio Alexiakis tuviera ese poder sobre ella la tenía perpleja.

La limusina subió por una calle empinada. Sobre un acantilado de altura espectacular surgió un enorme tejado. La casa parecía más grande cuanto más se acercaban. No era un villa, era todo un palacio.

—¿Es esta tu casa? —preguntó Ellie. Dio asintió mientras la limusina paraba delante de la gigantesca edificación—. Si vas a estar con tus amigos y tu familia será mejor que busques una habitación donde encerrarme, no quiero inmiscuirme en tus...

—Tú te quedas conmigo —la interrumpió él tranquilo.

—¿Y qué se supone que debo decir cuando la gente me pregunte? ¡Ni siquiera sé cómo se llamaba tu padre! —respondió Ellie sin disimular su incomodidad.

—Se llamaba Spiros, tenía setenta y un años y yo era su único hijo —informó Dio con voz espesa—. Era una de esas buenas personas que tú has mencionado antes, y su muerte ha sido repentina e inesperada.

—No tuviste la oportunidad de decirle adiós. Eso es difícil de asimilar —comentó Ellie recordando sus propias penas.

Dio la miró de reojo, con desdén.

—Ahórrate los tópicos, mi padre y yo llevábamos tiempo separados.

—No era un tópico. ¿De quién era la culpa de que estuvierais... separados? —se atrevió Ellie a preguntar.

—Mía...

—Pero tú no podías saber que...

—¡Eso no es asunto tuyo! —gritó Dio.

Ambos salieron del coche. Ellie miró de reojo a Dio que, tenso, reprimió un suspiro. Estaba decidido a contener sus emociones tal y como, supuestamente, todo hombre debía hacer. Hubiera sido mucho más fácil para una mujer. En aquel momento Dio Alexiakis era como un volcán, luchando por tragar toda la lava emergente, a punto de estallar.

Ellie dejó que la adelantara. Un montón de sirvientes se alineaban esperándolos en el opulento vestíbulo. Dio dijo unas palabras. Ellie vaciló y miró a su alrededor. De pronto una morena apareció inesperadamente en el dintel de una puerta. Dio, que no la había visto, miró para atrás con gesto imperioso.

—¡Ellie! —la llamó impaciente.

Ruborizada ante las miradas curiosas, Ellie aceleró el paso. Justo cuando Dio alargó una mano para tomar prisionera la de ella la morena se acercó caminando. No debía de tener ni treinta años. Tenía el pelo corto y negro, y los ojos oscuros y exóticos. Y llevaba una ropa y unas joyas impresionantes.

—Helena... —la llamó Dio apretándole la mano a Ellie.

Helena plantó un frío beso sobre la mejilla de Dio y ambos comenzaron a hablar en griego. La morena ignoró a Ellie que, lejos de molestarse, estaba irritada por la cabezonería de Dio al mantenerla a su lado. Él continuó hablando con la griega, que Ellie supuso sería una pariente cercana, mientras las guiaba a ambas hacia un salón.

Entonces comenzó a llegar más gente y Helena asumió el

papel de anfitriona. Dio había soltado ligeramente la mano de Ellie, que trataba de escabullirse hacia un rincón. Pero Dio no solo la retenía, sino que de pronto la hizo adelantarse y comenzó a presentarle a gente. No obstante Ellie no pudo mantener ninguna conversación con nadie. Muchas miradas recaían sobre ella, pero Dio no dejaba de llevarla de un lado a otro. Intercambiaba unas palabras aquí, una frase allá... estaba tan tenso que era incapaz de dialogar con nadie.

–¡*Cristos*, odio esto! –murmuró Dio entre dientes, de pronto.

Unos minutos más tarde un hombre mayor lo abrazó forzándolo a soltar a Ellie. Ella dio un paso atrás y después comenzó a caminar hacia el balcón, que parecía recorrer toda la fachada de la casa. Salió y respiró hondo aquel aire cálido. Las vistas sobre el valle eran increíbles. Un interminable cielo azul abovedado cubría las crestas de los pinos sobre los que había flores que salpicaban color. Al fondo, mucho más abajo, majestuosas formaciones rocosas se internaban en el brillante azul turquesa del mar. Era tan hermoso que casi producía dolor.

Ellie estuvo admirando las vistas durante un rato. Después, consciente de su cansancio, se dio la vuelta y vio a Dio. Era tan alto que era imposible no verlo. Tenía el ceño fruncido y miraba a su alrededor sin descanso, prestando escasa atención a lo que le decían. De pronto su mirada se posó sobre Ellie, iluminándose como una estrella, y su rostro se relajó.

Ellie colisionó contra aquellos ojos negros brillantes. Su corazón comenzó a latir y se le secó la boca. Observó a Dio caminar a grandes pasos hacia ella. Tenía centrada en él toda su atención, y era tan incapaz como él de apartar la mirada. Ambos parecían ciegos a los murmullos y a la especulación que aquella escena estaba suscitando.

–¿Dónde diablos te habías metido? –preguntó él con la respiración entrecortada, fuera de tono, a dos pasos de ella. Emanaba de él tensión a manos llenas. Escrutó el rostro de Ellie con ojos negros intensos y feroces y preguntó–: ¿Pero por qué quiero estar contigo justo ahora?

–¿Será que se ha convertido en una mala costumbre eso de vigilarme para que no llame por teléfono? –preguntó Ellie.

En ese instante Helena Teriakos se acercó a ellos a paso lento. Ellie se ruborizó bajo su atenta mirada, inquisitiva y fría. Se sentía incómoda en presencia de aquella mujer, aunque no sabía por qué.

–La señorita Morgan parece exhausta, Dio. Estoy segura de que apreciaría mucho si pudiera retirarse a descansar.

–Sí, sí... me gustaría –intervino Ellie.

La bella morena sonrió y miró a Ellie con aprobación. Dio llamó a una criada con un imperioso gesto de los dedos.

–Te veré más tarde –dijo Dio volviendo a entrar en el salón.

¿Por qué sentía como si lo estuviera abandonando?, se preguntó Ellie inquieta y molesta mientras seguía a la sirvienta. Apenas lo conocía, ¿qué estaba pasando?

La sirvienta la llevó hasta un ascensor que había en el vestíbulo. Bajaron en él y luego atravesaron un corredor que las llevó directas al jardín. Intrigada, Ellie siguió a la chica por un sendero en pendiente hasta un pequeño edificio justo a la derecha de una franja de arena dorada. Era un lugar de ensueño.

El interior estaba maravillosamente fresco. Era una especie de casa de invitados, pensó Ellie admirando el espacioso salón. Con grandes ventanas y contraventanas que la protegían del sol, cómodos sofás y suelo de mármol. No había cocina, solo un frigorífico escondido y bien surtido. Y dos dormitorios con baño tipo suite. Sus paquetes estaban de hecho ya en uno de ellos.

Ellie aprovechó la oportunidad para tomar una ducha y tratar de olvidarse de todo. Sin embargo Dio volvía a su mente una y otra vez. Su imagen se mantenía ahí, negándose a desaparecer. De pronto recordó la forma en que se había acercado a pasos agigantados hasta ella y se echó a temblar negándose a analizar su propia respuesta. «¿Por qué quiero estar contigo justo ahora?», había preguntado él incrédulo. ¿Y por qué lo había esperado ella conteniendo el aliento?

Aquella no era la forma en que tenía por costumbre comportarse con el sexo opuesto. De hecho Dio Alexiakis debería de haberse hundido como una piedra bajo el peso de sus prejuicios. Ellie siempre desconfiaba de los hombres atractivos, y era muy consciente de que los hombres ricos veían a las mujeres como trofeos. Su propio padre había sido uno de ellos.

Sin embargo de pronto se veía forzada a admitir que ni siquiera sus más fuertes convicciones tenían porqué influir sobre su comportamiento. Dio irradiaba magnetismo, aunque eso no excusara el hecho de que se hubiera comportado como una colegiala. En la vida real Cenicienta hubiera contemplado a su príncipe de lejos, fuera de su alcance, bailando con una princesa. No, Dio Alexiakis no era un ser superior para ella, pero era una persona tan fría, despiadada, dura y con tan alto estatus que resultaba completamente fuera de su alcance.

Se sentía atraída hacia él, eso era todo. Ellie se puso el camisón de tirantes y salió fuera. La sirvienta volvió a aparecer con una bandeja. Ellie comió con apetito y luego se acurrucó en el sofá para caer dormida.

La llegada de otra bandeja de comida fue lo que la despertó. No tenía hambre. El sol comenzaba a ponerse, no podía creer que hubiera estado durmiendo toda la tarde. No iba a poder dormir durante la noche, y era una lástima no haber aprovechado para salir a pasear y ver la playa.

Ellie rebuscó por entre los CDs almacenados junto al equipo de música. Sonrió para sí misma y puso uno de flamenco recordando las interminables clases que su madre le había obligado a tomar. Bailar era el mejor modo de exteriorizar las emociones. Dejó que el ritmo invadiera su cuerpo y fluyera por él creando una serie de movimientos experimentales y después relajó los músculos. Entonces, justo con el ritmo más rápido, se dejó llevar por la pasión de la música.

Su respiración era entrecortada y rápida, tenía los músculos tensos y la piel sudorosa. De pronto, al terminar la música, Ellie se detuvo. Dejó que su cabeza cayera y arqueó la espalda en una curva perfecta.

–Eso ha sido increíble... –comentó Dio Alexiakis en un murmullo lleno de énfasis, con voz ronca. Ellie giró sobre sus talones mientras su mirada ausente desaparecía para adquirir una expresión de desconcierto. Dio estaba de pie, entre sombras, cerca de la puerta. Se había quitado la chaqueta y la corbata, pero aún parecía una estatua de bronce–. Ha sido extraordinario, con tanta pasión en cada movimiento... cada gesto cuenta una historia.

Un ligero rubor subió a las mejillas de Ellie, que se enfadó.

–Deberías de haberme dicho que estabas aquí... ¡no tenías derecho a observarme en silencio!

–No quería interrumpirte... –contestó Dio con un brillo en la mirada, que quedó fija sobre los labios rosas de ella.

Ellie abrió la boca. Una tensión comenzaba a apoderarse de su cuerpo y del aire.

–Ésa no es excusa... –protestó ella.

–*Cristo*, ¿hay algún hombre que te haya interrumpido y siga vivo? –preguntó Dio Alexiakis echando atrás la cabeza sin dejar de contemplarla.

Ellie estaba tan tensa y tan quieta que podía sentir cada uno de los latidos de su corazón. Su mirada colisionó con la de él y sintió que la intoxicaba. Mareada y desorientada, fue incapaz de pronunciar ninguna frase con sentido como respuesta. De hecho le resultaba tan difícil seguir pensando que sencillamente se quedó mirándolo. Pero su cuerpo sí que respondía. Sus pulmones respiraron hondo arriba y abajo, y sus pezones se tensaron prominentes.

Dio dejó que sus ojos vagaran hambrientos por aquel bello rostro y después, a paso lento, por la esbelta figura. La tela del camisón colgaba de los tirantes como una segunda piel, trasparentando la lujuriosa figura, moldeando sus pechos y pezones, ajustando las caderas y la línea de sus muslos. La sexualidad de aquella mirada fija cautivó a Ellie que, llena de excitación, se sintió incapaz de resistir.

–Verte bailar ha sido la experiencia más erótica que jamás haya vivido fuera de una alcoba –confesó Dio–. Nunca he sentido una necesidad como esta de poseer a ninguna mujer. En este preciso instante estoy disfrutando como un loco adolescente ante la maravilla de sentir algo tan intenso.

Ellie se echó a temblar, atónita ante lo directo de aquella declaración, incapaz de pensar. ¿Adolescente? ¿Dio Alexiakis un adolescente? ¿Qué clase de acercamiento era ese? Ellie miró involuntariamente para abajo y se quedó helada. Apenas llevaba nada, y sin embargo no había sentido ninguna necesidad de taparse nada más verlo.

De pronto, precipitadamente y con el rostro todo colorado, Ellie tomó lo primero que encontró en el sofá y se envolvió como si fuera una sábana. No era de extrañar que Dio se acercara a ella a pasos agigantados. Los hombres apenas distinguían o pensaban nada cuando una mujer se vestía para provocar. De hecho Ellie estaba convencida de que la mayor parte de los hombres vivían constantemente al borde de la tentación.

Dio dejó escapar una risa suave, irónica. Sus fuertes rasgos ya no mostraban tensión alguna. Observaba a Ellie, de pie con aquellos ojos verdes y el rostro ruborizado.

–Medio niña, medio mujer. ¡Qué combinación más confusa!

–Deja de hablar así –lo urgió Ellie evitando su mirada–. No sabes lo que dices. Fingiré que no te he oído, sé que no puedes evitar ser como eres, así que no voy a ofenderme...

–Quizá no sea este el momento más apropiado para decirte que tú eres la única luz que ha brillado para mí en un día oscuro como este –respiró Dio mientras se alejaba de ella.

–Eso es porque soy una extraña para ti... ¿es que no te das cuenta? –continuó Ellie con voz temblorosa, emocionada a su pesar por la sinceridad del comentario–. No tengo ninguna expectativa sobre ti, no conozco tu vida. No te pido nada, ni hago juicios.

–Al contrario, no dejas de hacer juicios arbitrarios sobre mí –la contradijo Dio.

–Me voy a dar un paseo por la playa –declaró Ellie sintiéndose embargada por la tormenta emocional que comenzaba a desarrollarse en su interior.

Ellie abrió la puerta y salió. La luz de la luna se reflejaba en la superficie del agua susurrante de la playa. Era una noche clara, cálida y sin brisa. Caminó descalza por la arena y trató de luchar contra el tumulto interior que él había desatado. Era plenamente consciente de lo que él sentía y por lo que estaba pasando.

La forma en que Dio la miraba era como para quedarse helada, como para asustarse. Pero era también como para quedarse electrificada. La hacía sentirse como borracha incluso cuando no estaba presente. Era como si un loco y fatuo pensamiento se hubiera apoderado de ella hasta robarle el sentido común. En el plazo de veinticuatro horas Dio había vuelto todo su mundo del revés, había derribado todas sus defensas, había sacado de ella todo un mundo de vulnerable emociones que por lo general guardaba bajo llave en su interior.

Y, para ser sinceros, Ellie sabía que no podía confiar en sí misma estando junto a él. Deseaba a Dio Alexiakis, lo deseaba como jamás había deseado a ningún hombre, y solo darse cuenta de ello resultaba aterrador. Pero mucho más peligroso era aún pensar que se moría de ganas de hablar con él, de escucharlo, de estar con él...

Todo en su interior la advertía del peligro. Dio era incapaz de enfrentarse a sus propios sentimientos en aquel momento, y por eso centraba su atención sobre ella. esa era la cruda realidad, la verdad sobre su supuesto deseo hacia ella. Era la técnica masculina habitual para evitar la verdad. Dio Alexiakis hubiera bailado sobre cristales antes de admitir que deseaba hablar sobre las relaciones que había mantenido con su padre.

Ellie volvió de pronto sobre sus pasos tomando una decisión. Dio estaba mirando al mar con las manos en los bolsillos del pantalón.

—Apuesto a que nunca te ha ocurrido realmente nada malo —respiró Ellie.

—¿De qué diablos estás hablando? —preguntó Dio volviéndose.

—¿Tuviste una infancia feliz?

—Sí.

—¿Y tuviste una relación íntima con tu padre antes de alejaros el uno del otro?

—Por supuesto —confirmó Dio desalentándola a que preguntara más.

—Entonces, ¿por qué no puedes concentrarte en los buenos momentos que pasaste con él?

—¿Qué sabes tú de cómo me siento? —preguntó él agresivo.

—Sé cómo te sientes, pero sencillamente no comprendo cómo no aprecias más la suerte que tuviste al disfrutar de todos aquellos años de felicidad con tu padre —Dio se volvió, incapaz de pronunciar palabra, con expresión de ira—. Yo... tuve un padre que ni siquiera le dejó a mi madre inscribirme en el registro con su apellido, un padre con el que me crucé en una ocasión por la calle y que fingió no conocerme —confesó Ellie—. Y sin embargo mi madre nunca dejó de venerar la tierra que él pisaba —Dio la miró frunciendo el ceño, lleno de incredulidad—. Tuve una riña muy fuerte con mi madre el día antes de morir —continuó Ellie estremeciéndose por las lágrimas—. Yo tenía dieciséis años, y la quería tanto que me moría de preocupación por ella. Pretendía sacarla de su estado de depresión, persuadirla de que merecía la pena vivir aunque fuera sin mi padre...

Dio se había acercado sin que Ellie lo advirtiera. Cerró los brazos en torno a ella y la estrechó con fuerza. Ellie pensó fugazmente en que nada estaba ocurriendo como había imaginado. La cálida e íntima fragancia de él inundaba sus sentidos al respirar. La tranquilidad, el apoyo que significaba su poderoso cuerpo resultaba embriagador.

Era Dio quien hacía de pronto las preguntas, y sin vacilar. Y Ellie se lo contó todo. Su madre, Leigh Morgan, era la hija única de un próspero viudo, y nunca había tenido que enfrentarse a la realidad. Vivía idolatrada por su padre. A los veintiún años se enamoró y se comprometió con el padre de Ellie, Tony. Pero poco después su padre sufrió una bancarrota y todo se vino abajo.

–Tony no quería a mi madre sin su dinero –continuó Ellie–. Rompió el compromiso y poco después se casó con la hija rica de un industrial.

–¿Así que dejó a tu madre cuando estaba embarazada?

–No, no fue tan sencillo. Unas semanas después de casarse mi padre fue a ver a mi madre y le dijo que había cometido un tremendo error, que aún la amaba. Y ese mismo día me concibieron a mí. Mi madre creyó que él abandonaría a su mujer.

–Ah... –murmuró Dio–, pero no era esa su intención, ¿no?

–Mi madre apenas tenía experiencia, y seguía loca por él –admitió Ellie suspirando–. No quisiera seguir hablando de ellos.

–Tranquila –dijo Dio con voz ronca, dejando que sus manos se deslizaran por la espalda de ella hasta las curvas de sus caderas, apretándola contra su cuerpo tenso.

–Ahora te toca a ti –musitó Ellie con naturalidad, temblando y pensando en apartarse de él, decidiendo hacerlo y descubriendo que era incapaz.

–¿Que me toca a mí? –repitió él con voz espesa.

–Sí, es tu turno –insistió ella.

–Mi padre me dijo que ya era hora de que me casara. Yo le dije que no, que aún no estaba preparado... y él me dijo: «pues no quiero volver a verte ni hablar contigo hasta el día en que lo estés» –recitó Dio de memoria, con énfasis.

Ellie levantó la cabeza para mirarlo con el ceño fruncido.

–Ésa es tu forma de decirme que me ocupe de mis propios asuntos, ¿no?

–No.

–¿Quieres decir que tu padre esperaba de verdad que te casaras cuando él quería? –repitió sin ocultar su asombro.

–Mis padres tampoco se conocieron ni se casaron así, sin más, Ellie. Se conocían desde la infancia, crecieron sabiendo lo que se esperaba de ellos y luego, cuando llegó el momento... sus padres se reunieron y fijaron la fecha –terminó Dio en un tono de voz tenso.

–¡Por el amor de Dios, eso es de la Edad Media!

–Para ti quizá, pero mis padres fueron felices –continuó Dio apartándole el pelo de la frente con dedos tiernos, haciéndola temblar y obligándola a estrecharse contra él–. En Grecia el matrimonio sigue siendo un asunto familiar.

–No quiero criticar a tu padre pero... –comenzó a decir Ellie vacilando, volviendo el rostro de modo que rozara la palma de la mano de él y comenzando a respirar entrecortadamente–, creo que debería de haberse dado cuenta de que los tiempos han cambiado. Tú eres un hombre hecho y derecho, y él te trató como si fueras...

–Él sabía qué era lo mejor para mí –la interrumpió Dio con voz de seda–. Puede que yo haya sido educado en un colegio inglés, pero soy griego, Ellie. El matrimonio es un paso decisivo en la vida. Los ingleses confían en el amor y tienen una tasa de divorcios muy alta...

–Sí, pero...

–En esta vida es más importante escoger a una compañera con inteligencia –afirmó Dio levantándola en brazos y posando su sensual boca sobre la de ella con hambre, como si estuviera cansado de hablar sobre ese asunto.

Ellie sintió que la cabeza le daba vueltas, que el corazón le latía con violencia. Él necesitaba hablar. Aquello no era lo que había planeado. Y desde luego no era lo que se suponía que debía ocurrir entre los dos. En cuestión de segundos se apartaría de él, pararía aquello antes de que fuera irremediable. Sin embargo sus brazos habían rodeado a Dio por el cuello y sus dedos se enredaban en el sedoso cabello. Una nube de debilidad la envolvió de tal modo que cuando pasaron los treinta segundos que se había prometido de plazo apenas recordaba por qué se lo había impuesto.

–Esto era inevitable –jadeó Dio levantándola en brazos para llevarla dentro justo cuando ella comenzaba a tambalearse y sus piernas comenzaban a flojear.

Capítulo 4

Ellie tenía la mente en blanco, los ojos cautivos en las pupilas negras de él. Su corazón zozobraba, tenía el pulso acelerado. El mareo y la euforia se apoderaron de ella.

Levantó una mano insegura y la posó sobre la mejilla de Dio con un vergonzoso sentido de la posesión por completo nuevo para ella. Sus dedos extendidos celebraron la dura tersura de su piel, sus pupilas dilatadas buscaron cada uno de los detalles de él que podían apreciarse a aquella distancia.

Las largas y negras pestañas, la expresión dramática de sus cejas, oscuras y bien definidas, la belleza masculina de su cráneo y de su estructura ósea, la perfección, recta y arrogante, de su nariz. Ellie acarició el mentón agresivo con una ternura asombrosa, absorbida por entero en la tarea. Nunca nada le había parecido tan natural.

–Eres realmente guapo –dijo sin poder evitarlo.

Dio la puso encima de algo firme y deliciosamente confortable y luego se tumbó sobre ella. Se quedó contemplando su mirada perdida con ojos ardientes y, gimiendo, dijo:

–Cuando te quité ese pañuelo de la cabeza pensé que eras la cosa más perfecta que jamás hubiera visto en mi vida. Tu pelo, tu piel, tus ojos. Me dejaste completamente fascinado...

–Pues supongo que tú me estás dejando fascinada a mí ahora –tartamudeó Ellie comprendiendo de pronto que estaba tumbada sobre una cama en una habitación en penumbras y sintiendo un desmayo.

–Bajo esa superficie dura eres muy dulce... –continuó Dio inclinando la cabeza orgullosa.

Ellie hubiera podido perderse en aquellos ojos topacio, hubiera podido sentir la debilidad que la clavaba a una hipnótica quietud. Dio tomó de nuevo sus labios abriéndoselos con la punta de la lengua. El corazón de Ellie retumbó y toda ella tembló, incapaz de respirar. Su sumisión fue absoluta, instintiva. No hubiera podido resistirse a la tentación de aquel beso ni aunque su vida hubiera dependido de ello. Era como volver a nacer, y cada nueva sensación le resultaba tan fresca e intensa que se sentía atada sin remedio, esperando deseosa la siguiente.

–Tan dulce –jadeó él en voz baja mientras Ellie gemía y respiraba sofocadamente bajo su experta boca, con respuestas temblorosas.

Dio se quitó la camisa y elevó a Ellie hacia él, haciéndola sentarse. Ella se puso tensa. Todo su campo de visión estaba lleno con aquel pecho ancho y bronceado y aquel espeso y oscuro vello rizado que marcaba cada músculo antes de serpentear para convertirse en una fina línea sedosa sobre el estómago plano. Dio levantó sus manos y las puso sobre su pecho como si el hecho de que ella lo tocara fuera lo más natural del mundo.

–Dio... –dijo ella temblorosa mientras asombrosas olas de excitación la recorrían al conocer su calor con los dedos.

Había tanto por conocer, pensó Ellie sintiendo de pronto que todo aquello se le escapaba, que él la alentaba y esperaba a una amante experta.

–Tócame –la invitó él.

Ellie se examinó las manos como si esperara que ellas solas, sin ninguna orden consciente, se apartaran de él. Pero Dio era tan fascinante, la hacía sentirse tan bien que fue incapaz.

–Vas... vas demasiado rápido para mí –musitó seria, sin comprender cómo podía ser que estuvieran casi desnudos en la cama.

–Si quieres que me vaya me iré –dijo él poniendo una mano sobre las de ella.

Un miedo helado agarrotó a Ellie, que levantó la cabeza para encontrarse con aquellos ojos oscuros y aquel rostro firme y anhelante. Apartarse o quedarse. No había término medio. Y si él se marchaba quizá nunca volviera a pedirle nada. Quizá pensara incluso que ella lo había provocado en vano. Por fin Ellie pensó que si Dio no veía razón alguna para no disfrutar el uno del otro era porque no la había.

–Pero es que yo... –comenzó ella a decir sin saber muy bien cómo terminar, atemorizada pensando en que iba a parecer una virgen puritana y lo iba a echar todo a perder.

–Decídete –insistió Dio con urgencia, lleno de necesidad–. No soy de piedra, y ahora mismo me muero por ti...

Las manos de Ellie temblaron bajo las de él. No podía apartar los ojos de Dio. La intensidad de su mirada la derretía en su interior.

–Yo también te deseo... tanto.

Dio la posó con cuidado de nuevo sobre la cama.

–No te haré nada que tú no quieras que te haga, *pethi mou*.

–Por supuesto, pero...

–Abre tu boca para mí –la urgió él con voz rota.

Y Ellie lo hizo, captando de inmediato su fuego ardiente. No notó, en cambio, cuando él le deslizó los tirantes del camisón por los brazos. De pronto Dio se apartó para seguir bajando la prenda por sus caderas, y Ellie vio con asombro sus pechos desnudos y llenos, sus pezones rosas tensos.

–Eres exquisita –jadeó él.

Dio volvió a ella y dejó que su dedo pulgar acariciara el hinchado pecho, que la palma de su mano lo abrazara con firmeza por debajo y, por fin, que su boca se cerrara sobre él. Y le causó tal cúmulo de sensaciones que Ellie gritó. Su cabeza cayó sobre la almohada, todo pensamiento se suspendió. Las manos de Ellie agarraron a Dio de los hombros mientras él acariciaba su sensible carne con la lengua, los dientes y los labios. De pronto era ella la que se moría por él, la que ardía como una loca por cada caricia certera, llevada por la más urgente necesidad, dejándose consumir por el fuego.

Dio rodó por la cama sin previo aviso y deslizó las sábanas hasta abajo, con los ojos dorados fijos en la pálida y rosada piel del cuerpo de Ellie. Era como ser consumida visualmente. Ellie estaba excitada, apenas podía respirar, y sentía tal necesidad como nunca en la vida la hubiera podido imaginar. Los ojos de Ellie observaron a Dio, siguieron cada uno de sus movimientos. No podía soportar que se alejara de ella.

–¿Dio...? –musitó insegura.

–Respondes como si te murieras por mí –dijo él con orgullosa satisfacción.

Ellie lo observó bajarse la cremallera del pantalón. Sus ojos se abrieron inmensamente, sintiéndose de pronto cohibida. Segundos más tarde unos calzoncillos negros se deslizaron por las estrechas caderas, y Ellie vio por primera vez un sexo masculino excitado y completamente erecto. Y aunque Dio era aún más bello de lo que jamás hubiera imaginado también le resultó amenazador. Tardíamente consciente de su propia desnudez, Ellie se sentó y tiró de la sábana para ocultarse bajo ella. Su corazón latía acelerado.

Saber que no era sino una inexperta le producía pánico. Dio volvió a la cama con movimientos naturales, sin ninguna inhibición. En realidad Ellie dudó de que él, en alguna ocasión, hubiera necesitado de un dormitorio en el que esconderse.

–Eres tímida –murmuró Dio casi con ternura, quitándole la sábana para unirse a ella, concediéndole poca importancia a ese sentimiento.

–Sí... Dio...

–Quiero verte –confesó él estrechándola contra su cuerpo duro, poderoso y abrasivo, con un brazo posesivo–. Estás temblando...

–Me pones nerviosa.

Dio enredó los dedos en el espeso cabello de Ellie y atrajo su boca hacia sí saboreándola en profundidad hasta que la cabeza de ella se inclinó llena de pasión y todos sus nervios desaparecieron. Y entonces él elevó la mirada y sus ojos dorados quedaron prendados en los de ella.

—Esto no es simplemente una noche de locura, es algo excepcional, algo especial. Yo no tengo por costumbre acostarme con las mujeres así —aseguró él con ronca sinceridad.

Ellie levantó una mano temblorosa y le apartó el cabello de la sien. Tenía el corazón en un puño. No podía creer que él pudiera tener tanto poder sobre ella, que al fin un hombre la tuviera pendiente de cada una de sus palabras, esperando y rezando para que fuera digno de su confianza. Saberlo resultaba aterrador, pero cuando él sostenía su mirada o la acariciaba ni una sola fibra de su cuerpo podía resistírsele.

Dio recorrió con una mano todo su cuerpo tembloroso. Ella se estremeció y jadeó. Su cuerpo estaba tan completamente preparado que una sola caricia bastaba para despertarlo. Cuando él jugueteó con el triángulo de plata que formaban sus piernas ella gimió y dejó que su rostro se hundiera sobre el hombro de él. Dio siguió el rastro hasta el mismo centro de su ser, cálido e hinchado, con devastadora experiencia, llegando al punto más sensible. Y en ese momento Ellie se vio perdida sin remedio, atormentada por un cúmulo interminable de sensaciones que pronto se convirtieron en una tortura sin fin.

—Estás tan cerrada —musitó Dio con un gemido sensual y gozoso.

La urgencia de aquel deseo resultaba insoportable. Ellie estaba completamente fuera de sí, con la respiración entrecortada, sujetándose a cualquier parte de él que lograba agarrar.

—Dio, por favor... —gimió desesperada.

Dio se deslizó sobre ella colocándola sobre la cama. Ellie se debatió con ojos brillantes, exultante de feminidad, sintiendo el férreo control de Dio y su rendición. Un hambre fiera la abrumaba en ese instante sin vergüenza. Y entonces él la penetró y el punzante y apasionado dolor de aquella invasión la hizo llorar de sorpresa.

Dio se quedó muy quieto. Unos ojos negros atónitos la miraron de lleno.

—¡*Cristos*... es imposible que seas...!
—Ya no...
—Te gusta sorprenderme, ¿verdad? –preguntó él con una llama de fuego primitivo en la intensa mirada.

Ellie estaba ruborizada al máximo, era completamente consciente de cada uno de los pequeños movimientos que él hacía abriéndose paso hambriento por su interior.

—Ahora no puedo hablar –musitó atenta por completo a cada uno de los detalles de aquella nueva experiencia fascinante.

Dio rio a carcajadas. La besó en lo alto de la cabeza y comenzó a demostrarle cuán excitante podía ser aquello. Una necesidad cruda, fuera de control, iba poseyendo a Ellie cada vez con más fuerza. Apenas podía respirar. El mundo hubiera podido tocar a su fin y nada hubiera importado excepto aquella vibrante penetración. La intensidad del placer la volvió loca hasta que, finalmente, llegó al borde de la excitación y una ola de paroxismo la liberó.

—Deberías de haberme dicho que era la primera vez, *pethi mou* –pronunció Dio apenas sin aliento.

—No me pareció importante –musitó Ellie evasiva, disfrutando del modo en que él la abrazaba contra su cuerpo ardiente, cálido y húmedo, llorando contenta de que él no pudiera verlo.

¿Acaso era posible enamorarse en el plazo de veinticuatro horas?, se preguntó Ellie ensoñadora, luchando por reconocer a la nueva persona que sentía nacer en su interior, pero demasiado contenta y satisfecha como para sentir como una amenaza aquel cambio.

¿Algo especial? ¿Pero cómo de especial? Ellie sabía perfectamente cuánto de especial era Dio para ella. Hubiera deseado poder envolverlo en una sábana de amor y abrazarlo hasta la muerte, nunca había sentido nada igual.

—Para mí sí lo era –le confió Dio en voz baja–. ¿Tienes hambre?

—No, en realidad no.

—Pues yo no recuerdo cuándo comí por última vez —musitó él reflexivo.

—¡Qué sensible!

Dio la soltó y rodó por la cama hasta alcanzar un teléfono interno por el que ordenó que les llevaran comida. Luego, tomando su mano, la arrastró fuera de la cama junto a él. Con los brazos envueltos sobre sí misma, como si tuviera frío, Ellie caminó hasta el baño y lo observó abrir el grifo de la ducha. De pronto se sintió tremendamente tímida. Se veía arrastrada hacia la más profunda intimidad sexual. Dio la metió en la ducha con él ignorando su vergüenza deliberadamente, o quizá sin darse cuenta.

—Eres menudita de verdad —suspiró.

—Mido uno cincuenta y uno —musitó Ellie añadiendo un centímetro más, sintiendo que Dio la contemplaba de arriba abajo.

—Estabas tan graciosa en el aeropuerto con aquel abrigo tan largo... eras como una niña pequeña toda vestidita —Ellie no supo qué responder—. ¿Por qué te has quedado tan callada?

—No llevo nada de ropa, y no tengo por costumbre mantener conversaciones en la ducha.

Dio rió. Luego la abrazó y la levantó como si fuera una muñeca, enlazándole los brazos a su cuello. La sujetó a su altura y la miró a los ojos, intensamente.

—¿Estás tomando la píldora anticonceptiva?

Ellie frunció el ceño y se ruborizó. No entendía por qué le hacía semejante pregunta cuando era él quien había tomado precauciones en aquella ocasión.

—No.

—Eso pensé. El preservativo se ha roto —la informó Dio sin parpadear, escueto.

—¡No...! —exclamó Ellie perdiendo el color al comprender las consecuencias que ello le podría acarrear.

—Si ocurre algo... lo cual, es poco probable... lo solucionaremos entre los dos, juntos —añadió Dio admirando sus labios abiertos y besándola lenta, dulcemente y con boca experta.

Asustada por un instante ante la pesimista imagen de una vida arruinada por un embarazo no deseado Ellie trató de pensar en algo más alegre. Llevaba veinticuatro horas viviendo fuera de la realidad, y no tenía ninguna prisa por volver a ella.

–Tengo planes para ti –admitió Dio entre beso y beso, mientras ella temblaba–. Vas a disfrutar de estar conmigo.

Juntos hicieron un picnic sobre la cama. Comieron langosta y ensalada griega. Ellie no había probado nunca la langosta, y estuvo a punto de desmayarse cuando la vio sobre el plato. No dejó de dar pequeños sorbos de vino hasta que Dio tomó su vaso, y entonces ella lo imitó. Su ignorancia la hacía sentirse violenta y le recordaba lo diferentes que eran los mundos de ambos.

–Gracias por lo que me dijiste antes en la playa –murmuró Dio–. Me ha ayudado a ver las cosas con más perspectiva. Si mi padre o yo hubiéramos sospechado en algún momento el poco tiempo que nos quedaba habríamos corrido a reconciliarnos. La gran ironía de la vida es que en realidad yo ya estaba trabajando en esa dirección.

–¿En qué sentido?

–Esa conversación que oíste –le recordó Dio–. La empresa que había planeado comprar perteneció a mi padre, él la había perdido hacía tiempo. Pensaba ofrecérsela como una rama de olivo.

–¡Oh, Dio! –suspiró Ellie enternecida–. Por eso era tan importante que te acompañara.

–Pero aún tengo mis recuerdos. Mi padre era una persona fuerte, vital. Vivía la vida plenamente. Y no hubiera querido que lo recordara con tristeza.

–Explícame la importancia de esa conversación que escuché –lo invitó Ellie tratando de evitar la tristeza y la oscura vulnerabilidad de sus ojos y de distraerlo.

–Digamos que tenemos dos empresas, A y B –comenzó a explicar Dio–. Primero compras el stock de la empresa A, y después dejas correr el rumor de que estás interesado en adquirirla. Los precios de ese stock suben. Entonces vendes el stock a un precio más alto. Y luego, sin previo aviso, te lanzas sobre la empresa B, en la que los valores del stock no se han incrementado, y te sitúas como propietario de una empresa a un buen precio.

–Es enrevesado.

–Sí, así es como me consideran en los negocios –confirmó Dio sin ofenderse lo más mínimo–. Pero si mis verdaderas intenciones salieran a la luz el precio del stock de la compañía B se dispararía y no compraría.

Ellie apartó los platos de la cama. Cuando volvió al dormitorio Dio estaba dormido. Su corazón, que se había derretido como el caramelo, volvió a agarrotarse al verlo. Parecía exhausto, pero mucho más en paz de lo que lo había estado a lo largo de todo aquel día. Por una vez en su vida Ellie se iba a dejar llevar. Por norma era muy precavida, prefería verlo todo en nítidos tonos blancos y negros antes de arriesgarse. Pero en esa ocasión era demasiado tarde...

Ellie no abrió los ojos hasta las ocho de la mañana del día siguiente. Dio estaba aún dormido. Y aún así era guapo, pensó Ellie contenta de que no la viera echa un desastre. Dio, en cambio, era la versión masculina de la perfección. Hasta su piel aceitunada brillaba contra el blanco de la sábana.

Ellie salió de la cama con menos valentía de la que había entrado la noche anterior. A la clara luz de aquella mañana griega era perfectamente consciente de que se había decidido por un camino del que no había marcha atrás. Sus sentimientos habían llegado a un nivel muy alto, y eso le asustaba.

Se puso el pantalón corto y se asombró al ver que era su talla exacta. Se sirvió un vaso de agua y picó un trozo de naranja y de manzana. Necesitaba aire fresco, distanciarse de Dio, de modo que fue a dar un paseo por la playa.

Un hombre que confesaba tener planes para una mujer desde el principio resultaba digno de confianza. Dio parecía una persona honesta y abierta. Bien, no le hacía feliz haberse rendido y caído en su cama tan deprisa, pero sí le gustaba el hecho de que él hubiera sido su primer amor. Al menos no tendría la sensación de que era una mujer fácil.

Más aún, imaginar que ellos dos hubieran podido mantener esa relación teniendo en cuenta que ella era la mujer de la limpieza de su edificio de oficinas rayaba casi en el snobismo. Pero eso a él no parecía importarle. Además ella era la encargada de la librería del señor Barry, aunque no ganara mucho. En cuanto volviera a casa iría al banco y solicitaría el préstamo. Solo el miedo a que no se lo concedieran la había estado reprimiendo.

Ellie miró el reloj y se dio cuenta de que llevaba dos horas paseando. Caminó de vuelta a la casa y vio a Dio apoyado sobre la barandilla, aparentemente esperándola. De pronto se le quedó la boca seca. Cuanto más se acercaba y lo miraba más la absorbía él. El aspecto de Dio era sensacional. Llevaba ropa elegante y sencilla, de diseño. Con chinos ajustados a sus poderosos músculos. Hubiera deseado que no llevara las gafas de sol que ocultaban sus ojos.

—Me han llamado por el móvil —dijo él cuando ella estaba aún a unos pasos.

Ellie se dio cuenta inmediatamente de que algo no iba bien. Su tono de voz era helado, tan carente de emoción que le causaba escalofríos. Se detuvo. Sus ojos verdes traicionaron su ansiedad e inseguridad.

—¿Qué ocurre?

—En el mismo instante de abrirse las bolsas el precio del stock de la Palco Technic ha comenzado a subir —informó Dio con una calma letal. Ellie se quedó mirándolo inquieta, demasiado temblorosa como para comprender de inmediato lo que había querido decir—. Dijiste que no habías conseguido hablar por teléfono desde el aeropuerto, pero es evidente que mentías —añadió Dio con el mismo tono de voz indiferente—. Filtraste esa información confidencial y naturalmente alguien se ha aprovechado de ella. Espero que te haya producido importantes beneficios.

—¡La única llamada que hice desde el aeropuerto fue con tu móvil! —se defendió Ellie—. ¡Por el amor de Dios, Dio...! Si algo va mal no tiene nada que ver conmigo, yo no he filtrado ninguna información... ¡Ni siquiera hubiera sabido a quién contárselo!

—Son demasiadas coincidencias, Ellie. Por ejemplo, ¿dónde estabas esta mañana cuando me desperté?

—Yo... —Ellie parpadeó desconcertada.

—Venga, ¿a que tenías miedo de mi reacción cuando me enterara de todo? —inquirió Dio directo—. Sabías que me iba a enterar antes de que tú abandonaras la isla, pero eras demasiado avariciosa como para pararte a pensarlo, ¿verdad?

El sol caía sobre Ellie con fuerza, haciéndola sudar, pero en su interior un asombroso frío se extendía como un glaciar. Por fin comprendía de qué la acusaba y aquello, si acaso, la aturdía.

—Dio, lo has malinterpretado todo —protestó Ellie—. Siento mucho que esa información haya salido de tu oficina, pero no me gusta que me acusen de algo que no he hecho. Te advertí de que había alguien más escuchando...

—No insultes mi inteligencia... —contestó Dio curvando los labios con un hondo desprecio.

—¿Qué inteligencia? —preguntó Ellie entre irritada y asustada—. Si tuvieras alguna te darías cuenta de que es imposible que sea yo la responsable de esa filtración.

—Has arruinado mis planes, y después prácticamente te has metido en mi cama prostituyéndote para tratar de aplacar mi ira —la acusó Dio amenazador.

Aquella acusación heló el aire. Ellie tembló, se puso pálida hasta la muerte. Dio se quitó las gafas de sol y la escrutó con ojos brillantes y negros.

—No... ahora que te miro veo que se trata de algo más personal que eso —argumentó Dio con una insolencia de seda.

—¡Eres un bastardo! —susurró Ellie reaccionando a aquella crueldad calculada con una instintiva defensa.

—Así que por una noche he ido de visita a los barrios más

bajos –concluyó Dio–. Ha sido toda una experiencia, pero no pienso volver a repetirla.

–No, he sido yo la que ha ido de visita a lo más bajo, Dio –le contradijo Ellie con ojos brillantes, de esmeralda, echando atrás la cabeza–. Tú lo único que tienes es una abultada cuenta bancaria, porque desde luego clase tienes tanta como un pastor de cabras.

Dio hizo una mueca y se quedó helado en su sitio. Ellie subió al porche pasando por su lado y entró en la casa. Lo único que deseaba era ponerse unos zapatos y escapar. Se apresuró a entrar en el baño, donde tenía la ropa, y al cruzar un poderoso brazo la detuvo.

–Vuelve a decir eso otra vez –la invitó Dio en voz baja, en tono de amenaza.

–Tienes tanta clase como un pastor de cabras –repitió Ellie mirando al espacio–. Y no me cabe duda de que con esa comparación estoy insultando al pobre pastor. Él puede que sea pobre, pero si no es honrado al menos tiene una justificación.

–Mientras que yo en cambio... –continuó Dio en un tono de voz más alto.

El corazón de Ellie latía tumultuoso. Podía sentir la rabia de Dio, cruda como un huracán, crujiendo en el aire. Sin embargo no podía reprimir su deseo de contestar.

–Mientras que tú eres rico y privilegiado, un cerdo ignorante. ¡Y ahora quítame las manos de encima!

Una décima de segundo más tarde Ellie dejó escapar un gemido estrangulado al sentir que él la levantaba del suelo y la ponía sobre la cama. Aterrizaron a tan increíble velocidad que se le cortó la respiración. Ellie se quedó clavada. Él estaba pálido a pesar del tono aceitunado de su piel, y sus ojos negros brillaban intimidándola.

–¡Si fueras un hombre te habría matado por insultarme de ese modo!

–¡Me estás asustando...! –musitó Ellie.

Una expresión de terrible desagrado cruzó el rostro de Dio, que se enderezó instantáneamente

–El helicóptero te está esperando en la villa –añadió entre dientes–. ¡Haz tu maleta y márchate! ¡Y no vuelvas a poner un pie en el edificio Alexiakis International!

Ellie, tan pálida como la sábana, sacó las piernas de la cama y se sentó.

–Pensé que podría amarte, pero ahora te odio –musitó con voz espesa.

Dio dejó caer un montón de billetes sobre la alfombra, a los pies de Ellie, con un gesto de desprecio. Ellie los miró incapaz de pronunciar palabra.

–Como tú misma has dicho muy bien los negocios son lo primero y lo último en tu vida. Así que, si te sirve de consuelo, he pasado una noche fantástica.

Por un momento Ellie se sintió devastada, pero después su reflejo innato de supervivencia la hizo reaccionar.

–¿Es eso lo que cuesta el billete de avión desde Atenas?

–*Cristo*, ¿qué significa eso?

–La pobre gente como yo tiene que ser práctica. No sé cuánto cuesta un billete en avión de aquí a casa –explicó Ellie negándose a mirarlo, negándose a sentir nada.

–Puedes recoger tu billete de vuelta en la terminal.

–Entonces lo único que necesito es dinero para el transporte a casa una vez que llegue a Londres –dijo Ellie tomando un billete del suelo y resolviendo mandarle el cambio–. ¿Qué hay de Meg?

–¿De la otra mujer de la limpieza? ¿Tú qué crees?

–Que si echas también a Meg vas a lamentarlo –Ellie levantó la cabeza despacio, muy despacio, con una mirada tan fría como la de él. Era el momento de proferir la peor amenaza de su vida–: Acudiré a los periódicos, Dio. Les contaré toda esta historia en verso, ya que parecen tan interesados en ti. Y con lo que saque compensaré a Meg...

Dio la observó con un disgusto y una incredulidad inconfundibles. Ellie estaba sobrecogida, pero se puso en pie por miedo a delatar su debilidad. Le dio la espalda, recogió sus zapatos viejos y se los puso. Luego, con la bolsa de la ropa de trabajo en la mano, pasó por delante de él con la cabeza bien alta.

Llegar hasta el ascensor de la villa se le antojó eterno, y lo mismo atravesar el vestíbulo. El helicóptero estaba aparcado a cierta distancia de la casa. Subió a él tratando de mantener el control y, sobre todo, de no pensar en lo estúpida que había sido echando sobre sí aquella desgracia. Pero el primer suspiro de autocompasión escapó de su boca mucho antes de que abandonara Atenas. Ellie no estaba acostumbrada a cometer errores, y menos aún con los hombres. Era una persona cauta. Por eso, cuando volvió a recordar todo lo ocurrido, no pudo creer que se hubiera comportado de un modo tan tonto. De inmediato decidió que había recibido lo que se merecía. Ella misma había invitado toda aquella humillación.

¿Cómo había podido olvidar que aquel hombre era el modesto chico que, pavoneándose, había asegurado ser capaz de persuadirla para que se acostara con él? Y, lo que era aún peor, Ellie se veía obligada a reconocer que se había sentido muy próxima a una persona capaz de sojuzgarla y malinterpretarla. Dio ni siquiera la había escuchado.

¿Pero qué se podía esperar de alguien tan estúpido y con tantos prejuicios, por otro lado? El problema era que nunca nada le había dolido tanto como aquello...

Capítulo 5

Aquel era un día húmedo, y en la tienda no había un solo cliente.

–¿Una taza de té, Ellie? –preguntó Horace Barry.

–Gracias, sí.

Ellie observó caer la lluvia mientras sorbía el té desde detrás del mostrador. Había vuelto a casa dos días atrás, pero lo ocurrido en la isla de Chindos la obsesionaba cada día más. El sexo era algo demasiado peligroso como para jugar con él, eso siempre lo había sabido. Siempre había creído que la intimidad física era algo que pertenecía por entero a las relaciones estables. Era humillante reconocer que se había acostado con un hombre al que conocía solo desde un día antes. Había hecho una elección y, confiando en los sentimientos más que en la razón, se había equivocado. Hubiera debido de mantener a Dio a distancia, y si el accidente de sus relaciones tenía consecuencias la culpa sería únicamente suya.

El señor Barry se fue pronto a casa. Justo antes de la hora de cerrar llegó un repartidor con un ramo de flores.

–¿La señorita Eleanor Morgan?

–No creo que sea yo la Eleanor Morgan que tú buscas.

–Pues la dirección es ésta.

El corazón de Ellie comenzó a martillear deprisa al comprender que solo había una persona que pudiera mandarle flores. Ellie suspiró y sacó la tarjeta del sobre. Solo había escritas seis palabras: *«De parte del pastor de cabras»*. Primero se puso blanca, luego colorada. Después rompió la tarjeta en pedazos y la tiró a la papelera.

Evidentemente las rosas significaban para Dio una disculpa. ¿Acaso había descubierto que no había sido ella la fuente de la filtración? Alguien, seguramente, se lo había demostrado, porque él no había albergado duda alguna sobre su culpabilidad. No, Dio no había vacilado en creer que aquella escurridiza mujer de la limpieza le había mentido, engañado y finalmente traicionado. Esperaba que hubiera perdido un montón de dinero en aquella operación.

De pronto el teléfono sonó.

–Quisiera hablar con Ellie...

Ellie se quedó helada al reconocer la voz. El silencio pareció llenar la atmósfera.

–¿Qué quieres?

–Estaré de vuelta en Londres esta noche, hacia las nueve. Quiero verte.

–No hay nada que hacer –tartamudeó ella tras una pausa.

–Ellie... –respiró Dio, pronunciando su nombre de un modo que la hizo temblar.

–¿Sigue Meg en su puesto de trabajo?

–Sí.

–Bien... –suspiró ella aliviada, soltando el aire contenido–. ¿Significa eso que puedo volver yo también a mi empleo?

–Eso lo discutiremos más tarde...

–Dio, no vamos a volver a vernos nunca más –aseguró Ellie acalorándose por momentos–. Todo lo que tengo que decirte te lo puedo decir ahora mismo, por teléfono: ¡me debes un puesto de trabajo!

–Puedo buscarte algo alternativo...

–Escucha, ¿qué hay de malo en que siga trabajando en la octava planta? ¿Crees que voy a ir por ahí cuchicheando sobre ti? ¡Debes de estar de broma! ¡No confesaría ni aunque me dieran una descarga eléctrica!

–Hablaremos de eso esta noche.

–No voy a volver a verte. ¡No quiero volver a verte! Estás

tratando de asustarme, y no voy a permitirlo. Si no me dejas volver a mi puesto de trabajo iré a un tribunal y te acusaré de despido improcedente. Conozco mis derechos, Dio.

—Ellie, acabas de decirme que no confesarías ni aunque te dieran una descarga eléctrica —le recordó él.

—¿Acaso has creído que pensaba decir toda la verdad? ¿Una mentirosa tan escurridiza y convincente como yo? ¡Por supuesto que mentiría ante un tribunal!

Un silencio tenso volvió a reinar.

—Si quieres volver al trabajo la semana que viene yo no voy a interponerme en tu camino —contestó Dio haciendo una concesión con evidente exasperación.

—Voy a volver esta noche. Tú sencillamente olvídate de que nunca nos conocimos. Yo, desde luego, ya lo he olvidado —afirmó Ellie colgando el teléfono.

¿Acaso creía que le importaba si había encontrado o no a la persona responsable de la filtración? ¿De verdad imaginaba que una disculpa iba a cambiar las cosas? ¿Es que todos los hombres ricos eran igual de arrogantes? Ellie cerró la tienda sintiendo un tumulto de emociones en su interior y subió a su casa.

Lo último que necesitaba era ver a Dio Alexiakis. ¿Quién hubiera querido enfrentarse a la persona en cuya presencia había cometido el peor error de su vida? Ellie se preparó un sándwich y veinte minutos más tarde se dirigió al edificio Alexiakis International a trabajar. Al entrar en el vestíbulo la enorme fotografía de él la ofendió. La supervisora, una mujer mayor, frunció el ceño al verla.

—Te tomaste el lunes libre sin decir nada a nadie —la censuró—. Ni siquiera llamaste para avisar de que estabas enferma. Tendré que ponerlo en el informe para personal.

—Sí, lo sé, lo siento —se excusó Ellie culpando a Dio en silencio.

A mitad del turno Ellie se tomó un descanso y bajó a tomar café a la planta baja. Meg se dejó caer en un asiento a su lado.

—¿Dónde diablos te metiste el lunes por la noche? Me preocupé mucho cuando no bajaste a tomar café. Estaba asustada, como me contaste eso del ejecutivo...

—¿Qué ejecutivo?

—Ya sabes, el que te molestaba, ese rubio que se llama Bolton. El otro día, en cuanto me puse a trabajar en tu planta, se me acercó y me preguntó dónde estabas.

—¿Cómo dices? —preguntó Ellie pálida.

—Tuve que decírselo, cariño. ¿Subió a buscarte?

—No lo sé... yo no lo vi —musitó Ellie preguntándose de pronto si habría sido Ricky Bolton quien había escuchado la conversación de Dio.

De pronto otra conversación entre dos mujeres de la limpieza llamó la atención de Ellie.

—Apuesto a que es una secretaria o algo así...

—No tal y como iba vestida, con ese sombrero y todo eso —argumentó la otra vehemente—. Y de todos modos, ¿para qué iba a llevar a una secretaria al funeral de su padre?

—¿De quién estáis hablando? —preguntó Ellie aclarándose la garganta.

—De la misteriosa rubia con la que llegó el señor Alexiakis a Atenas —rió Meg—. ¿Una secretaria? De eso nada, no con esa ropa.

—Muchas secretarias están muy cualificadas y ganan mucho dinero —aseguró Ellie.

—Esa rubia se parecía mucho a ti —bromeó otra—. Y tú desapareciste la noche del lunes. ¿Tienes algo que confesar?

—¿Yo... yo? —repitió Ellie desconcertada.

—¡Ellie hubiera estado demasiado ocupada dándole clases sobre sexismo al señor Alexiakis como para acompañarlo! —rió alguien.

—Esta noche voy muy retrasada, será mejor que me ponga a trabajar —comentó Ellie.

Al acabar su turno Ellie tomó el autobús a casa. Nada más llegar vio una limusina aparcada. La tensión se apoderó de ella y el corazón le latió acelerado. Al acercarse Dio Alexiakis salió del coche con toda naturalidad.

Y, como era habitual, su aspecto era sensacional. Traje sastre gris marengo, camisa de rayas, corbata de seda. El corazón de Ellie zozobró. Dio parecía exactamente lo que era: un hombre de negocios rico y sofisticado. ¿Cómo podía haber imaginado, ni tan siquiera por un segundo, que podía relacionarse con una persona así? Ellie sacó las llaves con mano temblorosa.

—No juegas limpio, Dio. Te dije que no quería verte.

—Te hice daño y lo siento —murmuró él tranquilo.

Ellie ladeó la cabeza. No estaba preparada para escuchar aquella disculpa tan penosa para su ego. De sus ojos salieron lágrimas mientras trataba de meter la llave por la cerradura. Dio le quitó las llaves, abrió y dio un paso atrás. Ellie entró y apagó la alarma.

—No tengo ganas de hablar contigo, ¿de acuerdo?

—No, no estoy de acuerdo. Yo quiero que hablemos.

Ellie tragó. Lo único que quería era ofrecerle una explicación y marcharse, pensó. Se encogió de hombros como si aquello no le importara y trató de mantener alta su dignidad. Dio la siguió por las escaleras que había detrás del mostrador. Ella abrió la puerta de su casa y encendió la luz de la mesilla.

Aquella era su casa, y tenía una sola habitación, pero estaba orgullosa de ella. Había pintado las paredes de amarillo, colgado pósters y cubierto un sillón con una bonita tela de color. Dejó las llaves sobre la mesa junto a la ventana y se volvió hacia él.

Dio la observó con una intensidad inquietante. Ellie se ruborizó y se cruzó de brazos, plenamente consciente de pronto de su pobre aspecto. Levantó la barbilla y sus miradas se encontraron. Ella se estremeció, sintió un calor inundar sus muslos, una necesidad despertar de pronto.

—Ven a casa conmigo —rogó él con voz espesa.

—¡No! —jadeó Ellie confundida ante aquella invitación.

Las densas pestañas de Dio descendieron lentamente sobre su intensa mirada mientras él respiraba hondo, lleno de tensión.

—Tienes razón, tenemos que hablar primero —concedió él a su pesar.

¿Primero?, se preguntó Ellie volviéndose temblorosa, atónita ante la idea de que él pudiera obligarla a rendirse con una sola mirada.

—El otro día, en la isla, me equivoqué totalmente contigo —admitió Dio sin vacilar—. Cuando me llamó mi gerente con las malas noticias no le dejé ni explicarse. No quería discutir sobre ese asunto. Me temo que pensé que habías sido tú quien había hecho esa llamada desde el aeropuerto. Estaba furioso.

—Sí.

—Pero esta mañana he sabido que decías la verdad, había alguien más la otra noche. La cámara de seguridad del corredor lo tiene todo grabado —reveló Dio—. Si yo hubiera estado más centrado aquel día me hubiera acordado de la cinta de vídeo y habría comprobado de inmediato que decías la verdad —Ellie asintió en silencio, sin mirarlo—. Tengo mucho carácter, pero normalmente no llego a juicios tan precipitados sobre la base de pruebas circunstanciales únicamente.

—Bueno, es cierto que las circunstancias no me favorecían, ¿verdad? —respondió Ellie tratando de no darle importancia, deseosa de acabar con aquella visita—. Tú no me conocías, ¿cómo ibas a saber que yo no hago esas cosas?

—Eres muy generosa, pero no voy a esconderme tras esa excusa. Hemos pasado el suficiente tiempo juntos, yo debería de haberlo sabido —la contradijo Dio—. Lamento terriblemente la forma en que te traté. Fui... brutal.

Ellie no discutió ese punto. Se quedó mirando para abajo, resistiéndose a la tentación de posar los ojos sobre él. Dio se lo estaba poniendo difícil. No quería servirse de la excusa que ella le ofrecía como hubiera hecho la mayoría de los hombres. No trataba de aminorar en nada su culpa, de negar su crueldad. El silencio era tenso. Ellie sabía que él esperaba una respuesta, pero no tenía nada que decirle.

—El empleado que fue a la competencia con la filtración fue un ejecutivo llamado...

—¿Ricky Bolton? —preguntó Ellie de improviso, sin pensar.

—¿Cómo lo sabes? Dijiste que no lo habías visto...

—Y no lo vi. Esta noche, a la hora del descanso, Meg me ha dicho que Ricky Bolton le preguntó dónde estaba ese día y que...

—¿Y por qué iba a preguntar Bolton dónde estabas tú?

—Es el tipo de la octava planta que siempre me estaba molestando —explicó Ellie con una mueca.

—Pues se me ha negado el placer incluso de despedirlo, ha dimitido. Cambió la información por un puesto de trabajo mejor en otra empresa... aunque no creo que permanezca en ella mucho tiempo, desde luego.

—¿Y por qué no?

—Porque es incapaz de lealtad alguna a ninguna empresa —sonrió Dio curvando sus sensuales labios—. ¿Cómo va nadie a confiar en él? A la primera excusa lo despedirán.

—¡Ah! —exclamó Ellie contemplando y admirando por fin el rostro de él mientras sentía que se le secaba la boca—. Pues no pareces muy enfadado.

—Bueno, he dejado mis planes de compra para más adelante. Y vendí el stock de la empresa A antes de que se enterara nadie... —añadió Dio sosteniendo su mirada con brillantes ojos oscuros y utilizando los mismos términos que había empleado en la isla, en la cama, para explicarle a Ellie sus tácticas en los negocios. Ellie se ruborizó—. Y en cuanto a la empresa B mis competidores han creído erróneamente que si yo estaba interesado en ella era porque contaba con una nueva tecnología. Han comprado una buena parte de sus stocks —continuó Dio irónico—. Luego descubrirán que no es así, pero cuando vayan a deshacerse de la mercancía lo harán con pérdidas.

—Así que al final lo más probable es que tú la compres por nada...

Se hizo el silencio. Dio observó los ojos de Ellie con una mirada intensa y oscura. Ella se puso tensa. Era insoportablemente consciente de su potente masculinidad. Bajo la ropa sus pechos estaban duros, hinchados, y los pezones tensos y deseosos. Un rubor rosado coloreaba sus mejillas. De pronto Dio cruzó la distancia que los separaba con un solo movimiento.

–No volveré a hacerte daño otra vez, Ellie.

–Creo que ahora deberías de marcharte, Dio –contestó ella.

–¿Por qué? –preguntó él sorprendido.

Con solo aquella palabra, que revelaba cuán fácilmente pensaba Dio que se ganaría su perdón, Ellie se armó de valor. Toda su flaqueza desapareció.

–Creo que es evidente –murmuró ella seca–. Lo que ocurrió en la isla no volverá a ocurrir más. No tenemos nada más que decirnos el uno al otro.

–No te dejaré marchar –declaró Dio en un tono de voz sedoso pero firme.

–¿Y quién diablos te crees que eres para decirme eso a mí? –preguntó Ellie con ojos verdes brillantes de ira.

–Tu amante –respondió él en voz baja. Ellie se puso pálida–. Te dije que yo no soy de los que se acuestan con mujeres una sola noche. Aún estás enfadada conmigo, Ellie, y lo comprendo, pero no es un problema insuperable.

–No importa si yo sigo enfadada o no –protestó Ellie–. En la isla... tú y yo... bueno... fue más una fantasía que otra cosa.

–Gracias –contestó Dio sonriendo a medias.

–Pero ahora estamos en el mundo real, Dio.

–Yo no sabía que lo hubiéramos abandonado ni tan siquiera en Chindos...

–Pues yo sí –contraataco Ellie con vehemencia–. Era mi paraíso idílico preferido: una playa a la luz de la luna, un guapo extranjero haciéndome justo los comentarios correctos y... ¡zas!, de pronto estamos en la cama.

–¿Qué estás tratando de decirme?

–Que los dos nos olvidamos de quienes somos –afirmó Ellie escueta.

–¿Y qué somos, aparte de dos personas que se desean mutuamente? –exigió saber Dio.

—¡Yo soy una simple trabajadora, y tú eres un magnate de las finanzas griego! ¡Deja ya de endulzar la píldora! —se exasperó Ellie—. ¡Yo podría haberme pasado la vida limpiando la planta de arriba y tú no me habrías visto jamás!

—Sí te hubiera visto...

—¡No, no me habrías visto! ¡La gente como tú nunca mira realmente a nadie como yo!

—Pero ahora que te he mirado no voy a echarme atrás —la interrumpió Dio insistente—. Y en cuanto a eso de que eres una simple trabajadora me hará muy feliz arreglarlo.

—¿Crees que es un problema? —preguntó Ellie divertida—. ¿De qué estás hablando?

—Quiero que continuemos con esta fantasía, me las arreglo bien con las fantasías —confesó Dio con calma mientras la rodeaba con los brazos por la estrecha figura—. Creo que eres adorable, *yineka mou*.

—¿A...adorable? —repitió Ellie débilmente.

—No hace falta que trabajes —murmuró Dio con una voz íntima y ronca que pareció encender chispas en la piel de Ellie—. Te compraré un apartamento y...

—¿Un apartamento? —tartamudeó Ellie atónita e irritada.

Dio deslizó un largo dedo por la barbilla de Ellie, alzó su rostro y miró hambriento sus enormes ojos.

—Yo soy griego. Quiero cuidarte en todos los sentidos. Pareces sorprendida, ¿por qué? En Chindos te dije que tenía planes para ti.

Ellie estaba seria. Abrió la boca, pero ningún sonido salió de su garganta. Al segundo intento consiguió pronunciar, en un tono demasiado alto:

—Deja que trate de comprender lo que dices... ¿me estás pidiendo que sea tu amante?

—Sí, te estoy pidiendo que sigamos viéndonos —replicó Dio con frialdad.

—Que sea tu juguete... —añadió Ellie casi incapaz de respirar, al borde del colapso, sin saber si echarse a reír o a llorar.

Dio escrutó la expresión de reproche de sus ojos verdes.

–No, no es eso lo que deseo que haya entre nosotros.

–¿Le pedirías a una mujer de tu misma clase social que fuera tu amante? –exigió saber Ellie, que no pudo resistirse a hacer la pregunta.

–Tú eres la única mujer a la que se lo he pedido nunca –contestó Dio echando atrás la cabeza arrogante.

–Pues lo siento, pero no estoy disponible –replicó Ellie sin asomo de arrepentimiento.

Dio deslizó los dedos por la melena plateada haciéndola su prisionera.

–Estás atrapada, solo que ahora mismo eres incapaz de admitirlo. Tú me deseas tanto como yo...

–En este preciso momento podría darte un buen puñetazo.

–Veamos, ¿quieres que probemos?

–¡Dio, no...!

Pero Dio apretó sus labios contra los de ella. Y después introdujo su lengua en la tierna boca de Ellie en una experta exploración carnal. La penetró y retiró la lengua haciendo que todas las células del cuerpo de Ellie ardieran recordando el modo en que la había invadido en una ocasión. Ellie sintió que le temblaban las piernas. Impotente ante aquel abrazo y aquella excitación, se apretó contra el cuerpo duro y plano, caliente y masculino de él. Reconoció su erección al contacto y se derritió como miel caliente en su interior. Dio jadeó y tomó su rostro con ambas manos, mirándola a los ojos con un crudo deseo sexual.

–¿Por qué no quieres que te ayude económicamente? Sería tanto por mi conveniencia como por la tuya. Quiero que vengas de viaje conmigo, que estés siempre ahí, para mí...

Aquella cándida confesión logró desvanecer el calor enfebrecido que había inundado a Ellie tanto como el cambio de conversación.

–Tú lo que quieres es una esclava sexual...

–Me aburriría hasta la muerte con una esclava sexual –replicó Dio.

Una cruda e involuntaria risa salió de labios de Ellie. Luego, levantando ambas manos, se apartó con firmeza de él y dio un paso atrás.

–Eres demasiado simple, Dio. Y esta ridícula conversación no tiene en absoluto sentido. Estás perdiendo el tiempo.

–Tú me perteneces...

–No, definitivamente –respondió Ellie echando atrás la cabeza en un gesto desafiante–. No tengo el menor deseo de pertenecerle a nadie. Con todo lo que trabajo no tengo tiempo para estar con ningún hombre. Debería de estar furiosa contigo por pedirme que fuera tu amante, pero como eres griego supongo que tendré que hacer alguna concesión a nuestras diferencias culturales...

–Creo que lo que quieres es que te persiga... –afirmó Dio con las venas hinchadas y el rostro airado.

–Es tu ego el que habla. Lo que yo quiero es olvidar que nunca nos hemos conocido –lo contradijo Ellie con convicción–. Pero estás tan acostumbrado a que todas las mujeres te deseen que no puedes aceptar que si digo no significa no.

–Si me marcho ahora todo habrá terminado –la amenazó Dio con ojos negros brillantes.

Ellie sintió que se le cortaba la respiración ante aquella advertencia. Hubo un silencio. Dio caminó hasta la puerta sin decir palabra. Y de pronto se marchó.

Ellie esperó unos minutos y luego bajó tras él para cerrar la puerta. Al volver la habitación le pareció fría y vacía. Era como si Dio se hubiera llevado toda la luz y toda la fuerza con él. Ellie trató de olvidarlo. Al fin y al cabo no había argumento que hubiera podido convencerla para llevar el tipo de vida que él le proponía.

Su madre había sido la amante de su padre durante dieciséis años. Aquella había sido una relación llena de mentiras y fingimientos. Leigh Morgan había decidido que no podía vivir sin el padre de su hija, aunque estuviera casado. Y aquella decisión había destrozado su vida.

Ellie trató de olvidar todos aquellos recuerdos de su infancia. Nunca repetiría los errores de su madre. En un par de semanas Dio ni siquiera se acordaría de ella, aunque por desgracia a ella le costaría más tiempo.

Dio la había llevado hasta un paraíso de fantasía romántica. Pero en cuestión de horas la había devuelto a la tierra con una fuerte caída. La había herido más de lo que nadie la hubiera herido nunca, y había comprendido que era mucho más ingenua de lo que creía.

No era una mala lección. Por fin había conseguido resistirse a Dio Alexiakis, había hecho lo correcto. ¿Cómo era posible, sin embargo, que se sintiera tan mal?

Capítulo 6

A mediados de la semana siguiente Ellie le dijo al señor Barry que había fijado una cita con el encargado de la sucursal del banco.

–¿Y eso?

–Para pedir el crédito y comprar la librería –explicó Ellie sonriendo.

–Deja eso para más adelante, Ellie.

–Bueno, supongo que puedo cancelar la cita –murmuró ella molesta.

–Sí, es lo mejor –aconsejó el señor Barry mirando unos libros y marchándose enseguida a casa sin más explicación.

Ellie frunció el ceño. El señor Barry siempre había estado deseoso por retirarse. ¿Acaso había cambiado de opinión? Horace Barry le había dado a entender que si le hacía una buena oferta para finales de ese mismo año la librería era suya. Sin embargo Ellie no quería hacer una montaña de un grano de arena. No le haría ningún daño esperar.

Pasaron dos semanas más. El señor Barry siempre había sido una persona callada, pero durante ese tiempo se mostró incluso evasivo. Distraída y preocupada, Ellie miró una noche el calendario. Fue entonces cuando, con retraso, notó que tenía otra cosa más importante de la que preocuparse.

Posiblemente fuera el estrés y las noches en vela lo que le habían provocado aquel retraso en su ciclo menstrual. Llevaba una semana de retraso. Pero cuanto más pensaba y se preocupada por la posibilidad de estar embarazada más fácil le parecía.

Aquella misma noche, al entrar en el edificio de la Alexiakis International, Ellie vio a Dio por primera vez en el plazo de casi tres semanas. Alto, moreno, bien vestido, se dirigía al ascensor con otros tres hombres. El susto la obligó a dejar de respirar. Se detuvo de pronto, involuntariamente, y comenzó a sudar.

–¿Qué tal estás, Ellie? –inquirió él con la mayor naturalidad.

Ellie parpadeó con la mirada fija en el suelo y levantó el rostro lentamente. Su enormes e incrédulos ojos se centraron en Dio, parado junto a ella, mientras el corazón le latía como un loco. Unos ojos negros la miraban insondables.

–Parece como si acabaras de ver un fantasma –continuó Dio en un murmullo.

Ellie observó que los tres ejecutivos esperaban a Dio sujetándole la puerta del ascensor, atentos a la escena. Aquello la hizo reaccionar.

–¡Vete, por el amor de Dios! ¡Se supone que no me conoces!

–¡Da igual lo que haga, todo te parece mal! ¿Por qué tendrán que ser las mujeres tan irracionales?

–¿Y por qué serán los hombres tan increíblemente estúpidos? –respiró Ellie apresurándose a pasar por su lado con la cabeza gacha.

Antes de escapar, no obstante, Ellie notó que había cerca otras mujeres de la limpieza. Y todas la miraban. Entonces sintió que se hundía.

Cuando más tarde bajó a disfrutar de su descanso habitual se sintió muy incómoda. Nada más llegar ella se produjo un silencio, y hubo miradas y murmullos cuando se marchó. ¿Pero qué otra reacción hubiera podido esperar de sus compañeras de trabajo? Meg Bucknall la siguió hasta el ascensor.

–¿Podemos hablar tú y yo? –Ellie asintió–. Ellie, las chicas han estado atando cabos y han llegado a ciertas conclusiones antes incluso de que comenzaras hoy a trabajar. Todo el mundo sabe que cambiamos de planta aquella noche y que desapareciste una semana.

–Pues no creí que le interesara a nadie.

–Por lo general no, pero algunas chicas habían comentado precisamente cómo te parecías a la rubia que salió en los periódicos con el señor Alexiakis. No es que nadie sospechara, pero hoy... esa forma de detenerse el señor Alexiakis y de acercarse a ti... es tan sospechosa...

–Yo haré que dejen de murmurar.

–Hace un par de semanas el señor Alexiakis pasó por mi lado y me saludó. ¡Me llamó por mi nombre! Fue la primera vez en la vida. Algo ha cambiado, de alguna forma. Antes hubiera jurado que ni siquiera sabía cómo me llamaba, te aseguro que siempre he pensado que ni siquiera me veía –suspiró–. No tengo tiempo para los rumores, Ellie. Eres tú quien me preocupa...

–Yo estoy bien... estoy más triste, y soy más madura –le confió Ellie mientras el ascensor de servicio llegaba a su planta.

–Me gustaría poder ayudarte... –añadió Meg con una mueca.

–Ya no soy una niña, Meg.

Una sola noche podía cambiar el curso de una vida. Su madre había sido una madre soltera, y nadie mejor que ella sabía lo difícil que era criar a un hijo en esas condiciones. Pero probablemente estuviera siendo demasiado pesimista. Ellie decidió comprar un test del embarazo y hacérselo al día siguiente. Sería más rápido que esperar a la cita del ginecólogo.

Estaba saliendo de uno de los ascensores de la octava planta cuando se abrió otro en la zona de recepción. Volvió la cabeza esperando ver al guardia de seguridad y se quedó helada. Dio Alexiakis caminaba a grandes pasos hacia ella.

Ellie se dio la vuelta y comenzó a abrillantar el suelo con el aparato eléctrico, decidida a seguir con su trabajo. La máquina se puso en marcha pero de pronto se paró, como sin fuerzas. Ellie se volvió. Dio la había desenchufado y la miraba con ojos desafiantes.

–Deja de huir de mí.

–No sé de qué estás hablando –tartamudeó ella, poco preparada para un ataque como aquel.

–Sí, lo sabes muy bien. Estás tratando de esconderte tras el hecho de que trabajas para mí, pero es demasiado tarde –continuó él con una fría ironía.

–Yo solo quiero que me dejes en paz.

–Cada vez que me miras tus ojos me dicen lo contrario –respondió él sosteniendo su mirada tranquilo y alcanzando la mano de Ellie antes de que ella pudiera darse cuenta de cuáles eran sus intenciones–. Tienes el pulso acelerado. Estás temblando...

–¡De ira! –respondió ella soltándose y dándole la espalda–. Sé lo que quiero en la vida y, créeme, tú no estás incluido en el lote.

–¿Y qué hay en ese lote?

–¿De verdad quieres saberlo?

–Sí, de verdad quiero saberlo.

–Muy bien. Pues quiero comprar una librería. esa es la razón por la que tengo dos trabajos. Llevo mucho tiempo ahorrando y pronto pediré un crédito.

–Te lo doy yo ahora mismo, con contrato legal –se ofreció Dio.

Ellie dio un grito de frustración, entró en la oficina más cercana y vació la papelera.

–¿Es que no lo entiendes? –preguntó saliendo de nuevo–. No quiero ningún favor, no necesito ninguna ayuda.

–Pero estás dejando que tu trabajo aquí sea una barrera entre nosotros dos.

–Dio... serías incapaz de reconocer que una sólida muralla de ladrillo es una barrera.

–No debería de haberte pedido que fueras mi amante –murmuró Dio.

Ellie estuvo tentada de mirarlo a los ojos. La tensión de su cuerpo se desvaneció ligeramente.

–No...

–Era demasiado pronto –añadió Dio.

–¡De verdad que eres lento a la hora de comprender!

Un brillo divertido cruzó los ojos negros asombrados de Dio.

–Te he echado de menos, *pethi mou*.

Aquella sonrisa era como el calor del sol. Ellie apartó los ojos de él como si se quemara.

–Así que estás aburrido de tanto servilismo y necesitas algo nuevo. ¿Se te ha ocurrido alguna vez llamar a una agencia matrimonial?

–Pronto terminarás tu trabajo aquí. Déjame que te lleve a cenar a algún sitio.

Ellie lo observó, apoyado contra la puerta, como un depredador que se hubiera tomado un rato de descanso. Dio era capaz de hacer surgir en ella el hambre y la pasión más poderosas. Ellie recordó todas las noches pasadas en vela, tratando de olvidarlo a él y odiándose a sí misma por su debilidad. Y sin embargo ahí estaba de nuevo esa excitación, ese anhelo doloroso que iba mucho más allá del mero deseo físico...

–Ellie... –comenzó a decir él en voz baja.

–Cuando termino mi trabajo me voy a la cama, Dio –contestó ella escueta, agachándose para seguir abrillantando el suelo.

–Bien, entonces nos saltamos la cena.

Ellie se enfadó ante aquella sugerencia y se enderezó de pronto. Pero lo repentino del movimiento le produjo un mareo. La vista se le nubló, se sentía incapaz de enfocar las cosas correctamente. De pronto sintió que se caía, que caía en la oscuridad, que le fallaban las piernas.

Más tarde Ellie comenzó a recuperar poco a poco la conciencia, pero seguía mareada y sentía náuseas. Abrió los ojos lentamente. Dio estaba muy cerca de ella. Estaban en el ascensor, y él la llevaba en brazos, comprendió finalmente sintiéndose aún más confusa.

–Dio...

–¿Sí? –preguntó él sin disimular su agresividad, agarrándola con brazos firmes contra su pecho.

–¿Qué ha ocurrido?

–Te has desmayado.

–Yo nunca me desmayo... –aseguró ella luchando por recobrar el sentido.

–Ya has tenido bastante con esa abrillantadora, es evidente que eso no es para ti.

–¡Dio... suéltame!

–Si te suelto te volverás a caer. Tienes un aspecto horrible, pero no es sorprendente, ¿no te parece? –continuó Dio en tono acusador–. Trabajas seis días a la semana en la librería, y te pasas más de la mitad del tiempo sola, arreglándotelas sin nadie.

–¿Y cómo sabes tú eso? –jadeó Ellie asombrada.

–Me he molestado en enterarme –contestó él con un brillo en los ojos–. Tu otro jefe se lo ha montado bien. Se pasa por la librería hacia mediodía y luego, a media tarde, se vuelve a casa. ¿Cómo esperas poder trabajar todo el día y después cinco noches a la semana en un trabajo físico agotador?

–Soy joven y saludable –protestó Ellie mientras las puertas del ascensor se abrían–. ¿A dónde diablos me llevas?

–A casa –contestó él dando gigantescos pasos y dirigiéndose por el vestíbulo hacia el exterior.

Ellie hizo un esfuerzo y apartó la mirada de él para fijarse en los guardias de seguridad del área de recepción. Uno de ellos se apresuraba a abrirles las puertas mientras el otro observaba la escena tratando de no delatar su reacción.

–¿Cómo crees que voy a poder seguir trabajando aquí después de esto? –inquirió Ellie.

–Buenas noches, señor Alexiakis –dijo el guardia que les abrió la puerta.

–Mm... sí, es una buena noche –dijo Dio sin inmutarse.

Ellie cerró los ojos y sintió el frío del aire nocturno quemarle las mejillas.

—Si no me sintiera tan mal te estrangularía por esto, Dio.

Dio la dejó en el asiento trasero de la limusina y se sentó a su lado sin ninguna muestra de arrepentimiento.

—Tenemos que esperar, Demetrios está vaciando tu taquilla —advirtió él.

Ellie comprendió lo que decía, pero no le dio importancia. La puerta del coche se cerró y el vehículo arrancó minutos más tarde. Solo cuando logró calmarse y volver a la normalidad Ellie abrió los ojos. Dio la observaba desde el otro rincón de la limusina con una sonrisa de satisfacción.

—¡No me mires así!

—¿Cómo te miro? —murmuró él con voz ronca.

Igual que un hombre que contemplara su coche nuevo, pensó Ellie. Con un orgulloso sentido de la posesión.

—Nada ha cambiado —advirtió ella airada.

—A veces eres terriblemente ingenua —respondió él con fría indolencia.

—Lo fui, en la isla, pero no volveré a serlo —lo corrigió Ellie ácida—. Y si lo que buscas es ingenuidad, bueno... estoy segura de que con tanto dinero habrá mucha gente dispuesta a vender.

Una lenta y ardiente sonrisa curvó los sensuales labios de Dio.

—¿Y dónde iba yo a encontrar a una mujer con tanto coraje y tan mordaz como tú?

—Si yo estuviera en tu pellejo comenzaría a preocuparme por las cosas que te resultan atractivas en una mujer.

—Eres un continuo desafío para mí —rió él—. Me encanta ver que no te impresiona lo más mínimo quién sea yo ni qué posea. No tienes ni idea de lo escasa que resulta esa cualidad entre la gente que me rodea.

Ellie apartó la mirada de aquellos rasgos de devastador atractivo y magnetismo con un enorme esfuerzo. Recordó el trato que Dio tenía con la gente que lo rodeaba y con sus familiares y comprendió que entre ellos había una barrera. Dio era tan reservado que todos mantenían con él una distancia formal.

Excepto ella. Su orgullo había exigido siempre que la tratara como a un igual.

Y sin embargo, si se hubiera mantenido reservada y en silencio ella también, nada de aquello habría ocurrido. No tendría que enfrentarse a un casi seguro desastre. Porque si estaba embarazada, ¿cómo diablos iba a arreglárselas? Sus planes de futuro nunca habían incluido esa posibilidad. Sin embargo era una estupidez dejarse llevar por el pánico mientras no se hiciera la prueba.

–De repente estás a miles de kilómetros de distancia –dijo Dio. Ellie parpadeó y le devolvió la mirada, comprendiendo de pronto que la limusina se había detenido–. Claro, estás agotada.

–No, creo que estoy embarazada –soltó Ellie sin pensarlo siquiera. Dio se quedó helado, paralizado por el susto–. Quizá... quizá hubiera debido de decírtelo... de otro modo –musitó Ellie incapaz de pensar en otro modo de soltar aquella bomba sin que le estallara en la cara.

Lo cierto era que no había tenido ni la más remota intención de decírselo, ni siquiera lo había pensado, pero el estrés y la ira la habían traicionado. Ellie estaba en tal estado de nervios que ni siquiera se había dado cuenta de que había salido del coche y de que estaba a punto de salir de un ascensor desconocido.

–Dijiste que me llevabas a casa...

–Pensé que estarías más cómoda en mi apartamento.

–Me llamaste escurridiza, no sé cómo te atreviste.

El silencio se hizo tenso de pronto. Ellie no quería ni pensar en lo que, impulsivamente, le había dicho en la limusina. Y definitivamente no quería hablar de ello. ¿Qué esperaba de Dio? En aquellas circunstancias compartir un problema no significaba en absoluto solucionarlo.

Dio vivía en el ático. Un mayordomo griego les abrió la puerta. Los muebles eran elegantes y había una importante colección de obras de arte. Ellie se fijó en un óleo. Se parecía a una pintura de Picasso que había visto en una ocasión en un libro. Apartó la mirada comprendiendo que podía ser el original y dijo:

–Quiero cambiarme.

Dio le enseñó una lujosa habitación de invitados. Ellie se quitó la ropa y los zapatos. Se aseó en el baño y notó que le temblaban las manos. Luego sacó la ropa que Demetrios había recogido en su taquilla y se la puso, dejando la otra en el suelo. Nunca volvería al edificio Alexiakis International a trabajar. Bajo ningún concepto. Pero tenía que haber muchos otros trabajos nocturnos que pudiera hacer. Aunque quizá no todos estuvieran disponibles para una mujer embarazada.

Ellie caminó de vuelta por el pasillo buscando a Dio. Fue entonces cuando, de repente, vio una foto grande enmarcada. Estaban Dio, otro hombre mayor muy parecido a él al que creyó su padre, y Helena Teriakos. La morena había estampado su firma en una esquina. Ellie respiró hondo y buscó el salón. Y comenzó a hablar antes de que Dio se diera la vuelta y la mirara.

–No pensaba decírtelo, ha sido una estupidez. Voy a hacerme el test del embarazo mañana.

–¿Tienes ya una cita con tu ginecólogo?

–No.

–Yo te conseguiré una...

–No es necesario –replicó Ellie tensa.

–Yo creo que sí –la contradijo él con calma–. El examen de un médico siempre es mucho más fiable.

–Pero...

–Yo estoy tan involucrado en esto como tú –insistió Dio cabezota.

No, no lo estaba. Ellie podía sentir la distancia que lo separaba de él. Él decía lo correcto, hacía exactamente todo lo que se suponía que debía de hacer una persona decente, la apoyaba, pero naturalmente no dejaba de rogar en su interior para que fuera una falsa alarma.

–Aquí hace mucho calor. ¿Puedo salir al balcón? Me vendría bien un poco de aire fresco.

—Hace frío esta noche.

—¡Pues entonces cierra en cuanto haya salido!

Dio pulsó un botón del mando a distancia. Las puertas de cristal del balcón se deslizaron. Ellie salió, pero ni siquiera se fijó en las vistas sobre el Támesis. Se agarró a la barandilla con fuerza. Solo veía los ojos negros de Dio, aquellos bellos ojos oscuros como la media noche que la perseguían en sueños. Lo escuchó detrás de ella.

—¡Entra, por el amor de Dios! ¡Estás helado! –exclamó ella sin volver la cabeza.

—No, no lo...

—Escucha, me asfixié en la casa de Grecia cuando tú apagaste el aire acondicionado en mitad de la noche. No encajamos ni siquiera en esos detalles –explicó Ellie tragando fuerte.

—Ellie...

Dio dejó escapar el aire contenido y la abrazó por la espalda obligándola a apoyarse contra su cuerpo masculino. Cada fibra de Ellie ardía en deseos de sentir aquel contacto, pero apretó los dientes y se puso rígida, negándose a rendirse a su debilidad. Lo amaba, lo cierto era que lo amaba. Era estúpido esperar que todos aquellos sentimientos y emociones desaparecieran por arte de magia. Y Dio no estaba enamorado de ella. Dio, como mucho, había deseado una aventura, y en aquel momento ni siquiera eso. Todo lo había echado a perder al no marcharse a casa a media noche como Cenicienta.

—Estás helada –dijo Dio dejando que sus dedos recorrieran los brazos de Ellie a todo lo largo–. Ven dentro.

—Solo quiero irme a casa.

—Esta noche no, no deberías de estar sola.

—No seas tonto, siempre he estado sola –vaciló ella–. Esta vez sí que te he sorprendido, ¿verdad?

—¿Qué quieres decir?

—Lo que te dije en la playa la otra noche: nunca esperas que te ocurra a ti.

—No es así exactamente como yo describiría esta situación –contestó Dio perdiendo la paciencia y estrechándola con fuerza entre sus brazos para hacerla entrar–. Tienes que comer algo.

–No tengo hambre –contestó ella soltándose y sentándose sobre el sofá.

Dio pulsó el mando y cerró las puertas del balcón. Luego la observó con ojos insondables.

–No tiene remedio, ha ocurrido, *yineka mou* –murmuró él.

–Pero tú no creías que te iba a ocurrir a ti.

–Tengo que admitir que estoy tan acostumbrado a tratar con mujeres que se protegen del embarazo y que no había tenido en cuenta realmente el riesgo que estábamos corriendo.

–¿Por qué sigues hablando de los dos? Me dejas helada. Después de todo tú y yo no tenemos ningún tipo de relación.

–Aún estás enfadada conmigo –Ellie se ruborizó al encontrarse con su mirada. Sentía una especie de rabia interior que luchaba desesperada por salir, y él lo había comprendido antes que ella–. Ven aquí –insistió Dio con el tono de voz de un adulto que hablara con un niño difícil.

Ellie sintió que las lágrimas se agolpaban en sus ojos y trató de reponerse.

–Es muy tarde, si voy a quedarme aquí será mejor que me vaya a la cama... porque tú no pretenderás nada ahora, ¿verdad?

–No sin el látigo y la silla –concedió Dio.

Ellie se alejó un par de pasos, pero en realidad no sentía deseos de alejarse de él.

–Pensé que a estas alturas estarías dándote de cabezazos contra las paredes y jurando –confesó ella sin volverse.

–Bueno, entre el colegio y las escuelas de negocios he aprendido a controlar mis impulsos.

–Pues a mí no me gusta verte actuar así. Me molesta. ¡No he visto ni una sola reacción emocional tuya desde que te lo he dicho!

Sin embargo, mientras lo decía, Ellie se daba cuenta de que era una exigencia estúpida. ¿Cómo podía Dio mostrar su verdadera reacción? ¿Acaso deseaba realmente ver la ira tras aquella máscara de frialdad? Sí, eso era. Cualquier cosa con tal de tener una excusa para odiarlo. Todo hubiera sido mucho más soportable entonces.

Dio apretó su mano, cerrada en un puño, y la obligó a volverse hacia él. Ellie dejó caer la cabeza y luchó por controlar sus emociones. Pero Dio levantó su rostro y sus miradas se encontraron.

–Tienes pánico –dijo él tras un gemido que escapó de su garganta–. ¿Por qué? No estás sola en esto, confía en mí.

–¿Cómo puedo confiar en un tipo que me ha pedido que sea su amante? –exigió saber ella con fiereza.

–¿Y qué tiene eso que ver?

–¡Todo! Cuando me dijiste eso estabas pensando en ti mismo, no en mí. ¿De verdad crees que soy tan estúpida, Dio? ¿Cómo voy a confiar en ti? Si estoy embarazada la solución que me vas a proponer es terminar discretamente con el niño... ¡exactamente lo mismo que planeó mi adorable padre para mí!

Dio se quedó helado. Ellie rompió a llorar y sus ojos se nublaron, girándose a otro lado. Pero él volvió a tomarla en sus brazos. Ellie trató desesperadamente de soltarse, pero él era mucho más fuerte.

Por fin Ellie cedió, sintiéndose débil. Se dejó caer sobre su pecho y escuchó los latidos de su corazón. Su fragancia le resultaba familiar. Cerró los ojos con fuerza y deseó que el mundo se detuviera.

–Te prometo que no voy a sugerirte esa solución –respiró Dio con espeso acento griego.

–Es solo que no quiero sentir esa presión... no es justo –musitó ella temblorosa, sintiendo que el nudo de su estómago se iba desatando.

–Tu madre sí que soportó bien esa presión...

–Solo porque le asustaba terriblemente lo que hubiera podido ocurrirle de haberlo hecho –rió Ellie–. Ni siquiera se daba cuenta de que mi padre no quería que yo naciera. Él le dijo que no iba a poder soportar verla como a una madre soltera, y ella lo creyó.

–Nunca terminaste de contarme la historia.

–No tuvo un final feliz.

–¿Y bien?

Ellie levantó la cabeza y lo miró. Luego contestó:

–Mi madre fue su amante durante dieciséis años... –Dio silbó–. Así que no diste en el clavo precisamente cuando me hiciste esa oferta –señaló Ellie con una leve sonrisa–. Aunque al menos tú no estás casado con otra... –Dio estaba perfectamente inmóvil, con los párpados entrecerrados–. Bueno, no era eso lo que yo hubiera deseado oír, pero supongo que fuiste sincero, cosa que él nunca fue...

Dio se puso tenso y apretó el abrazo. Ellie se sintió de nuevo completa. Y comprendió que el lazo que la unía a Dio era más fuerte de lo que pensaba.

–Tienes razón –murmuró él–. Cuando te pedí que fueras mi amante no estaba pensando en ti. Solo quería que volvieras a mi cama, esa era la razón.

–Bueno, pues no quiero ser tu amante –susurró ella temblorosa, hambrienta del roce de su piel–. Pero sí que quiero estar contigo esta noche...

Dio no fue capaz de ocultar su sorpresa. Atónita ante su propio atrevimiento, Ellie se ruborizó sin saber muy bien de dónde salía aquella confesión.

–No te merezco, Ellie –aseguró Dio tomándola en brazos.

Ellie enterró el rostro en su hombro y se vanaglorió de su fuerza física. En aquel instante lo único que deseaba era estar con él. Dio la dejó sobre un diván en un dormitorio escasamente alumbrado y le quitó las botas. Luego se enderezó con gracia y comenzó a desvestirse. Ellie, observándolo, ardía en deseos de estar con él. Se quitó los pantys y el jersey y lo escuchó decir:

–Espera, eso quiero hacerlo yo.

Ellie sintió que se le secaba la boca viéndolo acercarse desnudo, con su sexo completamente excitado. Dio le desabrochó el sujetador. Los ojos negros de él ardieron de tentación ante aquella carne rosada. Pero de pronto Dio gimió:

—¡*Cristos*... no debería de estar haciendo esto!

Ellie frunció el ceño. Tras aquel ataque de rabia Dio levantó la mirada y contempló sus labios abiertos y la expresión confusa de sus ojos verdes. Y de pronto pareció tomar una decisión. Tomó las manos de ella y la estrechó entre sus brazos. Y poseyó su boca con crudo, ardiente anhelo. Ellie jadeó. Después él comenzó a quitarle el resto de la ropa.

—Te quiero toda entera —dijo él haciéndola recostarse sobre las almohadas y dejando que sus seguras manos acariciaran los sensibles pechos de ella—. Pero con tranquilidad, *pethi mou*.

Ellie sintió una excitación recorrer todo su cuerpo incluso antes de que él acariciara sus prominentes pezones. Solo pudo gemir y jadear y levantarse para tirar de él y volver a besarlo en la sensual boca. Dejó que sus dedos se detuvieran en el estómago plano mientras sentía cómo los músculos del torso de Dio se tensaban al acariciarle el vello.

Dio sonrió al ver la audacia que mostraba Ellie y se tumbó para observarla con ojos dorados, dejando que lo explorara. Y después la atrajo a sus brazos con lento erotismo y le enseñó lo que más le gustaba. Ellie, tensa e insegura como estaba, se dejó llevar por una intensa necesidad de darle placer.

—Basta —gimió Dio al poco rato, levantándola con poderosos brazos para besarla apenas sin aliento y escrutar su rostro—. Aprendes demasiado deprisa.

—¿En serio? —preguntó Ellie temblorosa.

Se apoyó sobre el torso plano de él y se dejó llevar por los besos. Dio rodó por la cama y comenzó a acariciarla hasta volverla loca. Nada existía para ella excepto Dio y aquella tumultuosa necesidad que la poseía.

—Por favor... —jadeó ella impotente.

Dio, con ojos dorados como el oro, se deslizó entre sus muslos abiertos y la penetró con un gruñido terrenal de satisfacción. Aquello le causó a Ellie una intensa sensación de placer.

Él se movía deprisa, llegaba a lo más hondo. Cada embestida de él la hacía arder como fuego líquido. Ellie se colgó de él abandonándose salvajemente, estaba fuera de sí mucho antes de que él la condujera al clímax. Y cuando volvió en sí fue con lágrimas en los ojos y llena de extrañeza.

–Me haces sentirme tan especial... –susurró con voz trémula comprendiendo que se sentía así por primera vez en su vida. Justo entonces sonó el teléfono–. No contestes.

–Estoy esperando una llamada –respondió Dio rodando por la cama para levantar el auricular.

Ellie lo observó hablar y, aunque no veía sus ojos, sintió de pronto una distancia entre ellos. Él hablaba en griego, y sus facciones estaban tensas. Segundos más tarde colgó.

–Voy a tomar una ducha, y luego puede que trabaje un poco –anunció él–. Trata de dormir, Ellie.

–¿Qué ocurre? –preguntó Ellie al verlo levantarse de la cama sin decir nada más.

–Nada que deba preocuparte.

–¡Quizá prefieras que desaparezca por arte de magia! –exclamó Ellie.

Dio se pasó la mano por los cabellos y juró largamente en voz baja, en griego. Sus ojos negros brillaban. Respiró hondo, entrecortadamente, tratando de controlar su carácter, visiblemente alterado, y dijo:

–Ellie, tú túmbate y duerme...

–Me voy a casa –contestó ella furiosa, temerosa y confundida, sacando las piernas de la cama.

–¡Yo quiero que te quedes!

–Pues no es lo que parece.

–No estoy dispuesto a suplicar, *yineka mou* –advirtió Dio.

Aquella forma de dirigirse a ella la aplacó. Al menos Ellie creyó que se trataba de un término cariñoso en griego. Escuchó el ruido del agua correr y reflexionó. Sin embargo su inseguridad fue en aumento. No pudo evitar cuestionarse su comportamiento, la renovada intimidad a la que lo había invitado, sus errores.

Se había arrojado a los pies de Dio buscando desesperadamente convencerse de que entre ellos dos había una relación. Lo amaba, pero eso no era excusa para que se humillara. Hubiera debido de resistirse a su propia debilidad. ¿Por qué tenía que equivocarse siempre con él?

Ellie salió de la cama y recogió aprisa su ropa. Recorrió el pasillo hasta encontrar la habitación en la que se había cambiado y se tumbó en esa cama. Si Dio quería que estuviera con él la buscaría. Y si no era así entonces había hecho lo mejor.

Ellie estuvo despierta durante mucho tiempo, pero Dio no apareció ni trató de persuadirla para que volviera a sus brazos.

A la mañana siguiente el mayordomo le llevó el desayuno a la cama. Después Dio la llamó por el interfono y le dijo que había concertado una cita con un ginecólogo para aquella misma mañana.

–Nathan Parkes es amigo personal mío. Si eso te hace sentirte incómoda trataré de arreglarlo de otro modo –aseguró Dio con tacto.

–No me importa qué ginecólogo me vea –respondió Ellie.

Ellie se mostró indiferente ante todos los intentos de Dio por mantener una conversación mientras recorrían Londres. No podía soportar la mera cortesía entre ellos dos. Quizá lo amara, pero en aquel preciso instante lo odiaba por haber sucumbido a su debilidad. Lo odiaba por sucumbir con entusiasmo y hacerla después sentirse diez veces peor. Hubiera deseado no haberlo conocido. Lo deseó con tanta fuerza que lo dijo en voz alta, justo antes de salir del fabuloso Ferrari.

–Pues yo no lo deseo –contestó Dio mientras caminaba a grandes pasos para alcanzarla–. Y estoy seguro de que tú tampoco.

–¿Y tú cómo sabes qué siento yo? ¿Y para qué has salido del coche?

–Para ir contigo, naturalmente...

—¡Al diablo! ¡Esto voy a hacerlo yo sola!

Veinte minutos más tarde la incertidumbre tocó a su fin.

—Estás embarazada —le informó Nathan Parkes.

—¿Seguro?... Es decir, ¿no cabe ninguna duda?

—Definitivamente. No cabe ninguna duda. Al principio es normal que te sientas un poco mal —continuó el médico—. Lo que no me acaba de gustar es tu peso. Estás muy delgada.

—Me he saltado algunas comidas últimamente —admitió Ellie.

—La náusea suele restar apetito, tienes que tratar de comer con regularidad. Eso suele ayudar. ¿Vas a llevar a término este embarazo?

Ellie asintió sin levantar la cabeza. Había creído que estaría preparada para aquella noticia, pero de pronto descubría que no era así. Estaba confusa, tenía miedo. Diez minutos más tarde estaba en la sala de espera vacía tratando de calmarse. Podía ver el Ferrari por la ventana. Al salir a la calle Dio caminó a grandes pasos hacia ella. Sus ojos intensos la miraron expectantes. Ellie se quedó mirándolo.

—Así que hay algo que celebrar —dijo Dio abriendo la puerta del coche y haciéndola entrar.

—¿Podrías por una vez en tu vida decir algo sincero?

—Vamos a ser padres —explicó Dio— Yo, personalmente, creo que la concepción de mi primer hijo es un hecho importante, pero si tú no tienes nada positivo que decir será mejor que te calles.

Ellie rió. Dio se giró a su lado e inmediatamente puso en marcha el motor del vehículo. Luego ella se mordió el labio y preguntó:

—¿Cómo te sientes en realidad?

—Destrozado... orgulloso de mí mismo, en cierto sentido... sentimental —enumeró Dio con voz ronca, tomándola de la mano en el semáforo.

—Yo me siento sencillamente muy confusa.

—Pareces cansada. Te llevaré de vuelta a mi apartamento para que puedas dormir.

—No, le prometí al señor Barry que iría en cuanto pudiera... y de todos modos tengo que cambiarme de ropa —añadió insegura.

—Preferiría que te quedaras en mi apartamento —insistió Dio soltándole la mano al cambiar la luz del semáforo—. Esta tarde tengo que volar a París, y dudo mucho de que pueda volver antes de mañana por la noche.

Consternada por la noticia, Ellie miró a Dio de reojo. Estaba tenso, pero lo cierto era que había admitido con franqueza que se sentía destrozado. Si ella estaba confusa, ¿por qué no podía estarlo él también?

—Creo que estaré más cómoda en mi casa —añadió con firmeza.

—Espero que cuando seas mi esposa hagas todo lo que te diga —murmuró Dio inexpresivo. Un silencio pesado se apoderó de ambos. Ellie abrió enormemente los ojos. No podía creer que él hubiera dicho lo que había dicho—. Sobre todo cuando lo que me preocupa es tu bienestar.

—No estarás pidiéndome en serio que me case contigo, ¿no?

—Muy en serio.

—Pero si apenas nos conocemos...

—Nos conocemos lo suficiente. Tú me gustas, te respeto. Te deseo. ¿Qué más quieres?

—¿Y qué hay del... amor?

—¿Qué hay de nuestro hijo? —Ellie se puso pálida—. Quiero casarme contigo —añadió Dio con énfasis.

—No, en realidad no. Hoy en día la gente ya no se casa porque esté embarazada —protestó Ellie con el corazón acelerado.

—La gente como yo sí.

—Dio, yo... —Ellie tragó.

—Tú sabes que lo que digo tiene sentido.

—Sí, pero...

—Nos casaremos en cuanto lo haya arreglado todo —afirmó Dio resuelto.

—Lo pensaré —respondió ella.

Dio detuvo el Ferrari frente a la librería. Luego le soltó el cinturón de seguridad a Ellie y dijo:

–Deberías de estar avergonzada de ti misma, *yineka mou*. ¿Dices que lo pensarás? Anoche no podías esperar a...

–¡Dio! –gimió Ellie medio riendo, medio en tono de reproche.

–Ellie, o eres una sinvergüenza que me ha utilizado para disfrutar del sexo o... o.. o eres una mujer decente que sencillamente no puede resistírseme.

Ellie se ruborizó, hipnotizada por su proximidad. Levantó una mano sin darse cuenta y trazó con el dedo la sensual y prohibida curva de los labios de Dio diciendo:

–No puedo resistirme... y tú lo sabes –reconoció desesperada por que él la besara.

Pero Dio se echó atrás.

–Te llamaré mañana.

Ellie parpadeó perpleja al ver que la dejaba libre. ¿Cómo era posible que Dio quisiera casarse con ella?

–No puedo dejar que te cases conmigo –dijo de pronto.

–Pues yo no pienso casarme con una mujer que lo discute todo.

–No bromees con cosas tan serias –rogó ella.

–Tú y yo... funcionará –aseguró Dio con voz espesa.

–Sí... ¿serás feliz? –insistió Ellie obsesionada con aquella pregunta cuando, en el fondo, lo único que deseaba era arrastrarlo de inmediato a la primera iglesia.

Dio gruñó lleno de frustración.

–Es evidente que debería de haberte hecho una proposición en regla, con una romántica cena, flores, anillo...

- No, esas cosas no son importantes –contestó Ellie haciendo una mueca.

–Entonces es que mi proposición ha debido de ser excesivamente torpe –explicó Dio con ojos brillantes y rasgos ansiosos–. Quiero casarme contigo, Ellie. Y la única palabra que necesito oír ahora es sí.

–Sí.. –respondió Ellie casi sin darse cuenta.

—No ha sido tan difícil, ¿no? –la media sonrisa de Dio hizo estallar el corazón de Ellie. Luego él se volvió y miró el reloj–. Y ahora me temo que tengo que irme directo al aeropuerto. Nos vemos mañana.

—¿Y qué pasa esta noche? –preguntó Ellie mientras salía del coche.

—Estaré ocupado.

—Está bien, lo comprendo –asintió Ellie ruborizada, mintiendo.

Dio se marchó y Ellie sintió que le habían sucedido demasiadas cosas aquel día como para poder siquiera pensar. Le parecía mentira que Dio le hubiera pedido que se casaran y que ella le hubiera contestado que sí.

¿Acaso los cuentos de hadas se hacían realidad? Dio quería casarse con ella, pero no la amaba. Pero el amor acabaría por surgir en él, pensó decidida a no echar a perder su felicidad.

Al día siguiente, por la tarde, una limusina se detuvo delante de la librería. Ellie creyó que Dio había vuelto antes de lo esperado, pero enseguida se puso tensa al ver que Helena Teriakos salía del vehículo y entraba en la tienda.

—¿Hay algún lugar en el que podamos hablar? –inquirió la griega a modo de saludo.

Ellie, desconcertada ante aquella exigencia desdeñosa, se ruborizó.

—Lo siento pero, ¿de qué se trata...?

—Podemos hablar en mi coche –continuó Helena Teriakos girándose y saliendo de la tienda, esperando, evidentemente, que Ellie la siguiera.

Ellie vaciló. No le gustaba que la trataran de aquel modo, pero al fin y al cabo Helena era pariente de Dio, y si se había molestado en buscarla era porque conocía la situación y tenía algo que decir. Ellie tomó su chaqueta y salió. El chófer le abrió la puerta. Helena Teriakos la escrutó durante unos instantes antes de decir:

—¡Dependienta de una librería y mujer de la limpieza! ¡Dio debía de estar verdaderamente perturbado aquella noche en Chindos! Confieso que no me gustó que te llevara el otro día al funeral de su padre, pero en tan penosas circunstancias estaba dispuesta a hacer la vista gorda sobre una pequeña indiscreción...

—¿Pequeña indiscreción...? —inquirió Ellie ruborizada, elevando el mentón—. ¿Y por qué ibas tú a hacer la vista gorda en relación al comportamiento de Dio?

—Los hombres siempre serán hombres. Yo quiero mucho a Dio, por supuesto, pero no soy una persona celosa. Ni soy tampoco posesiva en lo relativo al sexo. Siempre supuse que Dio tendría una amante después de nuestro matrimonio...

—¿Vuestro matrimonio? —la interrumpió Ellie incrédula.

—No lo sabías, ¿verdad? —rió Helena observando su confusión—. Dio y yo estamos comprometidos prácticamente desde la cuna. Toda nuestra vida hemos sabido que algún día nos casaríamos...

—No... ¡eso no es verdad! —la interrumpió Ellie temblorosa—. Dio me lo hubiera dicho... —añadió mientras su voz se iba debilitando y recordaba la conversación que había tenido con él en la playa.

—¿Y por qué iba a decírtelo a ti? Tú no eres sino una más de la larga lista de diversiones de Dio, ninguna de las cuales tiene verdadera importancia para su vida —replicó Helena—. Si pertenecieras a nuestro círculo social sabrías que nuestras familias llevan tiempo esperando el momento de anunciar formalmente nuestro compromiso.

La neblina de la confusión se había aclarado por fin en la mente de Ellie. Se sentía absolutamente hundida, traicionada, enferma de dolor y de mortificación. Helena Teriakos no era la pariente cercana que ella había supuesto. Dio tenía concertado su matrimonio. Y solo él podía haber llamado a eso «escoger a una compañera con inteligencia». Spiros Alexiakis, por supuesto, tenía a una candidata en mente cuando presionó a su hijo para que se casara. Y Dio le había contestado que «aún no estaba preparado». Estaba demasiado ocupado pasándoselo bien con bellas y apasionadas mujeres como para casarse. Y mientras tanto Helena esperaba pacientemente.

–Lo que no comprendo es cómo puedes aceptar que Dio esté... con otra mujer –tartamudeó Ellie impotente.

–Dio y yo tenemos lazos que tú nunca podrías soñar. Compartimos el mismo estatus, la misma cultura, expectativas. Somos la pareja perfecta –le informó Helena con aires de superioridad–. Por desgracia Dio se siente atraído por cierta idea muy tierna, aunque destructiva. Cree que tiene que casarse contigo por el bien de su hijo.

–¿Dio te lo ha dicho...? –preguntó Ellie horrorizada ante la indiscreción de Dio, sintiéndose avergonzada.

–Ayer viajó a París y pasó la velada conmigo. ¿Es que eso tampoco lo sabías? –sonrió la morena–. Pues créeme, estaba destrozado. ¡Se siente tan culpable! Sin embargo yo soy una mujer práctica. ¿Cuánto me costaría persuadirte de que un aborto sería la mejor solución? ¿Quinientas mil libras? –Ellie miró incrédula a Helena Teriakos–. ¿Un millón? Soy una mujer muy rica, y estoy dispuesta a ser generosa. Siempre puedes decirle a Dio que tuviste un accidente. Ni siquiera voy a insistir en que te alejes de él. Puedes seguir siendo su amante. ¡Porque, en serio, no durarías ni cinco minutos como su mujer!

–¡No quiero tu dinero... y no voy a librarme de mi hijo! –aseguró Ellie inquieta ante la frialdad de la otra mujer.

–¡Pero no puedes casarte con él! ¿Te imaginas los titulares? «Dionysios Alexiakis se casa con una mujer de la limpieza» –sugirió Helena con un gesto de repulsión–. Dio es un hombre muy orgulloso, y tú no vas a ser para él más que motivo de vergüenza. Te odiará mucho antes de que los periódicos terminen de contar las circunstancias en que naciste y toda la larga lista de tus amantes.

–¿Y qué sabes tú de las circunstancias en que yo nací? –exigió saber Ellie.

–Sé todo lo que hay que saber sobre ti, Ellie. El dinero

compra información. Estás enamorada de Dio. Gracias a Dios yo nunca he sentido la necesidad de mezclarme en esas intrincadas emociones. Bien, decídete. Si te casas con Dio acabará en divorcio. Cierto, serás su primera mujer, pero lo perderás sin remedio.

–No voy a casarme con él.

–Ahora ya eres más sensata –concedió la morena con una fría sonrisa de satisfacción–. Cuando a un hombre se le tiende una trampa siempre se acaba en el odio y los tribunales. Y en cuanto al niño... deberías de haber aprendido de los errores de tu madre. Traerte a ti al mundo no le sirvió de mucho, ¿no crees? Y todos esos patéticos años de lealtad hacia tu padre... ¡todo para terminar viéndolo casarse con una secretaria, una mujer con la mitad de años que ella, en cuanto se vio viudo y libre!

Airada ante aquella salvaje crítica que ni siquiera venía a cuento, Ellie se puso en pie y trató de salir del coche.

–No voy a seguir escuchando ni una palabra más sobre esto...

–La puerta está cerrada. Aún no he terminado. No quiero que tengas a ese niño...

–¡Mi hijo es asunto mío! –exclamó Ellie–. ¡Y ahora abre la puerta y deja de amenazarme!

Helena Teriakos le hizo un gesto al chófer con una lánguida mano.

–Piensa en lo que te he dicho. Yo puedo ser una enemiga muy dura, y pronto descubrirás que Dio siente un tremendo respeto por mí.

Ellie salió a la calle deseosa de escapar. Subió las escaleras de la librería y se sentó al borde de la cama, pero una vez allí las lágrimas no salieron de sus ojos. En lugar de ello una especie de rabia y de dolor comenzaron a arremolinarse en su interior.

Dio no había sido honesto con ella. Ella se había visto arrastrada a una situación en la que su única defensa era la ignorancia. Estaba embarazada de un hombre que estaba virtualmente comprometido con otra mujer, se había metido involuntariamente en el terreno de otra, y de repente le echaban la culpa todo. Y en cuanto a Dio... Dio, con su detestable sentido del honor y su maliciosa y fría futura esposa tenía exactamente lo que se merecía. Y cuanto antes se lo dijera mejor.

Capítulo 7

Ellie oyó a Dio llegar. Al salir del trabajo había ido a su apartamento a esperarlo. Y se sentía como inestable gelignita. Cuantas más incongruencias recordaba del comportamiento de Dio más se las iba explicando y más frustrada y resentida se sentía. Dio entró en el salón a grandes pasos, con ojos insondables. Estaba tenso y estresado.

–Creo que Helena te ha visitado –dijo ácido–. Ha sido muy generosa de su parte, pero claro, no se podía esperar otra cosa de ella.

–¿Generosa? ¿Estás loco o es que eres tonto?

Dio se quedó muy quieto. De sus rasgos emanaba una expresión de disgusto que dejó a Ellie helada.

–Te ha ofrecido su apoyo, y tú te has mostrado ofensiva y mal educada. No me ha gustado nada tener que disculparme por tu comportamiento.

–¿Disculparte por mi comportamiento? –repitió Ellie comprendiendo de pronto que había subestimado a la morena. ¿Acaso era apoyarla ofrecerle dinero para abortar? Era evidente que Helena le había contado a Dio su versión antes que ella, pero no podía dejar de preguntarse qué le importaba eso a ella–. Me ofreció un millón de libras a cambio de que abortara.

Dio se quedó observándola durante diez segundos con enormes ojos negros llenos de incredulidad.

–Si tienes que mentir trata de inventarte algo más verosímil y menos melodramático. Helena nunca caería tan bajo.

Ellie se quedó mirándolo en amargo silencio, atónita ante la seguridad que él mostraba.

–Realmente te la mereces –dijo en un duro tono–. Y si es tan especial, ¿por qué has estado conmigo?

Dio se quedó helado.

–No voy a discutir sobre Helena contigo, Ellie.

–¡Es una lástima que a mí no me tengas el mismo respeto que a ella! –soltó Ellie tan ciega por la ira que apenas era capaz de pronunciar palabra.

Un ligero rubor subió a las mejillas de Dio, tensas.

–Lo mínimo que le debía a Helena era una explicación sincera.

–¡Pero a mí ni siquiera pudiste mencionarme su existencia! ¡Deberías de haberte dado cuenta de que el día del funeral de tu padre yo ni siquiera tenía idea de quién era! –lo condenó Ellie apasionadamente–. Creí sencillamente que era una pariente...

–Es pariente lejana –concedió Dio.

–¡Qué bien! ¡No es de extrañar que no me la presentaras! ¡Qué relación tan enrevesada la vuestra! ¡Si ella hubiera sido una persona más amable hasta podría haberme compadecido de ella por estar tan desesperada por cazarte!

Dio posó una mirada dorada y brillante sobre Ellie, una mirada que parecía echar fuego.

–No voy a seguir escuchando cómo la injurias. No sabes de qué estás hablando.

–Y si fuera por ti nunca lo sabría, ¿no es eso? –rió Ellie desgarradamente–. Pero ahora ya no importa. Confié en ti. Pensé que eras un hombre libre. Nunca me hubiera relacionado contigo de haber sabido que ella existía.

–Helena y yo no somos amantes –declaró Dio serio–. En realidad nunca había hablado de matrimonio con ella hasta anoche. No obstante nuestras familias siempre pensaron que nos casaríamos.

–¿Y por qué diablos no te casaste con ella cuando te lo dijo tu padre?

—Me irritaba la presión que él ejercía sobre mí, pero debo señalar que Helena nunca trató de presionarme.

—Y aquella noche que pasamos juntos... ¿sabías ya entonces que cumplirías ese deseo familiar y te casarías con ella?

—En el fondo siempre pensé que me casaría con Helena. Por mucho que te duela es una realidad, es cierto y no puedo cambiarlo —aseguró Dio con énfasis.

—Pero no fuiste sincero conmigo. No me lo dijiste ni me diste la oportunidad de elegir, y eso no puedo perdonártelo. Además, ahora que lo sé, encuentro irritante que me pidieras que fuera tu amante cuando ni siquiera estabas casado con ella —explicó Ellie con un gesto de repulsión—. ¿Qué sentido tiene casarse con alguien a quien no se es fiel?

Dio enlazó ambas manos en un repentino y violento gesto de frustración.

—Las últimas venticuatro horas han sido un verdadero infierno para mí, no estoy de humor para soportar mucho más. Te guste o no aquí la víctima es Helena. La he herido en su orgullo y la he fallado, pero de sus labios no ha salido una sola palabra de reproche.

—Sí, es una mujer muy inteligente, mucho más que yo.

—*Cristos*... ¿Cómo puedes ser tan rencorosa? ¡Es contigo con quien me voy a casar!

Ellie se inclinó para recoger su bolso con manos temblorosas y luego se enderezó y lo miró con ojos vacíos de toda emoción.

—No me casaría contigo ni en bandeja, Dio.

—¡Juro que te estrangularé antes de llevarte al altar! —replicó Dio mirándola de reojo con una expresión negra.

—Hablo en serio —contestó Ellie tranquila, atisbando un primer brillo de perplejidad en los ojos de Dio, que comenzaba a asimilar la información—. Ayer tenía pánico y fui lo suficientemente estúpida como para aceptar tu oferta de matrimonio. Pero tu lealtad está con Helena, no donde debería de estar, y no pienso formar parte de ningún sucio triángulo...

—¡No seas irracional! —la condenó Dio.

−No, soy muy sensata.
−Pero estás embarazada de mi...
−Y esa es la única razón por la que me pediste que me casara contigo... No es suficiente −añadió Ellie pasando por delante de él y caminando hacia el hall.
−Hay algo más entre tú y yo, *pethi mou* −gritó Dio.
−Puedo arreglármelas sin el sexo −contestó Ellie.
−¡Vuelve aquí! ¡Esto es ridículo!
Ellie se volvió para mirarlo con el rostro pálido como el mármol.
−No... lo que es ridículo es que hayamos estado juntos.
−Ellie...
−Por favor, dame tiempo −insistió ella−. No me llames por teléfono, no te acerques a mí. Quizá, cuando todo esto haya pasado, podamos hablar sobre el niño... ahora mismo no.

Ellie continuó con su vida normal durante la semana siguiente de un modo automático. Anhelaba y odiaba a Dio al mismo tiempo, y se sentía por completo apartada del mundo. Él la llamó a diario, pero Ellie llegó incluso a colgar el teléfono sin ni siquiera responder. No confiaba en sí misma, se sentía vulnerable.

Saber de la existencia de Helena Teriakos la llenaba de celos, de mortificación y de culpa, pero comprender que Dio confiaba en ella infinitamente más la destrozaba. ¿Acaso Dio ignoraba sus propios sentimientos? Había rechazado a Helena en una ocasión. ¿No sería irónico que descubriera cuánto la valoraba justo cuando tenía que renunciar a ella?

Ella nunca hubiera podido ser para Dio más que una segunda y pobre alternativa, y sin el embarazo él nunca le hubiera ofrecido nada más que una aventura.

Aquel fin de semana el sobrino de Horace Barry, Joe Barry, la llamó para contarle que su tío tenía un constipado y no iría a la librería. El domingo Ellie fue a ver a Meg para explicarle que no volvería a trabajar al edificio Alexiakis.

—Haces bien en no volver, Ellie. Algunas chicas están muertas de envidia.

—Pues si supieran cómo estoy no lo estarían. Todo ha terminado, Meg. En realidad nunca comenzó.

—Pues él está que arde, lo está poniendo todo patas arriba. Los ejecutivos de la última planta dicen que está verdaderamente de mal humor...

—No quiero oír hablar de él, Meg, en serio.

Al llegar a casa le esperaba una sorpresa. El sobrino de su jefe, un pomposo hombre de unos cincuenta años, estaba sentado en la oficina de la trastienda revisando las cuentas. Y, lo que era aún peor, le confesó que en realidad lo que quería era verla a ella.

Joe Barry le informó a Ellie de que su tío se había retirado y de que él personalmente se haría cargo del negocio. Era lo último que le faltaba.

—Pero si usted ya tiene un trabajo... —musitó Ellie.

—Voy a acogerme al retiro anticipado. Pretendo invertir dinero en remodelar todo esto, así que... siento tener que comunicártelo, pero no voy a seguir necesitando tus servicios.

—¿Cómo dice? —inquirió Ellie casi en un susurro.

—Que no necesito a ninguna dependienta a jornada completa.

—¿Pero sabe usted que su tío acordó venderme el negocio? —preguntó de nuevo ella.

—Mi abogado me ha asegurado que si no hay testigos ni nada escrito es casi imposible que pruebes que eso es cierto.

—Pero...

—Mi tío debería de habértelo dicho hace semanas, no puedes culparme a mí de que a él le diera miedo contarte que había un cambio de planes. Es natural que la familia prefiera que el negocio quede en casa. Por supuesto te pagaremos todo lo que te debemos. Te estoy avisando con un mes de antelación... ¡Ah!, y... también esperamos que dejes la casa de arriba. Nunca hicisteis contrato de alquiler, y yo la necesito para otros fines.

–Me iré mucho antes –contestó Ellie alzando la cabeza, tensa y temblando.

Tras aquella conversación Joe Barry se marchó. Eran solo las seis. Ellie se dejó caer sobre un escalón, al pie de las escaleras. Tras cinco años sin apenas vacaciones y un salario ínfimo ese era el trato que recibía. Había demostrado ser una estúpida concibiendo aquellos sueños. Era el momento de hacer nuevos planes. Comenzó a subir las escaleras y justo entonces llamaron a la puerta. Ellie se volvió y vio Ricky Bolton por el escaparate. No podía creerlo.

–¡Vamos, Ellie... ábrete, Sésamo!

–¿Cómo has sabido dónde vivía? –preguntó ella al abrir.

–Eché un vistazo a los archivos antes de cambiar de trabajo. Llevo años pensando en llamarte, pero ya sabes cómo son estas cosas...

–¿Demasiadas mujeres y demasiado poco tiempo?

–Sí, eso es, bueno, no puedo evitar ser tan famoso. No, seré sincero, la verdad es que he estado saliendo con una chica que...

–Cuenta, cuenta... ¿qué quería?, ¿otra cita?

–¿Podría... quieres que pase dentro?, hace frío.

–No lo creo oportuno, Ricky. Te comportaste como un tonto en la Alexiakis International. He oído decir que te marchaste en circunstancias no muy claras, ¿es eso verdad?

–¡Por supuesto que no! –la contradijo él sonriendo satisfecho–. He tenido suerte y he conseguido ascender, eso es todo.

–¿Y sigues estando en ese nuevo trabajo? –inquirió Ellie sin poder resistirse, preguntándose si Dio tendría razón.

–¡Claro que no! ¡Me he marchado de allí también! Era una empresa que no me convenía, ya me entiendes. ¿Quieres que demos una vuelta en mi coche?

–Estoy embarazada, Ricky.

–¿Que estás... qué? ¡Dios mío!, ¿qué ha ocurrido?

–Pues...

–¡Demonios! ¿Y quién es el padre? ¿Dónde está? –Ellie se encogió de hombros–. Ya comprendo. Bueno, bien... quizá vuelva a llamarte... el año que viene o algo así –musitó Ricky–. O quizá nunca. No estoy para niños en esta época de mi vida.

–Gracias por tu sinceridad –respondió Ellie impotente y divertida, poniéndose de puntillas y besándolo en la mejilla.

Ricky rio extrañado, bajó la cabeza y, con las manos sobre los hombros de ella, murmuró algo en su oído. Un segundo más tarde algo lo apartó violentamente de Ellie. Ella levantó la cabeza y llegó justo a tiempo de ver a Dio insultándolo en griego y arrojándolo contra la pared tras darle un puñetazo.

–¡Ya basta! –gritó Ellie.

–¡Apártate de ella! –gritó Dio acorralándolo–. ¿Me oyes? ¡O te apartas de mi mujer o te las verás conmigo!

–¡Te estás comportando como un salvaje, Dio! –gritó Ellie

Dio soltó por fin a Ricky con un gesto de desprecio. Luego observó a Ellie con ojos brillantes y llenos de reproches.

–Y tú pregúntate a ti misma de quién es la culpa. Te he visto besándolo...

–En la mejilla –se apresuró a decir Ricky tratando de recuperar el aliento–. ¿Sabes? Podrías tener problemas si te acusara de asalto.

–Haz lo que quieras –replicó Dio sin prestarle atención.

–Y más aún si voy a los periódicos a contar cierta historia –musitó Ricky.

–Tú lo que te mereces es un buen puñetazo por haberte aprovechado de esa información que oíste en la oficina –intervino Ellie por fin.

–¿Este es... Ricky Bolton? –preguntó Dio tras una pausa, helado.

Ricky hizo gala entonces de su instinto de supervivencia y desapareció de improviso en su coche. En un minuto se había ido. Ellie se estremeció. No podía dejar de mirar a Dio. Su pelo negro brillaba a la luz de las farolas.

–¡Ricky Bolton! ¿Qué diablos estaba haciendo él aquí?

–¡Vamos, por favor! –gimió Ellie–. Solo pasaba por aquí. Y no me importa lo que pienses de lo que has visto. ¡No tienes derecho a comportarte como un bruto!

–¡*Cristos*! ¿Cómo crees que me siento al verte con otro hombre? –gruñó Dio–. ¡Me dijiste que me mantuviera alejado de ti, me estás tratando como si tuviera la lepra! ¡No puedo soportarlo más!

–Es que no sé qué va a ocurrir ahora –confesó Ellie.

–Pues yo sí... –respiró Dio alargando los brazos para levantarla y posar su boca sobre la de ella.

Aquel fiero y exigente beso dejó a Ellie atónita y tambaleándose. El crudo deseo de Dio le hizo perder el control, desató todas las emociones que ella tanto había luchado por gobernar. La cabeza le daba vueltas, el corazón le latía acelerado, y la excitación comenzaba a atenazarla. Ellie se estremeció, se agarró al fuerte y musculoso cuerpo de él, gimió desde lo más profundo de su garganta y se agarró a sus hombros.

Dio se apartó. Sus ojos brillaban como el fuego mientras contemplaba el rostro de Ellie.

–Siempre consigues sacar el animal que hay en mí, *pethi mou* –dijo con voz ronca entrando en la tienda y dejándola en el suelo–. ¿Dónde está el sistema de alarma?

–¿La... alarma? –repitió Ellie desde otro mundo.

Dio la encontró, la encendió y apagó las luces. Luego tomó el bolso de Ellie y la sacó fuera.

–¿Qué estás haciendo?

–Vamos a ir a cenar y a hablar.

–Pero si no estoy vestida para...

–Llevas ropa encima, ¿no? Estás maravillosa –añadió Dio obligándola a entrar en el Ferrari sin mirarla siquiera.

El rincón del restaurante en el que se sentaron estaba vacío. Ellie levantó la copa de vino. Dio la miró, pero luego levantó una mano y le quitó la copa.

–¡No puedes beber eso!

–¿Y por qué no?

–¡Estás embarazada! Es mucho mejor que no bebas nada de alcohol. ¿Es que no lo sabías?

—¿Y por qué iba a saberlo?
—Bueno, pues porque eres una mujer...
—¿Y?
—Se supone que una mujer sabe ese tipo de cosas —explicó Dio frunciendo el ceño.
—Bueno, pues yo no. Tengo veintiún años, estoy soltera y mi único objetivo en la vida es... bueno, era... —musitó Ellie en voz baja—. ¿Por qué iba a interesarme lo que debe o no hacer una mujer embarazada?
—Pues no lo sé pero... ocurre que Nathan me dio este libro. Es para futuros padres, como yo —explicó Dio encogiéndose de hombros tras ver la expresión de extrañeza de Ellie—. Solo lo he hojeado un poco.

Ellie estaba segura de que Dio había leído cada palabra. Aquello la conmovió. Él había hecho un esfuerzo mayor que ella, que además trabajaba en una librería.

—Quieres de verdad a este niño, ¿no es eso?
—Solo si tú también entras en el lote.
—¿Y qué significa eso?
—Que por tu forma de comportarte ya no sé qué esperar. No quieres estar embarazada, no quieres estar conmigo... excepto en la cama —se corrigió Dio con una mirada desafiante.
—Eso no es cierto... sí que quiero a este niño —lloró—. ¡Por el amor de Dios! ¿Por qué estoy llorando?
—Ahora estás muy alterada por tus hormonas, eso te pone muy sentimental —aseguró Dio alargando una mano hacia ella.
—¿Y has leído también en ese libro que me pondría cabezota?
—No, pero recomienda al padre mostrarse comprensivo y tratar de apoyar a la madre.
—Tú no tienes tacto.

Una sonrisa divertida curvó los sensuales labios de Dio. Ellie sintió que su corazón se aceleraba. Era tan atractivo que no podía apartar los ojos de él.

—Todavía quiero casarme contigo —declaró Dio—. Pero si tú tienes una solución mejor, dímela... mientras no implique que vas a tener al niño en una sillita todo el día, detrás del mostrador...

–No, no es eso lo que deseo.

–¿Entonces qué? ¿Dejarlo para salir tú a trabajar?

–Pues...

–¿Negándote a recibir mi apoyo financiero?

–Dio, yo...

–No, escúchame –se impuso él–. Si no nos casamos este niño crecerá fuera de mi familia. Y no voy a mantenerlo en secreto, así que no creo que te agradezca el hecho de ser diferente del resto de los hijos que, algún día, tendré en mi futuro matrimonio... con otra mujer.

Ellie se desinfló como si fuera un balón. Otra mujer significaba Helena. Helena, que odiaría a aquel niño cada vez que fuera a visitarlos. Helena que, viéndose al fin como madrastra, no dudaría en humillar y denigrar al hijo ilegítimo. Ellie sintió que se le encogía el estómago.

–¿He dicho algo por fin que haya hecho mella en ti? –murmuró Dio con voz de seda.

–Quizá fuera un poco exagerada al decir que no te quería ni en bandeja.

–Eso te ha quedado muy bien, *yineka mou*. ¿Significa acaso que sí vamos a casarnos? –inquirió Dio con suavidad.

–Tú no crees lo que te dije de Helena Teriakos, ¿verdad? –preguntó Ellie a su vez.

–No –confesó Dio en voz baja–. Podría mentirte con tal de hacer las paces contigo, pero no voy a hacerlo. Naturalmente comprendo que aquel día estuvieras enojada, no sabías nada de Helena, y ella... no se dio cuenta. Si ella lo hubiera sabido nunca se habría acercado a ti –Ellie apretó los labios. Era evidente que Dio nunca iba a creer su versión. Conocía a Helena de toda la vida, y su confianza en ella era absoluta. ¿Cómo podía vivir con eso?–. Ellie... la noche en que descubriste que estabas embarazada tomé una decisión equivocada. Pensé que no era el momento más adecuado para contarte lo de Helena.

–Pero quizá nunca me lo hubieras contado.

–Tú ya tenías encima la suficiente presión. Y, de todos modos, el asunto de Helena era algo a lo que me tenía que enfrentar yo solo.

–Te sentías culpable con respecto a ella –respiró Ellie tensa.

–¿Y cómo crees que podía sentirme?

–¿La... amas?

–¿Qué tiene que ver el amor con esto?

Aquello silenció a Ellie. Era una respuesta que decía mucho, y al mismo tiempo no decía nada. Amara o no a Helena se casaría con ella, pues esperaba un hijo. ¿Pero cuánto tiempo permanecería con ella? ¿Tendría Helena razón? Y, por otro lado, si se casaban, ¿qué tenía ella que perder? Sería su mujer durante una temporada, y su hijo sería legítimo. Aquello quizá no fuera importante socialmente, pero sí lo era para Ellie después de la experiencia de su padre.

–Lo primero es el niño, después nosotros –declaró Dio entonces, poniendo punto final a la discusión.

Aquello sonaba a receta para el desastre a oídos de Ellie, pero lo que en el fondo le importaba en ese momento era que lo amaba.

–Me gustaría casarme en una iglesia, y vestida de blanco. Así que si estabas pensando en un registro civil, lo siento.

Capítulo 8

Seis semanas más tarde Ellie entraba en la iglesia para convertirse en la mujer de Dio. Llevaba un elegante vestido color crema que ella misma había pagado con sus ahorros. Era un acto de fe en su matrimonio. Solo había aceptado usar la tarjeta de crédito de Dio para comprar los complementos.

–Alguien tiene que llevarte al altar –le había dicho Dio por teléfono, desde Ginebra

–Olvídalo... ¿qué crees que soy? ¿un artículo de consumo? ¡Soy una mujer casi del siglo veintiuno!

–¿Y por qué esa mujer del siglo veintiuno me ha rechazado la penúltima noche antes de nuestra boda?

–Quiero que nuestra noche de bodas sea algo especial. Dijiste que lo comprendías –le recordó Ellie.

–Bueno, es que cambié de opinión hacia las dos de la madrugada, cuando tuve que tomar una ducha fría.

Ellie caminó hacia el altar con aquel recuerdo y con una amplia sonrisa. No veía a los invitados que llenaban la iglesia. Aquel era su día. Y la ceremonia fue muy bonita. Bebió cada palabra que se dijo, cada instante. Pero también se apresuró a pronunciar cada promesa. En el fondo de su mente yacía la imagen de Helena Teriakos poniéndose en pie y suspendiendo la ceremonia en el último momento.

Por desgracia a Ellie no se le ocurrió pensar que Dio invitaría a Helena al banquete, de modo que fue un shock cuando la vio aproximarse a las puertas de la iglesia.

–Estoy muy feliz por vosotros dos –comentó Helena–. Ellie, espero que no te importe, pero necesito hablar un momento con Dio.

Aquel nuevo aire de vulnerabilidad que había adquirido de pronto la morena resultó ser un toque mágico que afectó de inmediato a Dio. Helena lo arrastró a un lado y Ellie se quedó sola, en la escalinata de la iglesia. Y con el correr de los minutos Ellie se fue poniendo cada vez más pálida, más tensa. Los invitados lo observaron todo. Ellie hubiera deseado morir de humillación. Finalmente el fotógrafo llamó a Dio.

–¡Señor Alexiakis, por favor...!

Y solo entonces Dio volvió al lado de Ellie.

–¡Lo ha hecho deliberadamente! –comentó Ellie impotente una vez que el fotógrafo hubo terminado su trabajo.

–¿Quién? ¿De qué estás hablando?

–¡De Helena!

Un silencio espeso reinó entre ellos. ¿Cómo podía ser Dio tan obtuso cuando se trataba de Helena? Él respiró hondo.

–Helena es una buena amiga, muy buena –soltó Dio con diplomacia.

–¡Ah, creo que ya lo he entendido!

–Entonces trata de entender esto también: no voy a permitir que nos pongas en un compromiso en público, ni a ella ni a mí. Y esta es mi última palabra. Procura acostumbrarte antes de que pierda la paciencia.

Y con aquella advertencia Dio se volvió y comenzó a hablar con su padrino, Nathan Parkes. Ellie temblaba de ira. No podía creer que él se hubiera atrevido a hablarle así, que no comprendiera lo inoportuno del ruego de Helena.

Dio se volvió hacia ella poco después. Ellie levantó el mentón y dijo:

–No puedes hablarme como acabas de hacerlo, Dio.

–¡Ah!, ¿no? ¡Tienes mucho que aprender de los hombres griegos! Y no dejaré de señalarte cuándo te equivocas.

En aquel momento Ellie pensó que había aprendido lo suficiente. Estaba rabiosa. Pero lo cierto era que no creía estar equivocada. Sin embargo la duda comenzó a corroerla. Subieron a la limusina que los llevaría al Hotel Savoy, donde se celebraría la recepción. La actitud de Helena había sido inconveniente más que hiriente. Y probablemente se debiera más que nada a su inseguridad en su matrimonio y en Dio.

–Dio, este no es un momento fácil para mí... –murmuró Ellie. Dio contempló aquella mirada confusa e inquisitiva, aquel cambio de actitud tan desconcertante para él–. No sabía que fuera a haber tantos invitados, apenas conozco a nadie. Y además todos tus amigos y tus parientes esperaban que te casaras con Helena.

–Sí, pero...

–Dio, es perfectamente natural que se pregunten por qué te casas conmigo en lugar de con ella, y además tan de repente... –se ruborizó–. Y si han llegado a la conclusión a la que se suele llegar en estos casos... bueno, la verdad es que es completamente cierto. ¡Estoy embarazada! Es natural que me sienta muy sensible en un día como hoy –Dio apretó la mano de Ellie con firmeza, inesperadamente. Sus ojos dejaron de tener aquella expresión fría y de distancia–. Por eso, quizá, me haya excedido con lo de Helena...

–No –suspiró Dio–. Una vez más yo me he apresurado a juzgarte, y lo siento. Te aseguro que no me había dado cuenta de cómo te sentías.

Era maravilloso comprobar el efecto que causaba una pequeña explicación. Ellie observó a Dio mientras levantaba su mano y se la llevaba a los labios. Su corazón pareció henchirse de pronto y latir acelerado, y una sincera y sencilla ola de júbilo la inundó.

–Y encima ni siquiera tienes familia propia que te apoye –añadió Dio serio.

–A mi madre le hubiera encantado la ceremonia... –sonrió Ellie.

–Diste en el blanco cuando dijiste que no tengo tacto –concedió Dio atrayéndola a su lado y suspirando–. ¿Has hecho el amor alguna vez en una limusina?

—¡Sí, por supuesto! ¡No deseo más que entrar en el Savoy con el maquillaje corrido y el pelo revuelto!

—Podría persuadirte...

—Pero no lo harás. Vas a resistir como un mártir hasta esta noche...

En el hotel Ellie y Dio saludaron a cada invitado que iba llegando. Ellie sostuvo una decidida sonrisa al ver aparecer a Helena, que se inclinó a besarla con total seguridad en sí misma y siguió su camino. Aquello enervó a Ellie.

—Trata de comprender cómo se siente ella —observó Dio.

Ellie sonrió y se ruborizó. Le molestaba que Dio tuviera que reprenderla cuando había tratado por todos los medios de mostrarse tranquila y amable. Sin embargo nunca había sabido ocultar sus sentimientos. Tenía la sensación de que sobre ella pesaba un estigma imborrable: Dio creía que había mentido sobre lo ocurrido en su primer encuentro a solas con Helena. ¿Pero acaso no era posible que la morena hubiera perdido por una vez los nervios y que se arrepintiera?, se preguntó Ellie decidiendo ser más generosa con ella.

Nathan Parkes le presentó a su mujer, Sally. Era una pelirroja amable y extrovertida.

—Me hubiera gustado conocerte antes de la boda, incluso pensé en llamarte, pero no me atreví. Supuse que estarías muy ocupada con los preparativos.

—Lástima, me hubiera encantado —contestó Ellie.

Tras las presentaciones y unos cuantos ratos de charla todos se sentaron a la mesa.

—Sally y Nathan son una pareja estupenda —comentó Ellie en un susurro, sentada en la mesa principal—. ¿Desde cuándo los conoces?

—Desde los diecinueve años. Tuve un accidente de coche, y Nathan estaba de guardia como estudiante de medicina en el hospital —explicó Dio curvando los labios en una sonrisa.

—¿Qué es tan divertido?

—Solo tenía una contusión, pero mi padre estaba muy angustiado cuando llegamos —recordó Dio—. Actuaba como si

Nathan me hubiera salvado la vida, y desde entonces nos hicimos amigos. Me hubiera gustado que mi padre te conociera –añadió mirándola a los ojos intensamente.

–No, no lo creo –respondió Ellie–. Tu padre te habría encerrado antes de dejar que te casaras con una persona como yo.

–¿Qué quiere decir eso de «una persona como yo»?

–Bueno, es solo un modo de hablar. Tú siempre te viste protegido por tu familia, para mí, en cambio, fue todo lo contrario.

–No es de extrañar que te cueste confiar en mí, después de eso

–No, la mayor parte de la gente en la que he tratado de apoyarme se ha desmoronado –confirmó Ellie.

–Yo no me desmoronaré, Ellie. Tienes que aprender a confiar en mí, *pethi mou*.

Dio había dicho aquello en serio, y sin embargo era él quien no confiaba en ella. O al menos su palabra no tenía para él el mismo peso y valor que tenía la palabra de Helena. No obstante no era el momento de pensar en ello. Por fin estaban casados, pero aún era pronto. El tiempo acabaría por resolver ese problema. Ellie no sabía que Dio vería a Helena a menudo en el futuro, y era demasiado práctica como para arruinarlo todo a corto plazo solo por aquello. Un matrimonio reciente era algo frágil. ¿No era una estupidez ponerlo a prueba solo por Helena?

Horas más tarde Ellie se cambió de vestido en una habitación reservada del hotel y se puso la ropa de viaje. Al volver a la sala de invitados Dio la observó con una expresión de aprobación.

–Bueno, ya es hora de que tires tu ramo de flores.

–No, quiero conservarlo.

Había tanta gente que quería despedirse de Dio antes de que se marcharan de luna de miel que por un momento ambos se separaron. Ellie observó a Dio de lejos reír a carcajadas, y sintió una punzada de júbilo al verlo feliz y relajado. Era la imagen perfecta de un recién casado. Pero justo entonces, detrás de ella, una fría voz señaló:

–Me das lástima, Ellie. Hacer de mujerzuela en la cama no va a servirte para retener a Dio, y no tienes nada más que ofrecerle, ¿no crees?

Ellie se quedó helada, paralizada. Después se giró y vio a Helena Teriakos de espaldas, acercándose a charlar con otra pareja a cierta distancia. Sin embargo Sally Parkes, a solo un paso y con la boca abierta, lo había oído y comentó:

–Venía a despedirme de ti antes de que os marcharais y... ¿será cierto que he oído lo que he oído? ¡Dios mío, nunca pensé que esa mujer pudiera ser tan malévola!

–Pues ahora ya lo sabes –respondió Ellie.

–Ve a decírselo a Dio inmediatamente –añadió Sally seria.

–No, prefiero arreglármelas sola... –respondió Ellie mortificada–. Supongo que le he robado a su hombre, así que... no la culpo si me odia.

–¿A su hombre? –repitió Sally frunciendo el ceño–. ¡Pero si ni siquiera salían juntos, no estaban comprometidos! No creerás que ha estado en casa todos estos años esperando a que Dio le pidiera el matrimonio, ¿no? ¡Te aseguro que si hubiera podido cazar a otro antes no lo habría dudado!

Ellie se sintió incómoda. No quería discutir sobre Helena. Sin embargo Sally parecía tener cuerda para rato:

–Helena es toda dulzura cuando Dio está delante, me gustaría que la viera cuando se da la vuelta. ¡Los hombres son tan ciegos a veces!

–Sí –confirmó Ellie deseosa de cambiar de tema.

–¿De qué habláis? –preguntó Dio acercándose con una sonrisa y estrechando a su mujer entre los brazos. Ellie se puso pálida–. ¿Qué ocurre?

–Creo que estoy un poco mareada –contestó Ellie con sinceridad.

–En cuanto subamos al avión te irás a la cama. No debería de haber invitado a tanta gente, se me olvidaba que estás embarazada –comentó Dio decidido.

—¡Pero si estoy bien! –protestó Ellie deseando que la besara en lugar de tratarla como a una inválida.

No obstante nada más subir al avión que los llevaría a Grecia, en donde pasarían un par de semanas, Dio llevó a Ellie al camarote y ella se quedó profundamente dormida.

—¡Basta! –musitó Ellie al sentir, bastante rato después, que alguien la molestaba.

—Hush –susurró Dio.

Ellie, adormilada, deslizó una mano por debajo de su chaqueta. Extendió los dedos posesivamente por la camisa de seda y suspiró. Y creyendo que Dio estaba en la cama, a su lado, volvió a dormirse.

Finalmente, al poco rato, se despertó y desperezó, abriendo los ojos y comprendiendo que Dio la llevaba en brazos.

—¿Qué... a dónde?

—Has dormido bastante para no estar cansada, te has pasado el viaje durmiendo –explicó Dio satisfecho.

Ellie vio entonces que estaban llegando a la villa griega.

—¡Por el amor de Dios! ¡Bájame!

—No puedo. Me he dejado tus zapatos en el avión.

—¿Y cómo diablos hemos pasado por el aeropuerto de Atenas?

—Igual que ahora –rió Dio–. Hubo un momento en el que se me ocurrió pensar que el hecho de que no tuvieras la estatura de Helena era una ventaja. ¡Contigo sí que puedo todo el camino!

Ellie se quedó helada ante aquella desconcertante comparación. Dio lo había dicho casi sin pensar. Se puso tenso, cerró los ojos y rugió en voz alta, comprendiendo lo que acababa de decir. Entonces Ellie hizo un enorme esfuerzo.

—Está bien –sonrió tensa–. Ella ha sido parte de tu vida durante mucho tiempo, lo comprendo...

—Siempre había creído tener tacto hasta el momento en que te conocí –confesó Dio llegando a la puerta.

—Bueno, es todo ese peloteo que te rodea lo que te ha confundido siempre —contestó Ellie.

—No, no es eso, eres tú —la contradijo él—. Estoy tan acostumbrado a oírte decir lo que piensas en cada momento que cuando estoy contigo me relajo.

—Eso es bueno —respondió Ellie.

Al menos debía de serlo casi siempre, se corrigió en silencio. Sin embargo en aquel momento la comparación la hería. No solo por su trivialidad, sino porque significaba que Dio tenía a Helena en mente incluso el día de su boda.

Al entrar en el hall Dio la hizo volver a la realidad.

—Me temo que tenemos compañía —suspiró.

Dos diminutas damas, entradas en años y casi con idéntico rostro y sonrisa, los esperaban en el salón. Ellie creía haberlas visto antes, vestidas de negro, en el funeral del padre de Dio. Él las saludó en griego, dejó a Ellie en el suelo descalza y le presentó a las hermanas gemelas de su abuela: Polly y Lefki.

—Dio no tiene madre que pueda darte la bienvenida —dijo Polly en inglés, con un pesado acento—. Por eso hemos venido a dártela nosotras.

—A darte la bienvenida —repitió Lefki contenta.

—Lefki, eso ya lo he dicho yo —la reprendió su hermana.

—Pero no vamos a quedarnos mucho tiempo —añadió Lefki mirando a su hermana.

Ellie no pudo evitar reír.

Una abundante cena los esperaba en el salón. Polly y Lefki se sentaron juntas en un sofá. Eran tan pequeñas que los pies ni siquiera les llegaban al suelo. Discutieron entre ellas y, entre disputa y disputa, presionaron a Dio para que comiera. Su amor hacia él era evidente. Cuando finalmente se marcharon Dio la miró y se disculpó:

—Lo siento. Polly y Lefki viven en la isla, y nunca han salido de ella. Comprendo que para mucha gente resultan excéntricas, salen poco de casa.

—No, no te disculpes, yo las encuentro encantadoras.

–Me alegro –contestó Dio guiándola por las amplias escaleras y enseñándole un fabuloso dormitorio amueblado con opulencia donde comenzó a quitarse la chaqueta y la corbata.

Observar a Dio desnudarse le cortó la respiración. Ellie se quedó paralizada. Los ojos de ambos se encontraron llenos de brillo sensual. Ellie sintió que el corazón le galopaba. Desnudo, con aquel vello negro y brillante que era toda una fiesta para los sentidos, Dio se acercó a ella a grandes pasos. Luego le desabrochó los botones de la chaqueta uno a uno y se la deslizó por los hombros.

–Quiero volverte loca de pasión –dijo él con voz ronca.

–Eso ya lo ha hecho mi imaginación... –confesó Ellie.

Dio le desabrochó el sujetador y curvó las manos para abrazar sus pechos llenos. Sonrió satisfecho al oírla jadear y rozó con los dedos los sensibles pezones. Y de pronto la empujó suavemente sobre la cama y se tumbó sobre ella. La boca de Dio ardía sobre uno de aquellos pechos, su lengua era como lava. Una fiera respuesta provocó en ella gemidos y labios abiertos.

Dio levantó la cabeza con ojos hambrientos, crudos. Se apartó ligeramente y le quitó la falda y el resto de la ropa con manos impacientes. Sus ojos negros recorrían aquella desnudez sin ocultar su deseo. Ellie se sintió arder.

–Eres tan perfecta que... tengo que tomar una ducha para tranquilizarme –confesó Dio.

–Yo también.

Ellie se apoyó sobre Dio bajo la cascada de agua en la ducha. Su cuerpo estaba débil y hambriento, pero su mente seguía tensa. No seguiría siendo perfecta durante mucho tiempo. Sus pechos, de hecho, estaban ya más llenos. Pronto el bebé haría magia con la esbelta figura que tanto le gustaba a Dio. Perdería la cintura, se le hincharía el vientre. ¿Seguiría Dio encontrándola atractiva entonces?

–Dentro de unos meses pareceré un balón –musitó Ellie impotente, incapaz de callar ante su temor.

–Hmm... –suspiró Dio deslizando una mano por aquel estómago aún plano y jugando con los dedos–. Espero ese día con impaciencia.

–¿Lo esperas con impaciencia? –repitió Ellie débilmente.

Dio se sentó en el asiento de la ducha y tiró de Ellie para sentarla encima. Ladeó la cabeza hacia atrás y dejó que las gotas de agua cayeran en todas direcciones sobre él antes de abrir los ojos y mirar de nuevo a Ellie. Una sonrisa amplia curvaba sus sensuales labios.

–Supongo que debe de ser un sentimiento masculino, *agape mou*. Tienes a mi hijo dentro de ti, y eso me vuelve loco de excitación.

–¿En serio? –preguntó Ellie mirándolo perpleja.

Dio, con ojos brillantes como el oro, levantó a Ellie para volver a sentarla a horcajadas sobre él. Y observó divertido la reacción de ella al sentir su erección.

–¡Oh...!

Ellie se quedó de pronto sin respiración. Su cuerpo reaccionó con un violento entusiasmo al de él. Dio la tomó de la cabeza y besó sus labios apasionadamente, con brevedad pero con hambre, excitándola al máximo.

–Así que.. ¿qué crees que podemos hacer al respecto? –preguntó él con voz ronca.

–Lo que tú quieras –susurró ella apenas capaz de mantener un hilo de voz.

Dio rió, gimió de satisfacción. Y se tomó sus palabras al pie de la letra. La urgencia de aquel deseo excitó y dejó perpleja a un tiempo a Ellie. Tras el clímax Dio la secó con una toalla disculpándose y riendo a carcajadas al mismo tiempo.

–No le digas nunca a nadie que consumamos nuestro matrimonio en la ducha –respiró él–. ¡No podría mantener la cabeza alta nunca más!

–¿Y por qué?

–Hubiera debido de ser más romántico –contestó él posándola sobre la magnífica cama–. Al fin y al cabo es nuestra noche de bodas –le recordó con un brillo en los ojos–. Es que solo de pensar en que iba a hacer el amor contigo y sin ninguna protección por primera vez en mi vida me ha puesto... a tono.

–Pues por mí perfecto que te pongas a tono –le confió Ellie riendo sofocadamente y alargando los brazos para atraerlo hacia sí.

–Me gusta esto, me gusta que riamos incluso en la cama. Nunca antes había estado así –sonrió Dio.

Ellie se despertó hacia el amanecer. Deambuló medio dormida por el baño y se quedó un rato contemplando a Dio mientras dormía. Por un segundo no pudo creer que fuera su marido. Se retiró el pelo de la frente y sonrió. Los miedos que habían atenazado su corazón la noche anterior le parecieron de pronto exagerados y remotos.

Su cuerpo clamaba por el de él. Y él la deseaba a ella, no solo al bebé. Ni siquiera el embarazo había conseguido enfriar su deseo. Y si solo se hubiera casado por honor nunca habría mostrado tanto entusiasmo como amante. Dio se había pasado la noche entera demostrándole, una y otra vez, que la encontraba deseable. Le había restaurado su confianza en sí misma. Ellie se deslizó en la cama al lado de Dio suspirando. Se sentía increíblemente feliz.

Una sonriente sirvienta la despertó a la mañana siguiente al abrir las cortinas. Eran más de las once, y Dio no estaba. Ellie no podía creer que hubiera dormido tanto. Le llevaron el desayuno a la cama en una bandeja. Se sentía como una reina.

Tras el desayuno, Ellie se miró al espejo y se apresuró a ducharse. Cuando terminó de secarse el pelo y de maquillarse se encontró con que alguien había deshecho su equipaje y guardado su ropa en el enorme vestidor. Se había comprado ropa de sport justo antes de la boda, así que se puso un vestido nuevo y bajó las escaleras.

Entonces escuchó la voz de Dio. Hablaba en voz alta, casi a gritos. ¿Estaría enfadado? Un hombre salió apresuradamente de una habitación hasta el hall. Miró a Ellie, se ruborizó y dijo algo en griego antes de marcharse. Ellie frunció el ceño.

Dio estaba en un despacho hablando por teléfono. Hablaba en griego y recorría la habitación furioso de un lado a otro. Ellie se quedó observándolo desde la puerta, y tras unos instantes sus ojos se desviaron hacia un periódico desplegado sobre la mesa. Era un periódico inglés. Dio colgó el teléfono y se dio la vuelta. Entonces la vio.

–*Cristos...* ¿qué estás haciendo tú aquí? –preguntó desconcertado.

Pero era demasiado tarde. Ellie se había acercado al periódico lo suficiente como para reconocer una fotografía de su boda junto a otras más pequeñas, y entre ellas una de su padre, Tony Maynard, saliendo de un Mercedes. Era la primera vez que Ellie lo veía en el plazo de cinco años.

–No creo que debas de leer esto, te vas a poner furiosa –dijo Dio soltando el aire contenido.

Ellie se quedó mirando el periódico atónita. Había una foto de la humilde calle en la que ella había nacido y se había criado. Y debajo ponía: «*Desde la pobreza... hasta más allá de la avaricia. ¿Cómo? ¡Con un bebé de un millón de dólares!*»

–¡Oh, no... –exclamó Ellie temblando y sintiendo náuseas debido al shock y a la humillación por lo que todo el mundo leería esa mañana.

Capítulo 9

–No es precisamente el modo en el que me hubiera gustado anunciar la llegada de nuestro primer hijo –comentó Dio en voz baja y cargada, apenas contenida.

–No...

–Si me hubieras avisado de cuánto escándalo había en tu pasado quizá habría podido protegerte y ocultar al menos una parte.

Ellie se estremeció al escuchar cierta censura en el tono de voz de Dio, pero al leer el artículo no pudo reprochárselo. Resultaba nauseabundo. Habían incluido en él toda la cruda verdad, pero también un montón de mentiras y de exageraciones.

–Para empezar ni siquiera tenía idea de que tu madre y tú estuvierais casi marginadas en la ciudad en la que vivíais.

–Dio... era una ciudad muy pequeña, y mi madre era una madre soltera... no era aceptable para la gente –contestó Ellie aclarándose la garganta, a punto de llorar–. Y mi abuelo murió debiendo un montón de dinero a los comercios locales. Es imposible que contara con la simpatía de la gente en esas circunstancias. Además, cuando los vecinos veían a mi padre... bueno, todo el mundo sabía que estaba casado.

–¿Por qué no me dijiste que tu padre rechazó a tu madre y se casó con una secretaria joven al poco de morir su primera esposa? –inquirió Dio.

Dio parecía concentrarse en sus tristes antecedentes más

que en las ofensas y crueles comentarios sobre su situación actual. Decían de ella que era una cazafortunas que había conseguido echarle el lazo a un hombre rico y que se había aferrado a él con las dos manos. Aquello la ponía enferma.

–Ellie... –insistió Dio.

–Bueno, para ser sinceros... no es algo que me guste recordar precisamente –tartamudeó Ellie herida–. Mi padre ni siquiera se molestó en decirle a mi madre que había otra mujer en su vida, ella se enteró por los periódicos. Y se quedó destrozada.

–Sí, pero yo hubiera preferido saber por ti que se quitó la vida.

–¡Eso no es cierto! –gritó Ellie volviéndose hacia él temblorosa y enfadada–. Estaba tomando medicamentos para la depresión, vivía en su pequeño mundo interior. Un día salió a la calle y llegó a un cruce casi sin mirar, y fue entonces cuando la atropellaron.

Dio la observó con ojos ardientes y puños cerrados.

–Tú entonces tenías dieciséis años. ¿Cómo te las arreglaste sola siendo tan pequeña?

–Mi adorado padre mandó a su abogado para que arreglara todo lo del funeral. Él no asistió, por supuesto.

–Y luego, ¿qué? ¿Por qué dejaste el colegio?

–¿Qué otra alternativa tenía? –preguntó a su vez Ellie sorprendida.

–Tu padre debería de haberse asegurado al menos de que completaras tu educación...

–¿Y por qué iba a hacerlo después de pasarse dieciséis años demostrándome que yo no significaba nada para él? Tenía miedo de que su mujer descubriera mi existencia y lo echara de casa. Todo el dinero era de ella –explicó Ellie.

–¿Entonces qué hiciste cuando murió tu madre?

–Vivíamos en un piso de alquiler, así que lo vendí todo y me marché a Londres. Estuve en un albergue hasta que encontré un empleo con el señor Barry. Y al año siguiente él me ofreció la casa de encima de la librería. Dio, ¿por qué estamos hablando de mi infancia? –preguntó Ellie observándolo irritada–. Yo nunca te he contado ninguna mentira. Quizá no te contara todos los detalles, pero no te he ofendido.

–En este momento desearía estrangularte –confesó Dio con ojos negros brillantes–. Preferiría hablar de otra cosa, quizá así vaya calmándome.

Ellie frunció el ceño llena de confusión. ¿Acaso la culpaba a ella por el artículo? ¿Pero cómo podía hacer algo así? Ellie finalmente se lo preguntó, segura de haberlo interpretado mal.

–¡Por supuesto que te culpo! –replicó Dio lleno de ira ante una pregunta que evidentemente consideraba estúpida.

–Pero... ¿por qué?

–Te han seguido la pista, Ellie. Si ahora mi imagen no es buena es porque tú, con tu falta de discreción, nos has traído toda esta infamia a los dos.

–¿Falta de discreción? –repitió Ellie pálida.

–¡Nathan ni siquiera le contó a Sally que estabas embarazada! Sabe que su mujer es una cotilla. Y ahora yo me entero de que mi mujer no sabe guardar un secreto. ¿A cuánta gente has ido contándole que estás embarazada?

–¡A nadie!

–No puede ser, se lo tienes que haber dicho a alguien, pongo la mano en el fuego por Nathan. La prensa nunca habría podido enterarse de todo esto tan deprisa si no hubiera sido porque ha salido de tu boca.

Ellie recordó entonces haberle dicho a Ricky Bolton que esperaba un niño e, inmediatamente, se ruborizó. Dio la observaba atento, sin perder detalle. Pero la mente de Ellie siguió reflexionando acelerada. Ricky conocía su embarazo, pero no sabía nada sobre su infancia. De pronto se quedó inmóvil y lo comprendió todo de súbito. No podía creer que hubiera sido tan estúpida como para no adivinar antes quién estaba detrás de todo.

–¿A quién? Ellie, quiero una confesión completa. Solo entonces me calmaré –añadió Dio haciendo una promesa poco seguro de cumplirla.

Ellie lo observó en silencio. Si decía el nombre de la persona que, de hecho, era ya terreno peligroso dentro de su relación, Dio estallaría. Sin embargo tenía que defenderse.

–Ellie... –insistió Dio.

–¿Quieres de verdad saber quién creo que está detrás de todo esto? –preguntó Ellie tragando–. En mi opinión la candidata más probable es Helena Teriakos –Dio se quedó mirándola con ojos negros extrañados, como si pensara que estaba loca–. Tiene que haber sido ella, lo sabía todo de mi infancia, y me odia... –continuó Ellie valiente.

–¿Pero es que has perdido el juicio? –preguntó Dio furioso, casi suplicante.

–Si te sirve de consuelo te diré que Helena te ha utilizado a ti también –añadió Ellie incapaz de seguir escogiendo cuidadosamente las palabras–. Me dijo que era fácil hacerte sentirte violento, que te revolverías contra mí.

–Estás tan devorada por los celos que ni siquiera puedes ver las cosas con objetividad, y mucho menos aún pensar con racionalidad...

–En este preciso instante no estoy celosa, Dio –declaró Ellie levantando el mentón–. Si Helena cruzara ahora esa puerta te avisaría de su visita sin rechistar.

–¡Ya basta! –gritó Dio.

–¡No he terminado! –exclamó Ellie, cuya ira aumentaba al tiempo que la de él, inexplicablemente, parecía menguar–. ¡Te la mereces! ¡Desearía que te hubieras casado con ella! ¡Te habrías congelado en tu noche de bodas!

Dio respiró profundamente, despacio, y luego dijo:

–Creo que ha llegado el momento en el que la luna de miel acaba mal.

–No te soporto más, ni a ti ni a esa arpía –respondió Ellie.

–Mala suerte –dijo Dio con extrema tranquilidad.

–¿Qué quieres decir con eso de mala suerte? –inquirió Ellie extrañada ante el cambio de actitud.

–Eres mi mujer y no vas a marcharte a ninguna parte. De hecho, mientras demuestres que sigues teniéndole esa manía a Helena, te quedarás en la isla. Tengo que confesar que temblaba literalmente ante la idea de que vosotras dos os encontrarais. ¡Pero mírate! ¡Si estás casi saltando de rabia!

–¿Y qué esperabas? –gritó Ellie con voz rota.

Dio puso un brazo decidido alrededor de su temblorosa figura.

–Esto no es bueno para el niño...

–¡Quítame las manos de encima!

–¡Pero si apenas eres capaz de controlarte! Esto tiene que ser tu nivel de hormonas –decidió Dio observándola con gravedad, aliviado de encontrar una explicación satisfactoria.

–¿Mi... nivel de hormonas? –susurró Ellie.

–En los primeros estadios del embarazo las mujeres son propensas a cambios emocionales que pueden requerir un apoyo y una comprensión extra por parte de los demás –Ellie abrió la boca atónita ante aquel comentario erudito–. He sido demasiado duro contigo –añadió obligándola a sentarse en el sofá.

–Dio... ¿a qué demonios estás jugando?

–Te has alterado mucho al ver ese artículo –explicó Dio sentándose a su lado–. Hubiera debido de ser más benevolente contigo, aunque le hubieras dicho que estabas embarazada a toda la plantilla del edificio Alexiakis International.

–Bueno, ¿y qué?

–¡Me he puesto tan furioso al ver cómo te atacaban en la prensa! –continuó Dio atrayéndola hacia sí y estrechándola–. ¡Y saber todo lo que has tenido que pasar, desde tan pequeña, con esos padres tan egoístas! Eso me ha alterado mucho, desde luego. Pero gracias a Dios al hablarme de Helena he comprendido que esto se nos estaba escapando de las manos.

–No puedo vivir contigo si no confías en mí.

–Por supuesto que confío en ti... con una sola excepción –añadió Dio sin vacilar–. Y no creo que haga falta que volvamos a discutir sobre esa excepción nunca más.

Ellie respiró hondo. Lo único que tenía realmente era una derrota frente a Helena Teriakos. Sin embargo no podía insistir en sus acusaciones, no quería destruir su matrimonio antes incluso de que hubiera empezado. Helena ya se estaba ocupando de ello, y con éxito. ¿Cómo iba a enfrentarse a ella sin pruebas? ¿Acaso debía humillarse y pedirle a Sally Parkes que repitiera ante Dio lo que había oído? Lo cierto era que ningún comentario probaría nunca todas sus acusaciones contra Helena.

–Y en cuanto a los periódicos mis abogados me han dicho que puedo demandarlos, y eso es exactamente lo que voy a hacer –continuó Dio.

–¿Para qué molestarte? –preguntó Ellie temblorosa, involuntariamente.

–Si alguien te ataca a ti es como si me atacara a mí. Tu reputación está en entredicho, te defenderé.

–Pues no te sientas obligado a hacerlo por mí –musitó Ellie–. Ya sabes lo que dicen, a palabras necias...

–Tendrán que retractarse en privado de todo, y publicarlo después –continuó Dio mirando de pronto el delicado perfil de Ellie–. Y tendrán que revelarme además su fuente de información.

Ellie levantó la cabeza esperanzada, pero luego volvió a bajar la mirada.

–Los periodistas jamás revelan sus fuentes –comentó.

–Te sorprendería saber lo que son capaces de hacer a puerta cerrada cuando se ejerce sobre ellos la suficiente presión –aseguró Dio–. ¿Cómo te encuentras?

–Creo que... me gustaría estar sola –confesó Ellie. Dio se puso tenso–. Lo siento, es lo único que quiero –añadió Ellie apartándose lentamente y poniéndose en pie–. Iré a dar un paseo.

–Iré contigo.

–No.

Ellie pudo observar la frustración de Dio, sentirla. Lo amaba, y mucho. De no ser así no hubiera sentido aquel dolor. Sin embargo necesitaba tiempo para calmarse y asimilar lo ocurrido.

Ellie tomó el sendero que llevaba a la casita de invitados. En cuanto llegó a la playa de arena se quitó los zapatos y caminó hasta la orilla. El sol brillaba produciendo fuertes reflejos sobre el agua. Hacía más calor que en su última visita, pero eso le encantaba. Aquel sol parecía capaz de acabar con sus estremecimientos.

Aquel era el primer día de su luna de miel, y sin embargo Helena había conseguido separarlos prácticamente. Dio estaba ofendido, y ella se había convertido en su talón de Aquiles. Él era un hombre orgulloso, y Ellie no tenía deseos de que dejara de serlo. No obstante habían tenido otra discusión que no los llevaría a ninguna parte. ¿Cuántas más podría soportar su matrimonio antes de que Dio decidiera que no tenían futuro?

Ellie había llegado lejos cuando vio a Dio acercarse por la playa con una cesta de picnic.

–Te pedí que me dejaras sola –le recordó Ellie con suavidad.

–Llevas ya tres horas sola, *pethi mou*. Ahora tienes que comer –contestó él sosteniendo su mirada.

–¿Y eso lo sabes porque lo has leído en el libro que te dio Nathan?

–Quería estar contigo, ¿acaso es un crimen?

–No, yo también quería estar contigo –concedió Ellie.

–Pero no lo suficiente como para volver a la villa.

–Tengo que admitir que, a veces, me gusta que me persigas –admitió Ellie, suspirando.

–Nunca había conocido a ninguna mujer que estuviera dispuesta a confesar algo así –comentó Dio extrañado, riendo.

–No seas tonto, Dio. Yo puedo admitirlo porque estamos casados.

La sonrisa de Dio emocionó a Ellie, que finalmente tomó una decisión. Quizá su marido fuera incapaz de reconocer la malicia de Helena, pero los hombres en general tardaban en notar las artimañas femeninas, y aquella contrincante era muy inteligente. Y lo más importante de todo, Dio parecía feliz casado con ella. No parecía un hombre triste o desesperanzado por haber tenido que renunciar a la mujer a la que amaba. ¿O acaso era mucho más práctico de lo que pensaba?

–¿En qué estás pensando? –preguntó Dio.

–En ti.

–Pues tu expresión no era muy amable...

–Solo pensaba en que me gustaría que nuestro matrimonio durara para siempre.

Toda la tensión entre ambos desapareció. Dio podía regocijarse de comprobar que su mujer lo tenía siempre en el pensamiento, y en efecto aquello pareció agradarle. Ellie observó la sonrisa que curvaba sus labios. Solo entonces se dio cuenta de que él era el centro de su vida. Aunque quizá no fuera una buena idea hacérselo saber.

–Hoy en día hay que trabajar duro para mantener un matrimonio a flote –añadió ella.

–Pero nosotros no tenemos ningún problema –afirmó Dio.

Ellie echó un vistazo a la cesta del picnic y reprimió una sonrisa. Dio se había apresurado mucho a negar que tuvieran algún problema. Pero después de que él descargara su ira culpándola por el artículo del periódico, ¿qué otro daño podía causarles Helena?

–Mi reacción ante ese artículo ha sido exagerada –se disculpó Dio.

–¿En serio?

–También hay escándalos entre mis antepasados –aseguró Dio.

–Basta ya, no trates de hacerme sentirme mejor.

–Mi abuelo fue desheredado temporalmente por casarse con mi abuela.

–¿La hermana de Polly y de Lefki? –preguntó Ellie sorprendida–. ¡Por el amor de Dios! ¿Y por qué?

–Era una chica de la isla. Su padre era... –Dio vaciló–. Bueno, cuidaba cabras.

–¿Que cuidaba cabras? –repitió Ellie, incrédula.

–Pero no vayas por ahí contándolo... –advirtió Dio.

Ellie fue incapaz de decir nada durante unos segundos. Recordaba haber comparado a Dio con un pastor de cabras. De pronto se echó a reír a carcajadas y se dejó caer sobre la arena.

–Lo siento, Dio, es que es... tan divertido.

–Sabía que podía confiar en ti –aseguró Dio inclinándose sobre ella y contemplando su sonrisa y sus ojos verdes y brillantes.

Ellie se estremeció. Sus dedos siguieron la línea que dibujaba la masculina mandíbula.

–¿Tienes mucha hambre? –preguntó ella en un susurro.

Dio gimió produciendo un sonido ronco y masculino y se tumbó sobre ella. Su boca se posó sobre la de Ellie invadiéndola sensualmente y contestando a la pregunta.

Ellie había visto la sauna y el gimnasio de la planta baja de la enorme mansión londinense, y se disponía a inspeccionar la piscina cubierta.

–Creo que esta casa te gusta –murmuró Dio.

–Sí, me gusta más al natural que en el vídeo que nos mandó el agente –aseguró Ellie.

–Entonces lo único que tenemos que hacer es mudarnos.

–¿A ti también te gusta? –preguntó ella girándose hacia él.

–Tiene de todo, así que la compramos.

–¡Será una casa maravillosa para nuestra familia! –exclamó Ellie arrojándose a sus brazos–. No irás a comprarla solo por mí, ¿verdad?

–¿Me crees capaz de una cosa así?

–Sí –suspiró Ellie–. Pero es aquí donde vamos a vivir, y por eso es importante que te guste tanto como a mí. Así que dime, ¿qué te parece?

–Será una buena inversión –contestó Dio encogiéndose de hombros. Ellie gruñó–. Y la localización es excelente...

–¡Dio!

Dio la estrechó entre sus brazos dejando que la expresión seria de su rostro se desvaneciera.

—Saltas por cualquier cosa, señora Alexiakis. Me encanta la casa, ¿de acuerdo?

—Siento haberte arrastrado a ver todas las demás, temía que hubiera alguna que mereciera la pena. En realidad en cuanto vi esta en el vídeo supe que era exactamente lo que quería, por eso la dejé para el final.

Ellie subió a la limusina en estado de éxtasis. Llevaban casados un mes. Habían pasado tres gloriosas semanas en Chindos, y Ellie se sentía tan feliz que creía vivir en el paraíso. Al principio había temido que la vuelta a Londres acabara con la magia de su matrimonio, pero nada había cambiado a pesar de estar Dio tan ocupado.

Aquella noche, en el apartamento del ático, Dio salió del baño con el cabello mojado y una toalla enrollada en las caderas.

—Ellie... tengo que decirte algo.

Ellie se sentó en la cama y sonrió.

—¿Ocurre algo?

—No, no ocurre nada malo —aseguró Dio—. Mañana por la mañana volaré a París a ver a Helena —Ellie parpadeó—. Naturalmente, espero que eso no sea un problema entre nosotros dos. Yo soy quien le lleva todos sus intereses financieros desde que su padre murió.

Ellie se quedó helada ante aquella nueva revelación.

—¿Y por qué no me lo habías dicho antes?

—Para ser sinceros no creo que eso tenga relación contigo, es una responsabilidad que acepté mucho antes de conocerte —Ellie se puso pálida. Aquello no era sinceridad, era sencillamente brutalidad. Dio, impaciente, dejó escapar el aire contenido—. Quiero que seas sensata, yo veo a Helena con regularidad...

—¿Sensata?

Su marido se veía regularmente con su peor enemigo. Y ella tenía que mostrarse sensata. Dio se acercó a la cama y se sentó. Luego la tomó de la mano, pero Ellie la apartó.

—¿Es que no puedes comportarte como un adulto? —la censuró él poniéndose en pie–. Comprendo que te sintieras insegura al principio, cuando nos casamos...

–¡Qué sensible!

–Pero ya has tenido tiempo de...

–¿Te parece?

–Lo que a mí me parece es que no tienes alternativa –soltó Dio de pronto mirándola con ojos helados.

–Siempre hay una alternativa, Dio.

–En este caso no –la contradijo él–. Seguiré llevando los asuntos financieros de Helena mientras ella lo desee, así que voy a seguir viéndola. Es así, y tú debes aceptarlo.

–Pues es algo que no puedo aceptar –aseguró Ellie levantando la cabeza bien alta, con las mejillas coloradas, furiosa de pronto consigo misma–. ¡Qué estúpida he sido! Toda mi vida he vivido sola, y ahora... pero quería que nuestro matrimonio funcionara, que no nos separáramos nunca...

–¿Qué estás tratando de decirme?

–Te niegas a aceptar que Helena me amenazó y trató de hacerme chantaje para que abortara, ¿verdad?

–¡Por favor, basta ya, no insistas en esa estupidez!

–No me crees. Muy bien. Perfecto –contestó Ellie dando un puñetazo en la almohada y acostándose–. Es bueno saber dónde está tu lealtad, Dio, saber que te casaste conmigo pensando que era una mentirosa...

–Pero una mentirosa muy bonita... –susurró Dio con voz suave y amable.

–¡No bromees con las cosas importantes! –lo censuró Ellie–. Si te vas a París yo me marcho.

–De ningún modo vas a marcharte...

–¡Por supuesto que sí! Confías en ella más de lo que confías en mí, así que esa es tu elección –respondió Ellie con amargura–. ¡O te deshaces de ella o yo me marcho! ¡No te quiero si no puedes darme siquiera una centésima de tu lealtad!

–No hay problema –contestó Dio en voz baja.

Ellie lo escuchó alejarse de la habitación. Entonces se levantó de la cama, abrió la puerta y gritó:

–¡Lo digo en serio, Dio!

Dio se volvió hacia ella y la miró con ojos airados.

–Haz lo que te de la gana, yo me voy mañana a París, y no pienso darme prisa en volver.

–Dio... no estoy mintiendo. Escúchame...

–¡No, escúchame tú a mí! Tú no eres mi dueña, no puedes decirme lo que tengo que hacer, a dónde tengo que ir ni con quién. ¿Has comprendido bien eso? ¡Cuando hayas logrado controlar ese ataque de celos llámame! Pero no tardes demasiado, al fin y al cabo Helena es mucho más de lo que eres tú –murmuró Dio despectivo.

Ellie sintió que el color y la ira se desvanecían de sus mejillas. Dio juró en griego y se volvió hacia ella, pero Ellie le cerró la puerta en las narices echando el pestillo.

–¡Ellie, abre la puerta!

Las lágrimas resbalaron por las mejillas de Ellie, que se hizo un ovillo en la cama. «Helena es mucho más de lo que eres tú», repitió Ellie en silencio. Por fin Dio había revelado sus sentimientos en un momento de ira, y las comparaciones que seguía estableciendo la herían terriblemente. «Es más importante escoger a una compañera con inteligencia», había dicho él en una ocasión. ¿Y qué había de inteligente en su precipitada boda?, se preguntó Ellie sollozando en la cama. Durante las últimas semanas él había fingido ser feliz, y lo había hecho a la perfección. Pero en el fondo de su corazón Dio sabía que ella no era más que la peor alternativa. Y Ellie no podía vivir con él así...

Capítulo 10

El rostro ansioso de Sally Parkes se iluminó en el instante en que vio a Ellie acercarse por el parque.

–¡Gracias a Dios que has venido! –exclamó levantándose del banco.

–No quería mezclarte en esto, Sally, en serio. Solo te llamé porque necesitaba que le dieras un mensaje a Dio, pero ahora veo que ha sido un error...

–¡No, de ningún modo ha sido un error!

–Sí, lo es –suspiró Ellie–. No quería escribirle una carta, no sabía qué decirle... y tampoco quería hablar personalmente con él pero... nunca hubiera debido de involucrarte en esto.

–¡Ellie, Dio está destrozado!

–¿Le diste mi mensaje?

–¿Acaso crees que diciéndole que estás bien y que quieres el divorcio va a sentirse mejor? –preguntó Sally extrañada.

–Es lo mejor. ¿Te acordaste de decirle que le dejaré ver al bebé siempre que quiera?

–Sí, pero no le sirvió de consuelo como tú creías –respondió Sally–. Al fin y al cabo el bebé no nacerá hasta dentro de seis meses...

–Bueno, eso no puedo evitarlo. ¿Está aún en París?

–No, según Nathan se pasó la semana buscándote. Y después se agarró la peor borrachera de su vida. Nathan lo trajo a casa a dormir la mona en la habitación de invitados...

–¿La peor qué? Cuéntamelo otra vez.

—Muy bien. Por orden cronológico: Dio se levanta y se encuentra con tu nota, ¿no es así?

—No lo sé, para entonces yo ya me había ido. Supongo que se marchó a París.

Aquella misma noche Ellie había metido unas cuantas cosas en la maleta y había salido del apartamento decidida a evitar cualquier nueva disputa con Dio. Sentía que habían discutido demasiado, que solo le quedaba su orgullo. Y solo podría conservar ese orgullo manteniéndose a distancia de Dio, al menos hasta que pudiera controlar sus reacciones.

—Bueno, pues si me permites decirlo la mayor parte de los maridos no discuten y luego simplemente siguen adelante como si fuera un día normal y corriente —explicó Sally—. Incluso los más testarudos como Dio tienen sus sentimientos.

—Escucha, tú estás de su parte porque no comprendes nada y lo conoces a él mejor que a mí, pero...

—¡Qué va! La verdad es que me ha sorprendido mucho cómo se lo ha tomado. Nunca pensé que Dio dormiría una borrachera en mi casa.

—Así que se pasó la primera semana buscándome... —dijo Ellie expectante, incitando a Sally a contarle más.

—¿Cómo crees que nos enteramos nosotros de que habías desaparecido? Dio llamó a Nathan. Y estaba realmente de mal humor. Tuviste suerte de no estar delante.

—Nunca le he visto beber... —confesó Ellie.

—A la segunda semana, sencillamente, se derrumbó. Se sentó y se puso a beber y a beber hasta el estupor. Nathan estaba terriblemente preocupado por él. Dio nunca hace ese tipo de cosas. Lo tienes bien agarrado, Ellie.... y creo que si de verdad has decidido abandonarlo deberías de haberlo hecho de un modo más considerado.

—¡Pero si le dije que me marchaba! —se defendió Ellie levantando el mentón.

—¡Pero él no creyó que lo decías en serio!

—Para mí era evidente que nuestro matrimonio no funcionaba.

–Pues el día de vuestra boda yo pensé que estabas loca por él, y cuando comimos juntos a la semana de volver de Chindos me lo pareció aún más. Te pasabas el tiempo hablando de él.

–Y estoy loca por él –musitó Ellie.

–Pero entonces, ¿por qué diablos le estás haciendo esto? –preguntó Sally paralizada.

–Espero que se lo hayas contado absolutamente todo, Sally –intervino entonces Dio–. La búsqueda interminable, la desesperación, las borracheras y los ataques de autocompasión...

Ambas mujeres se dieron la vuelta. Sally ruborizada, Ellie pálida. Pero Dio solo tenía ojos para su mujer. Sally, con un gesto de culpabilidad, dio un paso atrás.

–Esta vez sí que la he hecho buena, ¿verdad? –inquirió Dio.

–Dio... ¿me permites que te diga que no es esa la actitud que deberías de tomar? –sugirió Sally.

–No... tú no sabes qué ha pasado, ni nunca lo sabrás –le informó Dio–. Es una suerte que hable en griego cuando bebo. Lo que ha ocurrido aquí es y continuará siendo un misterio para ti, Sally.

–Helena... –murmuró entonces la pelirroja con aires de superioridad antes de marcharse.

Dio se quedó perplejo, perdió el color.

–Teniendo en cuenta que te has valido de Sally para llegar hasta mí no has sido muy amable con ella –observó Ellie–. Nunca habría accedido a verla si hubiera sabido que ibas a aparecer.

–Bueno, es que Sally me torturó con sus preguntas en el peor momento –contestó Dio tenso, tratando de calmarse. Ellie lo miró con los ojos llenos de dolor–. No me mires así, me lo pones todo mucho más difícil –gruñó Dio.

Ellie miró a otro lado instantáneamente. Sí, por supuesto que Dio veía en sus ojos cómo se sentía. Siempre había sido capaz de ver en su interior. Perpleja ante la idea de que su amor le resultara tan evidente, Ellie no puso pegas cuando él alargó un brazo y la condujo hasta la limusina. Dio recogió el ticket del aparcamiento y traspasó las puertas. Era evidente que se sentía culpable. Sabía cuánto daño le había hecho. ¿Y qué iba a lograr tratando de evitar un encuentro que él estaba decidido a celebrar?

Ellie lo miró de reojo, en silencio, mientras el opulento vehículo transitaba entre el tráfico. En dos semanas y media él había perdido bastante peso, observó. De pronto le pareció como si un abismo inconmensurable los separara. Nunca hubiera creído posible que Dio tuviera un aspecto tan sombrío. Aquel era el fin de su matrimonio.

–Está bien... –dijo ella.

–No, no está bien –la contradijo Dio–. ¿Dónde has estado viviendo?

–En una casa de las afueras, no tenía muchas ganas de buscar –admitió Ellie.

–¿Y no se te ocurrió que yo me volvería loco buscándote? –exigió saber Dio, de pronto de mal humor.

–¿Y por qué iba a pensarlo? –suspiró Ellie–. He cuidado de mí misma durante mucho tiempo, yo no soy una de esas chicas inútiles e impotentes.

El silencio se hizo más denso.

–No –concedió Dio–, pero puedes hacerme sentirme impotente a mí.

–¿Cómo? ¿Quieres decir impotente al buscarme y no encontrarme? No había ninguna necesidad. No pretendía desaparecer para siempre ni ninguna estupidez de esas. Te lo dije bien claro en la nota...

–Eh... sí: «Dio, lo siento, pero he tenido que vaciar tu cartera... –recitó él de memoria–. Casarme contigo ha sido un error. Estaremos en contacto. No me busques... Bueno, supongo que no ibas a hacerlo, ¿verdad?»

–No sé por qué tienes que recitar toda la nota que te escribí –protestó Ellie sintiéndose como una estúpida–. Estaba enfadada, y no disponía de mucho tiempo. ¡Tienes suerte de que te dejara una nota!

–Supongo que en eso tienes razón –susurró al fin Dio.

Ellie lo miró molesta, notando su tensión.

–Te aseguro que no pensé que te darías cuenta hasta mucho más tarde...

–Más tarde. Tardaste once días en llamar a Sally –le recordó Dio.

–Tenía cosas que hacer.

Como por ejemplo tratar de vivir sin él, tratar de descubrir cómo seguir existiendo con aquel dolor agónico que se intensificaba con cada hora que pasaba, tratar de olvidar todos los buenos recuerdos, el sexo. Para Ellie hacer el amor con Dio había sido alucinante, perfecto. ¿Pero cómo podía saber qué había sido para él? Dio se había mostrado entusiasta, pero quizá fuera sexualmente insaciable.

–Y bien, ¿qué has estado haciendo?

–He estado haciendo planes –mintió Ellie, que no había hecho sino vagar de un lado a otro. Ellie salió de la limusina y se dio cuenta entonces de que no habían llegado al apartamento de Dio, sino a la preciosa mansión georgiana que habían estado visitando justo el mismo día en que lo abandonó–. ¿Qué diablos estamos haciendo aquí?

–La compré –explicó Dio.

–Sí, dijiste que sería una buena inversión –recordó Ellie abriendo la puerta.

–Era una broma.

¿Sería eso cierto?, se preguntó Ellie, que había pasado dos semanas recordando cada una de las frases de Dio y tratando de fortalecerse. Había sido una pérdida de tiempo. Un simple vistazo a aquel cuerpo y estaba hipnotizada. A pesar de aquel nuevo aspecto se sentía tan atraída hacia él como la misma primera noche de Chindos.

–¿Y qué has hecho con el resto de mis cosas? –preguntó Ellie tratando de llenar el silencio.

–Están aquí.

–¿Dónde?

–En el dormitorio principal.

—Ah, bien. Así que no les has dicho a los sirvientes que no iba a volver —comentó Ellie comenzando a subir la enorme escalera.

—¿A dónde vas?

—Voy a hacer la maleta, así aprovecho que estoy aquí.

—Ellie... —comenzó Dio a decir con voz cansada—... sé que me he comportado como un completo idiota...

—Dio, no quiero oírlo —anunció Ellie subiendo las escaleras deprisa–, no ha sido culpa de nadie. Nos casamos simplemente porque estaba embarazada, y fue una estupidez... ¿de acuerdo? Pero no es para tanto, ¿vale?

—¿Cómo que no es para tanto? —repitió Dio.

Ellie no pudo resistirse. Al llegar al descansillo de la escalera volvió la vista hacia él.

—Escucha, lo único que trato de decirte es que no quiero hablar de ello. No hace ninguna falta.

Dio apareció en la puerta del vestidor mientras Ellie descolgaba frenéticamente su ropa de la percha. Las manos le temblaban. ¿Qué le estaba ocurriendo? Un minuto más y se humillaría y lloraría histérica preguntándole qué tenía aquella helada mujer del Ártico para que la prefiriera antes que a ella.

—Helena estaba detrás de aquel artículo de la prensa... —declaró Dio.

Ellie se quedó muy quieta y luego, de pronto, se dio la vuelta con los ojos muy abiertos. Dio le devolvió la mirada con ojos negros y atormentados, con los puños cerrados.

—Entonces supongo que habrá caído de ese pedestal donde la tenías... —comentó Ellie sintiendo que si dejaba de hablar se derrumbaría y hundiría en sollozos.

Por fin veía en los ojos de Dio aquello que más temía ver: el horror ante el descubrimiento de la verdadera naturaleza de Helena.

—Yo no la tenía en un...

—Lo siento, Dio, pero cualquier mujer la habría calado a un kilómetro de distancia. Pero claro... —Ellie cambió de tema enseguida, incapaz de hablar de algo tan doloroso–. ¿No es reconfortante saber que estaba completamente decidida a conquistarte?

–Solo por... solo por quién soy y lo que tengo.

–Sí, bueno –sonrió Ellie–. Sé sincero. Tú valoras las mismas cosas que ella. Toda esa educación similar, el estatus, las convicciones, el dinero.

–No espero que me perdones por haberme negado a creerte –aseguró Dio cerrando los ojos con la cabeza bien alta.

–Bien, porque no iba a hacerlo –continuó Ellie buscando por el enorme vestidor–. Así que pensabas que ella estaba muy por encima de todo eso, y ahora que conoces la verdad te sientes bastante mal. Y, por cierto, ¿cómo has sabido la verdad? –preguntó de pronto curiosa.

–Un periodista cantó. Helena había estado investigándote.

–Eso podría habértelo dicho yo.

–Concertó una cita con un periodista y le entregó el informe completo. Se lo dio bajo la condición de que el artículo debía humillarte. Incluso fue tan arrogante que ni siquiera se molestó en tratar de borrar su rastro.

–Quizá pensara que era demasiado arriesgado confiarle el trabajo a otro –sugirió Ellie con las mejillas llenas de lágrimas, sin dejar de descolgar ropa del perchero.

–¿Viste la entrevista que hice sobre ti?

–No... –respondió Ellie sorprendida.

–Esperaba que eso te hiciera volver a casa. Sabía que le habías prometido a Sally encontrarte con ella, pero me advirtió de que le costó bastante que accedieras –confesó Dio tenso–. Y eso de que solo quisieras fijar tu cita con ella con una semana de antelación.... sinceramente, tenía pocas esperanzas de que aparecieras hoy por el parque.

–Yo no le haría nunca eso a Sally, es una buena persona.

–Al principio, cuando hablé con Helena la primera vez, ella no dejó de mentir. Luego mencioné el comentario que Sally le había oído hacer el día de nuestra boda y...

–¿No es maravilloso comprobar que crees a todo el mundo menos a mí? Crees al periodista, a Sally... –lo condenó Ellie con amargura.

–Honestamente, no podía creer que Helena fuera capaz de ese comportamiento –respondió Dio apretando los dientes–. Es decir... hasta hace dos semanas, cuando fui a verla y finalmente ella perdió los nervios al comprender que había perdido.

–Ella nunca perdió, Dio, ha salido victoriosa todo el tiempo –lo contradijo Ellie con sencillez mientras las lágrimas corrían por sus mejillas–. Tú y yo no teníamos mucho en común para empezar... pero cuando ella terminó su trabajo ya no teníamos nada. Sin embargo no debes engañarte a ti mismo creyendo que la culpa es de ella.

–Sé de quién es la culpa. Sé que te defraudé y que te hice infeliz. Me odias, ¿verdad?

–A veces... como por ejemplo ahora mismo, ¡sí! –soltó Ellie de pronto dando la vuelta por donde estaba él, con ojos verdes y brillantes–. Aquel día me asustó de verdad. ¡Hizo todo cuanto estuvo en su mano para persuadirme de que abortara! Insultó a mi madre, me insultó a mí de todos los modos en que se le ocurrió, ¡y tú ni siquiera me escuchaste!

–Ellie... yo –comenzó a decir Dio dando un paso adelante.

–¡Cállate! –lo interrumpió Ellie furiosa–. ¡Fui una estúpida casándome contigo! Ese día estaba tan enfadada que...

–Tenías todo el derecho del mundo a estarlo. Lo único que sé es que nunca he estado tan cerca de la violencia como el día en que me enfrenté a Helena –declaró Dio con crudeza–. ¡La forma en que habló de ti era casi como para pegarla!

–¿En serio? –preguntó Ellie, contenta por fin de poder gobernar sus emociones para escuchar gozosa aquel detalle–. Entonces, ¿significa eso que no va a haber una reconciliación? –Dio la miró perplejo–. Quiero decir, ¿ya no vas a casarte con ella después del divorcio?

–¿Tú estás loca? ¿Casarme con ella? –exclamó Dio incrédulo–. ¡Pero si es una lagarta!

–Bueno, te ha costado toda una vida darte cuenta, pero al

fin lo has comprendido. Enhorabuena. ¿Podrías darme una maleta?

–¿Una maleta?

Ellie se sentía poseída por una necesidad imperiosa de mantenerse ocupada. Dio estaba minando su resistencia, y ella estaba decidida a que eso no ocurriera. Ellie dio un paso adelante y estuvo a punto de caer ante una montaña de ropa tirada en el suelo. Miró para abajo y vio que era de Dio. La sorteó y pasó al lado de él. Pero entonces Dio la agarró de la mano.

–¡Tienes que escucharme!

–¿Me escuchaste tú a mí? ¡No, cuando trataba de explicarte lo que ocurría tú siempre decías o que estaba celosa o que estaba irritada a causa del embarazo! ¿Pues quieres que te diga algo, Dio? Ahora no me ocurre nada de eso, ahora lo que me ocurre es que estoy al límite de mi paciencia. ¡Suéltame!

Dio la soltó. La ira coloreaba sus duras y masculinas mejillas, pero era el dolor escondido en sus ojos oscuros lo que emocionó a Ellie y la dejó atónita.

–Siento todo esto mucho más de lo que jamás imaginarás –respiró él.

Pálida y temblorosa, Ellie comenzó a buscar una maleta. Era una locura, era absolutamente irracional seguir haciendo la maleta en medio de aquel torbellino sentimental, pero no podía soportar ver a Dio herido. Y todo por culpa de aquella lagarta, que le había sorbido el seso. Ellie se estremeció. Por fin encontró las maletas.

–Deja que te la baje yo –se ofreció Dio quitándosela de las manos.

–¿Sabes?... aún no eres consciente, pero antes o después te darás cuenta de la suerte que has tenido librándote de mí –musitó ella en voz baja, apresurándose a volver al dormitorio que nunca compartirían.

–Ellie... por favor, siéntate para que podamos hablar –insistió Dio con una humildad casi patética–. Necesito contarte cosas sobre Helena.

Ellie se sintió tan perpleja ante aquel ruego que se derrumbó al borde de la cama. Quizá Dio necesitaba un hombro en el que llorar, ¿pero por qué tenía que ser el de ella? Entonces lo comprendió. Dio quería hacerle una confesión completa. Su conciencia no se conformaba con menos. Estaba a punto de escuchar una confesión que la deprimirían durante los próximos treinta años. Dio la observó en silencio y dejó la maleta. Luego se aclaró la garganta.

–Yo...

–¿No podrías tratar de abreviar? –rogó Ellie.

Dio se puso aún más tenso. Su aspecto era tan lamentable que Ellie se compadeció. Tenía que enfrentarse, por fin, a aquella declaración. Dio había amado a Helena. Quizá en ese momento sintiera repulsión hacia ella, pero la había amado.

–Mi padre me dijo por primera vez que Helena sería una maravillosa esposa para mí cuando yo tenía cinco años.

–¿Cinco años? ¿Y cuántos tenía ella?

–Ocho.

–¡Cinco años! ¡Dios de mi vida, eso es lavar el cerebro! –exclamó Ellie.

–Mis abuelos murieron en un accidente automovilístico cuando mi padre era aún joven. Él se crio con la familia de su padre. Y tienes que comprender que a él le enseñaron a sentirse avergonzado de la familia de su madre, que era más humilde.

–¿Quieres decir que lo criaron para que fuera un completo snob? –Dio asintió–. Y él quería asegurarse de que tú no fallabas en ese sentido, ¿no es eso? –Dio volvió a asentir–. Así que desde pequeño te adoctrinaron en la creencia de que Helena sería tu futura mujer.

–Sí, en un futuro que yo no dejaba de posponer –respiró Dio hondo–. No podía ni siquiera confesarme a mí mismo que no me gustaba Helena...

–¿Que no te gustaba Helena? –lo interrumpió Ellie atónita.

–¿Es que a ti te resultó agradable cuando la conociste en Chindos?

–No, pero...

—Nunca supe poner ninguna pega a su comportamiento –continuó Dio endureciendo su expresión–. Todos se pasaban el día halagando su comportamiento ante de mí, y es cierto que tiene muchas virtudes. Forjaron mi mente de modo que siempre creí que tenía que casarme con ella.

—Así que decidiste casarte con ella y tener una amante que te resarciera.

Dio comprendió que aquello era una rabieta de Ellie y la miró con una expresión de reproche.

—Ese tipo de matrimonios no es tan raro en el mundo en el que yo vivo. Nunca supe qué me iba a perder hasta el día en que te conocí.

—Eso no puedo creerlo –suspiró Ellie.

—Bueno.. es cierto que hubo unas cuantas mujeres en mi pasado –admitió Dio–, pero ninguna me caló tan hondo como tú. Tú y yo tuvimos aquella primera noche mágica y luego yo lo eché todo a perder. Pero no podía permanecer lejos de ti...

—Así que te casaste conmigo y volviste a echarlo todo a perder –terminó Ellie por él.

Dio se acercó a Ellie y levantó los ojos para observarla. Luego alzó las manos tratando de tomar las de Ellie, pero ella las retiró. Dio torció la boca.

—La noche en que me dijiste que estabas embarazada comprendí que estaba enamorado de ti... completamente loco por ti.

—Serías capaz de decirme cualquier cosa con tal de no perder a tu hijo, ¿verdad? –musitó ella medio sollozando.

Los brillantes ojos de Dio temblaron. Tomó las manos de Ellie y las agarró con fuerza.

—Mi peor error fue no decirte cómo me sentía aquella noche en mi apartamento. En aquel momento comprendí que nunca me casaría con Helena, pero fue entonces cuando comencé a sentirme terriblemente culpable. Además, justamente me llamó ella después de que tú y yo hiciéramos el amor, y eso me hizo sentirme aún peor.

Ellie vio un atisbo de esperanza. No podía dejar de mirar

la expresión del rostro de Dio, atenta a cada una de sus palabras. Y recordaba su forma de reaccionar tras la conversación telefónica, en la cama.

–Debiste de contármelo todo entonces.

–No quería que te enfadaras –explicó Dio soltando el aire contenido–. Ni me parecía bien, a esas alturas de nuestra relación, hablarte de ella. Primero tenía que verla a ella y decirle que me había enamorado.

–¿Y fue eso lo que le dijiste?

–¿Qué otra cosa hubiera podido decirle? –preguntó Dio a su vez con ojos inquisitivos–. Sabía que la noticia no la impresionaría, pero era la verdad. Cuando saliste de la consulta de Nathan y me dijiste que estabas embarazada me sentí muy feliz, pero me temo que mi sentimiento de culpa hacia Helena era tan fuerte que arruiné lo que hubiera debido de ser una ocasión muy especial

–Comprendo cómo has debido de sentirte.

–No, no lo comprendes. Estaba enfurecido conmigo mismo por haberle dejado pensar a Helena que nos casaríamos durante tanto tiempo, sentía que la defraudaba –confesó Dio–. Pero eso no fue nada comparado con lo que sentí cuando fui a verla a París.

–¿Qué te dijo? –preguntó Ellie agarrando con fuerza las manos de Dio.

–Jugó conmigo –contestó él enervándose con el recuerdo–. Me dijo que era el hazmerreír de todo el mundo, que ningún hombre querría casarse jamás con ella. Pero no dejó de repetir que por supuesto me comprendía y me perdonaba... ¡Estuve horas con ella! Me sentí como un bastardo, estaba convencido de que había arruinado su vida.

–Es una terrible actriz... o quizá... quizá realmente te quisiera, Dio.

–¡Debes de estar de broma!

–Yo te quiero... ¿por qué no iba a quererte ella? Te conoce desde mucho antes que yo...

–Ellie... –la llamó Dio dando un salto y arrastrándola con él.

Su mirada, fija, mostraba un intenso placer y alivio ante aquella sencilla confesión–. Ellie, cariño, deliciosa Ellie... –respiró entrecortadamente–. Helena no me prestaría ni un minuto de su tiempo si yo no tuviera dinero. Está obsesionada con casarse con un hombre rico, no puede creer que no me guste ni que no quiera hablarle de amor... Incluso me dijo que si quería podía conservarte a ti como...

–Como amante...

–Pero yo le dije que te amaba demasiado como para hacerte eso –continuó Dio apartándole el pelo de la frente con dedos cariñosos y ojos tan tiernos que Ellie tuvo finalmente que creer en sus palabras–. Cuando la vi hace dos semanas, sin embargo, fue sincera. Me dijo que si le hubiera surgido algún partido mejor se habría casado hacía años.

–Me alegro de que estuviera enfadada en lugar de herida –admitió Ellie.

–¿A pesar de todo el daño que te ha hecho? –preguntó Dio sin disimular su incredulidad.

Ellie le soltó las manos con cuidado y contestó:

–Puedo ser generosa cuando gano.

Dio la estrechó entre sus brazos con fuerza y posó los labios sobre los de ella con pasión. Luego, al enterrar el rostro en el cabello de Ellie, ella tembló y se sintió débil.

–Nunca soñé que significaría tanto para mí el que una mujer me confesara su amor –admitió Dio.

–Y pensar que tú podrías habérmelo dicho a mí en lugar de ir a contárselo a Helena... –comentó Ellie sin poder resistirse–. Si me hubieras dicho que me amabas nunca te habría abandonado.

–Pero no vas a volver a abandonarme nunca más –exigió Dio con entusiasmo.

–No me atrevería ni a soñarlo... –bromeó ella regocijándose en aquella nueva intimidad de mutua confianza que le permitía hacer y decir lo que quería–. No si vas a emborracharte y a autocompadecerte...

Dio la llevó a la cama y la miró con intensos ojos negros.

—Eres una picaruela...

—Te conozco bien... así que será mejor que te andes con cuidado...

—Te adoro —declaró Dio con voz ronca—. Pero no vas a decirme lo que tengo que hacer.

Ellie deslizó los dedos por la negra cabellera y susurró:

—Bésame...

Y Dio lo hizo. Después levantó la cabeza con un brillo cómplice en los ojos y mirada intensa y comentó:

—Embarazada, descalza y en el dormitorio, *agapi mou*.

—Lo has dicho mal, no era así.

—Lo he hecho a propósito —contestó él con una sonrisa.

—Bueno, pues si estamos negociando, ¿qué hay de todo eso de «tú no eres mi dueña, no puedes decirme lo que tengo que hacer, a dónde tengo que ir ni con quién»? —inquirió Ellie.

—Sabía que recordarías cada palabra.

—Me reservo ese derecho.

—Podrías haber sido un agente realmente provocador en el departamento de mantenimiento del edificio Alexiakis International —comentó él con ojos brillantes y oscuros, llenos de deseo y de satisfacción—. Creo que es mucho más seguro tenerte en mi cama.

—Pues yo debo de confesar que la cueva familiar resulta bastante confortable —suspiró Ellie feliz, con una mirada de aprobación a su alrededor.

Y, tras una risa ronca, Dio la besó y procedió a demostrarle los beneficios de compartir aquella cueva familiar.

Ellie dejó a su hijo Spiros en la cuna. Tenía cuatro meses, y era adorable. Con el pelo plateado y los ojos negros, la combinación resultaba espectacular. Y dormido parecía un ángel.

Las últimas veinticuatro horas habían estado repletas de acontecimientos. Dio había celebrado una fiesta en Londres para conmemorar su primer aniversario de boda, y luego habían viajado a la isla y pasado el día con la familia de él. Había transcurrido todo un año. Ellie apenas podía creer que llevaran tanto tiempo casados. Y la magia no solo había perdurado, sino que se había fortalecido.

Ellie entró en el dormitorio y se puso un vestido de satén dorado de estilo flamenco, una prenda especial para la ocasión. Y después se dirigió a la casita de la playa tras encargarle a una sirvienta que le diera un mensaje a Dio. Llevaba en las manos una revista en la que había un artículo sobre la espléndida boda de Helena Teriakos. Apenas había tenido tiempo de leerlo.

El novio era un aristócrata de sangre azul, y el aspecto de Helena era triunfante. Sin embargo se rumoreaba que la ausencia de la familia del novio en la ceremonia era indicio de que no aprobaban la unión. Según parecía Helena no era lo suficientemente buena. Su árbol genealógico no iba lo suficientemente atrás. Pero en opinión de Ellie aquel matrimonio marcharía bien. El marido de Helena era tan frío como ella.

Ellie dejó la revista a un lado, encendió las velas y apagó la luz. Y se puso a bailar. Aquel era su regalo especial de aniversario para Dio. Le encantaba sorprenderlo. Y cuando vio por el rabillo del ojo que entraba hizo un enorme esfuerzo para no mirarlo. La música llegó a un momento de salvaje crescendo y después finalizó. Entonces Ellie miró a Dio y ardió ante la intensidad de su mirada.

–¡Es tan fácil impresionarte! –comentó en broma.

Dio la estrechó en sus brazos como un hombre de las cavernas. Ellie se estremeció de excitación. Por sus venas corría el fuego del deseo sensual.

–Así que volvemos al principio...

–Pero ahora tenemos a Spiros –asintió Ellie.

–No he olvidado a nuestro hijo ni por un instante... ni a la maravillosa y sexy mujer que me lo ha dado –contestó Dio con impresionante intensidad–. Creo que te amo aún más que antes.

–¡Me haces tan feliz! –contestó ella abrazándolo.

–Ésa es la razón de que haya venido –continuó Dio mientras trataba de besarla y de llevarla a la cama al mismo tiempo, cosa que al fin logró–. Y también para darte esto... antes de que te atrevas a sugerir que he venido solo porque no podía soportar más no acostarme contigo.

Ellie contempló el exquisito anillo de diamantes que él deslizó en su dedo.

–Oh, Dio, es... precioso.

–He mandado que le graben la fecha del día en que nos conocimos.

–¡Te estás volviendo tan romántico! –suspiró Ellie.

–Sí, puede que tú te hayas encargado de las velas, pero yo me he ocupado del champán y de poner una rosa en la almohada.

–¿Quieres decir que no te he sorprendido?

Dio asintió con un gesto. Ellie curvó la boca en una sonrisa y lo empujó sobre la almohada.

–Me encanta tu falta de tacto.

–No te comprendo –contestó Dio observándola con ojos llenos de admiración.

Ellie se tumbó sinuosamente junto a él. La ansiosa mirada de Dio cuando temía haberla herido la volvía loca de pasión.

–Las mentes grandes piensan de un modo parecido –susurró ella.

–Eres asombrosa... –continuó Dio estrechándola con tal fuerza que apenas podía respirar.

Respirar, sin embargo, no era en aquel momento algo importante. Mucho más urgente resultaba compartir su amor de un modo íntimo. Ellie hubiera deseado decirle que él también era asombroso, pero la electrificante combinación de pasión y felicidad desatadas lo hacía imposible en ese momento. Lo haría a la mañana siguiente.

www.ingramcontent.com/pod-product-compliance
Lightning Source LLC
LaVergne TN
LVHW091613070526
838199LV00044B/788